향가가 시조로

향가가 시조로

김 종 규

역락

머리말

우리 한국 고시가의 중심된 줄기를 이룬 향가(鄕歌)와 시조(時調), 양자의 기원 문제 및 친연 관계는 일부 학자들이 논급한 바 있다.

그러나 이 논의들은 구체적 실증보다 개연성이 큰 것이었다.

그렇다면 현재로서 우리 고시가사(古詩歌史)의 통사적(通史的) 기본 체계가 제대로 세워진 것으로 보기는 어렵다.

이에 따라서 우리는 이제까지 향가와 시조를 별개의 시가형으로 인식하여 온 것이 사실이다.

그러나 이러한 시각은 앞으로 재고되어야 할 것으로 이해된다.

물론 향가에서 시조로의 계승 과정에서, 가사의 규모가 축소된 측면과 특정 시기에 외래 음악으로부터 받은 영향에 의해서 전통적 정조(情調)에 다소의 변화가 온 측면도 있었다.

그러나 사뇌가(詞腦歌)는 그 기본적 형태의 골간이 거의 온전한 양상으로 견지되면서 오늘날의 시조로 이어진 것이었다.

그러므로 앞으로의 연구 진전에 따라서는, 사뇌가와 시조는 별개의 시가형이 아니라, 하나의 시가형이 오랜 세월 지속되면서, 당대의 시대적 추세에 부응하는 변화를 겪어온 것으로 이해할 여지도 있다.

아무려나 향가에서 시조로 이어지는 형태사적 중심 체계가 형성됨으로써, 우리 시가사의 연구에 도움이 되기를 희망한다.

본서에서 고찰 대상은 평시조(平時調)에 국한한다.

그런데 향가 이래 우리 국문 고시가의 자료가, 연구의 필요성에 비추어, 매우 부족한 형편에 있는 실정 또한 부정할 수 없다.

그러나 일본의 고시가에는 우리 고시가의 연구에 도움을 주는 긴요한 자료가 많이 현전하고 있기 때문에, 이러한 자료를 우리 고시가의 고찰에 활용할 필요가 있다.

물론 우리 고시가의 형태 고찰에 있어서, 일본 고시가의 자료를 원용할 수 있는 근거는 일본의 초창기 '고대장가(古代長歌)' 다수가 우리 향가의 형태적 계승에 해당한다는 연구 결과에 바탕한다.

따라서 일본 고시가 자료의 활용을 위해서 한일간(韓日間)의 초기적 고시가형들이 지닌 형태적 친연성, 그 근거를 탐색하는 비교적 고찰이 본서의 앞쪽에서 선행되기 마련이다.

근래 출판계 모두가 특별히 유통상의 어려운 상황을 겪었음에도 불구하고, 본서를 출간해 주신 도서출판 <역락>의 이대현 사장님을 비롯한 임원 여러분과 편집인께도 깊이 감사드립니다.

2018년 3월

지은이 씀

차 례

제1장 [향가형]이 [기기장가형(記紀長歌形)]으로 • 11

제2장 [신라가 1형]이 [신라가 2형]으로 • 79

제3장 [아유다진 2형] 및 [신라가형]으로 • 123

제4장 [사뇌가형]이 [향풍체가형(鄕風體歌形)]으로 • 165

제5장 [후사뇌가형(後詞腦歌形)]으로 • 193

제6장 「정과정(진작)」에서 [가곡형(歌曲形)]으로 • 257

제7장 「이상곡」에서 [선시조형(先時調形)]으로 • 297

제8장 [선시조형]이 [준시조형(準時調形)]으로 • 321

결 론 • 367

제1장 [향가형]이 [기기장가형(記紀長歌形)]으로

1. 고대 일본의 장가(長歌)

1) 〈기기장가(記紀長歌)〉

우리 고시가의 자료는 적지만, 일본의 고시가에는 우리 고시가의 연구에 도움이 되는 자료가 자못 많이 존재하고 있다.

우리의 향가 자체나 그에 대한 자료가 부족한 실정은 한일간(韓日間) 고시가의 수적(數的)인 비교에서부터 잘 나타난다.

우리 고시가 연구에 일본 고시가 자료를 활용할 필요가 있음을 일찍부터 강조한 바 있는 김준영은, 고대 일본의 시가가 8세기까지 5천여 수, 그리고 12세기까지는 거의 2만 수에 달하는 작품이 지금까지 현전하고 있는 것으로 파악하였다.1)

게다가 일본 <고대장가>는 우리 향가와 깊은 친연성을 지녔기 때문에, 그 자료는 양국 고시가의 실상 파악에 매우 중요한 자료가 된다.

1) 김준영, 『韓國古詩歌研究』, 형설출판사, 1990, 14면.

일본의 가장 오랜 역사서로 『고사기(古事記)』(712)와 『일본서기(日本書紀)』(720)가 있는데, 이를 합칭하여 『기기(記紀)』라고 부른다.

이 『기기』 양서에 동일하거나 유사한 시가로 중출(重出)하는 것까지 각각 독자적인 시가로 인정하여, 그 숫자를 합산하면 모두 240수가 현전하고 있어, 이를 <기기가요(記紀歌謠)>라고 부른다.

이 <기기가요>의 종류를 형태상으로 분류하면 다음과 같다.

<u><기기가요>의 가형 분류</u>

단형시가	⟶	편가 (片歌)	(3구체형)
		혼본가 (混本歌)	(4구체형)
		단가 (短歌)	(5구체형)
		선두가 (旋頭歌)	(6구체형)
장형시가	⟶	장가 (長歌)	(7구체형 이상)

그런데 대부분의 <기기가요>는 유별로 보아서 다수의 5구체 단가(短歌)와 그리고 소수의 7구체 이상 장가(長歌)가 대다수를 이루었다.

본서에서 비교의 대상으로 다루어지는 <기기가요>는 주로 장형의 향가 형태에 상응하는 '장가' 즉 <기기장가>에 한정된다.

<기기가요>에 속한 <기기장가>는 고대 일본 최초의 시가군으로, 일본 고시가의 정형적 음수율 (5.7)조의 파격이 상당수 존재한다.

즉 강부정유(岡部政裕)는 <기기장가>가 지닌 총구수 1,249구 중에서 정격 음수율 (5.7)조를 벗어난 파격구를 487구로 산출하였다.[2]

따라서 <기기가요> 음수율의 파격구는 39%에 이른다.

2) 岡部政裕, 『萬葉長歌考說』, 風間書房, 1970, 40面.

음수율에 있어서 이러한 상당수의 파격은 <기기장가>가 아직 음수율의 외형률이 확립되기 이전의 단계 즉 시가(詩歌) 이전의 가요적 성향이 강한 고조(古調)의 단계에 있었음을 의미한다.

이는 일본의 <기기장가>에 한정할 경우 정격의 음수율이라는 것이, 향가와의 비교에 있어서, 큰 비중을 지닌 것이 아님을 의미한다.

<기기가요>의 작자는 그 시가의 유래와 함께 기록되어 있다.

그러나 대부분이 민간의 전승시가가 궁중을 중심으로 하여 이루어진 사실이나 전승에 부회(附會)된 것이기 때문에, 그 실제의 작자가 확실하게 확인된 경우는 거의 없는 것으로 알려져 있다.

다만 전승시가인 만큼 그 전승 집단의 파악은 어느 정도 가능한 것으로 알려져 있다.

이 씨족들은 왕실과의 친연관계를 과시하기 위해서, 또는 자기 씨족의 권위적 위상을 높이기 위한 수단의 하나로써 씨족 전승을 지녔고, 이에는 그 씨족 전래의 전승시가가 포함되었던 것이다.

'10구체 향가'로 알려진 사뇌가와의 비교 대상은 특히 10구체형 및 11구체형의 <기기장가>에 해당하며, 그리고 8구체 향가와의 비교 대상은 8구체형 및 9구체형의 <기기장가>에 해당한다.

66수의 <기기장가>를 형태상의 길이로 분류하면, 먼저 단위형의 장가 홑으로만 이루어진 <단식 기기장가(單式 記紀長歌)>가 48수 있다.[3)]

다음은 단위형의 장가들이 복수로 복합되어 이루어진 <복식 기기장가(複式 記紀長歌)>가 18수이기 때문에, <기기장가>는 주로 <단식 기기장가(單式 記紀長歌)>가 주류를 이룬 것으로 나타난다.

그런데 향가는 단식의 향가만 현전하고, 복식형의 실재는 개연성만

3) 김종규, 『향가의 형식』, 도서출판 대한, 1994, 147~148면.

있을 뿐 아직 확실하지 않기 때문에, 향가와 비교할 수 있는 분명한 대상은 <기기장가> 중에서도 주로 <단식 기기장가>에 해당한다.

김종규는 『향가의 형식』(1994)에서 신라의 향가 및 일본의 <단식 기기장가> 사이에 존재하는 형태적 친연성을 고찰한 바 있다.

그 결과 <기기장가> 중에서 <단식 기기장가> 48수의 77%에 해당하는 37수가 형태상으로 [8구체 향가형] 및 [사뇌가형]과 공통되거나 매우 유사한 점에 근거하여, <단식 기기장가>의 형태가 8구체 향가 및 사뇌가의 형태적 계승인 것으로 고찰한 바 있다.[4)]

물론 그 이후로 새로운 관점이 대두되는 진전이 있었고, 이에 따라서 앞으로 보다 정치한 고찰이 요구되는 상황이기 때문에, 앞에서 제시된 수치는 다소의 변동이 있을 것으로 예상된다.

2) 〈금가보 장가(琴歌譜 長歌)〉

이제 8구체 향가 및 사뇌가와 그에 대응되는 <단식 기기장가>가 지닌 형태적 및 역사적 친연성에 대하여 알아본다.

이와 관련하여 일부 <기기가요>의 악보가 실린 『금가보(琴歌譜)』(981)는 일본 고대시가의 음악적 실상을 지닌 점에서 주목된다.

이 『금가보』는 특히 자료가 부족한 향가의 악곡적 측면을 밝힘에 있어서도 중요한 근거를 제공하는 점에서 그 가치가 막중하다.

『금가보』는 고대 일본 궁중음악의 실상을 궁중의 대악사 신분인 다안수(多安守)가 전사(傳寫)한 악보로서, 본래 여러 권으로 만들어졌으나, 오늘날에는 제1권만 현전하고 나머지는 모두 일실(逸失)되었다.

4) 김종규, 같은 책, 242~294면.

이 『금가보』에 악보가 실린 <금가보 가요>는 모두 21수가 있다. 『금가보』는 악보이기 때문에 앞부분에 가사만을 따로 적은 문면가사(文面歌詞)가 먼저 제시되고, 악보(樂譜) 자체에는 그에 부기된 보면가사(譜面歌詞)가 제시되어 있어서, 두 종류의 가사가 존재한다.

이 문면가사 및 보면가사, 이 양자의 가사 발음을 표기한 가명(假名)은 약간의 차이는 있으나 거의 대동소이한 것으로 나타나 있다.

『금가보』에 실린 21수의 궁중시가 악보 중에서 문면가사 및 보면가사 양면에 걸쳐서 7구체형 이상인 <금가보 장가>가 9수 실려 있다.

그 중에서 <금가보 장가> 6수는 향가와 깊은 친연성을 지닌 점에서, 앞으로 매우 중요한 고찰 대상으로 다루어진다.

이는 일본 고대장가 악곡의 실상을 반영한 표본적 존재이며, 특히 향가는 물론 그 이후 전개되는 우리 고시가와의 형태적 친연 관계를 고찰함에 있어서도, 도움을 줄 수 있는 주요 자료이기 때문이다.

김종규는 이 <금가보 장가>를 지어진 가사인 문형(文形)과 가창연주(歌唱演奏)된 가사인 곡형(曲形)으로 나누어, 다음과 같이 2원적 1형으로 파악한 바 있다.5)

<금가보 16가>(아유다진) — 문형 8구체, 곡형 10구체
<금가보 17가>(아유다진) — 문형 9구체, 곡형 10구체
<금가보 18가>(아유다진) — 문형 8구체, 곡형 10구체
<금가보 19가>(권주가) — 문형 13구체, 곡형 14구체
<금가보 20가>(사주가) — 문형 11구체, 곡형 12구체
<금가보 21가>(신라가) — 문형 10구체, 곡형 12구체

5) 김종규, 앞의 책, 148~150면.

앞으로 인용하는 <기기장가> 및 <금가보 장가>의 예문 모두는 토교관(土橋寛)과 소서심일(小西甚一)이 교주(校注)한 『고대시가집(古代歌謠集)』[6]에 의거한다.

2. 시가명 「신라가(新羅歌)」

「신라가」가 [사뇌가형]의 형태적 계승이라는 주요 근거를 이루는 시가명 「신라가(新羅歌)」에 대한 논란이 있어서 이를 살핀다.

이 시가명 「신라가」의 '신라'가 나라 이름 신라(新羅)를 의미한다면, 이는 신라 악인(樂人)들이 일본에 전한 사뇌가로 볼 수 있다.

1) 「신라가」의 유래

먼저 한일(韓日) 고대시가의 친연 관계를 대표적으로 보여주는 「신라가(新羅歌)」 그 가요명의 유래와 실상을 살핀다.

「신라가」[志良宜歌, siragiuta]는 『기기(記紀)』에 각각 <고사기 78가>와 <일본서기 69가>로 실렸으며, <금가보 21가>로도 중출(重出)하기 때문에, <기기장가> 및 <금가보 장가>에 속한다.

그런데 [사뇌가형]과 「신라가」는 그 친연 관계의 실재를 뒷받침하는 음운 관계 및 인적 관계를 비롯하여 여러 역사적 근거가 존재한다.

「신라가」는 윤공왕(允恭王)(재위 412~453)이 사망한 해에, 태자인 경

---

6) 土橋寬. 小西甚一 校注, 『古代歌謠集』(日本古典文學大系 3), 岩波書店, 1980, 제25刷.

태자(輕太子)가 누이동생인 경대랑녀(輕大郎女)를 사랑하여 부른 시가라고 기록되어 있다.[7)]

따라서 「신라가」는 경태자가 불륜적 사랑으로 인하여 결국 죽음에 이르게 되는 서사적(敍事的) 사연이 연속된 여러 시가로써 표현되는 이른바 '가물어(歌物語)' 중의 하나에 해당한다.

이 「신라가」는 이왕에 별도로 기존한 시가가 경태자의 사연에 부회(附會)된 것으로 이해되는데, 이를 알 수 있는 역사적 기록이 있다.

경태자의 부왕 윤공왕이 재위 42년에 사거한 당시의 『일본서기』에 다음과 같은 기록이 있다.

> 天皇崩時年若干於是新羅王聞天皇旣崩而驚愁之貢上調船八十艘及種種樂人八十.[8)]
> (천황이 붕하니 많지 않은 나이였다. 이에 신라왕이 천황의 붕함을 알고 놀라고 슬퍼하여 조선 80척과 여러 종류의 악인 80명을 공상하였다.)

고대 일본에서는 자국의 위상을 일방적으로 높이는 관행이 있음은 주지의 사실이기 때문에, 위의 기록에서 신라의 왕이 일본의 왕에게 공상(貢上)하였다는 기록은 과장이다.

이 기록에서 신라에서 조문사절과 함께 악인(樂人) 80인을 보내서, 이들이 약 1년간 일본의 궁중에 머물었던 사실이 드러난다.

물론 조선 80척과 악인 80명이라는 기록에서 80이라는 숫자가 동

---

7) 「금가보 21가」 주기(注記).
8) 『日本書紀』, 卷第 13, 允恭王 42年 春 正月.

일한 것으로 보아서, 이는 실제의 정확한 숫자라기보다, 많은 수를 강조하는 관행적 기록으로 이해할 수 있다

그런데 유의할 것은 신라 악인들이 궁중에 머물었던 윤공왕의 장례 중에, 경태자가 불륜으로 인하여 지탄의 대상이 되어 있던 과정에, 이 「신라가」를 노래한 것으로 기록된 점이다.

2) '의(宜)'에 대한 일본 학계의 주장

언어적 측면에서 일본어의 계통설이 현재 분명히 밝혀진 상태는 아니지만, '야요이(彌生) 시대' 이전부터 일본어는 한국어와 맥락을 같이 하는 계통상의 친연성이 있다는 견해는 있어 왔다.

또한 나라시대(奈良時代) 이후 고대 일본에 들어간 다수의 도일인(渡日人)들과 가진 언어적 접촉에 의해서 한국어로부터 받은 영향이 적지 않다는 견해가 있는 것도 사실이다.

또한 이종철은 고대 일본어의 표기 측면에 있어서 '만엽가명(萬葉假名)'으로 대표되는 고대 일본의 '가명(假名)'은 '향찰(鄕札)'로부터 지대한 영향을 받아서 이루어진 것으로 파악한 바 있다.[9]

따라서 이 언어적 친연성의 배경에 바탕하여, 시가명 「신라가」에 내포된 나라 이름 '신라(新羅)'의 일본어 가명표기에 대하여 알아본다.

시가명 「신라가」 자체의 출처는 두 군데가 있다.

이 양자는 나라 이름 '신라'의 음운을 표기한 점이 동일하지만, 출처와 시대에 따라서 가명표기에 약간의 차이가 있다.

---

9) 이종철, 『향가와 만엽집가의 표기법 비교연구』, 집문당, 1983, 190~198면.

<고사기 78가>(712년)의 「신라가」 : 「지량의가(志良宜歌)」

<금가보 21가>(981년)의 「신라가」 : 「자량의가(玆良宜歌)」

위처럼 「신라가」의 가명 표기가 『고사기』(712)에는 「지량의가(志良宜歌)」로, 『금가보』(981)에는 「자량의가(玆良宜歌)」로 기록되었다.

즉 이처럼 나라 이름 '신라'를 한자어 '新羅'가 아닌 고대 일본어의 가명으로 표기했기 때문에 이것이 바로 문제가 된 것이다.

원래 고대 일본에서는 나라 이름 신라를 '新羅'라고 한자로 쓰고, 읽거나 말할 때는 'しらぎ[시라기, siragi]'라고 발음하였다.

그런데 이 「지량의가(志良宜歌)」 및 「자량의가(玆良宜歌)」의 '의(宜)'가 지닌 음가에 대한 견해가 한일간에 다음과 같은 차이가 있다.

한국 학계 → ぎ[gi]을류(乙類)로 본다.

일본 학계 → げ[ge]을류(乙類)로 본다.

그렇다면 이 '지량의(志良宜)' 및 '자량의(玆良宜)'의 '의(宜)'가 'げ[ge]'가 아닌 'ぎ[gi]을류(乙類)'의 가명자(假名字)임이 입증되어야, 신라(新羅)라는 나라 이름과 「신라가(新羅歌)」라는 시가명이 인정된다.

그런데 먼저 고대 일본어 음운의 실상을 고찰하기 위해서 우선 그 모음체계가 지닌 바 두드러진 특징을 알아야 한다.

즉 고대 일본이에서는 모음 중에서 특히 い[i], え[e], お[o]의 3개 모음(母音)은 그 음가가 갑류(甲類) 및 을류(乙類)로 구분된다.

양자의 차이는 다음과 같이 조음점(調音點)이 지닌 차이에 있다.

갑류 : 전설모음(前舌母音)

을류 : 중설모음(中舌母音)

현대 일본어에는 이처럼 조음점의 차이에 따른 갑류 및 을류의 차이가 완전히 소멸하여 일체 존재하지 않는다.

이제 '신라(新羅)'라는 나라 이름 성립 여부와 관련된 음운 "ぎ[기, gi]' 와 'げ[게, ge]'에 한정하여 그 음가와 표기의 문제를 살핀다.

고대 일본어의 음운 'ぎ[기, gi]'와 'げ[게, ge]'는 그 발음이 각각 다음과 같이 양분된다.

ぎ[gi] → ぎ[gi]갑류(甲類) : ぎ[gi]을류(乙類)

げ[ge] → げ[ge]갑류(甲類) : げ[ge]을류(乙類)

그리고 나라 이름 신라(新羅)의 일본어는 'しらぎ[시라기, siragi]'이며, 당대에 이 'ぎ'의 일본어 음가는 바로 'ぎ[gi]을류(乙類)'였다.

그런데 일본 학계는 『고사기』의 <고사기 78가> 즉 「신라가」에 대한 가명표기 「지량의가(志良宜歌)」의 '의(宜)'가 'げ[게, ge]'의 표기라고 주장하는 구체적 근거로 역시 『고사기』의 기록을 든다.

즉 『고사기』에는 '의(宜)'라는 가명표기(假名表記)가 여섯 군데 나오는데, 이 '지량의(志良宜)' 이외의 다섯 군데 '의(宜)'가 모두 'げ[게, ge]'로 음독되는 것으로 알려져 있다.[10]

따라서 '지량의(志良宜)'의 '의(宜)'도 당연히 'げ[게, ge]'로 음독되어야 한다고 주장한다.

10) 土田杏村, 「上代の 歌謠」, 『國文學の 哲學的 研究』, 第一書房, 1929, 244面.

그런데 일본의 학계에서는 이 '지량의(志良宜)' 및 '자량의(玆良宜)'가 나라 이름 신라(新羅)가 아니라는 부정적 주장이 일반적 주류를 이루는 추세 속에서도, 극소수의 긍정적 주장이 있어 왔다.

우선 부정적인 견해로서 창요법설(唱謠法說)을 내세운 횡산청아(橫山青娥)의 견해를 든다.

> 이미 내가 누누이 말한 것과 같이 지도가(志都歌)든 그 가반(假返)이든 모두 가사의 노래하는 방법의 호칭으로서, (예를 들면『금가보』의 일부 보(譜)를 보아도 개개 가사의 노래하는 방법의 해설뿐이다.) 특히 악곡의 존재를 확인하는 그런 것은 없기 때문에 지량의가(志良宜歌)도 동궤(同軌)로 보아 후거가(後擧歌)라고 단정할 수밖에는 없을 것이다.[11]

이와 같이 '지량의(志良宜)'나 '자량의(玆良宜)'는 나라 이름 '신라(羅)'의 일본어 'しらぎ[시라기, siragi]의 표기가 아니라고 주장한다.

그래서 '지량의(志良宜)'라는 명칭은, 「신라가(新羅歌)」라는 시가명이나 악곡명에서 유래한 것이 아니라, 노래 말미의 가락을 특히 높여서 부르는 창법에서 연유한 '후거가(後擧歌)'라고 주장했다.

즉 가창에서 노래의 뒷부분을 특히 높여서 부르는 의미의 말 '후거(後擧)'나 '고상(尻上)' 즉 しりあげ [시리아게, siriage]가 축약된 しらげ [시라게, sirage]이기 때문에, 창법 명칭에서 유래한 시가명이라는 것이다.

그런데 이와는 다르게 부분적인 긍정을 주장하는 송강정웅(松岡正雄)의 가요명설(歌謠名說)을 옮긴다.

---

11) 橫山青娥,『日本詩歌の 形態學的 研究』, 武藏野書院, 1961, 75面.

지량의(志良宜)의 의(宜)가 ぎ[gi]의 가자(假字)인 것은 우라의(宇羅宜)라는 말의 예에 의해서도 밝혀져서, 이진(夷振), 천전진(天田振), 지도가(志都歌) 등에 상당하는 「신라가(新羅歌)」의 뜻이 되는 것은 말할 것도 없는데, 가(歌) 그것은 단장(短長) 2구5연(二句五聯)으로 이루어지고, 종말의 장구(長句)를 결(缺)하고 있지만 순연한 야마도(大和) 가조(歌調)이기 때문에 'しらぎ[siragi]가'라고 칭할 수 있다면 악곡에 의한 것이라 할 수 있다.

이것을 しらげ[sirage]라고 읽고 고상(尻上)의 뜻이라고 하는 자도 있는데, 신악보(神樂譜)에 고거(尻擧)라고 한 것은 노래하는 방법의 명칭으로서 악곡 그것의 이름은 아니며, 어떤 노래도 뒤를 올려서 부르는 것은 자유이기 때문에 특히 고거가(尻擧歌)라고 칭하는 것은 있을 수 없다.[12]

위에서 송강정웅(松岡正雄)은 '지량의'(志良宜)는 '시라기[しらぎ, siragi]' 즉 신라(新羅)라는 나라 이름임을 인정한다.

그러나 그는 가사형 있어서, 후소절 종말의 장구(長句)는 없어도, 이는 결국 단장(短長) 2구5연 형태의 야마도(大和) 가조라고 주장한다.

이는 그저 신라의 시가 하나가 고대 일본에 들어와서, 일본풍의 장가형으로 적응한 것으로 파악한 것이다.

그런데 김종규는 후술할 바와 같이 10구체형의 [사뇌가 1형] 후소절에서, 음악적 성향의 1개구가 실사화(實辭化)함으로써, 문학적 성향의 2개구가 3개구로 증구(增句)된 결과, 11구체형의 새로운 [사뇌가 2형]으로 변화한 것으로 파악하였다.[13]

그리고 이 변화는 고대 일본에서도 공통된 것으로 파악하였다.

따라서 송강정웅이 말한 후소절 종말의 장구(長句) 1개구가 없는 단장(短長) 2구5연 10구체형의 시가형이란 정작 [사뇌가 1형]이 고대 일

12) 橫山靑娥, 같은 책, 75面. 재인용.
13) 김종규, 앞의 책, 194~200면.

본에 들어가서 정착한 <신라가 1형>인 것으로 파악하였다.

그리고 역시 후소절에 종말의 장구 1개구가 있는 야마도(大和) 가조란 기실 [사뇌가 1형]의 변화형인 [사뇌가 2형]이 고대 일본에 들어가서 정착한 <신라가 2형>인 것으로 파악하였다.[14)]

이는 야마도(大和) 가조의 형태, 그 근원이 [사뇌가형]에서 비롯되었음을 의미하는 것이며, 그 구체적 근거는 상세히 후술한다.

3) '의(宜)'의 음운 변천

(1) 음운 표기사적 근거

이제 고대가명(古代假名) 표기인 '지량의(志良宜)」나 '자량의(玆良宜)'가 나라 이름과 창법명 중에서 어느 것인지 그 구분이 관건이다.

しらぎ[시라기, siragi] :	나라 이름 '신라(新羅)'
しらげ[시라게, sirage] :	창법명 しりあげ [siriage]의 축약

여기서 특히 주목할 것은 <고사기 78가>(712년)의 「지량의가(志良宜歌)」보다는 269년 후에 나타난 <금가보 21가>(981년)의 「자량의가(玆良宜歌)」가 일본 고대 음운의 변천사에 보다 더 합치하는 점이다.

따라서 「자량의가(玆良宜歌)」의 '의(宜)'의 음가 변천을 중심으로 하여, 그것이 'げ[ge]을류' 및 'ぎ[gi]을류' 중에서 어느 것인지 가린다.

이와 관련하여 고대 일본에서 이루어진 바 일부의 음운 및 만엽가

---

14) 김종규, 앞의 책, 200~203면.

명(萬葉假名)의 역사적 변천에 대하여 중요한 연구 결과를 제시한 산미행구(山尾幸久)의 논급을 옮긴다.

> 기(記).만엽(萬葉).기(紀)가 중고한어음(中古漢語音)인 육조(六朝).수당(隋唐)의 음(音)을 비교적 충실히 반영하고 있음에 대해, 추고기유문(推古期遺文)의 자음(字音)은 농후히 상고한어음(上古漢語音)인 주진(周秦).양한(兩漢).삼국(三國)의 음(音)을 포함하고 있는 것이다.
>
> 일례를 들어 본다. 추고기유문에 보이는 자음 가명자에는 후세에도 번용(繁用)되는 것, 후세에 모습이 사라져버린 것 외에도, 후세에 그것에 해당하는 음(音)이 변화한 문자가 있다.
>
> 다음의 표에서 < > 속은 일본어 음절을 보여주며 추고기(推古期) → 기(記).만엽(萬葉) → 기(紀)의 순서이다. 또 ( ) 속은 한어음(漢語音)을 보인 것으로 주진(周秦).양한(兩漢).삼국(三國) → 육조(六朝) → 수당(隋唐)의 순서이다.
>
> 宜 <ga> → <gë> → <gï> (ŋïăr → ŋïe → ŋï)
> 奇 <ga> → <gë> → <gï> (gïăr → gïe → gï)
> 義 <gë> → <gï> (ŋïe → ŋgï)
>
> [15]

위에서 기(記)는 『고사기(古事記)』를 가리키는 약칭이며, 기(紀)는 『일본서기(日本書紀)』를 가리키는 약칭이다.

위에 따르면 '의(宜)'는 고대 일본에서 '추고기(推古期) → 기(記). 만엽(萬葉) → 기(紀)'라는 시대적 순차에 따라 그 가명표기의 쓰임이 다음과 같이 변화한 것으로 나타났다.

15) 山尾幸久, 「魏志倭人傳の 史料批判」, 『古代の 日本と 朝鮮』, 學生社, 1974, 41面.

'의(宜)' 독음의 시대적 차이

7세기초 추고조(推古朝) → 'が[ga]'의 표기
8세기초 『고사기』(712)와 『만엽집』 시대 → 'げ[ge]'의 표기
8세기초 『일본서기』(720) 이후 → 'ぎ[gi]'의 표기

위에 의하면 『금가보』(981)는 『일본서기』(720)보다 269년이나 후대인 10세기말의 기록이기 때문에, 『금가보』에 기록된 「자량의가(玆良宜歌)」의 '의(宜)'는 'ぎ[gi]'를 표기한 시대의 기록으로 드러난다.

이를 <가명 표기사적 근거를 지닌 '宜'의 'ぎ[gi]을류' 표기>라 간추릴 수 있다.

그렇다면 이 「자량의가(玆良宜歌)」의 '의(宜)'는 나라 이름 신라(新羅)의 일본어 しらぎ[siragi]'를 표기한 것이 된다.

또한 이러한 고대 일본 가명 표기의 시대적 변화는 고대 중국어음(中國語音)의 시대적 음운 변화에 상응하는 결과임을 보여준다.

즉 중국어음 '의(宜)'의 음가는 다음과 같은 순서로 변화하였다.

'추고기(推古期)	→ 기(記).만엽(萬葉)	→ 기(紀)'
'주진.양한.삼국	→ 육조	→ 수당'
<ga>	→ <gë>	→ <gï>

그래서 수당(隋唐) 이후의 '의(宜)'의 음가는 한음(漢音), 오음(吳音) 다 같이 어기절(魚奇切), 어기절(魚羈切)로서, 이는 일본어 음운으로는 'ぎ[gi]'에 가장 근접한 발음이 되는 것이다.

즉 고대 중국어음의 시대적 변화에 따르면, 『금가보』가 기록된 시기인 서기 981년은 송대(宋代) 초기에 해당하기 때문에, 이 시기 '의

(宜)'의 음가는 'げ[ge]을류'가 아니고 'ぎ[gi]을류'였던 것이다.

이를 <중국 어음 변천사적 근거를 지닌 '宜'의 'ぎ[gi]을류' 표기>라 간추릴 수 있다.

(2) 원음 '의(宜)'의 가창상 발성 변통

앞에서 원음으로서 <가명 표기사적 근거를 지닌 '宜'의 'ぎ[gi]을류' 표기> 및 <중국 어음 변천사적 근거를 지닌 '宜'의 'ぎ[gi]을류' 표기>가 간추려졌다.

이는 음운사적 변화에 관한 자료에서의 근거에 해당한다.

그러나 보다 확실한 근거는, '자량의(玆良宜)'의 '의(宜)' 이외에, 『금가보』 안에 또 다른 '의(宜)'가 쓰이고 있어서, 이것이 매우 중요한 문헌적 증빙을 이룬다는 점이다.

즉 『금가보』에 '자량의(玆良宜)'의 '의(宜)'와 동일한 가명자 '의(冝)'가 역시 『금가보』 시가의 하나인 「이세신가(伊勢神歌)」(금가보 6가)의 보면 가사 중에 다음과 같이 쓰이고 있기 때문이다.

<u>「이세신가」 보면가사 (제7구~제11구)</u>

※	△	▲
7) 佐宜央川可比	8) 佐伎川可比	9) 佐岐央川宇宇可比伊
sagi tukahi	sagitukahi	saki tu kahi
선사(先使)	선사(先使)	선사(先使)

△	△
10) 伊久宇宇也奈伎	11) 伊久也奈安伎
i ku yanagi	i kuyana gi
몇 그루 버드나무(幾柳)	몇 그루 버드나무(幾柳)

위에서 제7구의 '宜'(※)는 '宜(의)'의 속자(俗字)이다.

그리고 '선사(先使)'와 '몇 그루 버드나무(幾柳)'는 구가 반복되었다.

'선사(先使)'는 앞에서 주인을 모시는 종자(從者)를 의미하며, '몇 그루 버드나무'는 이세신궁(伊勢神宮)에 가는 길목의 버드나무이다.

따라서 이는 이세신궁으로 가는 길목의 버드나무를 그 신궁에 들어가는 사람을 모시는 종자로 비유한 것이다.

위에서 가명 宜(※), 伎(△), 岐(▲)는 '선사(先使)'의 '先' 그것의 일본어 훈독(訓讀)인 'さき[saki]'의 'き[ki]'를 가명으로 표기한 것이다.

이 'さき[saki]'의 'き[ki]'가 지닌 일본어 원음의 음가는 청음(淸音)으로서, 무성자음(無聲子音)과 전설모음을 지닌 'き[ki] 갑류'이다.

그런데 위 예문에서 이 'き[ki]갑류'가 구(句)에 따라서 다음과 같이 서로 다른 3개음의 가명으로 표기됨으로써, 가사 원음이 실제의 가창에서 그 발성이 변통(變通)되는 양상을 보였다.

宜(※)　　　　伎(△)　　　　岐(▲)

다시 말하면 이는 실제의 가창에서 구체적인 대목의 가락이 지닌 특징적 정조(情調)를 보다 효과적으로 살리기 위해서, 가사의 일본어 원음을 다소 변화시켜서 발성하는 관행이 존재한 것을 의미한다.

이를 <가사 원음의 가창상 발성 변통>이라 간추릴 수 있다.

(3) 「이세신가(伊勢神歌)」의 '의(宜=冝)'가 지닌 음가

이제 <가사 원음의 가창상 발성 변통>의 실상을 고찰함으로써, '宜(의)'의 가명표기에 대한 보다 확실한 파악이 가능할 수 있다.

이에 따라서 앞에서 제시된 바 「이세신가」의 보면가사에 쓰인 '宜, 伎, 岐' 이 3개 발성이 지닌 각각의 음가를 알아본다.

먼저 伎(△) 및 岐(▲)의 변통적 발성이 지닌 차이부터 살핀다.

이 기(伎)와 기(岐)는 청음인 'き[ki] 갑류'와 탁음(濁音)인 'ぎ[gi] 갑류'를 두루 혼용 표기하는 가명(假名)으로 쓰였다.

▲ △
き[ki]갑류의 가명 : 支 岐 伎 吉 妓 枳 棄 企 耆 祇 祁, 寸來杵

△ ▲
ぎ[gi]갑류의 가명 : 伎 岐 藝 儀 蟻 祇

즉 만엽가명에서 '伎(△)' 및 '岐(▲)'는 양자가 각각 다음의 두 가지 음가 표기에 두루 혼용된 것으로 나타났다.

伎(△) → 'き[ki]갑류' 및 'ぎ[gi]갑류'의 가명자로 쓰임

岐(▲) → 'き[ki]갑류' 및 'ぎ[gi]갑류'의 가명자로 쓰임

여기서 유의할 것은 위와 같이 만엽가명에서 伎(△)와 岐(▲) 양자 모두가 'き[ki] 갑류'와 'ぎ[gi] 갑류'의 표기에 두루 혼용되었다 할지라도, 「이세신가」라는 하나의 고유한 시가 안에서는 각각이 어느 한 발성의 표기로 구분되어 쓰일 수밖에 없다는 점이다.

즉 「이세신가」의 악보에서 '伎(△)'와 '岐(▲)'가 동일한 음가를 표기한 것이라면, 하나의 가명으로 통일하여 표기하면 되는 것이지, 굳이

동일한 음가를 다른 가명자로 바꾸어 써서 복잡하게 할 이유가 없다.

그러므로 「이세신가」의 악보에서 '伎(△)'와 '岐(▲)'는 반드시 서로 다른 음가를 표기한 것이 아닐 수 없다.

따라서 이 혼용된 가명자들이 「이세신가(伊勢神歌)」라는 고유한 시가 안에서 어떻게 구분되어 쓰였는지를 분별할 필요가 있다.

그런데 이에 대한 분별의 근거는 역시 같은 「이세신가(伊勢神歌)」의 내부에서 찾을 수 있다.

즉 제10구 및 제11구에 있는 '유(柳)'의 가명표기 '也奈伎[やなぎ, yanagi]'가 양구에서 공통되게 '伎'가 반복된 것은 <가사 원음의 가창상 발성 변통>이 없이 일본어 원음 그대로를 표기한 것이다.

따라서 '也奈伎[やなぎ, yanagi]'의 '伎(ぎ, gi)(△)'는 일본어 원음에 해당하는 유성자음 및 전설모음을 지닌 'ぎ[gi]갑류'를 표기한 것이다.

그렇다면 같은 「이세신가」 안에서, 이 '也奈伎[やなぎ, yanagi]'의 '伎(ぎ)(△)'와 동일한 가명으로 쓰인 「이세신가」 제8구 '佐伎[sagi]'의 '伎(ぎ)(△)'도 당연히 유성자음과 전설모음을 지닌 'ぎ[gi] 갑류'의 표기에 해당한다.

이렇게 되면 『금가보』의 표기에 있어서, '伎(ぎ)(△)'와 상대적으로 구분되어 쓰인 岐(▲)의 음가는 분명해진다.

즉 이미 '伎(△)'가 'ぎ[gi]갑류'인 것이 확실하기 때문에, 이와 상대적인 입장에 있는 '岐(▲)'는 「이세신가」 안에 쓰인 용도에 한정하는 한 'き[ki]갑류'의 표기인 것이다.

이에 다음과 같은 음가 구분이 가능해진다.

岐(▲) → 청음 'き[ki]갑류'의 표기

伎(△) → 탁음 'ぎ[gi]갑류'의 표기

그렇다면 이제 제7구~제9구에 나타난 '先'의 훈독(訓讀) 3개에 대한 음가 구분이 이루어질 수 있다.

※	△	▲
7) 佐冝央川可比	8) 佐伎川可比	9) 佐岐央川宇宇可比伊
sagi tukahi	sagitukahi	saki tu kahi
선사(先使)	선사(先使)	선사(先使)

이제 위에서 마지막 하나 남은 제7구의 '佐冝'의 '冝(※)'도 비교적 간단하게 가려질 수 있다.

즉 만엽가명 '冝(※)'가 <가사 원음의 가창상 발성 변통>을 이룰 수 있는 발성을 모두 열거하면 다음과 같다.

※
が[가,ga] : 奇 宜 我 何 河 賀 俄 峨 餓 鵝

※
げ[게,ge]을류 : 義 氣 宜 礙 导 皚 削

※
ぎ[기,gi]을류 : 疑 宜 義 擬

위에 의하면 '宜(의)'는 3개 음운의 가명표기(假名表記)에 두루 혼용되어 쓰인 것으로 되어 있다.

그런데 앞에서 '岐'는 'き[ki]갑류'의 표기로, 그리고 伎(△)는 'ぎ[gi]갑류'의 표기로 이왕에 밝혀졌기 때문에, 결국 그 나머지 '宜(※)'가 'ぎ[gi]을류'의 표기인 것으로 정리된다.

岐(▲) : ‘き[ki]갑류’의 표기
伎(△) : ‘ぎ[gi]갑류’의 표기
宜(※) : ‘ぎ[gi]을류’의 표기

그리고 가명 ‘宜(※)’는 「이세신가」 제4구에서 ‘선(先)’의 훈독 표기와 신라(新羅)를 표기한 <금가보 21가>의 「자량의가(玆良宜歌)」라는 시가명의 가명(假名) 표기에 사용되었을 뿐, 다른 사용의 사례가 없다.

그러나 여기서 또 하나의 문제가 제기될 수 있다.

즉 「이세신가」와 「자량의가(玆良宜歌)」는 다른 가요이기 때문에, 「이세신가」의 ‘宜(의)’와 「자량의가(玆良宜歌)」의 ‘宜(의)’가 서로 다른 가명 표기로 쓰일 가능성이 있다는 점이다.

그러나 이러한 가능성은 다음과 같은 이유에서 성립되지 못한다.

1> <가명 표기사적 근거를 지닌 ‘宜’의 ‘ぎ[gi]을류’ 표기> 및 <중국어음 변천사적 근거를 지닌 ‘宜’의 ‘ぎ[gi]을류’ 표기>에서 밝혀진 바에 의하면, 『금가보』(981) 시대의 ‘宜’는 ‘げ[ge]’가 아닌 ‘ぎ[gi]을류’의 표기로 쓰인 것으로 확인되었다.

2> ‘さき[saki]’의 ‘き[ki]’ 그 <가사 원음의 가창상 발성 변통>은 ‘岐’의 ‘き[ki]갑류’, ‘伎’의 ‘ぎ[gi]갑류’, 그리고 ‘宜’의 ‘ぎ[gi]을류’라는 3개음을 이루었다.

그런데 이 3개음의 모음은 모두 ‘이[i]’이다.

이는 <가사 원음의 가창상 발성 변통>이 이루어지더라도, 『금가보』(981) 시대에는 3개음 모두가 공통된 모음 ‘이[i]’의 범위를 벗어나지 않은 것으로 한정되어 있었음을 의미한다.

즉 『금가보』(981) 시대에 <가사 원음의 가창상 발성 변통>의 이 3개음을 구분하는 요소는 모음 '이[i]'가 갑류 및 을류인지 여부와 그리고 두음인 'ㄱ[g]' 및 'ㄱ[k]의 차이 여하에 한정된 것이다

따라서 『금가보』(981) 시대에 있어서 모음 '에[e]'를 지닌 'げ[ge]'는 '宜'의 표기 대상이 아니다.

3> 한국어에서 '宜'의 발음은 '의'로서 두음에 'ㄱ[g]'이 없다.

그러나 『금가보』(981) 시대의 고대 일본어에서는 이 '宜(의)'를 두음 'ㄱ[g]'을 지닌 'ぎ[gi]을류'로 발음하였다.

그런데 <가사 원음의 가창상 발성 변통>을 이룬 3개음 중에서, '岐'의 'き[ki]갑류', '伎'의 'ぎ[gi]갑류'는 갑류에 속한 점에서 공통되며, '宜'의 'ぎ[gi]을류'만 을류에 속한다.

그리고 이 3개음 공통의 모음인 '이[i]'를, 갑류는 전설모음으로 발음하고, 을류는 중설모음으로 발음하는 점에서 차이가 있다.

그런데 구강 앞에서 발음되는 전설모음에 비하여, 중설모음은 조음점(調音点)이 구강의 중앙에 있기 때문에, 그 발음이 깊어서 약화되는 경향이 있으므로 그 영향은 두음인 'ㄱ[g]'에까지 미치기 마련이다.

따라서 이는 <가사 원음의 가창상 발성 변통>을 이룬 3개음 중에서, 두음 'ㄱ[g]'의 발음이 약화되는 성향을 가장 정확히 반영한 것이 바로 '宜'의 'ぎ[gi]을류'임을 의미한다.

더 나아가서 이러한 두음 'ㄱ[g]'의 발음 약화가 더욱 심화된 나머지, 묵음화(默音化)되어 나타난 것이 바로 한국어의 '宜'의 '의'이다.

이는 '宜[의]'가 'き[ki]갑류'나 'ぎ[gi]갑류'의 표기가 아니고, 어느 경우에나 결국 'ぎ[gi]을류'를 표기하는 가명임을 의미한다.

이런 근거에 따라 『금가보』라는 하나의 악보집에서 공통되게 쓰인 이 2개의 '宜[의]'를 각각 다른 음가를 표기한 것으로 볼 수는 없다.

그렇다면 이로써 「자량의가(玆良宜歌)」의 '宜(※)'는 'ぎ[gi]을류'의 표기이기 때문에, 이를 통해서 「자량의가(玆良宜歌)」는 곧 'しらぎ[시라기. siragi]의 노래' 즉 「신라가(新羅歌)」임이 확인되는 것이다.

(4) 시가명 보기설(補記說)

이제 남은 문제는 전술한 바 『고사기』에는 「지량의가(志良宜歌)」라는 시가명 외에도 의(宜)라는 가명이 다섯 군데 사용되었는데, 이것들 모두가 げ[ge]로 음독되어야 한다는 일본 학계 일반의 주장이다.

그런데 이러한 주장에 대한 또 하나의 유력한 반론으로서, 주목을 끄는 토전행촌(土田杏村)의 주장을 들 수 있다.

그는 '지량의(志良宜)' 자체가 '신라(新羅)'라는 나라 이름을 의미하기 때문에, 「신라가(新羅歌)」는 <기기장가>에 존재하는 신라계(新羅系) 가요들의 대표적 가요라고 논급한 바 있다.16)

그리고 또한 '의(宜)'의 음가에 대하여, 『만엽집』 권 14에 실린 동가(東歌)의 예를 들어 거론하였다.

그는 동국지방(東國地方)의 동가에 나오는 어휘 '安乎夜宜'는 그 의미가 '푸른 버드나무(清柳)'로서 'あをやぎ[aoyagi]'로 음독해야 맞기 때문에, 이 '의(宜)'가 'ぎ[gi]을류'로 음독되어야 하는 것으로 보았다.17)

이에 따라서 '의(宜)'를 'ぎ[gi]을류'의 표기로 본 그는 『고사기』에 기록된 시가명 「신라가(新羅歌)」는 『고사기』가 찬술된 후, 상당한 세월이

16) 土田杏村, 앞의 책, 243面.
17) 土田杏村, 같은 책, 248面.

경과한 뒤에, 후인(後人)에 의해 보기(補記)된 것이라고 주장하였다.[18)]

그런데 앞에서 확인된 바 '의(宜)'의 시대적 음운 변화와 이 보기설(補記說)의 시대적 근거가 합치되는 점은 부인할 수 없다.

그렇다면 『고사기』에 「지량의가(志良宜歌)」라는 시가 이름 외에도 げ[ge]로 음독되는 다섯 군데의 '의(宜)'는 모두 당시에 げ[ge]의 가명자였기 때문에 그대로 표기한 것으로 볼 수 있다.

따라서 「지량의가(志良宜歌)」의 '의(宜)'는 『고사기』가 찬술되고, 세월이 경과한 후 '의(宜)'로써 'ぎ[gi]을류'를 표기하던 어느 시기에, 후인에 의해서 보기된 것으로 볼 수밖에 없는 것이다.

그러므로 '선(先)'의 훈독 'さぎ[sagi]'의 'ぎ[gi]을류'가 '의(宜)'로 표기된 점에 근거하면, 이왕에 밝혀진 <금가보 21가>의 「자량의가(玆良宜歌)」는 물론 <고사기 78가>의 「지량의가(志良宜歌)」도 바로 「신라가(新羅歌)」인 것으로 파악된다.

이에 따라서 「신라가」는 신라 악인들에 의해서, 5세기 중엽에 일본의 궁중에 전해진 사뇌가로서, 경태자의 사연에 부회된 것으로 파악되기 때문에, 이를 <신라 악인이 전파한 [사뇌가형]의 「신라가」>로 간추릴 수 있다.

그렇다면 「신라가」가 5세기 중반에 실재한 점을 통하여, 향가 실연대는 현전 작품의 연대보다 훨씬 이전 시대에 존재한 것으로 이해할 수 있게 된다.

18) 土田杏村, 같은 책, 248面.

3. 「신라가」의 형태

1) 「신라가」의 구체형

『고사기』의 「신라가」

1) あしひきの
asihikino
(미상)

2) 山田を作り
yamadawotukuri
산전을 일구고

3) 山高み
yamadakami
산이 높아서

4) 下樋を走せ
sitahiwowasise
땅속 水管을 내듯

5) 下問ひに
sitatohini
몰래 찾아온

6) 我が問ふ妹を
wagatohuimowo.
내 찾아온 누이를

7) 下泣きに
sitanakini
남몰래 우는

8) 我が泣く妻を
waganakutumawo
나의 우는 아내를

9) 今夜こそは
kozokosowa
오늘밤이야

10) 安く肌觸れ
yasukuhadahure
맘껏 살을 맞대자

이 「신라가」는 우선 시가명에서도 '신라(新羅)'라는 나라 이름이 지칭되었을 뿐만 아니라, 형태상으로도 [사뇌가형]과 공통된다.

1) ~ 4) 4개구 : 농수 확보를 위한 화전농의 생활고
5) ~ 8) 4개구 : 이루기 어려운 사랑의 괴로움
9) ~ 10) 2개구 : 사랑 성취에의 다짐

위와 같이 구수율 (4.4.2) 10구체의 전후절 3단구조를 지닌 「신라가」는 형태와 구조(構造)의 측면에서 [사뇌가형]과 동일하다.

「신라가」의 주제는 사랑을 성취하기 위해서 모든 난관을 박차고 나아가는 환희가 주조를 이루었기 때문에, 남녀간의 깊은 애정 관계를 다룬 내용인 것은 사실이다.

그러나 가사 내용에 드러난 표현은 사랑의 난관이 화전민의 생활고에 비유되었기 때문에, 왕족들의 궁중 생활과는 너무 동떨어진다.

따라서 산로평사랑(山路平四郎)은 몰래 지하에 수관을 묻고 남의 물을 훔쳐서 자기 화전(火田)에 끌어들이고 들킬까 마음 졸이는 서민생활의 체험이 없이, 다만 관념적 발상의 표현으로 보기에는, 소재 자체가 너무 생생한 서민적 삶의 현장으로 해석하였다.[19)]

따라서 이는 결코 왕족들에 의해서 지어진 시가로 보기는 어렵기 때문에, 경태자 자신을 작가자로 보기는 어렵다.

2) 가명(假名) 표기의 원칙

이종철은 고대 일본어 표기를 대표하는 '만엽가명(萬葉假名)'이 '향찰(鄕札)'로부터 지대한 영향을 받아서 이루어진 것으로 파악하였다.[20)]

이제 고대 일본의 가명(假名) 표기 원칙을 실례를 들어 정리한다.

[신라가 곡형]의 제2구

2) 夜万多阿阿乎於於於於於都久利伊伊移夷移伊移伊移移
1 2 3 4 5 6 7 8 1 2 3 4 5 6 7 8
산전을 일구고

19) 山路平四郎, 『記紀歌謠評釋)』, 三秀社, 1973, 180面
20) 이종철, 앞의 책, 190~198면.

1> 가사의 모든 음절은 크게 음수율 (5.7)조 가사를 이룬 본음(本音)과 그에 딸린 속음(屬音)으로 나뉜다.

2> 속음은 속모음(屬母音)과 첨가음으로 나뉜다.

첨가음은 본음의 뒤에 부가한 감탄성의 음절을 말하며, 속모음은 본음의 모음을 늘여서 길게 발성한 것이다.

속모음의 종류는 다음과 같이 대문자로 표기한 대속모음(大屬母音)과 소문자로 표기한 소속모음(小屬母音)으로 나누어진다.

<u>대문자로 표기한 대속모음(大屬母音)</u>

'利伊伊移夷移伊移伊移移'에서 처음 '利伊'를 제외한 대문자 부분

<u>소문자로 표기한 소속모음(小屬母音)</u>

'多阿阿乎於於於於於'의 '多'와 '乎'를 제외한 소문자의 모음 부분

3> 감탄음은 구초 감탄음, 구내 감탄음, 구말 감탄음 3종으로 나뉜다.

「신라가」에는 다음과 같이 제9구초 차사 '試夜[siya]' 하나만 존재한다.

9) 試夜　己受宇宇己於曾
1 2　1 2 3 4 5 6 7
(시야)오늘밤이야

일반적으로 감탄음의 대부분을 차지한 구말 감탄음은 그 대부분이 구의 종결을 나타내는 구실도 겸한다.

최정여는 『삼국유사』의 향가 기록 특히 구체형의 기록이 문장 위주가 아니라, 가창연주할 때 구현된 음악적 분절(分節)을 위주로 이루어진 가절(歌節)에 따라서 기록된 것으로 파악하였다.

이른바 <음악적 가절 위주의 기록>을 주장한 바 있는데.[21] 김종규는 이 음악적 가절을 이루는 주된 요소를 두 가지로 분류하였다.

즉 1개구를 중간에 휴지나 감탄부를 두어 두 부분으로 나누어서 부르는 <구내분창(句內分唱)>과, 1개연의 연속하는 2개구를 중간의 휴지나 감탄이 없이 1개구처럼 이어서 부르는 <구간연창(句間連唱)>으로 나누어 분류한 것이 그것이다.[22]

<구내분창> : 1개구를 두 단위처럼 나누어 부름

<구간연창> : 2개구를 한 단위처럼 이어서 부름

이 양자의 차이는 주로 표기의 띄어쓰기 여부로 구분되었다.

그런데 이러한 <음악적 가절 위주의 기록>은 고대 일본에서도 실재하였는데, 그 실례로 『금가보』의 「신라가」 문면가사를 살핀다.

『금가보』의 「신라가」 문면가사

1) 阿志比支乃
(미상)

2) 夜万多乎豆久利
산전을 일구고

3) 夜万多可良
산이 높아서

4) 志多比乎和之西
땅속 수관을 내듯

21) 최정여, 한국고시가연구, 계명대학교출판부, 1989, 224~230면.
22) 김종규, 앞의 책, 111~112면.

5) 志多止比尔和可止布豆万
몰래 찾아온 내 찾아온 아내

6) 志多奈支尔和可奈久豆万
남 몰래 우는 내 우는 아내

7) 許曾許曾伊毛尓
오늘밤이야 누이에게

8) 夜須久波多布例
맘껏 살을 맞대자

위에서 『고사기』의 「신라가」는 10구체형으로 지어진 시가이지만, 『금가보』 문면가사에서는 제5구와 제6구가 합하여 제5구로, 제7구와 제8구가 합하여 제6구로 기록되어 있다.

이 구들은 다음과 같이 가사 내용상으로 2개연이 엮어져서 대련(對聯)을 이루는 수사가 구사되었기 때문에, <구간연창>이 이루어지기 쉬운 여건을 지녔던 것이다.

제5구와 제6구 : 몰래 찾아온	내 찾아온 아내를
제7구와 제8구 : 남몰래 우는	나의 우는 아내를

따라서 이는 곧 10구체형의 「신라가」가 가창연주될 때는, <음악적 가절 위주의 기록>이 8개 가절을 이루었음을 말한다.

3) 〈8간(八間) 위주 단위행률(單位行律)〉

시가의 단위악구 그 가락의 정격 길이를 단위악구율이라 지칭한다. <「신라가」형>의 정격 단위악구율 그 규모를 알아본다.

다음에서 음(音)은 가사의 기본단위를 산정한 음수(音數)를 말하고, 간(間)은 가락 길이의 기본단위를 산정한 간수(間數)를 말한다.

『금가보』의 「신라가」 보면가사

5음5간 1) 阿志比幾能
1 2 3 4 5
(미상)

7음16간 2) 夜万多阿阿乎於於於於於都久利伊伊移夷移伊移伊移移
1 2 3 4 5 6 7 8 1 2 3 4 5 6 7 8
산전을 일구고

5음6간 3) 夜万多阿何良阿
1 2 3 4 5 6
산이 높아서

7음8간 4) 志夷太備乎和試世
1 2 3 4 5 6 7 8
땅속 水管을 내듯

5음7간 5) 志太止比尔夷伊
1 2 3 4 5 6 7
몰래 찾아온

6음8간 6) 和阿我止於布都万
1 2 3 4 5 6 7 8
내 찾아온 아내를

5음7간 7) 志多奈伎尔伊移
1 2 3 4 5 6 7
남몰래 우는

6음7간 8) 和阿我奈阿久都万
1 2 3 4 5 6 7
나의 우는 아내를

6음7간 9) 試夜 己受宇宇己於曾
1 2 1 2 3 4 5 6 7
(시야) 오늘밤이야

7음17간 10) 己受己於於於於於於曾伊母尔移伊移伊
1 2 3 4 5 6 7 8 1 2 3 4 5 6 7 8 1
오늘밤이야 누이에게

7음14간 11) 夜須宇久波太布宇禮亞亞亞亞亞亞
1 2 3 4 5 6 7 8 1 2 3 4 5 6
맘껏 살을 맞대자
7음7간 12) 夜須宇久波太布禮
1 2 3 4 5 6 7
맘껏 살을 맞대자

이 단위악구율의 단위시간인 '간(間)'은 후대 한국 고시가 악보의 정간보(井間譜)에 쓰인 '정간(井間)'과의 관계를 염두에 두고 설정하였다.

또한 <「신라가」형> 악곡의 기본적 단위로서, 가사의 단위인 '구(句)'에 상응하는 악구의 단위악률을 '행(行)'이라 지칭한다.

따라서 <「신라가」형>의 단위악구율은 '단위행률(單位行律)'이 된다.

'행(行)'도 역시 후대 한국 고시가의 악보 체재인 정간보의 '행강(行綱)'과의 관계를 염두에 두고 설정한 용어이다.

후술할 바와 같이 '간'은 '정간'과 동일한 기초적 단위시간이며, '행'은 '행강'의 1/2에 해당하는 가락 길이의 단위악구율이다.

이에 따라서 '간'과 '정간', 그리고 '2행'과 '1행강' 이 양자들은 그 가락 길이의 실상이 현재 확인되지는 않았지만, 논의의 편의를 위해서 우선 가설로 설정하고, 동일한 길이로 간주하여 취급한다.

이를 <'간(間)' 및 '정간(井間)'의 가설적 등장성(等長性)> 및 <2행 및 1행강의 가설적 등장성(等長性)>이라 간추릴 수 있다

그런데 후대로 올수록 서정시가의 단위악구율은 대체로 〈8간 단위악구율〉을 지향하였고, 보다 후대에는 대체로 배형의 〈16정간 단위악구율〉을 지향하여 온 것이 일반적 경향이기 때문에, 「신라가」에도 그러한 단위악구율 체재가 실재하였는지 여부를 살핀다.

먼저 「신라가」의 '행' 자체가 지닌 음수(音數) 및 간수(間數)의 실상을 통하여 단위행률 체재의 실상을 알아본다.

그런데 이 단위행률의 실상 파악에는 선행되어야 할 전제가 있다. 『금가보』의 「신라가」 보면가사 각행은 심한 진폭의 5간~23간이 대문자(大文字) 및 소문자(小文字)의 가명(假名)으로 기록되었다.

그런데 다음에 상정된 3개 항목 중에서 어느 것을 정격의 '간(間)'으로 인정할 것인지가 문제이다.

※ 대문자만 '간'으로 인정한다
※ 대문자와 소문자 모두를 '간'으로 인정한다

먼저 소문자를 '간'으로 인정할지 여부를, 대문자와의 비교를 통하여 검토하기 위해서, 소문자 가명표기가 있는 5개구를 들어서, 이를 '대소문자 인정' 및 '대문자만 인정'의 경우로 나누어 살핀다.

	제2구	제3구	제8구	제10구	제11구
대소문자 인정	23간	7간	8간	18간	14간
대문자만 인정	16간	6간	7간	17간	7간

'행'에는 대체로 휴지(休止), 여음(餘音), 감탄이 따른다는 전제에 따르면, 단위행률은 8간 및 16간과 같거나 좀 부족해야 성립된다.

그런데 만일 대소문자 모두를 '간(間)'으로 인정할 경우, 제2구, 제8구, 제10구, 그리고 제11구는 일반적인 단위행률이 될 수 있는 8간이나 16간과 같거나 넘치는 것으로 나타나며, 특히 제2구의 경우 23간은 8간의 3배형에 가까워서 다른 구들과의 불균형이 극심하다.

즉 대소문자 모두를 '간'으로 인정할 경우, 이 구(句)들은 8간단위 및

16간단위 기준의 단위행률을 넘쳐서 동떨어진 간수가 됨으로써, 휴지, 감탄, 여음 등이 개입할 수 있는 여지가 원천적으로 배제된다.

그러나 대문자만을 '간'으로 인정하면, 제10구의 17간이 1간을 초과하는 경우를 제외하면, 일반적으로 8간단위의 1행분(一行分) 및 2행분(二行分)이라는 단위행률에 합당한 길이를 이룬다.

따라서 이를 통하여 「신라가」 악보에서는 대문자 가명만을 '간(間)'으로 인정하고, 소문자 가명은 간으로 인정하지 않았음을 알 수 있다.

이를 <대문자 가명만의 간수(間數) 인정>으로 간추릴 수 있다.

이 <대문자 가명만의 간수 인정>에 따른 단위행률의 실상을 살핀다.

먼저 구분할 것은, 위의 간수 산정에서 드러난 바와 같이, 「신라가」의 악구에는 8간단위 1행분(1行分)을 이룬 단행구(單行句)와, 8간단위 2행분(2行分)으로 이루어진 배행구(倍行句)가 있는 점이다.

그래서 우선 8간단위 1행으로 이루어진 단행구를 들면 다음과 같이 9개구가 있다.

제1구 ——— 5음5간	제3구 ——— 5음6간
제4구 ——— 7음8간	제5구 ——— 5음7간
제6구 ——— 6음8간	제7구 ——— 5음7간
제8구 ——— 6음7간	제9구 ——— 6음7간
제12구 ——— 7음7간	

그리고 나머지 3개구는 다음과 같이 8간단위 2행분(2行分)으로 이루어진 배행구에 해당한다.

제 2 구 ——— 7음16간 (8간+8간)
제10구 ——— 7음17간 (8간+9간)
제11구 ——— 7음14간 (8간+6간)

따라서 이를 <「신라가」 곡형>의 9개 단행구 및 3개 배행구의 구성>이라 간추릴 수 있으며, 이를 도표로써 확인하면 다음과 같다.

<「신라가」 곡형>의 행률

제 1 구 ———
제 2 구 ——— ———
제 3 구 ———
제 4 구 ———
제 5 구 ———
제 6 구 ———
제 7 구 ———
제 8 구 ———
제 9 구 ———
제10구 ——— ———
제11구 ——— ———
제12구 ———

이 12개구 중에서 제2구, 제10구, 제11구, 이 3개구는 위와 같이 원래 각각 8간단위 2행분에 해당하는 배행구이기 때문에, 이에 따라서 <「신라가」형> 12개구의 실제적 악곡 길이는 8간단위 12개구 15행분이 된다.

단행구들의 대문자 가명이 5자~8자로서 중심된 단위행률 8간보다 0~3간이 부족한 것은, 전술한 바와 같이, 악구 말미에 일반적으로 존재하는 휴지, 여음, 감탄 등이 들어갈 여지가 필요하기 때문이다.

이는 단행구의 배형을 이룬 배행구도 공통된 양상을 지녔다.

이에 따라서 단행구가 9개구로서 다수이고, 배행구가 3개구로서 소수인 점에 의거하여, 「신라가」에 있어서 단위행률 체재는 <8간 위주의 단위행률>로 드러난다.

이에 「신라가」의 단위행률은 완전하지 않지만, <8간 단위행률>이 다수를 이룬 실상을 고려하면, 이로써 정격의 일률적 단위악구율 형성을 지향하였음을 알 수 있다.

4) 문형(文形) 및 곡형(曲形)의 2원구조(二元構造)

(1) 선반복(先反復)

『금가보』 악보에 의하면 「신라가」는 지은 가사의 구수율인 문형과 그리고 가창연주될 때의 구수율인 곡형이 다르게 나타났다.

곡형의 구수율은 「신라가」의 후소절에 존재하는 반복현상에서 비롯되었기 때문에, 『금가보』의 보면가사를 통하여 이를 확인한다.

『금가보』의 「신라가」 보면가사

1) 阿志比幾能
　　(미상)

2) 夜万多阿阿乎於於於於於都久利伊伊移夷移伊移伊移移
　산전을　　　　일구고

3) 夜万多阿何良阿
　산이 높아서

4) 志夷太備乎和試世
　땅속 水管을 내듯

5) 志太止比尔夷伊
몰래 찾아온

6) 和阿我止於布都万
내 찾아온 아내를

7) 志多奈伎尔伊移
남몰래 우는

8) 和阿我奈阿久都万
나의 우는 아내를

---

9) 試夜 已受宇宇已於曾
(시야) 오늘밤이야

10) 已受已於於於於於於於曾伊母尔移伊移伊
오늘밤이야 누이에게

11) 夜須宇久波太布宇禮亞亞亞亞亞
맘껏 살을 맞대자

12) 夜須宇久波太布禮
맘껏 살을 맞대자

위에서 제8구까지는 전대절에, 제9구 이하는 후소절에 해당한다.

「신라가」 제9구초에 존재하는 차사(嗟詞) '試夜[siya. 시야]'를 [사뇌가형] 제9구초의 차사 '아야[aya. 阿也]'와 비교하면, 그 위치가 동일하며, 그 음운 또한 감탄사로서의 유사성을 지녔다.

이를 <[사뇌가형] 및 「신라가」의 차사 유사성>이라 간추릴 수 있다.

이 「신라가」 후소절 전반부의 보면가사에서 주목할 대상은 두 군데의 반복현상이다.

9) 試夜 已受宇宇已於曾
(시야) 오늘밤이야

10) 己受己於於於於於於曾伊母尔移伊移伊
오늘밤이야 누이에게

먼저 곡형 12구체형의 후소절에서 이루어진 제9구 및 제10구의 부분적인 반복 '己受宇宇己於曾[kozokoso](오늘밤이야)'는 이 후소절에 존재하는 2개의 반복 중에서 먼저 나오는 반복이기 때문에, 이를 선반복(先反復)이라 지칭할 수 있다.

(2) 종반복(終反復)

다음으로 같은 후소절 후반부에서 이루어진 제11구 및 제12구의 반복 '夜須久波太布禮[yasukuhadahure](맘껏 살을 맞대자)'는 말미의 반복에 해당한다.

11) 夜須宇久波太布宇禮亞亞亞亞亞
맘껏 살을 맞대자
12) 夜須宇久波太布禮
맘껏 살을 맞대자

이는 후소절에 존재하는 2개의 반복 중에서, 마무리하는 반복이기 때문에, 앞에 논급된 선반복(先反復)과 상대적인 의미로 종반복(終反復)이라 지칭할 수 있다.

선반복과 종반복에 존재하는 <선반복 전구> 및 <종반복 후구>는 가사로서의 기능보다는, 정서 고조를 위한 장치로서 리듬 조성을 위한 음악적 성향이 강하기 때문에, 이를 '곡형구(曲形句)'라 지칭할 수 있다.

상대적으로 <선반복 후구> 및 <종반복 전구>는 가사 의미 위주의 문예적 성향이 강하기 때문에, 이를 '문형구(文形句)'라 지칭할 수 있다.

「신라가」 후소절 4개구의 구분

제9구 : <선반복 전구> (곡형구)
제10구 : <선반복 후구> (문형구)
제11구 : <종반복 전구> (문형구)
제12구 : <종반복 후구> (곡형구)

그렇다면 이로써 <「신라가」형>은 후소절의 반복적 성향으로 인하여, 문형(文形)과 곡형(曲形)이라는 2원적 형태를 지닌 것으로 드러난다.

문형은 원래의 지은 가사를 위주로 한 구체형이고, 곡형은 가창연주시에 문형구에 부가된 곡형구 2개구까지 아우르는 구체형이다.

따라서 후소절의 문형구 2개구가 각각 반복되어 4개구를 이룸으로써, 「신라가」는 지어진 가사 즉 문형 10구체형이 가창연주시에는 곡형 12구체형으로 구현되는 2원적 형태를 지닌 것으로 나타났다.

이러한 2원적 형태는 『고사기』의 「신라가」 및 『금가보』의 「신라가」들이 지닌 가사의 기록 차이에서 분명하게 드러난다.

문학성 위주의 지어진 가사 → [신라가 문형(文形)] 10구체
『고사기』의 「신라가」

음악성 위주의 노래된 가사 → [신라가 곡형(曲形)] 12구체
『금가보』의 「신라가」

이를 <(「신라가」형)에서 문형 및 곡형의 양존>이라 간추릴 수 있다.

이에 따라서 <3구6명체>의 6명체는 그 1명을 연속하는 2개구로 산정하면, 「신라가」의 문형 10구체보다는, 곡형 12구체에 준하여 이루어진 형태 규정인 것으로 이해된다.

이를 <곡형 12구체에 준한 (「신라가」형)의 (3구6명체)>라 간추릴 수 있다.

여기서 고대 일본에서 후소절의 이러한 반복현상에 대한 기록과 관련하여 특이한 관행이 있어서 이를 명시한다.

즉 시가 기록의 관행상, 일반의 전적(典籍)에는 곡형부를 생략하여 문형으로만 기록하고, 『금가보』와 같은 악보의 보면가사에서는 곡형부까지 아울러 기록하는 점이다.

전적의 기록 → 문형으로 기록함(지은 가사)

악보의 기록 → 곡형으로 기록함(지은 가사 + 곡형부)

이를 <전적 기록의 곡형부 생략>이라 간추릴 수 있다.

따라서 전적인 『고사기』(712)의 「신라가」는 지어진 가사인 <「신라가」 문형>의 10구체형으로 기록되었다.

그러나 악보인 『금가보』(981)의 「신라가」 보면가사는 후소절의 선반복 및 종반복에 의해서 발생한 곡형부 2개구를 부가한 12구체형으로 기록되었다.

『고사기』의 「신라가」(712) → <「신라가」 문형> 10구체형 기록

『금가보』의 「신라가」(981) → <「신라가」 곡형> 12구체형 기록

이에 따라서 <「신라가」형>은 <「신라가」 문형> 및 <「신라가」 곡형>, 이처럼 2종으로 구분할 수 있다.

그런데 이러한 문곡형의 구분에 따르면 [사뇌가형]의 실제적인 악곡 길이의 규모는 [사뇌가 곡형]에서 드러난다.

전술에서 제2구, 제10구, 제11구, 이 3개구들은 일반적 기본형인 <8간 단위행률>의 1행을 기준으로 한 단행구의 배형(倍形) 즉 간수 16간에 준하는 배행구로 파악되었다.

전대절 제2행 (배행구) : 7음16간 (8간+8간) 2행분

후소절 <선반복 후구> 제10행(배행구) : 7음17간 (8간+9간) 2행분

후소절 <종반복 전구> 제11행(배행구) : 7음14간 (8간+6간) 2행분

위에서 단행구의 <8간 단위위행률> 1행을 기준으로 할 경우, 배행구는 8간단위 2행분(二行分)으로 산정할 수 있다.

그렇다면 <「신라가」 곡형>은 12개구이지만, 그 단위행률의 실상은 그 총합이 15행분이기 때문에, 그 차이를 구분할 필요가 있다.

즉 <「신라가」 곡형>은 <9개 단행구 및 3개 배행구>를 지녔기 때문에, 이를 <(5.4.6) 15행분 3단구조>라 간추릴 수 있다.

이에 따라서 「신라가」 곡형]을 <8간 단위행률>을 기준으로 하여 산정하면 그 길이가 다음과 같다.

<「신라가」형>의 실제적 악곡 길이

제1구	전대절 전반부 :	5행분	40간	(8간의 5배수)
제2구	전대절 후반부 :	4행	32간	(8간의 4배수)
제3구	후소절 :	6행분	48간	(8간의 6배수)
	합 :	15행분	120간	

9개 단행구의 9행 + 3개 배행구의 6행분 = 12개구 15행분 120간

요컨대 이를 <(「신라가」 곡형)의 전후절 3단 12개구 15행분 120간의 (3구6명체)>라는 형태 및 길이를 지닌 것으로 간추릴 수 있다.

4. 「신라가」의 특징

「신라가」의 형태에 대한 고찰 결과는 그 자체는 물론, 그 이후 계승에 해당하는 한국 및 일본의 고대시가들 그 형태를 밝히는 매우 중요한 근거 자료가 되는 점에서 주목된다.

따라서 <「신라가」형>이 지닌 특징적 요소를 알아본다.

1) 곡형 제9구의 〈차사(嗟詞)〉 + 〈선반복 전구〉 구성

선반복에 대하여 특히 주목할 것은, 이것이 원형의 「신라가」에서는 존재하지 않았는데, 후대에 발생한 것으로 드러난 점이다.

『금가보』의 「신라가」 보면가사 후소절

6음7간　　9) 試夜　己受宇宇己於曾
　　　　　　　1 2　1 2 3 4 5 6 7
　　　　　　　(시야) 오늘밤이야

7음17간　　10) 己受己於於於於於於於曾伊母尔移伊移伊
　　　　　　　1 2 3 4 5 6 7 8 1 2 3 4 5 6　7 8 1
　　　　　　　오늘밤이야　　　　　누이에게

7음14간　　11) 夜須宇久波太布宇禮亞亞亞亞亞
　　　　　　　1 2 3 4 5 6 7 8 1 2 3 4 5 6
　　　　　　　맘껏　살을 맞대자

7음7간　　12) 夜須宇久波太布禮
　　　　　　　1 2　3 4 5 6 7
　　　　　　　맘껏　살을 맞대자

이 <「신라가」 곡형> 후소절의 제9구 및 제10구에 걸친 선반복의 형성과 관련하여, 『금가보』 주기(注記)에 다음과 같은 기록이 있다.

> 今案古事記云日本記之歌與此歌尤合古記但至許曾己曾之句古記不重耳
> (『고사기』에 의하면 일본기의 시가와 이 시가가 더욱 고기(古記)와 합치한다. 다만 '許曾己曾'의 구[句]는 고기에서 반복하지 않았다.)[23]

이는 『고사기』의 「신라가」보다 더 오래된 선대의 원형적 「신라가」에 '許曾己曾(오늘밤이야)'의 선반복이 존재하지 않았음을 의미한다.

다시 말하면 제9구의 '己受宇宇己於曾[kozokoso](오늘밤이야)'와 10구의 '己受己於於於於於於於曾[kozokoso](오늘밤이야)'가 이룬 선반복이 보다 선대의 원형적 「신라가」에는 아직 존재하지 않았던 것이다.

---

23) 『금가보』, 「신라가」(제21가), 주기(注記).

따라서 이를 <(「신라가」 곡형) 선반복의 후대적 형성>이라 간추릴 수 있다.

그렇다면 이 <(「신라가」 곡형) 선반복의 후대적 형성>이란 후대에 제9구인 <선반복 전구>가 제10구인 <선반복 후구>로 순행반복(順行反復)되거나, 아니면 반대로 제10구인 <선반복 후구>가 제9구인 <선반복 전구>로 역행반복(逆行反復)되었음을 의미한다.

따라서 이제 전구 및 후구 그 형성의 선후 관계를 알아본다.

그런데 이 두 선반복구들을 비교하면 변화의 여지라는 측면에서 정도의 차이를 발견할 수 있다.

<선반복 후구>(제10구)는 가사 '오늘밤이야 누이에게'라는 2개 실사 어절의 도치적 구문을 이루었지만, <선반복 전구>(제9구)의 '오늘밤이야'는 차사 '시야'와 연결된 단일 어절에 지나지 않는다.

그래서 이 제10구는 제11구와 더불어 배행구를 이룸으로써, 후소절에서 의미와 정서를 표현하는 중심부를 이룬 점에서, 원형성이 강하기 때문에 새로운 반복이 개입할 여지가 별로 없다.

그러나 제9구는 단행구이면서 가락 및 음운에 걸쳐서 신축의 여지가 많은 차사 '시야'와 연결되었기 때문에, 여기에는 새로운 반복이 개입할 여지가 보다 크다.

또한 원초적 정서의 발산이 보다 풍부한 이른 시기의 가요일수록 음악적 성향의 감탄부를 보다 많이 지니기 마련이다.

그러나 후대로 오면서 점차 가요적 성향이 시가적 성향으로 대체되어 가는 일반적 변화의 추세에 따라서, 음악적 성향의 감탄부는 문예적 성향의 실사부로 대체되는 경향이 큰 흐름을 이루었다.

이를 <(가요성 탈피 → 문예성 진작)에 따른 감탄부의 실사부화>라 간추릴 수 있다.

이 또한 <「신라가」 곡형>의 전구(제9구) 및 후구(제10구) 중에, 보다 큰 변화의 여지를 지닌 것은 초두에 감탄적 성향의 차사 '試夜[siya.시야]'가 존재하는 <선반복 전구>(제9구)임을 의미한다.

그렇다면 이는 선반복이 형성되기 이전 원형의 제9구 가락 전체에, 비교적 변화가 용이한 감탄적 음운 즉 차사 '試夜[siya, 시야]'가 실려서, 하나의 독립된 차사구를 이루었음을 의미하는 것으로 추론된다.

즉 차사의 음운은 긴 속모음(屬母音)으로써 긴 가락을 채울 수 있는 신축성을 지녔기 때문에, 선반복 형성 이전의 원형 제9구는 1개구 전체에 걸쳐서, 차사의 음운이 실렸던 '차사구'였던 것으로 추론된다.

이를 <구 전체가 차사구인 원형적 (「신라가」 곡형) 제9구>라 간추릴 수 있다.

그래서 이 원형적 <「신라가」 곡형>의 제9구가 후대에 차사로 축소되면서, 제9구 앞쪽으로 밀려서, 잔존하게 된 것으로 이해된다.

다시 말하면 이 '차사구'의 가락 전체에 실린 차사의 긴 속모음이 역행반복된 <선반복 후구>(제10구)의 실사로 교체됨으로써, 차사구(감탄구)는 결국 '試夜[siya,시야]'와 같은 차사(감탄사)로 축소된 것이다.

요컨대 이는 지은 가사로서 <선반복 후구>인 제10구의 '今夜こそは[許曾己曾](오늘밤이야)'가, 가창연주될 때 다음과 같이, <선반복 전구>인 제9구의 가사로 역행반복(逆行反復)된 것을 의미한다.

<「신라가」 곡형> 선반복의 <역행반복>

9) 試夜 己受宇宇己於曾 <선반복 전구>
(시야) 오늘밤이야 ↑
10) 己受己於於於於於於於曾伊母尔$_{移}$伊移伊 <선반복 후구>
오늘밤이야 누이에게

이를 <(「신라가」 곡형) 제10구 가사의 제9구로의 역행반복> 및 <차사구 'あや(阿也)'의 차사 '시야(試也)'로의 축소>라 간추릴 수 있다.

그러므로 이로써 <「신라가」 곡형>의 선반복은 일반적인 반복 양상과는 다르게, <선반복 후구>가 원형상의 선행구로서 문형구를 이루고, <선반복 전구>는 후행구로서 곡형구를 이룬 것으로 파악된다.

이를 <(선반복 후구)의 역행반복에 의한 (선반복 전구) 형성>이라 간추릴 수 있다.

그리고 이렇게 <(「신라가」 곡형) 제10구 가사의 제9구로의 역행반복>이 이루어짐으로써, <「신라가」 곡형> 제9구가 '차사 + <선반복 전구>'의 구성을 이루는 결과가 나타났다.

이를 <(「신라가」 곡형) 제9구의 (차사 '試夜' + {선반복 전구}) 구성>이라 간추릴 수 있다.

그런데 이러한 <(「신라가」 곡형) 제9구의 (차사 '試夜' + {선반복 전구}) 구성>과 관련하여 주목되는 것은 이와 공통된 맥락의 궤적이 [사뇌가형]에서도 드러난다는 사실이다.

즉 일부 사뇌가에 있어서 제9구 차사의 원형적 음운 '아야(阿也, 阿耶)'가 점차 '후구(後句)', '격구(隔句)', '낙구(落句)', '후언(後言)'으로 대체된 표기를 이루었다.

더 나아가 '탄왈(歎曰)', '성상인(城上人)', '타심(打心)', '병음(病音)'과 같이 정조(情調)를 나타낸 실사적 표기로 변화하였다.

그렇다면 이는 [사뇌가 곡형]의 후소절 차사에서 그 존재 자체의 성향이 변화해 가는 과도적 유동성의 반영인 것으로 이해된다.

그리고 그 변화란 곧 <(「신라가」 곡형) 제10구 가사의 제9구로의 역행반복>이 [사뇌가 곡형]의 제9구에도 공통되게 이루어져서, 차사가 <선반복 전구>로 변화하였음을 의미하는 것으로 파악된다.

이에 [「사뇌가」 곡형]의 후소절 4개구에 대한 고찰 결과를 정리하면 다음과 같다.

제 9 구 : <선반복 후구>가 역행반복된 <선반복 전구>	(곡형구)
제10구 : 작사할 때 지어진 <선반복 후구>	(문형구)
제11구 : 작사할 때 지어진 <종반복 전구>	(문형구)
제12구 : <종반복 전구>의 반복인 <종반복 후구>	(곡형구)

2) 〈조두조결식(調頭調結式) 장인(長引)의 정서 고조〉

전술에서 「신라가」의 <8간 위주 단위행률체>는 <(「신라가」 곡형)의 (9개 단행구 및 3개 배행구)의 구성>을 이룬 것으로 고찰되었다.

그런데 이 3개구의 배행구는 <조두조결식 장인>이라는 기교적 표현 양식을 형성하는 관건을 이루었기 때문에 이를 살핀다.

(1) <조두식(調頭式) 장인의 정서 고조>

<조두식 장인>은 시가의 초두에서 어단성장으로써 정서를 고조시키고 들어가는 가창적 표현 양식의 하나라 할 수 있다.

먼저 「신라가」 초두에서 제2구의 장구화(배행구화)>가 주목된다.

『금가보』의 「신라가」 보면가사 제1구~제2구

5음5간　　1) 阿志比幾能
　　　　　　1 2 3 4 5
　　　　　　(미상)
7음16간　2) 夜万多阿阿乎於於於於於都久利伊伊移夷移伊移伊移移
　　　　　　1 2 3　4　　　　5 6 7　8 1 2 3 4 5 6 7 8
　　　　　　산전을　　　　　일구고

위의 제2구는 단행구 8간의 배형(倍形) 즉 간수 16간에 준하는 2행분의 배행구(倍行句)에 해당한다.

이는 <「신라가」형>과 그 후대 시가형과의 사이에 존재하는 형태적 친연성을 고찰함에 중요한 근거가 되기 때문에 그 의의가 크다.

원래 <기기장가> 일반은 단장(短長) (5.7)조의 음수율을 지향하기 때문에, 「신라가」 제1구의 음수는 홀수구 정격의 음수인 5음인데, 가락 길이는 <8간 단위행률>보다 3간이 부족한 5간(五間)이다.

따라서 이는 <「신라가」 곡형>의 구(句) 중에서 가장 짧은 가락의 최단구(最短句)에 해당한다.

그런데 중요한 것은 이 최단구 가락의 제1구에 이어, 위와 같이 배행구(장행구)인 제2구가 연속되는 현상이 이루어진 점이다.

그렇다면 이와 같이 '최단구 가락(제1구) + 배행구(제2구)'의 조합을 <「신라가」 곡형>의 첫들머리에서 <조두식 장인현상(調頭式 長引現象)>이라 지칭할 수 있다.

다시 말하면 제1구에서 5간이라는 짧은 발성을 통하여 짧고 깊은 '조두식 흡기(吸氣)'으로써 숨을 고르고, 제2구를 호기(呼氣)로써 길게 어단성장(語短聲長)한 결과, 「신라가」의 <조두식 장인>이 조성되었다.

이를 <(최단구 + 배행구) 그 (조두식 장인)의 정서 고조>라 간추릴 수 있다.

그런데 여기서 상기되는 것은 「신라가」 제1구 가락이 유일한 최단구를 이룬 점과 다수의 [사뇌가형] 제1구의 음수가 일반적으로 구(句)들 중에서 최단구를 이룬 점이 공통되는 것이다.

물론 <「신라가」형> 제1구는 가락이 최단구지만, [사뇌가형] 제1구는 음수가 최단구라는 점에서, 양자간 차이가 있는 것은 사실이다.

그러나 이 차이는 일본 고대장가는 음수율 (5.7)조의 정격을 지향하고, [사뇌가형]은 음수율이 불분명한 데서 연유한 것으로 파악된다.

즉 이 정격 음수율의 존재 여부에 따라서, 제1구에서의 짧고 깊은 '조두식 흡기'가 [사뇌가형]에서는 짧은 가사로써 발현되고, 상대적으로 일본 고대장가에서는 짧은 가락으로 발현된 것으로 이해된다.

따라서 이상을 <([사뇌가형] 가사 및 {「신라가」형} 가락) 그 제1구의 최단구적 조두식 호흡>이라 간추릴 수 있다.

그리고 이처럼 [사뇌가형] 및 <「신라가」형>이 공통되게 지닌 조두식 양식은 양자간 형태적 계승 관계의 일단을 보인 것으로 이해된다.

(2) <조결식(調結式) 장인(長引)의 정서 고조>

<조결식 장인>은 시가의 말미에서 어단성장으로써 정서를 고조시키는 것으로 마무리하는 가창적 표현 양식의 하나라 할 수 있다.

다음 「신라가」 후소절에서 역시 <조결식 장인을 위한 장구화(배행구화)>가 이루어진 점을 살핀다.

『금가보』의 「신라가」 보면가사 후소절

6음7간　　9) 試夜　己受宇宇己於曾
1 2　1 2 3 4 5 6 7
(시야) 오늘밤이야

7음17간　10) 己受己於於於於於於於曾伊母尔移伊移伊
1 2 3 4 5 6 7 8 1 2 3 4 5 6　7 8 1
오늘밤이야　누이에게

7음14간　11) 夜須宇久波太布宇禮亞亞亞亞亞
1 2 3 4 5 6 7 8 1 2 3 4 5 6
맘껏　살을 맞대자

7음7간　12) 夜須宇久波太布禮
1 2　3 4 5 6 7
맘껏　살을 맞대자

이 「신라가」 후소절에서 문형구에 해당하는 제10구 및 제11구 즉 <후소절 문형구 2개구의 배행구>가 형성되었다.

원래 <「신라가」 곡형>에서 제10구와 제11구는 〈선반복 전후구〉이기 때문에, 양구는 후소절 결사의 중심을 이룬 문형구로서, <장인의 정서 고조>가 이루어져야 할 가사이기 때문에 배행구를 이루었다.

따라서 이를 <(「신라가」 곡형) 후소절 문형구 2개구 가락의 배행구화>라 간추릴 수 있다.

그런데 주목할 것은 『고사기』(712)에서 『금가보』(981)에 이르는 동안에, <「신라가」형> 후소절의 문형구 2개구 중에서, 제10구는 가락의 배행구화는 물론 가사까지도 후대적 장구화를 이룬 점이다.

즉 『고사기』(712)의 <「신라가」 문형> 후소절의 제9구 '今夜こそは(오늘밤이야)'는 5음을 이루었다.

『고사기』의 <「신라가」 문형> 후소절

9) 今夜こそは	10) 安く肌觸れ
kozokosowa	yasukuhadahure
오늘밤이야	맘껏 살을 맞대자

물론 이 <「신라가」 문형>의 제9구 1개구는 <「신라가」 곡형>에서 제9구인 <선반복 전구>와 제10구인 <선반복 후구>에 상응한다.

그런데 『고사기』(712)보다 269년 후대인 『금가보』의 <「신라가」 곡형> 제10구인 <선반복 후구>는 주격조사에 해당하는 'は[wa]' 1음이 탈락하고, '伊母尔移伊移伊[imoni](누이에게)'라는 3음이 새로이 부가되면서 다음과 같이 7음구로 장구화하였다.

夜こそは	→	己受己於於於於於於於曾伊母尔移伊移伊
(오늘밤이야)		(오늘밤이야 누이에게)
『고사기』(712)		『금가보』(981)

이는 전술한 바 <(「신라가」 곡형) 선반복의 후대적 형성> 그 이후에 다시 새로운 변화가 이루어진 것을 말한다.

즉 이 <(「신라가」 곡형) 선반복의 후대적 형성>으로 인하여 조성된 선반복의 제9구 및 제10구는, 같은 가사가 반복되어야 하는데, 세월이 경과하면서 새로운 가사의 부가가 이루어진 것이다.

그렇다면 이는 후대에 이르러 <조결식 장인(調決式 長引)을 위한 장구화(배행구화)>를 위하여, 배행구인 제10구에서 <가사 및 가락의 상호적응 지향 추세>에 따른 바 가사의 장구화가 동반되었음을 의미한다.

이를 <제10구의 조결식 장인을 위한 (가락 및 가사) 동반적 장구화>라 간추릴 수 있다.

그렇다면 이 <제10구의 조결식 장인을 위한 (가락 및 가사)의 동반적 장구화>는 「신라가」 후소절에서, 조두현상과 짝을 이루는 조결현상이 존재하였음을 의미한다.

다시 말하면 단행구인 제9구초의 차사를 이용한 숨고르기를 한 다음, 배행구로써 길게 발성함으로써, 제2차적인 정서의 고조를 이룬 것이다.

이를 전술한 바 <(최단구 + 배행구)의 (조두식 장인) 그 정서 고조>와 짝을 이루는 <(단행구 + 배행구)의 (조결식 장인) 그 정서 고조>라 간추릴 수 있다.

이로써 [사뇌가형] 및 <「신라가」형>」에는, 첫들머리뿐만 아니라 후소절의 결사까지도 아울러서, 정서 고조의 효과를 위한 표현 기교로서 수미쌍관의 2중적인 표현 양식이 설정되었음을 알 수 있다.

따라서 <조두식 장인의 정서 고조> 및 <조결식 장인의 정서 고조>, 이를 아울러 싸잡아 <조두조결식 장인의 정서 고조>라 간추릴 수 있다.

그런데 <「신라가」 곡형>에서 이루어진 이 <제10구에서의 가락 및 가사의 동반적 장구화>는 후대 [시조형]의 제10음보 즉 종장 제2음보의 장음보화(長音步化)와 공통된다는 관련성을 미리 명기한다.

3) 〈조결식 장감급종(長感急終)의 후소절 운율〉 그 의의

앞에서 <「신라가」 곡형> 후소절에 있어서 <조결식 장인의 정서 고조>가 형성된 경위를 고찰하였다.

이러한 <조결식 장인>의 실상은 다음과 같이 『금가보』의 <「신라가」 곡형> 후소절 각구가 지닌 가락 및 가사의 길이에서 나타난다.

제9구 : 6음7간 제10구 : 7음17간
제11구 : 7음14간 제12구 : 7음7간

위의 후소절 4개구 음수는 7음 위주로 비슷하지만, 간수율은 (7.17.14.7)간의 4개구로서 이는 구간에 많은 차이가 있기 때문에, 이 후소절의 간수율이 지닌 구조적 의미는 다음과 같이 파악된다.

※ 전대절에서 점차로 쌓여오면서 농축된 정서가
※ 결사 초두인 제9구초의 차사로 터지면서 숨고르기를 한 후
※ 제10구와 제11구에서 한껏 고조된 정서의 가사 및 가락이
※ 매우 길게 전개되는 정서적 흐름을 타다가
※ 제12구에서 짧은 마무리로써 극적인 여운을 남긴다.

<조결식 차사> → 결사 초두의 숨고르기

<후소절 문형구의 장구화> → 장인의 정서 고조

<종반복 후구의 급종> → 짧은 마무리의 여운

다시 말하면 <조결식 차사>에 연동된 <조결식 장인의 정서 고조>와 역시 그에 연동된 <종반복 후구의 급종(急終)>까지를 포함한 바, 후소절 형태의 특징적인 표현 양식이 형성된 것이다.

이를 <조결식 장감급종을 위한 후소절의 장단구(長短句) 활용> 및 <조결식 장감급종(長感急終)의 후소절 운율>이라 간추릴 수 있다.

그런데 [사뇌가형]의 이러한 <조결식 장감급종의 후소절 운율>이 후대 고시가에 미친 영향은 중대하고 유구한 것으로 이해된다.

즉 이 [사뇌가형]의 <조결식 장감급종의 후소절 운율>은 중간의 여러 과도적 시가형을 거쳐서, [시조형]의 <조결식 장감급종의 종장 운율>에까지 이어져 내린 것으로 파악되기 때문이다.

다시 말하면 이 후소절 및 종장에서 이루어진 <조결식 장감급종의 운율>은 바로 우리나라의 대표적인 고시가형들이 전통적으로 줄기차게 견지하여 온 실로 유구한 특징적 표현 양식에 해당하는 것이다.

따라서 이를 <한국 고시가 후소절의 대표적 표현 양식 (조결식 장감급종 운율)>이라 간추릴 수 있다.

5. 「신라가」 및 「이상곡」의 형태적 친연성

1) 구체형의 공통성

「이상곡」은 선학들에 의해서 「정과정(진작)」과 더불어 [사뇌가형]의 형태적 계승일 개연성이 큰 것으로 논급된 바 있다.

그런데 「이상곡」은 [사뇌가형]과의 관계뿐만 아니라, 「신라가」와의 관계에서도 형태적 친연성이 적지 않게 드러난다.

사실 <「신라가」형> 및 <「이상곡」형>의 형태적 친연성은, [사뇌가형] 및 <「신라가」형>의 형태적 계승 관계는 물론, [사뇌가형] 및 「이상곡」의 형태적 계승 관계에 대한 근거를 내포한 점에서도 중요하다.

후술할 바와 같이 「신라가」 및 「이상곡」은 [사뇌가형]의 형태적 계승이란 점에서 공통되기 때문이다.

([사뇌가 곡형] → <「신라가」 곡형>)의 계승
([사뇌가 곡형] → <「이상곡」형>)의 계승

<「신라가」 곡형>과 <「이상곡」형>의 친연성

이에 따라 <「신라가」 곡형> 및 <「이상곡」형>의 공통점을 알아본다.

「이상곡」

13음　1) 비 오다가 개야아 눈 하 디신 나래
13음　2) 서린 석석사리 조븐 곱도신 길헤
17음　3) 다롱디리 우셔마득 사리마득 넌즈세너우지
　　　(이 '감탄성음'은 <조두식 장인>의 대체임)
8음　4) 잠 짜간 내니믈 너겨
12음　5) 깃든 열명길헤 자라 오리잇가
9음　6) 종종 霹靂 生 陷墮無間
9음　7) 고대셔 싀여딜 내모미
9음　8) 종종 霹靂 아 生 陷墮無間
9음　9) 고대셔 싀여딜 내모미
11음　10) 내님 두옵고 년뫼를 거로리
17음　11) 이러쳐 뎌러쳐 이러쳐 뎌러쳐 기약이잇가
　　　(앞의 '이러쳐 뎌러쳐'는 <선반복 전구>의 잔재임)
13음　12) 아소님하 혼디 녀졋 기약이이다
　　　(<(종반복 후구)의 후대적 실사구화>가 이루어짐)

원래 <「신라가」형>의 단위악구율은 <8간 위주 단위행률>인데, 「이상곡」의 단위악구율은 <16정간 단위행강률>이다.

그런데 '간(間)'과 '정간(井間)'은 동일한 길이이며, 8간 1행은 16정간 1행강의 1/2 길이이기 때문에, 따라서 <「신라가」형> 및 <「이상곡」형>의 단위악구율은 <닮은꼴 공통형>에 속한다.

그런데 전체의 악곡 길이에 있어서, <「신라가」형>의 15행분에 비하면, <「이상곡」형>의 39행강은 약 5배에 달하는 복합적 장형 악곡이다.

그래서 「이상곡」의 장형 악곡은 5개 단위악절의 복합을 이루었다.

따라서 전제 악곡 길이의 비교에서는 <「신라가」형>의 악곡과 더불어 <「이상곡」형>의 1개 단위악절이 상응하는 관계를 이룬다.

구체적인 양가의 악곡형 비교는 항목을 달리하여 후술된다.

이에 따라서 우선 양가의 가사형부터 비교한다.

「이상곡」의 제3구인 감탄성음(感歎聲音) '다롱디리 우셔마득 사리마득 넌즈세너우지'는 정격의 단위악구 길이인 4행강 가락에 실렸기 때문에, 이는 「이상곡」에 있어서 유일한 곡형구가 된다.

이를 <「이상곡」 유일의 곡형구인 제3구 감탄성음구>라 간추릴 수 있다.

따라서 「이상곡」은 문형 11개구 및 곡형 12개구를 지녔다.

이는 <「신라가」형>이 문형 10개구와 아울러 그에 <선반복 전구> 및 〈종반복 후구〉를 포함한 곡형 12개구를 지닌 점과 다르다.

이와 관련하여 예비할 문제가 있기 때문에, 후술된 바 <「신라가」형>의 후대적 변화에 대한 고찰 결과 일부를 미리 끌어다 활용한다.

즉 후술에서 논급한 바 [신라가 1형]의 문형 10구체형 및 곡형 12구체형의 변화에서, 후대에 후소절 곡형구인 <선반복 전구>(제9구)가 문형구로 변화한 결과, 문형 11구체형 및 곡형 12구체형을 지닌 바 [신라가 2형]이라는 새로운 시가형이 형성된 것으로 파악되었다.

그런데 이 [신라가 2형]의 문형 11구체형 및 곡형 12구체형이 바로 <「이상곡」 문형> 11구체형 및 곡형 12구체형과 공통되는 것이다.

그렇다면 이 양자의 형태는 결과적으로 <[신라가 2형] 및 (「이상곡」형)의 (문곡형 공통성)>이라 간추릴 수 있다.

그러나 <[신라가 2형] 및 (「이상곡」형)의 (문곡형 공통성)>에서 하나 구별할 것은 [신라가 2형]의 유일한 곡형구는 〈종반복 후구(제12

句)〉친데, 「이상곡」의 곡형구는 전술한 바 <「이상곡」 유일의 곡형구인 제3구 감탄성음구>라는 점이다.

따라서 이는 <([신라가 2형] 종반복 후구 → 「이상곡」 감탄성음구)의 대체>라 간추릴 수 있다.

2) 〈조두식 장인〉 및 감탄성음구의 공통성

「신라가」의 <조두식 장인> 및 「이상곡」의 감탄성음구, 양자의 성향이 주목할 만한 공통성을 지녔기 때문에, 그 친연 관계를 살핀다.

「신라가」에서 <조두식 장인>이 내포된 제2구의 가사는 <기기장가>의 음수율 (5.7)조의 7음이기 때문에 정격의 음수에 해당한다.

그러나 이 「신라가」 제2구의 가락은 속모음(屬母音)의 연장에 의한 <조두식 장인>을 이룸으로써, 다음과 같이 8간단위의 다른 악구들에 비하여 2배에 달하는 16간의 배행구를 이룬 것으로 나타났다.

「신라가」의 제2구

夜万多阿阿乎於於於於於都久利伊伊移夷移伊移伊移移 7음16간(배행구)
1 2 3 4 5 6 7 8 1 2 3 4 5 6 7 8
산전을 일구고

이를 <(조두식 장인)을 위한 제2구 가락의 배행구화>로 간추린 바 있다.

그런데 이 제2구의 배행구는 '산전을'과 '일구고'가 각각이 전부(前部)의 의미부 실사와 후부(後部)의 감탄성 속모음으로 구성되었다.

그런데 이렇게 <(조두식 장인)을 위한 제2구의 가사 및 가락의 배행구화>로 인하여 조성된 이 <「신라가」 곡형> 제2구가, 후대의 <「이상곡」 곡형>에서 2개구로 구분화(句分化)되어 나타난 점이 주목된다.

<u>「이상곡」 곡형의 제2구와 제3구</u>

2) 서린 석석사리 조븐 곱도신 길헤 (문형구)
3) 다롱디우셔 마득사리 마득 너즈세 너우지 (곡형구)

위는 <「이상곡」 곡형>의 제2구(문형구)가 <「신라가」 곡형> 제2구(배행구) 전부의 의미부 실사와 공통되고, <「이상곡」 곡형>의 제3구(곡형구)인 감탄성음구는 <「신라가」 곡형> 제2구(배행구) 후부의 감탄성 속모음과 공통되는 것을 의미한다.

「신라가」 제2구 전부의 실사부 → 「이상곡」 제2구의 실사부
―――――――――――――――――――――――――――
「신라가」 제2구 후부의 속모음 → 「이상곡」 제3구의 감탄성음구

이는 <「신라가」 곡형> 제2구의 배행구가 <「이상곡」 곡형>의 제2구(문형구) 및 제3구(감탄성음구)로 각각 분구되어 독립한 것을 의미한다.

이를 <(「신라가」 곡형) 및 (「이상곡」 곡형)의 (조두식 장인) 공통성> 및 <「이상곡」에서 (조두식 장인)의 분구화>라 간추릴 수 있다.

그렇다면 이로써 「이상곡」에서 전술한 바 <「이상곡」 유일의 곡형구인 제3구 감탄성음구>가 새로운 독립구로써 형성된 원인을 이해할 수 있게 된다.

즉 「이상곡」의 곡형구인 제3구 감탄성음구도 결국 <조두식 장인>

이라는 표현 양식을 위해서 설정된 장치였던 것으로 드러난다.

이를 <「이상곡」에서 (조두식 장인)을 위한 감탄성음구의 설정>이라 간추릴 수 있다.

그런데 <「이상곡」 유일의 곡형구인 제3구 감탄성음구>의 새로운 형성 이는 필연적으로 「이상곡」에서 제4구 이하 구들의 순차적인 구순서(句順序)의 하향을 유발할 수밖에 없다.

이를 <감탄성음구 독립에 따른 제4구 이하 구순(句順) 하향 유발>이라 간추릴 수 있다.

그런데 전술한 바 <([신라가 2형] 및 (「이상곡」형)의 문곡형 공통성> 및 <(「신라가」 곡형) 및 (「이상곡」 곡형)의 (조두식 장인) 공통성>이 드러났지만, 이는 공통성 이상의 친연 관계는 아니다.

즉 「신라가」는 일본 고대의 시가이며, 「이상곡」은 한국 중세의 시가인데다, 양가간 직접적 교류에 따른 형태상의 영향 관계가 존재하는 징후는 어디에서도 찾을 수 없는 것이 사실이다.

따라서 양자간에는 [사뇌가형]에서 비롯된 바 한일간(韓日間) 시공(時空)을 넘은 시가 형태 변화의 공통 원리가 작용하였음을 알 수 있다.

즉 이는 전술에서 간추린 바 <향가 이래 한일간 시공을 넘은 시가형 변화의 공통 원리>가 작용한 결과에 해당하는 것이다.

그런데 여기서 상기되는 것은 이왕에 고찰된 바 <[사뇌가형] → (「신라가」형)의 계승>이라는 대전제 바로 그것이다.

즉 <(「신라가」형 및 「이상곡」 곡형)의 (조두식 장인) 공통성>에 근거하여, <「이상곡」 곡형>의 <조두식 장인>으로부터 [사뇌가 곡형]의 <조두식 장인> 그 실재를 소급하여 유추할 수 있게 되는 것이다.

이를 <(「신라가」형)과 (「이상곡」형)에서 유추된 [사뇌가형]의 (조두

식 장인)>이라 간추릴 수 있다.

3) 〈조결식 장인〉의 공통성

후대의 「이상곡」에서 [사뇌가형]에 존재하였던 <선반복 전구>의 흔적이 잔존한 양상을 보였는데, 그 형태사적 의의를 알아본다.

먼저 선행 형태인 「신라가」의 선반복 현상으로 소급하여 살핀다.

『금가보』의 「신라가」 보면가사 후소절 일부

9) 試夜　己受宇宇己於曾　(6음7간)
1 2　1 2 3 4 5 6 7
(시야)　오늘밤이야

10) 己受己於於於於於於於曾伊毋尔移伊移伊　(7음17간)
1 2 3 4 5 6 7 8 1 2 3 4 5 6　7 8 1
오늘밤이야　누이에게

위에서 「신라가」 후소절 제9구와 제10구는 선반복 현상이다.

제10구 가락은 17간으로서 다른 악구에 비하여 2배에 달하는 배행구이기 때문에, 이는 <조결식 장감급종의 후소절 운율> 그것의 주된 구성 조건에 해당하는 장감(長感)으로 구실하였다.

그런데 이러한 [사뇌가형]의 선반복에 상응하는 「이상곡」에서의 신반복의 흔적 또한 다음과 같이 후대적 잔재로써 재현되었다.

「이상곡」 제11구　:　이러쳐 뎌러쳐 ──── (선반복 잔재)
(4행강의 17음)　이러쳐 뎌러쳐 기약이잇가

위는 제9구인 <선반복 전구>의 잔재 '이러쳐 뎌러쳐'와 제10구 '이러쳐 뎌러쳐 기약이잇가'가 연결된 것으로 이해된다.

이를 <「이상곡」의 (선반복 전구)의 잔재 재현>이라 간추릴 수 있다.

그러나 원래 [사뇌가형]의 <선반복 전구>는 제9구에 존재하였다.

이에 따라서 제기되는 문제는, 「이상곡」에서 <선반복 전구>의 잔재 '이러쳐 뎌러쳐'는 제11구초에 존재하기 때문에, 양자의 위치가 구순상(句順上) 상당한 차이가 있다는 점이다.

그러나 이는 전술한 바 「이상곡」의 형성 과정에서 발생한 바 <감탄성음구 독립에 따른 제4구 이하 구순(句順) 하향 유발> 그 변화를 감안하면 그 위치가 일치하는 것으로 드러난다.

즉 이 구순 하향 유발이 이루어지던 시기의 전후를 비교하면, 하향 이전의 원형적인 구순서에서의 제9구는 하향 이후 구순서의 제10구에 해당한다.

이를 <구순서 하향에 따른 선반복 잔재의 구순 하향>이라 간추릴 수 있다.

그런데 이 <선반복 전구>의 흔적 '이러쳐 뎌러쳐'는 6음의 짧은 반복인데다, 가락도 정격 단위행강률인 4행강률에 태부족인 연유로 독립구로서 미성(未成)이기 때문에 후행구인 제11구초로 이월한 것이다.

이를 <독립구 미성(未成)인 '이러쳐 뎌러쳐'의 제11구초 이월>이라 간추릴 수 있다.

따라서 <구순서 하향에 따른 선반복 잔재의 구순 하향> 및 <독립구 미성인 '이러쳐 뎌러쳐'의 제11구초 이월>을 감안하면, [사뇌가형]의 <선반복 전구> 및 「이상곡」의 선반복 잔재, 이 양자의 원형적 위치는 본디 공통된 것임을 알 수 있다.

이제 또 제기되는 문제는 [사뇌가형]보다 시대적으로 훨씬 후대인 「이상곡」에 이르러서 <선반복 전구>의 잔재가 재현된 이유이다.

이를 이해하기 위해서는 역시 먼저 <「신라가」 곡형>의 선반복으로까지 소급해서 살필 필요가 있다.

원래 <「신라가」 곡형>에서 제9구와 제10구는 <선반복 전후구>이기 때문에, 그 반복된 2개구의 가사는 같은 내용을 이루어야 한다.

그런데 전술한 바와 같이 <「신라가」 곡형>의 <선반복 후구>는 후대에 와서 파격이 유발되어서, 『고사기』(712) 이후 『금가보』(981)에 이르는 269년의 어간에, <「신라가」 곡형> 제10구 가사가 장구화되었다.

전술한 바와 같이 <선반복 전구> '今夜こそは(오늘밤이야)'에 '伊母尓移伊移伊[imoni](누이에게)'라는 3음이 새로이 부가되어 장구화된 것이다.

今夜こそは	→	己受己於於於於於於於曾伊母尓移伊移伊	
오늘밤이야		오늘밤이야	누이에게
(문형 제9구)		(곡형 제10구)	

이를 <(「신라가」 곡형) 제10구 가사의 후대적 장구화>라 간추린 바 있으며, 이 가사의 장구화가 이루어진 요인은 결국 <조결식 장인의 정서 고조>를 위한 것으로 고찰된 바 있다.

이를 <조결식 장인을 위한 (「신라가」형) 제10구 가사의 장구화>라 간추린 바 있다.

그런데 주목할 것은 이 <조결식 장인을 위한 (「신라가」형) 제10구 가사의 장구화>가 「이상곡」에서도 공통되게 나타난 점이다.

즉 '이러쳐 뎌러쳐'의 이월을 수용한 「이상곡」 제11구는 '이러쳐 뎌러쳐 이러쳐 뎌러쳐 기약이잇가'라는 17음의 장구를 이루었다.

그렇다면 「이상곡」에서 이루어진 <감탄성음구 독립에 따른 제4구 이하 구순 하향 유발>을 감안하면, 이 <선반복 전구>의 잔재가 재현된 이유는 「이상곡」 제11구 가사의 장구화를 위한 것으로 드러난다.

즉 <(「신라가」 곡형) 제10구 가사의 후대적 장구화>와 공통된 궤적의 <「이상곡」 제11구 가사의 후대적 장구화>가 이루어진 것이다.

이는 「신라가」와 「이상곡」 사이에 전술한 바 <조결식 장인> 형성을 위한 선반복과 그 잔재가 공통적으로 존재한 것을 의미한다.

이를 <장구화를 위한 「이상곡」의 (선반복 전구) 재현> 및 <조결식 장인을 위한 「이상곡」 제11구 가사의 장구화>라 간추릴 수 있다.

그렇다면 이를 통하여 「신라가」의 수미쌍관적 <조두조결식 장인의 정서 고조>가 「이상곡」에서도 공통되게 존재하였음을 알 수 있다.

따라서 이상의 고찰 결과를 아우르면 이는 <(「신라가」 곡형) 및 (「이상곡」 곡형)에서 공통된 조두조결식 장인>이라 간추릴 수 있다.

4) [사뇌가형]의 후대적 계승

이제 [사뇌가형]과 <「이상곡」형>의 형태적 친연 관계를 확인한다.

그런데 이를 위해서는 먼저 전술한 바 <(「신라가」 곡형) 및 (「이상곡」 곡형)의 공통된 조결식 장인>을 위하여 설정된 장구화의 양상에 다소 차이가 있는 점부터 검토할 필요가 있다.

즉 <조결식 장인을 위한 (「신라가」형) 제10구 가사의 장구화>는 가락 및 가사를 겸한 장구화이며, <조결식 장인을 위한 「이상곡」 제11구 가사의 장구화>는 가사에만 한정된 장구화라는 점이 다르다.

물론 「이상곡」 제11구의 가락이 장구화될 수 없는 이유는 「이상곡」의 악곡형이 획일화된 4행강률의 단위악구율을 지녔기 때문이다.

그러나 이 4행강률이라는 제한에도 불구하고, 「이상곡」 후소절에서 제11구 가사의 장구화가 이루어진 점은, <조결식 장인의 정서 고조>라는 표현 양식의 뿌리 깊은 근원성 그 영향으로 파악된다.

따라서 「신라가」 및 「이상곡」의 <조결식 장인의 정서 고조>를 위한 바 <제10구 및 제11구의 장구화>라는 형태적 특징은 그 선행 모태인 [사뇌가형]으로부터 연면하게 계승된 것임을 다시 상기하게 한다.

그러므로 이상의 고찰에서 확인된 「신라가」 및 「이상곡」의 가사형이 지닌 형태적 친연성은 이 양자가 결국 [사뇌가형]의 공통된 형태적 계승임을 다시 확인시켜주는 근거를 이루는 것이다.

이를 <[사뇌가형]의 공통된 형태 계승인 (「신라가」형) 및 (「이상곡」형)>이라 간추릴 수 있다.

그렇다면 이 <(「신라가」형) 및 (「이상곡」형)의 형태적 공통성>에 근거하여 역시 그 공통의 선행 모태인 [사뇌가형]에도 <조두조결식 장인>이 존재한 것으로 소급하여 유추할 수 있다.

따라서 이를 <(「신라가」형) 및 (「이상곡」형)에서 유추된 [사뇌가형]의 (조두조결식 장인)>이라 간추릴 수 있다.

그런데 여기서 특히 미리 명기할 것은 <「신라가」 곡형>의 제10구 및 「이상곡」의 제11구에서 이루어진 후대적 장구화는 후대의 [시조형] 제10음보 즉 종장 제2음보의 장음보화(長音步化)와 공통된다는 점이다.

이제 <[사뇌가형]의 공통된 형태 계승인 (「신라가」형) 및 (「이상곡」형)>에서 드러난 바 양자간의 관계 그 실상은 다음과 같다.

즉 전술한 바 <([사뇌가형] → {「신라가」형})의 계승>이란 전제에 근거하면, <({「신라가」형} 및 {「이상곡」형})의 형태적 공통성>이란 <([사뇌가형] → {「이상곡」형})의 계승>이라는 결과를 유추할 수 있다.

상대적으로 <([사뇌가형] → {「이상곡」형})의 계승>에 근거하면, <(「신라가」형) 및 (「이상곡」형)의 형태적 공통성>이란 곧 <[사뇌가형] → 「신라가」형)의 계승>이라는 결과를 유추할 수 있게 한다.

그러나 <「이상곡」형>과 <「신라가」형>은 이처럼 공통성도 크지만, 역시 <「신라가」형>은 고대 일본의 시가형이고, 「이상곡」은 한국 중세의 시가형인 점에서는 시가적 배경에 원천적인 차이가 있다.

그러므로 이는 역시 <시공을 넘은 한일간 고시가형 발전의 공통 원리>에 따라, 양자의 형태가 공통된 맥락의 변화적 궤적을 거친 것을 의미한다.

6. 「신라가」의 3구6명체(三句六名體)

전술에서의 고찰은 <「신라가」형> 및 <「이상곡」형>의 형태가 [사뇌가형]의 형태 계승이라는 입장에서 공통됨을 입증한 것이다.

이는 역으로 <「신라가」형> 및 <「이상곡」형>을 통한 [사뇌가형]의 탐색에도 해당하는 것이었다.

전술한 바 「신라가」는 문형(文形) 구수율 (4.4.2)의 3장 10구체형과 곡형(曲形) 악구율 (4.4.4)의 3장 12구체형을 지녔기 때문에, 이 양자를 아울러 지닌 2원적 1형의 구체형인 것이다.

즉 <(「신라가」형)의 문형 10구체 및 곡형 12구체>를 이룬 것이다.

따라서 이제 <([사뇌가형] → {「신라가」형})의 계승>이라는 전제에 근거하여, [사뇌가형]의 형태 규정인 <3구6명(三句六名)>을 정리한다.

사뇌가의 <3구6명체>가 지닌 단락으로서 3구의 구(句)와 낱낱의 구(句) 이들 명칭을 같이 사용할 경우 혼동되기 쉽기 때문에, 낱낱의 구(句)는 단구(單句)로 지칭한다.

[사뇌가형]은 다음과 같이 <「신라가」형>과 공통된 바 문형 및 곡형이라는 2원적 1형을 지닌 것으로 파악되었다.

[사뇌가형]의 문형 및 곡형

문형 : <3구6명체> → 구수율 (4.4.2)의 10단구체

곡형 : <3구6명체> → 구수율 (4.4.4)의 12단구체

그러나 사뇌가의 곡형구는 『삼국유사』 및 『균여전』에는 기록되지 않았는데, 이는 고대 한국에서도 <전적 기록의 곡형부 생략>이라는 관행이 고대 일본과 공통되게 존재하였기 때문이다.

이제 남은 문제는 [사뇌가형]의 형태 규정인 <3구6명체>의 직접적인 적용 대상이, 이제 새로이 밝혀진 2원적 형태 즉 [사뇌가형]의 문형 및 곡형, 이 양자 중에서 어느 쪽이 더 합당한지 가리는 일이다.

그 동안 <3구6명체>의 구명에 있어 문제점의 하나는 [사뇌가형] 전대절의 8단구는 2단구씩 나누어서 2구 4명이 성립되지만, 후소절은 2단구밖에 없으니까, 이것이 1구 2명을 충족시키지 못하는 것이었다.

그러나 이제 전체 구수율이 12구체인 [사뇌가 1곡형]의 후소절은 문형구 2개구와 곡형구 2개구를 합한 4구체로 파악되었다.

그러므로 이제 <3구6명>은 다음과 같은 형태로 정리될 수 있다.

[사뇌가 곡형] 12구체의 <3구6명체>

단구		구	명
제1단구	————————		
제2단구	————————		제1명
제3단구	————————		
제4단구	————————	제1구	제2명
제5단구	————————		
제6단구	————————		제3명
제7단구	————————		
제8단구	————————	제2구	제4명
제9단구	——<선반복 전구>——		
제10단구	——<선반복 후구>——		제5명
제11단구	——<종반복 전구>——		
제12단구	——<종반복 후구>——	제3구	제6명

즉 이 <3구6명체>에서 3의 배수는 6이며 또 이 6의 배수는 12이기 때문에, 이 형태의 구성은 배수적(倍數的) 진행으로 이루었다.

따라서 이 <3구6명체>는 곧 <사뇌가 곡형>의 12단구체에 적용하면 맞아 떨어지는 양상을 보여준다.

즉 문형 10구체보다는 곡형 12구체를 위주로 하여 <3구6명(三句六名)>이라는 형태 규정이 이루어진 것으로 파악된다.

이를 <곡형 12구체를 규정한 [사뇌가형]의 (3구6명체)>라 간추릴 수 있다.

그래서 <3구6명체>란 연속된 홀짝수 2개 단구(單句)가 1명(名)을 이루고, 2개의 명(名)이 둘씩 묶어져서 1개구(句)를 이루고, 이 구(句) 셋이 모여서 [사뇌가형] 전체의 3장구조를 이룬 것으로 요약할 수 있다.

이제 <3구6명체>를 문형과 곡형으로 나누어 그 각각의 양상을 실제의 사뇌가 예문에 적용하여 본다.

- 「혜성가」의 문형

구절	명	구
녜 ᄉᆡㅅ믌ᄀᆞᆺ 乾達婆ᄋᆡ 노론 잣ᄒᆞᆯ란 ᄇᆞ7라고	제1명	제1구
예ㅅ 軍두 옷다 燧ᄉᆞᆯ얀 ᄀᆞᆺ 이슈라	제2명	
三花ᄋᆡ 오롬보샤ᄋᆞᆯ 듣고 ᄃᆞᆯ두 ᄇᆞᄌᆞ리 혀렬바애	제3명	제2구
길ᄡᅳᆯ 별 ᄇᆞ라고 彗星여 ᄉᆞᆯᄫᅧ여 사ᄅᆞ미 잇다	제4명	
아으 ᄃᆞᆯ 아래 ᄠᅥ갯더라	제5명	제3구
이 어우 므슴ㅅ 彗ㅅ기 이실꼬	제6명	

(양주동 해독)

- 「혜성가」의 곡형

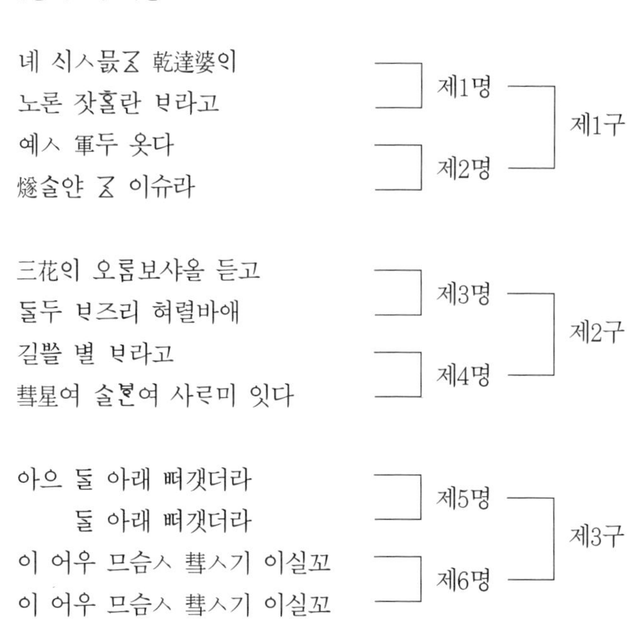

제2장 [신라가 1형]이 [신라가 2형]으로

[사뇌가형]이 고대 일본에서 이룬 변화 즉 원형의 [신라가 1형]이 「주좌가(酒坐歌)」와 같은 [신라가 2형]으로 변화하는 과정을 알아본다.

「주좌가」 2수는 「권주가(勸酒歌)」(금가보 19가)와 「사주가(謝酒歌)」(금가보 20가)라는 증답(贈答)의 시가를 가리킨다.

「권주가」는 「고사기 39가」와 「일본서기 32가」로, 「사주가」는 「고사기 40가」와 「일본서기 33가」로 중출(重出)하기 때문에, 이들 시가는 <기기장가>임과 동시에 <금가보 장가>에도 해당한다.

1. 인적(人的) 배경

1) 전승상의 지은이

이 인적 배경에 대한 고찰은 이미 졸저인 『향가의 형식』 및 『향가문학연구』에도 게재된 바 있지만,[1)] 보다 효율적인 이해의 편의를 위해서, 여기에서 다시 논급할 필요가 있는 것으로 사료된다.

「주좌가」는 먼 곳에서 제사하고 돌아오는 응신왕(應神王)을 맞이하여 그의 모친 신공왕후(神功王后)가 술을 권하며 「권주가」를 부르자, 어린 응신왕을 대신하여 재상인 무내숙네(武內宿禰)가 감사의 마음을 실은 「사주가」를 부른 것으로 기록되어 있다.[2)]

신공왕후의 모계(母系)는 고대에 신라로부터 도일(渡日)한 신라의 왕자 천일창(天日槍)이라는 전승적 인물이라고 『기기』에 기록되어 있다.[3)]

그리고 신공왕후도 『기기』의 찬술이 있기 얼마전 서명조(舒明朝, 629~641)에서 황극조(皇極朝, 642~645)까지의 어간에 형성된 것으로 알려진 신공전설(神功傳說)[4)]에서 무녀적(巫女的) 면모를 지니고 등장한 전승적 인물로 알려져 있다.

다음 「사주가」의 명목상 작자에 해당하는 응신왕의 혈통과 관련된 연구로서 크게 주목되는 것이 강상파부(江上波夫)의 <기마민족 정복왕조설(騎馬民族 征服王朝說)>이다.

이를 요약한[5)] 천관우에 의하면 이 <기마민족 정복왕조설>의 기마민족이란 기실 일본 왕실계의 조상인 가야계 도일인 계열을 말한다.

그렇다면 「주좌가」는 기마민족의 지도자 응신왕이 북구주 지방으로부터 고대 일본의 중심지인 대화(大和)로 진출한 뒤에, 그가 왕위 즉위식에 앞서 피정복민인 토착세력과 화해하는 통과의례 즉 입사식(入社式)에서 불리워진 무속가의 면모를 지닌 것이다.

---

1) 김종규, 앞의 『향가의 형식』, 180~187면.
김종규, 『향가문학연구』, 경인문화사, 2003, 287~292면.
2) 「금가보 20가」(十六日節 酒坐歌 二), 注記.
3) 『古事記』, 中卷, 158段, (應神朝).
4) 塚口義信, 『神功皇后傳說の 硏究』, 創元社, 1980, 103面.
5) 천관우, 「한국사에서 본 기마민족설」, 『비교한국문화』, 삼성출판사, 1981, 16~18면.

그러므로 「주좌가」는 대화조정(大和朝廷) 이래 궁중의 주술적 제의행사에서 가창연주되어 내려온 의식적 궁중시가의 하나로 이해된다.

형식상의 작가자에 해당하는 어린 응신왕을 대신하여 「사주가」를 직접 부른 것으로 기록된 무내숙네의 혈연적 계보 또한 중요하다.

고대 일본의 소아씨(蘇我氏)는 웅략조(456~479) 이후 6세기초~7세기 중엽까지 누대에 걸쳐서 왕실의 외척으로서 막강한 세도가였다.

무내숙네는 기마민족의 대화진출(大和進出) 과정에서 왕실을 도운 공신의 면모가 설화화되어 이루어진 전승적 인물로 알려져 있다.

즉 그는 6세기~7세기 전반에 걸쳐 대화조정을 장악하고 세습해온 소아씨(蘇我氏) 출신 권력자들을 모델로 삼아 가공한 전승적 인물로 보는 것이 일반적 견해이다.[6)]

따라서 무내숙네는 전승적 인물이지만, 그러나 무내숙네에 대한 전승은 이를 후대까지 간직해온 후예 씨족들의 실상을 반영하고 있는 것으로 알려져 있다.

2) 백제계 장군 목만치(木滿致)

이제 무내숙네의 전승적 인물상 형성에 있어서 가장 유력한 모델로서 실존하였던 인물이 누구인가를 알아본다.

일반적으로 알려진 소아씨의 실권자들은 다음과 같다.

무내숙네(武內宿禰) → 소아석하숙네(蘇我石河宿禰) →
소아만지(蘇我滿智) → 소아한자(蘇我韓子) →

6) 志田諄一, 『古代氏族の 性格と 傳承』, 雄山閣, 1985, 90面.

소아고려(蘇我高麗) → 소아도목(蘇我稻目) →
소아마자(蘇我馬子) → 소아하이(蘇我蝦夷) →
소아입록(蘇我入鹿)

이 세계(世系)의 시조로 알려진 무내숙네와 그의 아들 '소아석하숙네(蘇我石河宿禰)'는 계보상의 기록에만 있고, 실존 인물로서 역사상의 활동 기록이 없기 때문에 역시 전승적 인물로 알려져 있다.[7)]

'소아한자(蘇我韓子)'와 '소아고려(蘇我高麗)' 역시 그 활동상이 보이지 않지만, 그 이름 자체는 한국계임을 시사한다.

그러나 무내숙네 이후 세계(世系) 중에서 비로소 최초의 실존 인물로 나타난 '소아만지(蘇我滿智)'는 그 출신과 활약상이 드러나 있다.

먼저 그의 출신 근거를 살피면, 그의 부(父)로 기록된 '목라근자(木羅斤資)'에 대한 기록이 역시 『일본서기』에 나온다.

> 卽命木羅斤資沙沙奴跪(是二人不知其姓但木羅斤資者百濟將也) 領精兵與沙白蓋盧共遣之[8)]
> (즉 목라근자와 사사노궤에게 명하다. <이 두 사람은 성을 알 수 없다. 다만 목라근자는 백제의 장군이다.> 정병을 거느리게 하여 사백개로와 함께 그들을 보냈다.)

이는 응신왕(270~310)이 전란에 장병을 파견한 기록인데, 여기에 기록된 장군 '목라근자(木羅斤資)'는 백제인(百濟人)이라 하였다.

그런데 목라근자와 목만치의 관계를 밝힌 관련 기록이 『일본서기』 응신조(270~310)에 보인다.

7) 志田諄一, 같은 책, 91面.
8) 『日本書紀』, 卷第 9, 神功攝政 47年 3月條.

百濟直支王薨卽子久爾辛立爲王王幼年木滿致執國政與王母相多行無禮天皇聞而召之(百濟記云木滿致者是木羅斤資討新羅時娶其國婦而蘇生也)[9]
(백제 직지왕이 사망하자 아들 구이신이 왕으로 즉위하였다. 왕이 어려서 목만치가 국정을 집행하였는데, 왕모와 함께 서로 많은 무례를 행하였다. 천황이 듣고 그를 불러 들였다. <백제기에 이르기를 목만치란 자는 목라근자가 신라(新羅)를 칠 때 그 나라 여인을 취하여 낳은 자식이다.>)

백제왕은 왕급이고 일본왕은 천황이라 지칭한 점과 아울러 일본이 백제의 국정을 좌우한 점 등은 일방적으로 자기 나라를 높이는 일본인들의 과장된 관행이다.

이 기록에 의하면 목만치(木滿致)는 백제 장군 '목라근자'가 신라 여인을 취하여 낳은 자식으로서, 이는 그의 출생지나 성장지가 신라(新羅)일 가능성을 시사한다.

목만치의 성씨와 관련하여 『삼국사기』 개로왕(455~474)조의 기록에, 백제가 고구려의 공격을 받았을 때, 개로왕이 그의 아들인 문주(文周)에게 말한 내용의 기록이 다음과 같다.

蓋避難以續國系焉文周乃與木刕滿致祖彌桀取(木刕祖彌皆複姓隋書以木刕爲二姓未知孰是)南行焉[10]*
(어려움을 피함으로써 국통을 이어라 한즉 문주가 목례만치, 조례걸취와 함께 남쪽으로 갔다. <목례와 조례 모두 복성이다. 수서에 목례를 2개 성씨라 하였는데 어느 것이 옳은지 알 수 없다.>)

9) 『日本書紀』, 卷第 10, 應神朝 25年條.
10) 『三國史記』, 卷第 25, 百濟本紀 第3, 蓋鹵王 21年條.

그런데 이 기록으로써 '목만치(木滿致)'가 '목례만치(木劦滿致)'로도 불리워진 것을 알 수 있다.

그리고 특히 '목만치(木滿致)'와 '목례만치(木劦滿致)'에서 성씨를 제외한 이름 '滿致'가 동일한 점에 근거하면, 이는 한국적 성명 '목만치(木滿致)'가 일본적 성명 '목례만치(木劦滿致)'로 변화한 것을 말해준다.

실제로 목라근자(木羅斤資)와 목례만치(木劦滿致) 이후에 일본에서도 목례씨(木劦氏)가 나타나기 시작하였다.

그런데 부(父)인 '목라근자(木羅斤資)'의 성씨 '목라(木羅)'와 자(子)인 '목례만치(木劦滿致)'의 성씨 '목례(木劦)'의 음운적 관련에 대하여 목하례인(木下禮仁)은 다음과 같이 논급하였다.

> 전전가본(前田家本), 도서료본(圖書寮本), 석일본기(釋日本紀)의 최고사본(最古寫本), 어느 것도 「목례(木劦)」라고 하였는데 「례(劦)」의 한음(漢音)은 「リ」, 오음(吳音)은 「レイ」이기 때문에 モクリ, モクライ 등으로 훈(訓)해야 될 것을 「석일본기(釋日本紀)」의 비훈(秘訓)에는 「モクケフ」라고 훈(訓)되어 금일까지 전해왔기 때문에 그 방훈(榜訓)에 의문이 온 것이다. 이 의문은 진전박사(津田博士) 『古事記及日本書紀의 연구』 546혈(五六四頁) 및 환산박사(丸山博士) (「백제인(百濟人)의 복성(複姓) 목례(木劦)와 목라(木羅)」 『일본고대사연구(日本古代史研究)』 소재(所載) 189혈(一八九頁)의 연구에 의해 「モクケフ」가 아니고 「モクラ」로 훈(訓)해야 된다는 것이 밝혀졌는데 (하략)[11]

위는 원래 목례(木劦)도 목라(木羅)와 동일한 'もくら[mokura]'로 음독되었음을 밝힌 것이다.

---

11) 木下禮仁, 「日本書紀に みえる 百濟史料の 史料的 價値に ついて」, 『古代の 日本と 朝鮮』, 學生社, 1975, 156面.

이는 곧 '목라(木羅)' 및 '목례(木劦)'가 동성(同姓)임을 말한다.

이상의 논거에 의거하면, '목라근자(木羅斤資)'를 부(父)로 하면서, 목례만치(木劦滿致)로도 불리워진 '목만치(木滿致 = 木劦滿致)는 백제인(百濟人)인 것으로 파악된다.

3) 무내숙녜 및 목만치의 성씨

이제 무내숙녜와 목만치의 관계에 대한 실상을 알아본다.

이들의 성씨 표기와 관련하여 우선 주목할 것은 일본의 고대가명(古代假名)이 전적, 시대, 그리고 기록자에 따라 차이를 보이는 점이다.

즉 동일한 성씨임에도 불구하고, 『고사기』에는 훈차(訓借)하여 '木[ki]'라는 가명으로 표기한 것을, 『일본서기』에서는 음차(音借)하여 '紀[ki]'라는 가명으로 표기한 것이다.

그런데 무내숙녜의 성씨가 기씨(紀氏 = 木氏)라는 기록이 있다.

즉 고대 일본의 대성(大姓)인 기씨(紀氏)의 족보『기씨가첩(紀氏家牒)』에 다음과 같은 기록이 있다.

> 紀武內宿禰者人皇第八代孝元天皇曾孫屋主忍男武雄心命之嫡男[12)]
> (기무내숙녜는 인황 제8대 효원천황의 증손인 옥주인남무웅심명의 적자이다.)

위에서 무내숙녜가 일본 왕가의 후손으로 기록된 것은, 모든 유력 씨족들이 자기들의 권위를 높이기 위해서, 근거가 없는 경우에도 자신들을 왕가의 혈통과 관련시키는 관행에서 비롯된 것이다.

12) 佐伯有淸, 『新撰姓氏錄の硏究』, 「考證篇」第一9, 吉川弘文館, 1982, 98面, 재인용.

그렇다면 이에 근거하여 실존한 인물로서 소아씨 최초의 조상인 '소아만지(蘇我滿智)'의 본성은 기씨(紀氏 = 木氏)로 확인된다.

'紀[ki]'는 '목만치(木滿致)'의 성씨인 '木[ki]'의 음차(音借)이기 때문에, 양자는 같은 성씨의 다른 가명 표기에 해당하기 때문이다.

이는 요컨대 무내숙녜와 목만치가 동성(同姓)임을 의미한다.

게다가 무내숙녜가 최초의 전승적 조상이라는 점과 목만치가 소아씨 유력자로서 최초의 실존 인물이라는 점이 공통된다.

따라서 전승상의 인물인 무내숙녜의 가장 유력한 모델은 소아씨계 최초의 실존 인물인 '소아만지(蘇我滿智)' = '목례만치(木劦滿致)' 즉 백제인(百濟人) '목만치(木滿致)'로 확인된다.

요컨대 신공전설(神功傳說)13)을 통해 드러난 무내숙녜는 고대 일본의 유력씨족으로서 한국계 도일인(渡日人) 계열에 속하는 소아씨들의 전승적 조상으로 파악된다.

따라서 그가 노래한 것으로 기록된 「사주가」는 무내숙녜에 관한 전승을 간직해온 소아씨들의 전승시가 중 하나로 이해된다.

그렇다면 고대 일본에서 궁중의 의식적 시가에 해당하였던 「주좌가」 2수가, 무내숙녜에 의해서 노래되었다는 전승에 입각하면, 결국 「주좌가」가 전술한 바 한국계 도일인들이 지녀온 전승시가의 영향하에서 이루어진 것임을 추론할 수 있다.

13) 塚口義信, 앞의 책, 103面.

2. 「사주가(謝酒歌)」

증답(贈答)의 시가인 「권주가」와 「사주가」를 포함한 「주좌가」 2수는 [신라가형]의 변화형으로 고찰되었기 때문에 이를 살핀다.

즉 [사뇌가형]의 계승인 「신라가」의 변화형에 해당하는 <「주좌가」형>도 [사뇌가형]의 계승이라는 논리로 이어지기 때문이다.

[사뇌가형] → [신라가형] → <「주좌가」형>

그런데 <「신라가」형>이 <「주좌가」형>으로 변화하는 정도에 있어, 증가인 「권주가」가 답가인 「사주가」보다 격차가 심하다.

따라서 보다 원형적 형태를 견지한 「사주가」를 먼저 다룬다.

1) 「사주가」의 형태

(1) 문형(文形)

『고사기』의 「사주가」

1) この御酒 이 귀한 술을	2) 醸みけむ人は 빚어낸 사람이야
3) その鼓 그 太鼓로써	4) 臼に立てて 술독에 세우고
5) 歌ひつつ 노래하면서	6) 醸みけれかも 술 빚어 내었으리

7) 舞ひつつ 춤추면서	8) 醸みけれかも 술 빚어 내었으리	
9) この御酒の 이 귀한 술은	10) 御酒のあやに 참 귀한 술 아야	11) 甚樂し ささ 참으로 좋네 자자

이 『고사기』의 「사주가」 후소절 중에서 제10구와 제11구는 토교관(土橋寛)과 소서심일(小西甚一) 교주(校注)의 『고대시가집(古代歌謠集)』(일본고전문학대계 3)에는 음수율 (3.10)조의 '10) 御酒の 11) あやに 甚樂し ささ'로 게재되어 있다.

그러나 이 음수율 (3.10)조는 <기기장가>가 지향하는 정격의 음수율 (5.7)조와는 너무 동떨어진 것이기 때문에, 이를 (5.7)조와 근사한 음수율 (6.7)조의 '10) 御酒のあやに 11) 甚樂し ささ'로 바로 잡았다.

답가인 <「사주가」 문형>을 알아보면 다음과 같다.

1)~4)	4개구	신성한 제주(祭酒)의 양조 과정	(神)
5)~8)	4개구	양조 과정에 행한 의식(儀式)	(人)
9)~11)	3개구	감사하는 말	(合)

「주좌가」 2수도 <「신라가」형>과 동일하게 문형과 곡형이라는 2원적 형태가 존재한다.

즉 이 「사주가」는 11구체의 문형 및 12구체의 곡형을 지녔다.

그리고 이 <「사주가」 문형> 11구체형은 실상 10구체형인 <「신라가」 문형>의 변화형임이 후술에서 구체적으로 논급된다.

이 문형 가사는 구수율 (4.4.3) 11구체의 신인합(神人合) 및 상하합(上下合)의 수직적(垂直的) 3장구조를 지녔는데, 이는 역시 <「신라가」형>의 3장구조와 공통된다.

또한 이 <「사주가」 문형>의 11구체형은 후술할 바와 같이 <「신라가」형>의 형태적 계승인 「정과정(진작)」 및 「이상곡」 즉 [후사뇌가형]이 지닌 문형 11구체형과도 공통되는 점이 주목된다.

<「신라가」형>과 <「사주가」형>은 차사의 언어적 친연성도 지녔다.

특히 「사주가」의 제10구 후반에 해당하는 あやに[ayani, 아야니]에 대하여, 산로평사랑(山路平四郎)은 감탄사 'あや[aya]'에 조사적 성향의 'に[ni]'가 부가되어 이루어진 것으로 파악한 바 있다.[14]

그런데 이 차사 'あや[aya, 阿也]'가 「사주가」 보면가사에서 그 가명(假名)이 [사뇌가형]의 차사 '아야(阿也)'의 한자 표기와 동일하다.

그 위치 또한 「사주가」의 후소절에 있다는 점에서, 이는 <「신라가」형> 후소절의 차사 '시야(試夜)'와 공통된 어원의 감탄사로 파악된다.

그렇다면 이 「사주가」의 차사 'あや[aya]'는 사뇌가의 차사 '아야(阿也)'가 고대 일본에 들어가서, 「신라가」의 제9구초 차사 '시야(試夜)'로 변화하기 이전의 보다 원형적인 모습을 보전한 것이라 하겠다.

따라서 사뇌가의 차사 '아야(阿也)'가 고대 일본에 들어가서 변화한 경로는 다음과 같이 정리된다.

※ 「신라가」의 차사 '아야(阿也, 阿耶)' →
※ 「사주가」의 제10구말 감탄사 'あやに[ayani, 阿也尔]' →
※ 「신라가」의 제9구초 차사 'しや[siya, 試夜]'

또한 「사주가」 종말부에 나오는 'ささ[sasa]'는 원래 'いざ [iza, 이자]'의 약어로 알려져 있으며, 환기나 권유의 의미를 지닌 감탄사이다.

---

14) 山路平四郎, 앞의 『記紀歌謠評釋』, 95面.

즉 이는 한국어 '이제(방언 이자)'나, 또는 감탄사 '자자'와 공통된 의미를 지닌 점을 참고할 필요가 있다.

2) 곡형

(1) 구체형

<u>『금가보』의 「사주가」 보면가사</u>

5음6간 1) 己能美枳伊遠於
konomiki wo
이 귀한 술을

7음8간 2) 可美祁亞牟比度波
kamike muhitowa
빚어낸 사람이야

5음7간 3) 蘇乃都豆宇見伊
sonotudu mi
그 태고로써

5음5간 4) 宇有須迩多提 (牟志伊夜)
u sunitate musi ya
술독삼아 세우고 무시야

5음8간 5) 宇太碑伊都宇津有
u tahi tu tu
노래하면서

7음8간 6) 可阿美祁禮衣賀毛志 (牟志伊夜)
kamikere kamos musi ya
술 빚어 내었으리 무시 야

4음6간 7) 万比伊伊都宇都宇
mahi tu tu
춤추면서

7음9간 8) 可阿美祁牟禮衣可毛之 (无志伊夜)

kami ke re kamosi musi ya

술 빚어 내었으리 무시 야

5음6간 9) 許乃美伊支伊夷能於

konomiki no

이 귀한 술은

3음7간 10) ('御酒の' 소멸) 阿也尔伊移伊移伊伊

a yani

아야니

5음8간 11) 宇太乃於志佐阿阿阿

u tano si sa

참으로 좋네 자자

5음8간 12) 阿佐阿阿宇多多乃於 (无志伊夜)

sa u tatano musi ya

참으로 좋네 무시야

(2) 선반복 및 종반복의 공통성

<「신라가」형> 및 <「사주가」형>의 선반복 그 공통성을 알아본다.

원래 <「신라가」 곡형> 후소절에 <선반복 전구>(제9구) '오늘밤이야'와 <선반복 후구>(제10구) '오늘밤이야 누이에게'가 다음과 같이 존재하였다.

<u>「신라가」의 후소절 선반복</u>

9) 試夜 己受宇宇己於曾 ―――――――――― <선반복 전구>

시야 오늘밤이야

10) 己受己於於於於於於曾伊母尔移伊移伊 ――― <선반복 후구>

오늘밤이야 누이에게

『금가보』의 「사주가」 보면가사의 후소절

5음6간　9) 許乃美伊支伊夷能於
이 귀한 술은
3음7간　10) ('御酒の'의 소멸) 阿也阿尔伊移伊移伊伊
아야니
5음8간　11) 宇太乃於志佐阿阿阿 ———— 종반복 전구
참으로 좋네　자자
5음8간　12) 阿佐阿阿宇多多乃於　(无志伊夜) — 종반복 후구
참으로 좋네 무시야

그런데 위 『금가보』의 「사주가」 보면가사 제9구와 제10구에는 <「신라가」 곡형>의 후소절과 같은 선반복 현상이 없다.

그러나 『금가보』(981)의 「사주가」보다 오히려 269년이 이른 『고사기』(712)의 「사주가」 후소절에는, <「신라가」 곡형> 후소절의 선반복처럼, 제9구와 제10구에 '御酒[mikino](귀한 술)'의 선반복 현상이 다음과 같이 존재한다.

『고사기』의 「사주가」 후소절의 선반복

9) この御酒の ———— <선반복 전구>
이 귀한 술은
10) 御酒のあやに ———— <선반복 후구>
귀한 술은 아야
11) 甚樂し　ささ
참으로 좋네 자자
12) <전적 기록의 곡형부 생략>에 따라
〈종말반복구〉가 기록되지 않음

그런데 『고사기』라는 대표적인 전적에 이처럼 「사주가」 곡형부의 반복이 기록된 것은 고대 일본에서의 <전적 기록의 곡형부 생략>이라는 일반적 관행이 파행된 것으로서 이는 매우 드문 사례에 속한다.

그러나 이는 『고사기』(712)의 시대라는 이른 시기의 고대에 원형적 [신라가형] 시가들의 후소절에 이미 선반복이라는 원형적 곡형부가 존재하였던 사실을 증거하는 매우 중요한 근거 자료가 된다.

따라서 이는 『고사기』(712)의 「사주가」에 존재하던 '御酒[mikino](귀한 술)'의 선반복 현상이 『금가보』(981)의 「사주가」 보면가사 후소절에서 생략되는 후대적 변화가 이루어졌음을 의미한다.

그러므로 이는 역시 선반복이 실재한 『고사기』(712)의 「사주가」가 본태적인 형태임을 말하는 것이다.

그렇다면 원형적인 선반복의 실재가 공통되는 점에서, 이는 <「사주가」형>이 <「신라가」형>의 변화적 계승임을 밝혀주는 근거가 된다.

이를 <(「신라가」형) 및 (「사주가」형)의 선반복 공통성>에서 드러난 <([신라가형] → {「사주가」형})의 계승>이라 간추릴 수 있다.

또한 「사주가」의 후소절에는 전술한 바 선반복뿐만 아니라, 다음과 같이 종반복이 존재한다는 점에서 「신라가」와 일치한다.

<u>『금가보』의 「신라가」 종반복</u>

11) 夜須宇久波太布宇禮亞亞亞亞亞 -- <종반복 전구>
　　맘껏　살을 맞대자
12) 夜須宇久波太布禮 ———————— <종반복 후구>
　　맘껏　살을 맞대자

『금가보』의 「사주가」 종반복

11) 宇太乃於志佐阿阿阿 ———————— <종반복 전구>
참으로 좋네　자자
12) 阿佐阿阿宇多多乃於 (无志伊夜) —— <종반복 후구>
참으로 좋네 (무시야)

위에서 『금가보』의 「사주가」 후소절에 나타난 제11구 '宇太乃於志[utanosi](참으로 좋네)' 및 제12구 '宇多多乃於[utatano](참으로 좋네)'는 종반복에 해당하는데, 이는 『금가보』의 「신라가」 후소절에 나타난 바 제11구 및 제12구가 이룬 종반복과 공통된다.

그렇다면 선반복뿐만 아니라 종반복까지도 공통된 점에 근거하면, 이를 <(「신라가」형 → 「사주가」형)의 계승>이라 간추릴 수 있다.

3) 〈전구(全句)의 8간 단위행률 획일화〉

전술한 바 <(「신라가」형 → 「사주가」형)의 계승>에 근거하면 「사주가」 역시 <「신라가」형>처럼 '단위행률'을 지닌 것으로 이해된다.

원래 <(「신라가」형)의 9개 단행구 및 3개 배행구의 구성>에 따라 <「신라가」형>은 <8간 위주 단위행률>을 지닌 것으로 고찰되었다.

이를 도표로써 가시화하면 다음과 같다.

[신라가 1형]의 <8간 위주 단위행률>

제 1 구 ————————
제 2 구 ———————— ————————
제 3 구 ————————

제 4 구 ————————
제 5 구 ————————
제 6 구 ————————
제 7 구 ————————
제 8 구 ————————

═══════════════════════════

제 9 구 ————————
제10구 ———————— ————————
제11구 ———————— ————————
제12구 ————————

그러나 <「신라가」형>과는 다르게 「사주가」는 전구(全句)가 8간 단위행률의 획일화를 이룬 점에 의의가 있다.

즉 [신라가 2형]인 <「사주가」형>에 오면, 위 3개 배행구의 16간 각각에서 후반부 8간이 소멸하여, 단행구로 축소되는 변형이 이루어졌다.

그래서 「사주가」 가사에서 <대문자 가명만의 간수(間數) 인정>의 원칙에 따라, 본음 및 대속모음을 간(間)으로 본 악구는 다음과 같이 단행구만 존재한 것으로 나타난다.

5간구 ——— 제4구
6간구 ——— 제1구, 제7구, 제9구
7간구 ——— 제3구, 제4구, 제10구
8간구 ——— 제2구, 제5구, 제6구, 제11구, 제12구
9간구 ——— 제8구

다만 유일하게 제8구가 9간으로서 <8간 단위행률>보다 1간이 넘치지만, 이 제8구와 더불어 제4연을 이룬 제7구의 6간이라는 짧은 가락을 합하면, 양구를 합한 연단위(聯單位)의 길이는 15간이 된다.

그리고 이 15간은 <8간 단위행률>의 연단위인 16간에 미치지 못하기 때문에, 드물지만 <8간 단위행률>의 가능한 예외로 인정될 수 있다.

그렇다면 이는 단위행률의 변화에 있어서, 선행 모태인 <「신라가」형>이 지닌 <8간 위주 단위행률>이 「사주가」에 이르러서 전구(全句)의 <8간 단위행률>로의 획일화를 완결한 것을 의미한다.

<「신라가」형>의 <8간 위주의 단위행률> →
<「사주가」형>의 <전구의 8간 단위행률 획일화>

이를 또한 도표로써 가시화하면 다음과 같다.

[신라가 2형]의 <8간 단위행률>

제1구 ————
제2구 ————
제3구 ————
제4구 ————
제5구 ————
제6구 ————
제7구 ————
제8구 ————
══════════
제9구 ————
제10구 ————
제11구 ————
제12구 ————

이를 <「사주가」 전구(全句)의 (8간 단위행률) 획일화>라 간추릴 수 있다.

그러므로 <「신라가」형>의 3개 배행구 각각이 지닌 16간이 8간씩 생략되어 단행구로 조정된 결과, 120간의 <「신라가」 곡형>에서 24간이 축소되어 나타난 96간이 바로 「사주가」의 악곡 길이가 된다.

<「신라가」 곡형> 120간 － 24간 = <「사주가」 곡형> 96간

그렇다면 이제 <「사주가」 전구의 (8간 단위행률) 획일화>가 구명된 차제에 이르러, <「사주가」 곡형>이 지닌 바 짝수구말에 존재한 독립 감탄사 그에 대한 형태적 실상이 드러난다.

제 4 구말 : 牟志伊夜[musiya]
제 6 구말 : 牟志伊夜[musiya]
제 8 구말 : 无志伊夜[musiya]
제12구말 : 无志伊夜[musiya]

이를 <짝수구말 독립 감탄사>라 지칭할 수 있다.

이 <「사주가」 곡형>의 4개 <짝수구말 독립 감탄사>는 「신라가」가 제9구초 차사 'しや[siya. 試夜]' 하나만을 지닌 점과 사뭇 다른 양상이다.

그러나 이 차이는 「신라가」가 사랑의 고난 극복이라는 무거운 주제임에 비하여, 「사주가」는 분위기가 주연의 홍취이기 때문에 연유하는 정조(情調)의 차이에서 비롯된 것으로 이해할 수 있다.

그런데 이 <짝수구말 독립 감탄사>는 정격의 <8간 단위행률> 및 (5.7)조 음수율과 관계 없이 독자적으로 존재하는 것으로 파악된다.

그 이유는 <짝수구말 독립 감탄사>들의 음수 및 간수를 정격 짝수구의 음수 및 간수에 포함시킬 경우, 대다수가 짝수구의 정격인 7음 및 <8간 단위행률>을 넘치게 되기 때문이다.

다시 말하면 이 <짝수구말 독립 감탄사>가 지닌 음수 및 간수의 산정을 제외시켜야, 짝수구가 (5.7)조 음수율 및 <8간 단위행률>의 정격에 합치한다.

따라서 이를 <「사주가」 정격구에서 (짝수구말 독립 감탄사) 제외>라 간추릴 수 있다.

4) 〈선반복의 비반복적 실사구화〉 및 [신라가 2형] 형성

「사주가」 후소절에서 선반복이 비반복적 실사구로 변화함으로써, [신라가 2형]이라는 새로운 시가형이 형성되는 획기적 전기를 이루기 때문에 그 변화의 실상을 알아본다.

『고사기』 및 『금가보』에서 「사주가」의 선반복 변화는 다음과 같다.

<u>『고사기』의 「사주가」 후소절 선반복</u>

9) この 御酒の ———— <선반복 전구>
이 귀한 술은
10) 御酒の あやに ——— <선반복 후구>
귀한 술은 아야니

<u>『금가보』의 「사주가」 후소절의 선반복 해체</u>

9) 許乃美伊支伊夷能於
이 귀한 술은
10) ('御酒の'가 소멸됨)　　阿也阿尔伊移伊移伊伊
('귀한 술은'이 소멸됨)　　아야 니 (3음방출)

위에서 『고사기』(712)의 「사주가」 후소절 제10구의 '御酒のあやに[konomikino](귀한 술 아야)'가 후대로 오면서 큰 변화를 보였다.

즉 후대 『금가보』(981)의 「사주가」 제10구에 오면, <선반복 후구>인 '御酒の[mikino](귀한 술)'가 위와 같이 소멸함으로써, '阿也阿尔伊移伊移伊伊[ayani, 아야니]'라는 차사만 남은 결과 선반복의 해체를 이루었다.

'御酒のあやに(귀한 술 아야)	→	あやに(아야니)
『고사기』의 「사주가」 제10구	→	『금가보』의 「사주가」 제10구

일본 학계에서는 이 선반복의 해체로 인하여 제10구에 남은 이 감탄사 '阿也阿尔伊移伊移伊[ayani, あやに]'와 같이, 정형의 음수율인 5음이나 7음이 아닌 3음의 반구(半句)를 <3음방출(三音放出)>이라 지칭한다.

이를 <선반복 해체에 따른 (3음방출)의 형성>이라 간추릴 수 있다.

그러나 이 『금가보』의 「사주가」에서처럼 감탄사를 이룬 <3음방출>은 매우 드문 경우이고, 일반적으로는 감탄사가 아닌 실사로 이루어진 <3음방출>이 실제로 대다수에 해당한다.

그러나 주목할 것은 이 <3음방출>의 차사 '阿也阿尔伊移伊移伊伊[ayani, あやに]'도 결국 <후대 곡형부의 실사부화(문형부화) 추세>에 따라 점차 유의미한 가사로 실사화하는 점이다.

이를 <차사적 (3음방출)의 실사부화(문형부화)>라 간추릴 수 있다.

그리고 이 실사화된 <3음방출>은 더 나아가 후에 일본 고시가의 정격 음수율 (5.7)조 지향에 따라 음수가 증가함으로써, <3음방출>이 정격구화를 완결한 결과 독립된 실사구를 이룬 것이다.

더구나 이 정격구화가 보다 쉽게 촉진되는 원인은, 원래 <3음방출>의 차사 '阿也阿尔伊移伊移伊伊[ayani, あやに]'의 가락 길이가 단위악구의 정격 길이인 <8간 단위행률>에 거의 가까운 7간이기 때문이었다.

이를 <(3음방출)의 정격구화>라 간추릴 수 있다.

그런데 이 <(3음방출)의 정격구화>는 후소절에서 문형구 1개구의 증구(增句)라는 새로운 단계로의 진입을 의미하였다.

즉 전술한 바 <선반복 해체에 따른 (3음방출)의 형성>이 <(3음방출)의 정격구화>로 연동되면서, <선반복 전구>와 <선반복 후구>가 결과적으로 각각 독립된 비반복적 실사구로 변화하게 된 것이다.

이를 <선반복의 비반복적 실사구화>라 간추릴 수 있다.

그리고 이 <선반복의 비반복적 실사구화>는 2개구의 문형구를 지닌 [신라가형] 후소절이 3개구의 문형구로 증구된 것을 의미한다.

이를 <선반복 해체에 의한 문형구 1개구 증구>라 간추릴 수 있다.

요컨대 이는 후소절에 2개구의 문형구를 지닌 [신라가 1형]이, 후소절에 3개구의 문형구를 지닌 바 [신라가 2형]이라는 새로운 시가형으로 변화한 것을 의미한다.

[신라가 1형]	→	[신라가 2형]
후소절 문형구 2개구		후소절 문형구 3개구

이를 <후소절 문형구 3개구의 [신라가 2형] 형성>이라 간추릴 수 있다.

이러한 변화를 순차적인 요목으로 정리하면 다음과 같다.

<선반복 해체에 따른 (3음방출) 형성> →
<(3음방출)의 실사구화> →
<(3음방출)의 정격구화> →
<후소절 문형구 1개구 증구의 시가형 변화>→
<후소절 문형구 3개구의 [신라가 2형] 형성>

그래서 [신라가형]은 다음과 같이 분화되었다.

[신라가 1형] → 문형 10구체형 : 곡형 12구체형
[신라가 2형] → 문형 11구체형 : 곡형 12구체형

이러한 변화를 요컨대 <선반복의 비반복적 실사구화(문형구화)에 따른 [신라가 2형] 형성> 및 <([신라가 1형] → [신라가 2형])의 변화>라 간추릴 수 있다.

그렇다면 전술한 바 <「사주가」 전구(全句)의 (8간 단위행률) 획일화>는 <([신라가 1형] {8간 위주 단위행률} → [신라가 2형] {8간 단위행률})의 변화>로 대체하여 간추릴 수 있다.

그런데 <([사뇌가형] → [신라가형])의 계승>에 근거하면, <([신라가 1형] → [신라가 2형])의 변화>는 곧 <([사뇌가 1형] → [사뇌가 2형])의 변화>로 소급하여 유추할 수 있는 것으로 고찰되었다.

그렇다면 <선반복의 비반복적 실사구화(문형구화)에 따른 [사뇌가 2형] 형성>은 먼 후내 [시조형]의 실사적 12음보체 형성으로 이어지는 진일보를 의미한다.

이를 <([사뇌가형] 곡형구 실사화) → ([시조형] 실사적 12음보체 접근)>이라 간추릴 수 있다.

3. 「권주가(勸酒歌)」

1) 「권주가」의 형태

(1) 문형 및 <권주가형 분구현상(分句現象)>

<u>『고사기』의 「권주가」</u>

1) この御酒は
이 귀한 술은

2) 我が御酒ならず
내 빚은 술 아니오

3) 酒の司
술 빚으신 분

4) 常世にいます
상세에 계십니다.

5) 石立たす
석상 세우신

6) 少名御神の
소명어신님께

7) 神壽き
신께 빌고

8) 壽き狂ほし
빌어 열광하고

9) 豊壽き
풍요 빌고

10) 壽き廻し
빌어 돌으시고

11) 獻り來し
바쳐 올리는

12) 御酒ぞ
귀한 술

13) 殘さず飲せ　ささ
남김없이 드오 자자

『기기』 양서에 중출하는 「권주가」는 양자가 문형 13구체형이다.

그러나 앞에서 이 「권주가」에 화답하는 「사주가」는 문형 11구체형으로 나타났기 때문에, 「권주가」도 원형이 문형 11구체형이던 것이 후대에 증구(增句)되어 13구체형으로 변화하였을 가능성을 알아본다.

먼저 11구체형을 이룬 『금가보』(981)의 「권주가」 문면가사(文面歌詞) 중 제7구와 제8구를 살핀다.

7) 止余保 ′ 支毛止保之 8) 可无保支 ′ 久留保之
toyoho kimotohosi kamuhoki kuruhosi
풍요 빌어 돌으시고 신께 빌어 열광하고

위의 2개구에 각각 존재하는 두 개의 방점은 『금가보』의 가사들 중에서 유일하고 특별한 예로서, 이 방점들에는 '保支[hoki](빌어)'의 부분에 존재하였던 변화상이 반영된 것으로 이해된다.

즉 이 2개구 부분이 중출가(重出歌)인 <고사기 39가>(712)의 가사에서는, 다음과 같이 문형상 4개구로 분구(分句)됨으로써, 제7구~제10구의 대련(對聯)이 발생하게 된 결과 13구체형을 이룬 것이다.

7) 加牟菩岐 8) 本岐久流本斯 9) 登余本岐 10) 本岐母登本斯
kamuhoki hokikuruhosi toyohoki hokimotohosi
신께 빌고 빌어 돌으시고 풍요 빌고 빌어 열광하고

그런데 같은 「권주가」이지만, <고사기 39가>(712)가 『금가보』(981)보다 269년이나 이른 시기이기 때문에, 13구체형인 <고사기 39가>(712)의 「권주가」가 원형의 구체형으로 이해되기 쉽다.

그러나 단식기기장가(單式記紀長歌) 중에서 [신라가 1문형]의 10구체형 및 [신라가 2문형]의 11구체형에 속하는 시가가 14수인데, 오직 이 「권주가」 단 1수만 문형 13구체형을 지닌 것이다.

즉 분구(分句)에 의한 대련이 발달한 문형 13구체형의 「권주가」와 같은 구체형은 일반적 형태의 구체형이 아니다.

여기서 이 대련의 발달과 관련하여, 고시가의 발달사에 나타난 구체형 변화의 일반적 흐름을 이해할 필요가 있다.

즉 문학성 고양 이전 원시적 가요에서는 원시적 정서의 발산에 따른 음악적 흥취에 고조되어, 반복에 의한 증구현상이 다분하였다.

그리고 이러한 반복성 분구현상을 기초로 하여 보다 큰 규모의 대구(對句) 및 반복구 나아가 대련(對聯)이 발달하는 성향을 보였다.

이를 <음악성에 추수된 원시성 (반복 및 대구) 확산>이라 간추릴 수 있다.

그리고 이렇게 반복에 의한 증구현상을 보인 표본적 실례가 앞에서 제시된 <고사기 39가>(712)의 「권주가」 그것의 분구현상인 것이다.

그렇다면 「권주가」는 문형 11구체형 및 곡형 12구체형으로 인식하면서도, 가창연주에서는 문형 13구체형 및 곡형 14구체형으로 구현되는 관행이 존재한 것으로 이해된다.

이는 이 반복이 가사의 온전한 구(句) 전체의 반복이 아니라, 실질적으로 2음이라는 짧은 가사 '保支[hoki](빌어)'의 부분에만 한정된 반복인 점에서도 드러난다.

그렇다면 요컨대 부분적 반복 이전 「권주가」의 원형적 구체형은 『금가보』(981)의 「권주가」 문면가사에 남겨진 문형 11구체형 및 곡형 12구체형인 것으로 귀결된다.

이를 <대련 형성 이전 원형 (「권주가」 문형)의 11구체형>이라 간추릴 수 있다.

따라서 『고사기』의 「권주가」가 지닌 문형 13구체형을 <대련 형성 이전 원형 (「권주가」 문형)의 11구체형>으로 복원하면 다음과 같이 나타난다.

『고사기』의 「권주가」 원형

1) この御酒は
이 귀한 술은

2) 我が御酒ならず
내 빚은 술 아니요

3) 酒の司
술 빚으신 분

4) 常世にいます
상세에 계십니다.

5) 石立たす
석상 세우신

6) 少名御神の
소명어신님께

7) 神壽き狂ほし
신께 열광하고

8) 豊壽き廻し
풍요 빌어 돌으시고

9) 獻り來し
바쳐 올리는

10) 御酒ぞ
귀한 술

11) 殘さず飲せ　ささ
남김없이 드오 자자

그런데 이 <음악성에 추수된 원시성 (반복 및 대구)의 확산>은 다른 시가들에서도 드물지 않게 나타나기 때문에, 이 전형적인 본보기를 <권주가형(勸酒歌形) 분구현상(分句現象)>이라 지칭할 수 있다.

그러므로 <권주가형 분구현상> 이전의 형태, 즉 위의 원형적「권주가」문형 11구체형에 나타난 단락구조는 다음과 같다.

1) ~ 4)	4개구	신의 신성성 강조	(神)
5) ~ 8)	4개구	축복을 비는 의식	(人)
9) ~ 11)	3개구	술을 권하는 주언	(合)

김종규는 고시가의 발생과 관련하여, 그 형태와 표현은 무속 및 무속가가 지닌 주술적 구조 및 어법에서 근원한 것으로 파악하였다.

특히 주술적 구조 및 어법의 수직성 3단구조가 원래 향가가 지닌 기본적 구조 및 표현의 원형을 형성한 것으로 파악하였다.[15]

15) 김종규, 앞의 『향가문학연구』, 13~30면.

그런데 이 「권주가」의 구수율 (4.4.3) 11구체형 3단도 주술적 축원어법(祝願語法)을 지닌 신인합(神人合)의 수직적 3단구조에 해당한다.

또한 「권주가」의 종말부에 나오는 'ささ[sasa]'는, 역시 「사주가」에도 공통되게 존재하지만, 원래 'いざ [iza]'의 약어로 알려져 있으며 환기나 권유의 의미를 지닌 감탄사에 해당한다.

이는 한국어의 '이제(방언 : 이자)'나, 또는 감탄사 '자자'의 의미와 상통한다.

(2) 곡형

1> 구체형

『금가보』의 「권주가」 보면가사

5음6간 1) 許能於美吉伊伊伊伊波阿
kono miki wa
이 귀한 술은

7음8간 2) 和可阿阿美伊吉伊奈良受
waga mi ki narazu
내 빚은 술 아니요

5음6간 3) 久志能於可阿阿阿阿美移
kusino ka mi
술 빚으신 분

7음7간 4) 等許余於於於迩伊伊万須
tokoyo nii masu
상세에 계십니다

5음6간 5) 伊波多太阿須宇
i watata su
석상 세우신

7음8간	6) 須久奈阿美伊可味能	(之伊夜)
	sukuna mi kamino	si ya
	소명어신님께	시 야
4음6간	7) 等余於保於於於吉伊	
	toyo ho ki	
	풍요 빌어	
6음8간	8) 保於於吉茂於於止保之	(之伊夜)
	ho kimo tohosi	si ya
	빌어 돌으시고	시 야
4음5간	9) 可无宇保於於吉	
	kamu ho ki	
	신께 빌어	
6음7간	10) [保於吉]久宇流保之	(之伊夜)
	[hoki] ku ruhosi	si ya
	빌어 열광하고	시 야
5음8간	11) 万都理伊伊許於於之伊	
	maturi ko si	
	바쳐 올리는	
3음4간	12) (<선반복 후구> 소멸) 美吉伊敍於於於	
	miki zo	
	귀한 술	
6음7간	13) 阿佐受遠西佐阿阿阿 ――――― 종반복 전구	
	a sazuwosesa	
	남김없이 드오	
6음7간	14) 佐阿阿佐受遠西 (亞夜) ―― 종반복 후구	
	sa a sazuwose (eya)	
	남김없이 드오 (에야)	

「권주가」의 곡형에도 「사주가」처럼 제6구 이하 짝수구 중에서 제12구를 제외한 <짝수구말 독립 감탄사>가 다음과 같이 존재한다.

제 6 구말 : 之伊夜[siya]
제 8 구말 : 之伊夜[siya]
제10구말 : 志伊夜[siya]
제14구말 : 亞夜[eya]

이로써 「주좌가」 2수의 형태에는 원형적으로 여러 <짝수구말 독립 감탄사>가 존재한 것으로 나타났다.

이 <짝수구말 독립 감탄사>의 음수 및 간수를 구의 길이에서 제외시켜야, 모든 악구가 (5.7)조 음수율 및 <8간 단위행률>의 정격에 합치하기 때문에, 이는 전술한 바 <「사주가」 정격구 길이에서 (짝수구말 독립 감탄사) 제외>와 공통된다.

따라서 이를 싸잡아서 <「주좌가」 정격구 길이에서 (짝수구말 독립 감탄사) 제외>라 간추릴 수 있다.

또한 「권주가」에서도 「사주가」와 같은 <전구(全句)의 8간 단위행률로의 획일화>라는 변화가 이루어졌다.

즉 대문자 가명으로 표기한 본음 및 대속모음만을 '간(間)'으로 본 「권주가」의 구체형은 「사주가」처럼 단행구(單行句)만 존재한다.

4간구 ——— 제12구
5간구 ——— 제9구 9
6간구 ——— 제1구, 제3구, 제5구, 제7구
7간구 ——— 제4구, 제10구, 제13구, 제14구
8간구 ——— 제2구, 제6구, 제8구, 제11구

즉 이 「권주가」의 <전구 8간 단위행률화>도 「사주가」와 동일하다.

이에 「권주가」와 「사주가」 이 양자를 포함시켜서 <「주좌가」 2수의

전구(全句) (8간 단위행률) 획일화>라 간추릴 수 있다.

2> 종반복의 공통성

「권주가」의 후소절에는 종반복이 존재하는 점에서 역시 [신라가형] 및 <「사주가」형>과 일치한다.

『금가보』의 「신라가」 종반복

11) 夜須宇久波太布宇禮亞亞亞亞亞
맘껏　살을 맞대자
12) 夜須宇久波太布禮
맘껏　살을 맞대자

『금가보』의 「사주가」 종반복

11) 宇太乃於志佐阿阿阿 ———————— 종반복 전구
참으로 좋네　자자
12) 阿佐阿阿宇多多乃於 (无志伊夜) ———— 종반복 후구
참으로 좋네 (무시야)

『금가보』의 「권주가」 종반복

6음7간　13) 阿佐受遠西佐阿阿阿 ———— 종반복 전구
남김없이 드오
6음7간　14) 佐阿阿佐受遠西　(亞夜) ——— 종반복 후구
남김없이 드오 (에야)

위와 같이 『금가보』의 「신라가」에 존재한 종반복은 『금가보』의 「사주가」 및 「권주가」가 지닌 종반복으로 이어졌다.

이를 <(「신라가」형) 및 (「주좌가」형)의 공통된 종반복>이라 간추릴 수 있다.

요컨대 이상의 형태적 실상 및 변화를 종합하면, 이는 역시 <([신라가형] → {「주좌가」형})의 계승> 그 근거를 이루는 것이다.

따라서 이제 <「주좌가」 정격구 길이에서 (짝수구말 독립 감탄사) 제외> 및 <「주좌가」 2수의 (전구 8간 단위행률화)>에 근거한 「주좌가」 2수의 구체형이 드러난다.

즉 전술한 바 <권주가형 분구현상> 이전 원형 「권주가」 및 「사주가」의 구체형은 문형 구수율 (4.4.3) 11구체형 3단 및 곡형 구수율 (4.4.4) 12구체형 3단이 상하합이나 피아합(彼我合)의 3장구조에 해당하는 <3구6명체>를 지닌 점에서 공통된다.

「사주가」 및 「권주가」의 구체형

문형 구수율 (4.4.3) 11구체형 3단
곡형 구수율 (4.4.4) 12구체형 3단

상하합 및 피아합의 3장구조

2) 「권주가」의 [신라가 2형] 형성

「권주가」도 「사주가」처럼 [신라가 2형]이라는 새로운 시가형으로 변화하는 과정을 거친 점에서 공통되기 때문에 이를 살핀다.

즉 전술한 바 [신라가 2형]을 지향한 「사주가」 후소절에서의 변화상은 「권주가」 후소절에서도 공통되게 이루어진 것으로 나타났다.

『금가보』의「권주가」후소절의 선반복 해체

5음8간	11) 万都理伊伊許於於之伊 바쳐 올리는	
3음4간	12) ('万都理伊伊許於於之伊'의 소멸) ('바쳐 올리는'의 소멸)	美吉伊敍於於於 귀한 술

물론『금가보』의「권주가」제11구 및 제12구는 <권주가형 분구현상> 이전의 원형에서는 각각『금가보』의「사주가」후소절이 지닌 제9구 및 제10구와 같은 구순(句順)으로 상응한다.

따라서 위와 같이「사주가」처럼「권주가」에서도, <선반복 후구> 소멸로 인해 '美吉伊敍於於於[mikizo](귀한 술)'라는 <3음방출>만 남게 되기 이전의 후소절 제12구에, 원형적인 '万都理伊伊許於於之伊[maturikosi](바쳐 올리는)'의 반복 즉 <선반복 후구>가 존재하였음을 유추할 수 있다.

이는『금가보』(981)의「사주가」후소절에 남은 <3음방출>과 더불어, <선반복 후구> 소멸 이후 남은『금가보』(981)의「권주가」후소절의 <3음방출>, 이 양자의 형태 및 위치가 일치하는 점에서 드러난다.

그런데「사주가」에서는 이 '阿也阿尔伊移伊移伊伊[ayani, 아야니]'라는 <3음방출>이 후대에 <(3음방출)의 실사구화 및 정격구화에 의한 문형구 1개구 증구>를 이룬 것으로 고찰되었다.

그리고 이러한 문형구 1개구의 증구로 인하여, 결국 2개구의 문형구를 지닌 [신라가 1형]의 후소절이 3개구의 문형구를 지닌 <「사주가」형> 즉 [신라가 2형]이라는 새로운 시가형으로의 변화한 것으로 고찰된 바 있다.

그렇다면「권주가」및「사주가」가 증답가로서 지니는 형태적 동질성 및 형태 변화의 공통성에 의거한 유추가 가능할 수 있다.

즉 「사주가」 후소절과 공통된 형태의 「권주가」 후소절에서도 <(3음방출)의 실사구화 및 정격구화에 의한 문형구 1개구 증구>가 이루어짐으로써, 「권주가」도 [신라가 2형]으로 변화한 것으로 파악된다.

요컨대 이상의 고찰 결과는 <([신라가 1형] → 「주좌가」형)의 계승> 및 <([신라가 1형] → [신라가 2형])의 변화>라 간추릴 수 있는 점에서, 역시 「주좌가」 2수가 일치하는 것으로 정리할 수 있다.

따라서 이를 <후소절 문형구 3개구화에 의한 「주좌가」의 [신라가 2형] 형성>이라 간추릴 수 있다.

그러나 이 변화는 「권주가」에서 「사주가」보다 손쉽게 이루어졌다. 「사주가」의 <3음방출> '阿也阿尔伊移伊移伊伊[ayani, 아야니]는 차사이기 때문에 <(3음방출)의 실사구화 및 정격구화>가 필요하지만, 「권주가」의 <3음방출> '美吉伊敍於於於[mikizo](귀한 술)'는 이왕에 실사로 기존하였기 때문에, <(3음방출)의 정격구화> 하나만 필요하였기 때문이다.

그런데 전술에서 <([사뇌가형] → [신라가형])의 계승>에 근거하면, <([신라가 1형] → [신라가 2형])의 변화>는 곧 <([사뇌가 1형] → [사뇌가 2형])의 변화>로 소급하여 유추되는 것으로 고찰된 바 있다.

그렇다면 역시 「사주가」에서처럼 「권주가」를 통해서 확인된 바 <선반복의 비반복적 실사구화(문형구화)에 따른 [사뇌가 2형] 형성>은 먼 후대 [시조형]의 실사적 12음보체 형성으로 이어지는 진일보임을 이로써 알 수 있다.

이를 <([사뇌가형] 곡형구의 실사화) → ([시조형] 실사적 12음보체 접근)>이라 간추릴 수 있다.

3) 민속학적 친연성

「권주가」에는 고대의 한일 양국 사이에 나타나는 민속학적 친연성이 특히 주술적 측면에서 두드러지게 나타난다.

(1) 소명어신(少名御神)과 상세(常世)

고대 일본의 양조술은 고대 한국에서 전래된 것으로 알려졌다.[16)]

그런데 '酒の司'(술 빚으신 분)로 지칭된 소명어신은 파도를 타고 바다를 건너온 신으로서, 대국주신(大國主神)을 도와 일본의 초창기 문화를 주도한 후에, 상세(常世)로 떠났다는 기록이 있다[17)].

이에 따라서 소명어신은 도일신(渡日神)의 면모를 지녔는데, 이는 상세에 대한 실상에서 드러난다.

종래 일본에서는 상세에 대해 3가지의 견해가 있어 왔다.

※ 바다 건너 보물이 많은 나라 (韓國)
※ 불로불사의 영원한 나라 (理想鄕)
※ 죽은 사람들의 영혼이 사는 지하의 나라 (根國)

그런데 일본에서의 이 상세에 대한 관점은, 「주좌가」가 실재한 시대 즉 고대로 거슬러 올라갈수록, 그 정체는 보다 구체성을 지녔지만, 후대로 내려올수록 추상화되는 경향이 있다.

예를 들면 제5구 '石立たす(석상 세우신)'에 명시된 바와 같이 소명어신의 석상을 세웠다고 하였다.

이를 뒷받침하는 근거는 『문덕실록(文德實錄)』에 "소명어신과 대혈지

16) 『古事記』, 中巻 151段(應神條).
17) 『日本書紀』, 神代上 第8段 第6書.

신(大血持神)을 상세국에서 영석(靈石)으로써 상(像)을 세웠다."라고 기록한 점에서 알 수 있다.[18]

여기서 주술적 석상을 세운 것은 이상향이나 지하국과 같이 현실세계가 아닌 추상적 및 영적 세계에서 가능한 일은 아니다.

따라서 여기서의 상세는 곧 실재하는 세상 즉 한국을 가리킨 것으로 볼 수 있으며, 따라서 소명어신은 한국계의 도일신에 해당하는 것으로 이해된다.

(2) **축원의식(祝願儀式)**

『금가보』의 「권주가」 제7구~제10구

7) 神壽き	8) 壽き狂ほし	9) 豊壽き	10) 壽き廻し
신께 빌고	빌어 열광하고	풍요 빌고	빌어 돌으시고

이는 신성한 제주를 빚기 위해서 술독 주위에서 행하는 축주의식(祝酒儀式)으로서, 술에 주술적 기운을 불어 넣는 공감주술행위이다.

이는 현대에 이르기까지 한국의 많은 동제(洞祭)에서 농악대가 제주(祭酒)를 빚는 집에 가서, 술독 주변을 돌며 열광적으로 풍장을 울리는 유풍의 원형적 모습을 보인 것이다.

따라서 이 「주좌가」는 기마민족의 지도자인 응신왕이 일본의 중심지인 대화로 진출한 뒤에, 원주민들에게 임금으로 인정받는 입사식(入社式)의 과정에서 불리워진 무속가의 면모를 집약적으로 보여주었다.

18) 『文德實錄』, 齊衡 三年紀.

4. [사뇌가 2형]의 형성

이제까지 관련된 선후 시가형들의 형태적 계승 관계에 있어서, 그 친연성의 근거를 이룬 부분은 주로 후소절의 변화에서 나타났다.

특히 <「주좌가」형> 2수의 후소절에서, <(3음방출)의 형성 및 정격구화>가 이루어진 결과, 후소절에 2개구의 문형구를 지닌 [신라가 1형]이 3개구의 문형구를 지닌 [신라가 2형]으로 변화하였다.

그래서 이러한 결과를 <([신라가형] → 「주좌가」형)의 계승> 및 <([신라가 1형] → [신라가 2형])의 변화>라 간추린 바 있다.

이제 이러한 시가형의 변화적 계승과 관련하여, 특히 중시할 것은, <([신라가 1형] → [신라가 2형])의 변화>와 공통된 변화의 궤적 그 일단(一端)이 [사뇌가형]에서도 나타난 점이다.

다시 말하면 <선반복의 실사구화에 의한 [신라가 2형] 형성>과 같은 변화의 일단이 [사뇌가형]에서도 징표를 보인 것이다.

특히 이는 [사뇌가 1형] 제9구(후소절 초구)의 차사와 관련된 명칭이 역시 3개 종류로 변화된 점에서 드러난다.

(1) <아야, 아사류>

아야(阿耶) → 「찬기파랑가」, 「우적가」,
「광수공양가」, 「총결무진가」
아야(阿也) → 「제망매가」
아사(阿邪) → 「원왕생가」
아사야(阿邪也) → 「도천수대비가」

(2) <후구, 낙구류>

후구(後句) → 「혜성가」, 「안민가」, 「수희공덕가」
후구망(後句亡) → 「원가」
후언(後言) → 「청전법륜가」
격구(隔句) → 「칭찬여래가」
낙구(落句) → 「참회업장가」, 「청불주세가」

(3) <정서적 지칭류>

성상인(城上人) → 상수불학가
타심(打心) → 항순중생가
병음(病吟) → 보개회향가
탄왈(歎曰) → 예경제불가

위에서 1)의 <아야, 아사류>는 차사 그 자체의 음차에 해당하기 때문에, 이는 원형적 [사뇌가형]에 존재하였던 차사구의 실상이 반영된 점에서 가장 초기적 양상으로 볼 수 있다.

다시 말하면 이는 전술한 바 <구 전체가 차사구인 원형적 [신라가곡형]의 제9구>라는 제1단계의 차사를 반영한 지칭으로 볼 수 있다.

그리고 2)의 <후구, 후언>은 그 지칭 후부에, 나머지 후소절 가사가 따로 제시된 것을 보면, 이것도 차사 자체만의 지칭으로 볼 수 있다.

그러나 이 2)의 <격구, 낙구>에서 '격(隔)' 및 '낙(落)'은 별도의 독립성을 뜻하지만, 이는 차사 자체의 지칭을 통하여 후소절의 나머지 부분까지 아울러 포함하는 바 보다 외연화(外延化)된 지칭으로 볼 수 있다.

또한 「원가」의 후구망(後句亡)이란 기록에 의하면, 이를 '후구(後句)'와 '망(亡失)'으로 분리하여 볼 수도 있지만, 또한 이는 후소절 전체의 망실(亡失)로도 해석할 수 있기 때문에, 이 역시 차사의 지칭이 외연화되어가는 과도적 과정의 반영으로 볼 수 있다.

그리고 이러한 차사 명칭 변화의 양상은 <정서적 지칭류>에서 그 외연화의 완결을 보인 것으로 추론된다.

그렇다면 이 차사 명칭 변화의 양상은 결국 <([신라가 1형] → [신라가 2형])의 변화> 그 징표의 일단이 될 수 있는 것으로 추론된다.

이제 문제는 [신라가형]에서 이루어진 바 <(선반복 해체)에 따른 비반복적 실사구화>라는 제3단계 양상의 실체가 [사뇌가형]에는 나타나지 않은 점이다.

그러나 [사뇌가형]의 신라향가는 모두 10수에 지나지 않는다.

이러한 소수를 감안하면 <(선반복 해체)에 따른 비반복적 실사구화>를 이룬 사뇌가가 실재하였다 해도, 현전하지 않을 수 있는 것이다.

그러나 이 <(선반복 해체)에 따른 비반복적 실사구화>는 후술할 바와 같이, [사뇌가형]의 후대적 계승에 해당하는 「정과정(진작)」과 「이상곡」은 물론 그 이후의 시가형들에서 구현되는 양상을 드러낸다.

그러므로 이상의 고찰 결과는 전술한 바 <([신라가 1형] → [신라가 2형])의 변화>가 이왕에 선행한 <([사뇌가 1형] → [사뇌가 2형])의 변화> 그 궤적을 따라서 이루어진 맥락을 추론할 수 있게 한다.

이에 대한 실제적 증빙으로서, 김종규가 신라의 향가 및 일본의 <단식 기기장가> 사이에 존재하는 형태적 비교의 고찰 결과를 제시한 바 있다.

이에 따르면 <단식 기기장가> 48수 중에서, 형태면에서 [사뇌가형]에 대응하는 [신라가형] 시가가 15수 존재한 것으로 나타났다.

그런데 이 [신라가형] 시가 15수 중에서 14수가, [사뇌가 1형] 및

[사뇌가 2형]과 공통된 [신라가 1형]과 [신라가 중간형] 그리고 [신라가 2형]의 구조를 지닌 것으로 고찰되었다.[19]

이는 <([사뇌가형] → [신라가형])의 계승>이라는 고찰 결과를 뒷받침하는 바 중요한 근거를 이루는 것이다.

5. [사뇌가 2형] 및 [시조형]의 관계

이제 <([신라가 1형] → [신라가 2형])의 변화>에 근거하여 드러나는 <([사뇌가 1형] → [사뇌가 2형])의 변화>가 중요한 의미를 지닌다.

이에 따라서 <([사뇌가 1형] → [사뇌가 2형])의 변화>로 나타난 [사뇌가 2형] 및 [시조형] 양자가 지니는 형태적 친연성을 알아본다.

이와 관련하여 <([사뇌가형] → [신라가형])의 계승>에 근거하면, <([신라가 1형] → [신라가 2형])의 변화>는 곧 <([사뇌가 1형] → [사뇌가 2형])의 변화>로 소급하여 유추되는 것으로 전술한 바 있다.

나아가 「주좌가」 2수를 통해서 확인된 바 <선반복의 비반복적 실사구화(문형구화)에 따른 [사뇌가 2형] 형성>은 먼 후대 [시조형]의 실사적 12음보체로 이어지는 진일보로 고찰된 바 있다.

이를 역시 <([사뇌가형] 곡형구 실사화) → ([시조형] 실사적 12음보체 접근)>이라 간추린 바 있다.

그러나 문제는 [사뇌가 2형]에 아직 <종반복 후구>라는 곡형구 1개구가 잔존하는 점이다.

---

19) 김종규, 앞의 『향가의 형식』, 242~261면.

왜냐하면 가사의 측면에서, [사뇌가 2형]의 제12구(종말구)가 종반복 후구인데, 이에 대응하는 [시조형]의 제12음보(종말음보)는 실사음보이기 때문에, 이것이 양자간 유일한 차이이기 때문이다.

또한 가사의 길이에 있어, 후술할 바와 같이 [시조형] 가사 규모는 [사뇌가 2형]에 비하여, 반절형에 해당하는 것으로 나타난다.

이러한 반복부 및 실사부의 차이 문제, 그리고 가사의 반절화 문제는 항목을 달리하여 상세히 후술한다.

그러나 악곡형의 측면에서 이 [사뇌가 2형]이야말로 먼 후대 [시조형]이 비롯되는 모태형 즉 격세적 모태에 해당한다.

즉 우선 악곡형의 측면에 한정하면, <[사뇌가 2형]의 (3구6명체) 12행 96간> 및 <[시조형]의 (3장6구체) 12음보 96정간>은 <닮은꼴 공통형>에 해당한다.

[사뇌가 2형]의 96간 12행 (3구6명체) =
[시조형]의 96간 6행강 (3장6구체)

<닮은꼴 공통형>

물론 [사뇌가 2형]의 단위악구율은 <8간 단위행률>인데, [시조형]의 단위악구율은 배형화된 <16정간 단위행강률>인 점에 차이가 있다.

그리고 [사뇌가 2형]의 단위시간은 8간단위의 '간(間)'이며, [시조형]의 단위시간은 16정간단위의 '정간(井間)'이란 점에도 차이가 있다.

그러나 후술할 바와 같이, 단위시간으로서 '간(間)' 및 '정간(井間)'은 명칭만 다를 뿐, 실질적으로 동일한 최소한의 단위시간이다.

또한 [신라가 2형]의 단위악구율인 '행(行)'은 [시조형]의 단위악구율인 '행강(行綱)'의 1/2에 해당하기 때문에, <16정간 단위행강률로의 배

형화>를 감안하면, 12행과 6행강은 실질적으로 같은 길이에 해당한다.

따라서 이 단위시간 및 단위악구율에 근거하여, 두 시가형의 관계는 <([사뇌가 2형] 및 [시조형])의 악곡형 (닮은꼴 공통성)>이라 간추릴 수 있다.

그런데 여기 문제가 되는 것은 <([사뇌가 2형] 및 [시조형])의 악곡형 (닮은꼴 공통성)>이란 양자간 시대적 격차가 너무 크다는 점이다.

그러나 이 시대적 격차의 문제는 양자간의 과도적 매개형이 존재한다면 그로써 해소가 가능할 수 있다.

그런데 이 과도적 매개형으로서 「진작 1」의 <대엽>이 대두된다.

이 「진작 1」의 <대엽>은 6행강의 본사부와 말미 2행강의 감탄여음 '아으'의 접속에 의해서 그 전체가 8행강체를 이루었다.

「진작 1」의 <대엽> = 본사부 6행강 + 감탄여음 '아으' 2행강

이에 주목할 것은 이 <「진작 1」 대엽 본사부>의 6행강 96정간 형태가 [사뇌가 2형]의 12행 96간과 <닮은꼴 공통형>이며, 아울러 [시조형]의 6행강 96간과 공통되는 점이다.

따라서 이제 <([사뇌가 2형] 및 「진작 1」 {대엽 본사부})의 악곡형 공통성>과 더불어 <(「진작 1」 {대엽 본사부} 및 [시조형])의 악곡형 공통성>을 아울러 간추릴 수 있다.

그렇다면 이 양자의 간추림이 연계되면 <([사뇌가 2형] 악곡형 → [시조곡형])의 계승>으로 이어질 여지는 그 만큼 증대되는 것이다.

6. [신라가형]의 분류

이제 [신라가 1형], [신라가 2형], 이 양자의 문형 및 곡형을 종합하여 그 상대적 차이를 비교하여 제시하면 다음과 같다.

[신라가 1문형] : (4.4.2) 3단의 10구체
[신라가 1곡형] : (5.4.6) 3단의 15행분 × 8간 = 120간

[신라가 2문형] : (4.4.3) 3단의 11구체
[신라가 2곡형] : (4.4.4) 3단의 12행분 × 8간 = 96간

이제 [신라가형]의 종류를 문형과 곡형으로 구분하고, 그리고 1형 및 2형으로 구분하여, 이를 종합하면 다음과 같이 분류된다.

[신라가형]의 분류

[신라가 1형] → 문형 10구체 : 곡형 12구체(15행분)
[신라가 2형] → 문형 11구체 : 곡형 12구체(12행분)

[신라가형]의 종합적 분류

[신라가 1형] :
[신라가 1형]의 문형 → [신라가 1문형(一文形)]
[신라가 1형]의 곡형 → [신라가 1곡형(一曲形)]

[신라가 2형] :
[신라가 2형]의 문형 → [신라가 2문형(二文形)]
[신라가 2형]의 곡형 → [신라가 2곡형(二曲形)]

[신라가 문형]의 후소절 분류

(후소절 문형의 모든 구는 실사구임)

[신라가 1형] → 후소절 문형구 2개구
[신라가 2형] → 후소절 문형구 3개구

[신라가 곡형]의 후소절 분류

[신라가 1형]의 후소절 곡형 4개구 :
<선반복 전구> + 문형구(<선반복 후구>) + 문형구(종반복 전구) + 종반복 후구

[신라가 2형]의 후소절 곡형 4개구 :
문형구 + 문형구 + 문형구(종반복 전구) + 종반복 후구

그런데 위와 같은 [신라가형]의 분류는 <([사뇌가형] → [신라가형])의 계승>에 근거하여 [사뇌가형]에도 공통되게 적용될 수 있는 것으로 파악되었다.

제3장 [아유다진 2형] 및 [신라가형]으로

1. [아유다진형]의 시가형 변화

1) [아유다진형] 개관

[아유다진형]은 많은 자료를 지녔기 때문에, 이는 한일(韓日) 고대시가의 형태사적 변화 및 발전을 밝힘에 있어 중요한 근거를 제공한다.

특히 [아유다진형]에 대한 고찰은 자료의 부족으로 인하여 구명에 어려움이 있는 [8구체 향가형] 및 [사뇌가형]의 형태적 실상을 파악함에도 많은 도움을 줄 수 있다는 점에서 중요한 가치를 지닌다.

또한 선행 형태인 [아유다진형]이 후행 형태인 [신라가형]으로 진화적 변화를 이룬 것은 [8구체 향가형]이 [사뇌가형]으로 진화적 변화를 이룬 과정을 밝힘에 도움이 되기 때문에 이를 살핀다.

[아유다진형]의 표본적 시가인 <금가보 장가> 3수도 [신라가형]처럼 문형과 곡형으로 나뉘는 2원적 형태를 지닌 것으로 고찰되었다.[1]

---

1) 김종규, 앞의 『향가의 형식』, 217~224면

또한 <금가보 16가>로 대표되는 문형 8구체형 및 곡형 10구체형의 [아유다진 1형]이 [금가보 17가]로 대표되는 문형 9구체형 및 곡형 10구체형의 [아유다진 2형]으로 변화한 것으로 파악된 바 있다.[2]

이제 전술한 바 [신라가형] 변화와 공통된 궤적을 거쳐서, [아유다진 1형] 후소절에서 <구내분창적 3음방출>이 실사구(문형구)로 변화하여, [아유다진 2형]을 이루는 구체적 변화 과정을 살핀다.

특히 [아유다진형]에서의 시가형 변화 그 궤적이 [8구체 향가형]인 「모죽지랑가」에서 매우 집약적으로 나타난 점까지 아울러 살핀다.

전술한 바 <([신라가 1형] → [신라가 2형])의 변화> 그 경위는, 선행단계의 변화 과정인 <([아유다진 1형] → [아유다진 2형])의 변화>에서도 유사하게 이루어진 것이어서,[3] 많은 참고가 될 수 있기 때문이다.

『금가보』에 「阿遊陀振」[あゆだぶり, ayutaburi]이란 시가명으로 <금가보 16가>(증가(贈歌)), <금가보 17가>(답가(答歌)) <금가보 18가>(증가(贈歌)), 이 3수가 증답하는 형식으로 엮어져 있다.

그 유래는 『금가보』에 경행왕(景行王. 재위 71~130)이 왕자가 태어나서 기쁜 나머지 부른 시가라고 기록되어 있다.[4]*

그러나 일본의 사학(史學)에서는 응신왕(應神王. 재위 270~310) 전기 이전의 기록은 보편적으로 실사(實史)라기보다는 신화나 전승(傳承)에 해당하는 것으로 보는 관점이 일반적인 통념으로 알려져 있다.

그래서 작가자로 기록된 경행왕 자신의 실존 여부가 의문시된다.

---

2) 김종규, 같은 책, 224~232면.
3) 김종규, 같은 책, 232~241면
4) 『금가보』, 「七日あゆた振」 注記.

또한 가사의 해독 자체가 미완이지만, 그 내용이 자식을 낳은 부모의 기쁨을 노래한 내용이 아니라, 남녀의 애정을 다룬 것이 분명하다.

이에 따라「아유다진」3수는 후대의 시가가 선대의 궁중 전승에 부회(附會)되어 나타난 궁중시가로 알려져 있다.

2) [아유다진 1형]

(1) <금가보 16가>의 형태

[아유다진 1형]의 표본적 시가는 <금가보 16가>와 <금가보 18가>가 있지만, 양가 형태가 거의 동일하기 때문에, <금가보 16가>를 대표로 하여 살핀다.

<u><금가보 16가>의 문형가사</u>

1) 高橋の
takahasino
고교땅의

2) 甕井の清水
mikawinosumizu
옹정샘의 맑은 물

3) あらまくを
aramakuwo
(미상)

4) すぐにおきて
suguniokite
(미상)

5) 出でまくを
itemakuwo
(미상)

6) すぐにおきて
suguniokite
(미상)

7) 何か汝が此處に
nanikanagakokoni
웬일로 네가 여기에

8) 出でて居る清水
ideteworusumidu
나와 있누나 청수에

<금가보 16가> 곡형의 보면가사

5음6간 1) 多可波試夷能夜
1 2 3 4 5 6
고교땅의

7음10간 2) 美可爲火移能須美豆宇宇
1 2 3 4 5 6 7 8 1 2
옹정샘의 맑은 물

6음6간 3) 阿良万久宇乎夜
1 2 3 4 5 6
(미상)

6음12간 4) 須具尔移夷夷伊伊伊於伎天亞亞亞亞
1 2 3 4 5 6 7 8 1 2 3 4
(미상)

6음8간 5) 移天万久乎於於夜
1 2 3 4 5 6 7 8
(미상)

6음10간 6) 須具尔伊移移於伎天亞
1 2 3 4 5 6 7 8 1 2
(미상)

8음(6간+4간) 7) 奈爾可難阿我夜 去尔移移
1 2 3 4 5 6 1 2 3 4
웬일로 네가 여기에

8음(8간+7간) 8) 伊天乎留宇宇宇夜 須美豆宇宇宇宇
1 2 3 4 5 6 7 8 1 2 3 4 5 6 7
나와 있누나 청수에

8음8간 9) 移天天乎留須美豆 ——— 종반복 후구
1 2 3 4 5 6 7 8
나와 있누나 청수에

6음8간 10) 万之衣万阿阿衣衣師央夜 ——— 종감탄구
1 2 3 4 5 6 7 8
마시에 마에 시오야

이는 미해독의 부분이 많지만, 형태를 추론하기는 어렵지 않다.

위의 <금가보 16가>는 지은 가사 문형 8구체에, 가창연주될 때 곡형부인 제9구 즉 <종반복 후구> '移天天乎留須美豆(나와 있누나 청수에)'가 부가되었고, 또한 같은 곡형부인 제10구의 종차사구 '万之衣万阿阿衣衣師央夜[마시에마에시오야]'가 부가되었다.

즉 [아유다진 1형]인 <금가보 16가>는 문형 8구체에 다음과 같이 곡형부 2개구가 부가되어 곡형을 이룬 2원적 1형에 해당한다.

[아유다진 1형]인 <금가보 16가 곡형>

제 1 구 ———————— 실사구

제 2 구 ———————— 실사구

제 3 구 ———————— 실사구

제 4 구 ———————— 실사구

제 5 구 ———————— 실사구

제 6 구 ———————— 실사구

제 7 구 ———————— 실사구 (문형구)

제 8 구 ——— 종반복 전구 ——— 실사구 (〃)

제 9 구 ——— 종반복 후구 ——— 종반복구 (곡형구)

제10구 ———————— 종차사구 (〃)

따라서 <금가보 16가>는 문형 8구체 및 곡형 10구체형을 이루었기 때문에, 이를 [아유다진 1형]이라 지칭할 수 있다.

고대 서정시가의 단위행률은 [신라가 2형]에서처럼 8간 체재(八間 體裁)로의 획일화를 지향한 점은 [아유다진형] 시가에서도 공통된다.

즉 <금가보 16가>는 곡형 10개구로서, 5개구의 단행구 및 5개구의 장행구를 지녔기 때문에, 이는 혼합형 단위행률에 해당한다.

그러나 홀수구는 10간의 장행구를 이룬 제7구를 제외한 나머지 4개구가 <8간 단위행률>의 단행구이기 때문에, 이를 <(금가보 16가) 홀수구의 (8간 위주 단위행률)>이라 간추릴 수 있다.

짝수구는 8간의 단행구를 이룬 제10구를 제외한 나머지 4개구가 10간 이상의 장행구를 이루었지만, 그러나 제8구를 제외한 4개구가 배행구의 길이에는 아직 미치지 못하기 때문에, 결국 불규칙한 단위행률을 지닌 것으로 나타났다.

따라서 [아유다진형]은 역시 [신라가형]에 비하여, 아직 단위행률의 규제 및 획일화가 채 이루어지지 않은 과도적 단계를 대변하는 것으로 이해된다.

(2) <구중간(句中間) 종결감탄 야(夜)>의 구실

[아유다진형] 시가들이 지닌 감탄음 '야(夜)'는 고대 일본의 시가에서 항용 <짝수구말 독립 감탄사> 그 마지막 음운의 하나로 쓰인 것으로, 악구율의 실상을 밝히는 관건이 되기 때문에 이를 알아본다.

일반적으로 표현의 질량이 상당 정도 누적된 뒤, 그 농축된 정서를 감탄사로써 발산하는 것으로 구(句)나 연(聯)을 마무리하기 마련이다.

따라서 전술한 바 「주좌가」 2수에 존재한 '无志伊夜[musiya]'와 같은 <짝수구말 독립 감탄사>가 본령적 구실에 충실한 감탄사에 해당한다.

그런데 이 <금가보 16가>의 감탄음 '야(夜)'는 그 위치 및 기능의 측면에서 본령적인 구실의 구말 감탄사와는 다른 특수성을 지녔다.

즉 이 <금가보 16가>의 감탄음 '야(夜)'들의 일부는 임시로 양분된 구(句)의 전후부 중에서, 그 전부의 임시적 종결을 나타내기 위해서 부착된 단음절(單音節)의 감탄사, 즉 구중간의 비독립적 감탄사로 존재한다.

이러한 구실의 감탄음 '야(夜)'는 원래의 지어진 가사에 없던 것이 새로이 부가된 것이기 때문에, 이를 첨가음(添加音)이라 지칭한 바 있다.

이를 <구중간(句中間) 종결감탄 '야(夜)'>라 지칭할 수 있다.

우선 이 감탄음 '야(夜)'의 위치를 보면 <금가보 16가>의 곡형 10개구 중에서 다음과 같이 6개구에 존재한다.

홀수구 — 전대절의 제1구, 제3구, 제5구, 제7구 (합 4개구)
짝수구 — 후소절의 제8구, 제10구 (합 2개구)

위 감탄음의 소재 위치를 분류하면 4개 감탄음이 홀수구에, 2개 감탄음이 짝수구에 존재하기 때문에, 홀수구가 보다 다수를 이루었다.

또한 전대절에 위치한 4개구는 <구말 부착 감탄사>인데, 후소절에 위치한 제7구 및 제8구는 <구중간 종결감탄 '야'>인 점이 다르다.

감탄사 중에서 고찰 대상으로서 중요시되는 것은 바로 <구중간 종결감탄 '야(夜)'>이기 때문에 이를 구체적으로 살핀다.

<금가보 16가> 후소절의 문형구로서, <구중간 종결감탄 '야(夜)'>를 지닌 제7구와 제8구는 다음처럼 정격의 음수 및 간수를 넘치는 길이를 지녔다.

<u><금가보 16가>의 후소절 문형구(제7구~제8구)</u>

7음(6간+4간)	7) 奈尔可難阿我夜	去尔移移
	1 2 3 4 5 6	1 2 3 4
	웬일로 네가	여기에

8음(8간+7간)	8) 伊天乎留宇宇宇夜　須美豆宇宇宇宇 1 2 3 4 5 6 7 8　1 2 3 4 5 6 7 나와 있누나　　　청수에

제7구 → 음수 7음 : 간수 10간 (음수와 간수가 정격에 넘침)
제8구 → 음수 8음 : 간수 15간 (음수와 간수가 정격에 넘침)

위의 제7구 및 제8구의 음수와 간수를 정리한다.

제7구 음수 : 홀수구의 정격 음수율인 5음보다 넘치는 7음임
　　　간수 : 홀수구의 (8간 위주 단위행률)>을 넘치는 10간임
제8구 음수 : 짝수구의 정격 음수율 7음을 넘치는 8음임
　　　간수 : 15간의 유일한 배행구임

위에 정리한 결과는 제7와 제8구가 장구화된 점에서 공통된다.

그런데 제8구의 후반 '須美豆宇宇宇宇(청수에)'는 간수가 7간이지만, 음수는 3음이기 때문에, 이는 하나의 독립된 구로 인정될 수 없다.

따라서 이 후소절 문형구 2개구는 각각 양분(兩分)되는 구성을 지니되, 그 후부는 온전한 1개구에 부족한 반구(半句)이기 때문에, 이는 이왕에 다룬 바 있는 [신라가형]의 <구내분창적 3음방출>과 공통된다.

그렇다면 이 <구중간 종결감탄 '야'>란, 이처럼 장구화된 제7구 및 제8구의 구(句) 중간에, 임시적 기식(氣息)을 위한 휴지를 위해서 형성된 <구내분창(句內分唱)>의 표지로도 구실한 것을 알 수 있다.

그러므로 이는 <금가보 16가> 후소절 문형구 2개구는 각각의 구마다 <구내분창적 3음방출>이 존재하기 때문에, 음수 및 간수가 정형을 넘치

는 장구(長句)를 이루었음을 의미한다.

이를 <(금가보 16가) 후소절 문형구 2개구의 (3음방출)로 인한 장구화>라 간추릴 수 있다.

그리고 역시 같은 [아유다진 1형]인 <금가보 18가>의 후소절 문형구 2개구도 다음처럼 제7구는 9음 12간을 지닌 장구이며, 그리고 제8구는 9음 11간을 지닌 장구이다.

<금가보 18가> 곡형의 제7구~제8구

9음(7간+5간)	7) 於和禮己曾於波也	己築尔伊伊
	1 2 3 4 5 6 7	1 2 3 4 5
	우리네야	여기에
9음(7간+4간)	8) 伊天天乎禮衣夜	須美川宇
	1 2 3 4 5 6 7	1 2 3 4
	나와서 있자	청수에

이 <금가보 18가> 후소절 문형구 2개구에도 각각의 구마다 <구내분창적 3음방출>이 존재하기 때문에 장구를 이루었다.

이를 <(금가보 18가) 후소절 문형구 2개구의 (3음방출)로 인한 장구화>라 간추릴 수 있다.

또한 <(금가보 16가) 후소절 문형구 2개구의 (3음방출)로 인한 장구화> 및 <(금가보 18가) 후소절 문형구 2개구의 (3음방출)로 인한 장구화>가 [아유다진 1형]에서 이루어졌기 때문에, 이를 <[아유타진 1형] 후소절 문형구 2개구의 (구내분창적 3음방출) 형성>이라 간추릴 수 있다.

그런데 유의할 것은 이러한 <[아유타진 1형] 후소절 문형구의 (구내분창적 3음방출) 형성>에 의해서 이루어진 장구(長句)의 임시적 양분화를 구분하는 구실을 하는 표지가 <구중간 종결감탄 '야'>라는 점이다.

이를 <장구의 임시 양분화 표지로 구실한 (구중간 종결감탄 '야')>라 간추릴 수 있다.

(3) <조결식 장감급종의 후소절 운율> 형성의 의의

이제 전술한 <구내분창적 3음방출>이 형성된 요인을 파악함으로써, 이것이 시가형 변화에서 작용한 구실에 대하여 알아본다.

물론 이 <구내분창적 3음방출>은 전술한 바 <[아유타진 1형] 후소절 문형구 2개구의 장구화> 형성의 주요 요소로 구실하였다.

그런데 이 <후소절 문형구의 장구화>는 이왕에 [신라가 1곡형] 후소절에서도 다음과 같이 동일하게 나타난 점이 상기된다.

『금가보』의 「신라가」 보면가사 후소절

6음7간 9) 試夜 己受宇宇己於曾
1 2 1 2 3 4 5 6 7
(시야) 오늘밤이야

7음17간 10) 己受己於於於於於於於曾伊母尔移伊移伊
1 2 3 4 5 6 7 8 1 2 3 4 5 6 7 8 1
오늘밤이야 누이에게

7음14간 11) 夜須宇久波太布宇禮亞亞亞亞亞
1 2 3 4 5 6 7 8 1 2 3 4 5 6
맘껏 살을 맞대자

7음7간 12) 夜須宇久波太布禮
1 2 3 4 5 6 7
맘껏 살을 맞대자

위의 [신라가 1곡형] 후소절 문형구인 제10구의 17간 및 제11구의 14간은 배행구인데, 그 중에 제11구는 가락의 장구화에 한정되기 때문에, 이는 <[신라가 1형] 후소절 제11구의 가락 장구화>에 해당한다.

그러나 [신라가 1곡형] 후소절의 제10구는 그 원형 가사가 '己受己於於於於於於於曾(오늘밤이야)'였으나, 후대에 '伊母尔移伊移伊(누이에게)가 부가되어 가사의 장구화까지 이루어진 것으로 밝혀진 바 있다.

이를 <[신라가 1형] 후소절 문형구 제10구의 (가사 및 가락) 장구화>라 간추린 바 있다.

그런데 이러한 <[신라가 1형] 후소절 문형구 2개구의 장구화>와 더불어 <[아유타진 1형] 후소절 문형구 2개구의 장구화>는 공통된다.

그러나 <[신라가 1형] 후소절 문형구 2개구의 장구화>는 1개구 안에서 속모음(屬母音)의 연장을 통해서 이루어졌을 뿐이고, 따라서 <구내분창>은 존재하지 않았다.

이에 비하면 <[아유다진 1형] 후소절 문형구 2개구의 장구화>는 1개구가 양분되는 <구내분창적 3음방출>로 구현된 점에 차이가 있다.

그러나 여기서 역시 중요한 것은 [신라가 1형] 및 [아유다진 1형]의 후소절 문형구 2개구가 공통되게 장구화를 이루었다는 사실이다.

그리고 전술에서 이 <[신라가 1형] 후소절 문형구 2개구의 장구화>가 이루어진 원천적 요인은 <조결식 장감급종의 후소절 운율>을 조성하기 위한 목적인 것으로 고찰된 바 있다.

이를 역시 <[신라가 1형] 후소절 문형구의 (조결식 장인)을 위한 장구화>라 간추린 바 있다.

따라서 <[아유다진 1형] 후소절 문형구 2개구의 장구화>가 이루어진 요인도, <[신라가 1형] 후소절 문형구의 조결식 장인을 위한 장구

화>와 동일한 것으로 유추할 수 있기 때문에, 이를 <[아유다진 1형] 후소절 문형구의 조결식 장인을 위한 장구화>라 간추릴 수 있다.

이에 따라서 [아유다진 1형]에서, <조결식 장인을 위한 장구화>를 필요로 하는 위치의 후소절 문형구 2개구에만, <구내분창적 3음방출>이 형성된 원인을 이로써 이해할 수 있게 된다.

그런데 이제 <[아유다진 1형] 후소절 문형구 2개구의 장구화>가 <조결식 장감급종의 후소절 운율> 장만하기 위한 목적에 있다는 것은 시가사적으로 의의가 매우 크다.

즉 후술되는 바와 같이 이 <조결식 장감급종의 후소절 운율>은 여러 선후 시가형들의 단계를 거쳐서, 결국 후대 [시조형] 종장이 지닌 <조결식 장감급종의 종장 운율>에까지 이어진 것이다.

그렇다면 이 <조결식 장감급종의 후소절 운율>은 우리 고시가 형식이 지닌 근원적 표현 양식의 표본적 실체 그 하나에 해당한다.

따라서 전술한 바 <([사뇌가형] → [신라가형])의 계승>과 후술할 바 <[8구체 향가형] 및 [아유다진형]의 친연성>에 근거하면, 이 <조결식 장감급종의 후소절 운율>이란 향가에서 근원한 것으로 파악된다.

그러므로 이를 <향가에서 연원된 (조결식 장감급종의 후소절 운율)> 및 <(사뇌가 → 시조) 계승의 (조결식 장감급종의 후소절 운율)>이라 간추릴 수 있다.

3) [아유다진 2형]

앞에서 [아유다진 1형]의 <조결식 장감급종의 후소절 운율>을 마련하기 위한 방편으로 <구내분창적 3음방출>을 통한 <후소절 문형구의 가사 및 가락의 장구화>를 구현한 것으로 파악되었다.

그런데 이 <구내분창적 3음방출>이 분구(分句)의 조짐을 이루었다.

이제 [아유다진 1형]에서 아직 불완전하였던 단위행률이 비로소 <전구(全句)의 8간 단위행률로의 획일화>가 확립되는 것을 계기로 하여, <3음방출의 정격구화>가 이루어진 결과, <([아유다진 1형] → [아유다진 2형])의 변화>가 이루어진 구체적 경위를 알아본다.

(1) <금가보 17가>의 구체형

<u><금가보 17가>의 문형가사</u>

1) 石の上
isunokami
석상에 있는

2) 布留の山の
hurunoyamano
포류산중에

3) 熊が爪六つ
kumagatumemutu
곰의 발톱 6개

4) まろかもし
marokamosi
(미상)

5) 鹿が爪八つ
kagatumeyatu
사슴 발톱 8개

6) まろかもし
marokamosi
(미상)

7) 睦しみ
mutumasimi
사이도 좋은

8) 我こそ此處に
warekosokokoni
우리네야 여기에

9) 出でて居れ淸水
ideteworesumidu
나와서 있자 청수에

<u><금가보 17가>의 보면가사</u>

6음8간

1) 伊須宇乃可安美也
1 2 3 4 5 6 7 8
석상에 있는

6음7간	2) 布留宇乃夜万[乃]
	1 2 3 4 5 6 7
	포류산중에
8음8간	3) 久万可川米也牟川
	1 2 3 4 5 6 7 8
	곰의 발톱 6개
5음6간	4) 万阿呂可毛之伊
	1 2 3 4 5 6
	(미상)
7음7간	5) 可可川米也也川
	1 2 3 4 5 6 7
	사슴 발톱 8개
5음6간	6) 万阿呂可毛之伊
	1 2 3 4 5 6
	(미상)
6음6간	7) 牟川万之美也
	1 2 3 4 5 6
	사이도 좋은
6음9간	8) 和禮已於曾已尔伊伊
	1 2 3 4 5 6 7 8 1
	우리네야 여기에
9음(7간+3간)	9) 伊天天乎於禮也 須美豆宇
	1 2 3 4 5 6 7 1 2 3
	나와서 있자 청수에
8음8간	10) 伊天天乎禮須美川 ——— 종반복구
	1 2 3 4 5 6 7 8
	나와서 있자 청수에

위의 <금가보 17가>는 원래 문형 9구체형으로 지어진 시가였다. 이에 문형구인 <종반복 전구>(제9구) '伊天天乎於禮也 須美豆宇(나와서

있자 청수에)'에, 이를 반복한 곡형구 즉 <종반복 후구>(제10구) '伊天天乎禮須美川(나와서 있자 청수에)'가 부가됨으로써, 곡형 10구체를 이루었다.

즉 <금가보 17가>는 다음과 같이 문형 9구체, 곡형 10구체형을 이룬 2원적 1형의 [아유다진 2형]에 속한다.

<금가보 17가 곡형>의 [아유다진 2형] 구체형

구			
제1구		실사구	
제2구		실사구	
제3구		실사구	
제4구		실사구	
제5구		실사구	
제6구		실사구	
제7구		실사구	(문형구)
제8구		실사구	(〃)
제9구	종반복 전구	종반복구	(〃)
제10구	종반복 후구	종차사구	(곡형구)

위 <금가보 17가> 곡형의 악구는 10개구 모두가 <8간 단위행률>로 변화하는 <전구(全句)의 8간 단위행률로의 획일화>를 완결한 것으로 나타났다.

(2) <전구 8간 단위행률화>에 의한 <3음방출의 정적구화>

이제 문형구(실사구)의 증구에 의한 시가형의 변화 즉 <([아유다진 1형] → [아유다진 2형])의 변화>가 이루어진 경위를 살핀다.

전술에서 <([신라가 1형] → [신라가 2형])의 변화>에서 구수 증가의 예비적 단계가 바로 <구내분창적 3음방출>로 고찰되었다.

그런데 이러한 시가형 변화의 궤적은 역시 <([아유다진 1형] → [아유다진 2형])의 변화>에서도 공통되게 나타났다.

즉 <금가보 17가>는 <전구의 8간 단위행률화>를 완결했는데, 이것이 <([아유다진 1형] → [아유다진 2형])의 변화> 그 단초를 이루었다.

우선 <전구의 8간 단위행률화>를 완결하면 그에 내포된 모든 구(句)의 가락 길이가 8간 이하로 획일화되어야 한다는 제한을 받게 된다.

따라서 [아유다진 1형]인 <금가보 16가> 및 <금가보 18가>에서 <[아유타진 1형] 후소절 문형구 2개구의 장구화>를 위한 <구내분창적 3음방출>을 형성한 제7구 및 제8구는 각각 1개구가 2개구로 분구되어야 하는 당위적 조건에 놓였다.

그리고 이 분구의 완결은 <구내분창적 3음방출>에 연동된 <3음방출의 정격구화>에 의해서 문형구가 증구되는 변화로써 구현되었다.

이를 <(전구 8간 단위행률화)의 분구 촉발>이라 간추릴 수 있다.

그러나 <([아유다진 1형] → [아유다진 2형])의 변화>는 정작 <금가보 16가> 및 <금가보 18가>의 후소절 문형구 2개구 모두의 분구가 아니라, 단지 제7구 하나만의 한정된 분구를 이룬 결과로 나타났다.

이처럼 제7구에 한정된 분구현상은 [아유다진 2형]의 표본적 시가인 <금가보 17가>의 제9구에 다음과 같이 아직도 <구내분창적 3음방출>이 잔존하는 점에서 드러난다.

9음(7간+3간)	9) 伊天天乎於禮也	須美豆字
	1 2 3 4 5 6 7	1 2 3
	나와서 있자	청수에

이는 <([아유다진 1형] → [아유다진 2형])의 변화>에서는 제7구의

분구현상만 이루어졌기 때문에, 결국 제9구의 <구내분창적 3음방출>이 아직 잔존하게 되었음을 말해준다.

이를 <제7구 분구에 의한 ([아유다진 1형] → [아유다진 2형]) 변화>라 간추릴 수 있다.

(3) [아유다진 2형] 형성의 가시적 확인

이제 <제7구 분구에 의한 ([아유다진 1형] → [아유다진 2형]) 변화>가 이루어진 과정의 구체적 경위를 알아본다.

먼저 [아유다진 1형] 양가의 제7구가 분구에 의한 증구를 위해서 예비된 양상을 알아본다.

<금가보 16가> 곡형 후소절의 제7구

8음(6간 + 4간)　　7) 奈尔可難阿我夜　去尔移移
1 2 3 4　5 6　1 2 3 4
웬일로 네가　여기에

<금가보 18가> 곡형 후소절의 제7구

9음(7간+5간)　　7) 於和禮已曾於波也　已桀尔伊伊
1　2 3 4 5 6 7　1 2 3 4 5
우리네야　여기에

위에서 [아유다진 1형]의 표본적 시가 2수의 제7구는 장행구로서, 각구의 후미는 <구내분창적 3음방출>을 이루었다.

물론 <금가보 16가>의 '去尔移移[koni](여기에)'는 2음이지만, 그러나 이는 가창상의 변통적 축약일 뿐, 원래 그 원문(原文)은 제7구의 후부

'此處に[kokoni](여기에)'의 3음이기 때문에 이는 <3음방출>이다.

<금가보 18가>의 '已築尓伊伊[kokoni](여기에)'도 역시 <3음방출>이다.

이에 따라서 양가의 후소절 문형구인 제7구에서 <구내분창적 3음방출>에 의한 구분화가 이루어지는 구체적 과정을 살핀다.

먼저 [아유다진 1형]인 <금가보 18가> 후소절 문형구의 제7구가 8음10간을 이루었는데, 이 8음은 홀수구의 정격 음수율인 5음을 넘치고, 10간은 정격 단위행률의 간수인 8간을 넘친 것이다.

따라서 이러한 <제7구의 (가락 및 가사) 장구화>로 인하여, 정격을 넘친 부분이 '此處に(여기에)'라는 <구내분창적 3음방출>로 나타났다.

그리고 이 <구내분창적 3음방출>로 인하여 <아유다진 1형>인 <금가보 18가>의 후소절 문형구는 다음처럼 음수율 (7.7)조의 2개구라는 과도적 과정을 거쳐서 결국 음수율 (4.3.7)조의 3개구를 예비하였다.

<u><금가보 18가>(<아유다진 1형>)의 2구체형 후소절</u>

7) 我こそ此處に 우리네야 여기에	8) 出でて居れ 清水 나와서 있자 청수에

7) 我こそ 우리네야	此處に 여기에	8) 出でて居れ 清水 나와서 있자 청수에

<u><금가보 17가>(<아유다진 2형>)의 3구체형 후소절</u>

7) 睦しみ 사이 좋은	8) 我こそ此處に 우리네야 여기에	9) 出でて居れ清水 나와서 있자 청수에

그래서 <금가보 17가>에서는 위와 같이 <구내분창적 3음방출>이

<3음방출의 정격구화>를 이루어 <가형 발달 유발의 증구>를 이룸으로써, 음수율 (4.7.8)조 3개구의 후소절 형태를 이룬 것이다.

그래서 <3음방출의 정격구화> 즉 '此處に(여기에)'의 정격구화는 이미 존재하던 '我こそ(우리네야)'를 끌어들인 정격구화에 해당한다.

그러므로 제7구에서의 분구에 의한 시가형 변화를 <제7구 분구에 의한 ([아유다진 1형] → [아유다진 2형]) 변화>라 간추릴 수 있다.

이제 이러한 [아유다진형]의 시가형 변화에 대한 이해의 편의를 위해서 가시적 비교를 마련한다.

앞의 고찰에 따라 두 시가형의 문형 가사를 비교하면, 대칭적 구조 속에서 유일한 차이 하나가 다음과 같이 단적으로 나타난다.

<금가보 16가>[아유다진 1형]	<금가보 17가>[아유다진 2형]
1) 高橋の 고교땅의	1) 石の上 석상에 있는
2) 甕井の 淸水 옹정샘의 맑은 물	2) 布留の山 포류 산중에
3) あらまくを (미상)	3) 熊が爪六つ 곰의 발톱 여섯 개
4) すぐにおきて (미상)	4) まろかもし (미상)
5) 出でまくを (미상)	5) 鹿が爪六つ 사슴 발톱 여섯 개
6) すぐにおきて (미상)	6) まろかもし (미상)
	7) 睦しみ —— 증구된 문형구 사이도 좋은

7) 何か汝が此處に
웬일로 네가 여기에
8) 出でて居る清水
나와 있네 청수에

8) 我こそ此處に
우리네야 여기에
9) 出でて居れ清水
나와 있자 청수에

이 [아유다진 1형]의 <금가보 16가> 및 [아유다진 2형]의 <금가보 17가>, 이 양가의 가사형은 물론 표현 기교를 포함한 형식 전반에 걸쳐서 거의 공통된 구조를 지닌 것으로 드러난다.

즉 반복적 성향의 대련적(對聯的) 수사를 중심으로 한 구조를 비교하면, 그 공통성으로부터 연유하는 바 양가의 동일한 대칭적 구조가 가시적으로 뚜렷하게 드러난다.

그런데 이와 같이 거의 동일한 구조적 대칭에도 불구하고, 이 대칭의 완벽함에 어긋나는 돌출부 1개구가 유일하게 존재한다.

즉 <금가보 17가> 후소절의 제7구인 '睦しみ(사이 좋은)'가 증구된 문형구로 돌출하여, 양가간의 대칭 구조에 예외를 이루었다.

이 돌출적 제7구가 바로 <가형 발달 유발의 증구>에 해당한다.

이상의 <([아유다진 1형] → [아유다진 2형])의 변화>의 과정은 다음과 같은 순차적 요목으로 정리할 수 있다.

<조결식 장감급종의 후소절 운율> →
<후소절 문형구의 장구화> →
<구내분창적 3음방출> →
<전구의 8간 단위행률화> →
<3음방출의 정격구화> →
<아유다진 2형> 형성

(4) <[아유다진 2형]에서 (종반복 후구)의 종차사구 대체>

이제 <가형 발달 유발의 증구>에 의한 <[아유다진 1형] → [아유다진 2형]의 변화>를 간명한 도표로써 비교한다.

<금가보 16가>의 곡형				<금가보 17가>의 곡형		
제1구	실사구			제1구	실사구	
제2구	실사구			제2구	실사구	
제3구	실사구			제3구	실사구	
제4구	실사구			제4구	실사구	
제5구	실사구			제5구	실사구	
제6구	실사구			제6구	실사구	
제7구	실사구	(문형구)		제7구	실사구	(문형구)
제8구	종반복 전구	(문형구)		제8구	실사구	(문형구)
제9구	종반복 후구	(곡형구)	→	제9구	종반복 전구	(문형구)
제10구	종차사구	(곡형구)	→	제10구	종반복 후구	(곡형구)
			→	(종차사구의 소멸)		

위에서 [아유다진 1형]인 <금가보 16가> 및 <금가보 18가>의 곡형에는 곡형부인 <종반복 후구> 및 종차사구(終嗟辭句)가 존재하였다.

그러나 이러한 [아유다진 1형]과는 다르게, [아유다진 2형]인 <금가보 17가>의 곡형에서는 곡형부인 <종반복 후구>만 남아 있고 종차사구는 소멸하였다.

후소절에서 이러한 변화가 이루어지게 된 구체적 경위를 알아본다.

1> <([아유다진 1형] → [아유다진 2형])의 변화>가 이루어지면서, <금가보 17가> 후소절의 문형구가 2개구에서 3개구로 증구되었다.

이에 따라서 원형 [아유다진 1곡형] 제7구 이하의 문형구들이 [아유다진 2형]의 구순에서 1구씩 순차적으로 하향하며 확대되었다.

이를 <[아유다진 2형] 문형구 3개구의 구순(句順) 하향(下向)>이라 간추릴 수 있다.

2> [아유다진 2형]인 <금가보 17가>에서 <[아유다진 2형]의 문형구 3개구의 구순 하향>에 의해 밀린 종반복구가 제9구 및 제10구로 하향하는 <[아유다진 2형] 종반복 2개구의 순차적 하향>이 이루어졌다.

3> [아유다진 2형]인 <금가보 17가>에서 이루어진 <[아유다진 2형] 종반복 2개구의 순차적 하향>에 다시 밀린 곡형구 즉 종차사구(종말구)는 [아유다진 2형] 전체 악곡의 10구체라는 한도에 제한되어, 더 이상 실릴 가락이 없기 때문에 마침내 소멸하였다.

따라서 이는 <[아유다진형]의 종반복구 하향>에 의해서 <종반복 후구>가 결국 소멸한 종차사구를 대체한 것이기 때문에, 이를 <[아유다진 2형]에서 (종반복 후구)의 종차사구 대체> 및 <(종반복 후구)에 밀린 (종차사구) 소멸>이라 간추릴 수 있다.

이상의 변화를 간단한 요목으로 정리하면 다음과 같다.

<[아유다진형] 문형구(실사구)의 하향 확대> →
<[아유다진형] 종반복구의 순차적 하향> →
<[아유다진 2형]에서 종반복 후구의 종차사구 대체> =
종차사구 소멸

이로써 [아유다진 2형]인 <금가보 17가>는 문형 9구체형으로 지어졌으나, 곡형부인 제10구의 종반복 후구가 있기 때문에, 그 곡형은 10구체형을 이루게 되는 2원적 1형의 문곡형(文曲形) 형태로 나타났다.

즉 <금가보 17가>로 대표되는 [아유다진 2형]은 문형 9구체형 및 곡형 10구체형을 이루게 된 것이다.

<금가보 16가>, <금가보 18가> → <금가보 17가>
[아유다진 1형] [아유다진 2형]

이는 앞으로 우리 [8구체 향가형]의 형태적 변화 및 발전의 고찰에 도움이 될 것으로 예상된다.

2. [8구체 향가형] 및 [아유다진형]의 친연성

[8구체 향가형]과 [아유다진형]은 그 친연성이 [사뇌가형]과 [신라가형]의 친연성에 못지않은 것으로 나타나기 때문에 이를 살핀다.

특히 이 시가형들은 [사뇌가형] 및 [신라가형]보다 선행하기 때문에, 보다 원형적인 고시가에의 접근이라는 점에서 중요하다.

즉 양자에 대한 비교적 고찰은 한일 고시가형의 연원적 실상에 대한 파악을 위해서 매우 유익하다.

1) 일본 고대시가의 〈차사적 돈호〉 및 〈3음방출〉

한일(韓日) 고시가 사이의 친연성에 대한 근거의 하나로서, 중요한 관건을 이루는 것이 후소절의 <차사적 돈호> 및 <3음방출>이다.

특히 일본측 자료 중에서, <일본서기 8가>에 존재하는 <차사적 돈

호> 그것과 필연적 관련성을 지닌 <금가보 16가> 및 <금가보 18가>의 <구내분창적 3음방출>, 이 양자가 지닌 상관 관계가 주목된다.

<기기장가>에 6수의 「구미가(久米歌)」가 실려 있는데, 이는 신무동정(神武東征)의 과정에 구미부의 군사를 이끈 왕실의 시조 신무왕(神武王)이 부른 시가로 기록되어 있다.[5]

이 「구미가(久米歌)」 중에서 <일본서기 8가>는 일본 최초 군사집단의 중심 세력을 이루었던 씨족 구미부(久米部)의 전승시가로 알려져 있는데,[6] 이에 근거하면 「구미가(久米歌)」는 실상 구미부 군사들의 군가로 불리워진 것으로 이해된다.

그런데 강상파부(江上波夫)의 <기마민족 정복왕조설>에 의하면, 응신왕의 정복 전쟁에서 주력 부대였던 구미부 군사는 가야계(伽倻系) 혈통의 기마민족계(騎馬民族系) 군사로 주장된 바 있다.

그렇다면 이러한 고대 한일간 인적(人的) 친연성의 측면에서도, [8구체 향가형] 및 [아유다진형]의 사이에는 형태적 영향 관계가 존재할 여지를 배제할 수 없다.

그런데 여기서 특히 이 <일본서기 8가>에 대하여 주목할 것은 그 기록 양상이 다른 시가들과는 특별히 다르게 나타난 점이다.

즉 전술한 바와 같이 고대 일본에서는 악보에 곡형부까지 기록하지만, 『기기』와 같은 전적에는 <전적 기록의 곡형부 생략>이라는 관행에 따라 문형으로만 기록한 것으로 드러났다.

그러나 이 <일본서기 8가>는 이 <전적 기록의 곡형부 생략>이라는 관행에 어긋나는 파행을 이루었다.

---

5) 『日本書紀』, 卷「第三」, 神武王條 卽位前期 戊午年 七月~八月.
6) Nelly Naumann, 『久米歌と久米』, 言叢社, 1997, 83~90面.

즉 이 <일본서기 8가>는 전적에 해당하는 『일본서기』(720)에 기록되었음에도 불구하고, 다음과 같이 곡형부 일부가 기록되었다.

<일본서기 8가>

1) 神風の kamukazeno 신풍이 부는	2) 伊勢の海の isenoumino 이세 바닷가의
3) 大石にや ohoisiniya 큰 바위까지	4) い這ひ廻る ihahimotohoru 기어가 둘러싸는
5) 細螺の sitadamino 고동과 같이	6) 細螺の　吾子よ吾子よ sitadamino　agoyo agoyo 고동과 같이　얘들아 얘들아
7) 細螺の sitadamino 고동과 같이	8) い這ひ廻る ihahimotohoru 기어가 둘러싸고
9) 撃ちてし止まむ utitesiyamamu 쳐부시고 말리라	10) 撃ちてし止まむ utitesiyamamu 쳐부시고 말리라

이 <일본서기 8가>에는 곡형부인 <종반복 후구>(제10구) '撃ちてし止まむ(쳐부시고 말리라)'와 또 다른 곡형부인 제6구말의 독립된 <차사적 돈호> '吾子よ吾子よ(얘들아 얘들아)'가 존재한다.

그런데 원래 [아유다진 1형]은 문형 8구체형 및 곡형 10구체형이고, [아유다진 2형]은 문형 9구체형 및 곡형 10구체형이다.

이에 따르면 이 <일본서기 8가>는 곡형부인 <종반복 후구> 및 차사적 돈호가 존재하는 문형 9구체형 및 곡형 10구체형이기 때문에, 이는 [아유다진 2곡형]에 해당한다.

이 <일본서기 8가>가 전적 기록의 관행에 따른 문형 기록이 아니라, 곡형으로 기록된 것은 필시 착각에 의한 결과라 할 수 있다.

그러나 이러한 착각의 결과는 뜻밖의 큰 수확을 가져다 주었다.

즉 981년에 기록된 『금가보』보다 720년에 찬술된 『일본서기』가, 261년이나 더 오래된 전적이기 때문에, 이에 원형적인 곡형부의 형태 그 역사적 근거 및 유래가 보다 확실하게 증빙되는 것이다.

그러니까 이는 기기시대(記紀時代)라는 고대의 이른 시기에 이미 곡형부가 존재하였다는 근거가, 악보가 아닌 역사서의 기록을 통하여, 직접 실증된 점에서 그 의의가 있다.

또한 <일본서기 8가>의 <차사적 돈호>가 [아유다진형]이 지닌 <구내분창적 3음방출>의 범주에 드는 점이 주목된다.

전술한 바와 같이 [아유다진 1형]의 표본적 시가인 <금가보 16가> 및 <금가보 18가>에는 이 <구내분창적 3음방출>이 존재한다.

특히 이들 시가의 제7구는 다음처럼 가사 및 가락의 길이가 1개구에 준하는 전부(前部)와 더불어, <구내분창적 3음방출>이라는 반구(半句) 규모의 후부를 합하여 두 부분을 이룬 점이 공통된다.

<금가보 16가>의 제7구 :	奈尔可難阿我夜	去尔移移
	1 2 3 4 5 6 7	1 2 3 4
	웬일로 네가	여기에
<금가보 18가>의 제7구 :	於和禮己曾於波也	己槃尔伊伊
	1 2 3 4 5 6 7	1 2 3 4 5
	우리네야	여기에

그런데 이러한 <구내분창적 3음방출>과 그리고 <차사적 돈호> '吾

子よ吾子よ(얘들아 얘들아)'가 다음에 논급하는 「모죽지랑가」의 형태에서도 공통되게 나타나기 때문에 주목된다.

2) 「모죽지랑가」의 〈차사적 돈호〉 및 〈3음방출〉

이제 「모죽지랑가」가 지닌 <차사적 돈호> 및 <구내분창적 3음방출>의 실체는 물론 그 양자간의 상호 관계를 살핀다.

「모죽지랑가」의 제7구~제8구

7) 郎也慕理尸心米　　　　　行乎尸道尸
　 낭이여 그리는 마음의 모습이 가는 길
8) 蓬次叱巷中宿尸夜音有叱下是
　 다복 굴헝에서 잘 밤 있으리

이 「모죽지랑가」에는 제7구초의 <차사적 돈호> '郎也(낭이여)'와 제7구말에 <구내분창적 3음방출> '行乎尸道尸(가는 길)'이 함께 존재한다.

'行乎尸道尸(가는 길)'이 <구내분창적 3음방출>임은 <음악적 가절 위주의 기록>에 따른 띄어쓰기에서 드러난다.

그런데 이처럼 <차사적 돈호>와 <구내분창적 3음방출>이 동반된 제7구는 다른 구들에 비하여 장구화될 수밖에 없다.

이를 <「모죽지랑가」 제7구의 (차사적 돈호 및 3음방출) 동반> 및 <(차사적 돈호 및 3음방출) 조합의 제7구 장구화>라 간추릴 수 있다.

이제 이러한 <「모죽지랑가」 제7구의 (차사적 돈호 및 3음방출)의 동반>이 이루어진 원인을 알아본다.

전술에서 [사뇌가 1형] 및 [아유타진 1형]의 시가들에서는, 그 후소절의 문형구 2개구가 정서 고조의 장인(長引)을 조성하기 위한 장구화가 이루어진 것으로 고찰되었다.

이를 <(조결식 장인)의 정서 고조를 위한 후소절 문형구의 장구화>라 간추린 바 있다.

그리고 이러한 후소절 문형구의 장구화를 마련하기 위해서, 원형상 제6구말에 있던 「모죽지랑가」의 <차사적 돈호> '郎也(낭이여)'가 제7구초로 이월하였다.

「모죽지랑가」의 <차사적 돈호> '郎也(낭이여)'가 원형적으로 제6구말에 존재한 사실은 <고사기 8가>의 <차사적 돈호> '吾子よ吾子よ(애들아 애들아)'가 제6구말에 존재한 점에서 유추할 수 있다.

그런데 제7구초에 새로 진입한 <차사적 돈호>에 밀린 제7구말의 '行乎尸道尸(가는 길)'이, 8간으로 한정된 정격의 단위행률을 넘치게 된 결과, 제7구를 벗어나 <구내분창적 3음방출>이라는 예외 부분을 이룸으로서 제7구의 장구화가 완결된 것이다.

이러한 구(句)의 장구화로 인하여, 예외 부분이 실재할 여지는 이왕에 간추린 바 <「권주가」 정격구 길이에서 (짝수구말 독립 감탄사) 제외>에서 그 원형적 양상의 실례를 찾을 수 있다.

그래서 '行乎尸道尸(가는 길)'의 잠정적 분리에 따라, 구 중간의 임시적 기식(氣息)을 위한 <구내분창적 3음방출>이 형성된 것이다.

<차사적 돈호> '郎也(낭이여)'의 제7구초로의 이월 →
'行乎尸道尸(가는 길)'의 <구내분창적 3음방출화>

이를 <(차사적 돈호) 제7구초 이월의 (3음방출) 유발>이라 간추릴 수 있다.

그런데 특히 「모죽지랑가」 제7구초의 이 <차사적 돈호>는 8구체 향가인 「송랑가(送郞歌)」의 제7구초 '아흐, 임이여'에도 존재한다.

「송랑가」

1) 바람이 불다고 하되
2) 임 앞에 불지 말고
3) 물결이 친다고 하되
4) 임 앞에 치지 말고
5) 빨리 빨리 돌아오라
6) 다시 만나 안고 보고
7) 아흐, 임이여 잡은 손을
8) 차마 물리러뇨

(정연찬 해독)

또한 「도이장가」에도 「모죽지랑가」의 '郎也(낭이여)'와 공통된 위치의 <차사적 돈호>가 있다.

「도이장가」의 제6구말 : 功臣良

따라서 이 제6구말~제7구초의 <차사적 돈호>는 일부 8구체 향가들의 형태적 특징으로서 하나의 양식을 이루었던 것이다.

그런데 이 <차사적 돈호>는 일부 [사뇌가형] 시가에서도 나타난다.

「찬기파랑가」의 제7구초 : 郎也
「우적가」의 제6구말 : 朗也

그런데 향가에 존재한 이 <차사적 돈호>들의 위치는 모두 제6구말~제7구초에 존재한다는 공통성이 있다.

그렇다면 이 향가의 <차사적 돈호>는 기능상의 공통성이 있다.

즉 「모죽지랑가」, 「찬기파랑가」, 「송랑가」, 그리고 「도이장가」들은 모두 찬가라는 점에서 공통된다.

「우적가」는 찬가가 아니지만, 도적들에게 착한 본성을 자성예고(自性豫告)하며, 격려하기 위해서 찬가의 형식을 활용한 것이기 때문에, 이는 있음직한 변통인 것으로 이해된다.

<일본서기 8가>도 부하들의 사기를 진작시키려는 군가이기 때문에, 이에 찬가적 양식을 활용한 것 또한 있음직한 일로 이해된다.

따라서 이는 찬가적 양식의 주된 표지의 하나가 <차사적 돈호>였음을 의미하기 때문에, 이를 <찬가적 양식의 주요 표지를 이룬 (차사적 돈호)>라 간추릴 수 있다.

그리고 이처럼 <(차사적 돈호) 제7구초 이월의 (3음방출) 유발>에 의한 <(차사적 돈호 + 3음방출적 장인(長引))의 찬가 양식 조성>을 구현하게 된 것은 표현사적 의의가 매우 크다.

즉 이는 <조결식 장인의 정서 고조를 위한 장구화>가 보다 세련된 결과, 이것이 <(차사적 돈호 + 3음방출적 장인)의 찬가 양식 조성>이라는 고도의 표현 양식 그 구현으로 발전한 것으로 요약된다.

따라서 이 <(차사적 돈호 + 3음방출적 장인)의 찬가 양식 조성>에 의거하면, 「모죽지랑가」 형태란 엄밀히 말해서 <[8구체 향가 1형] → [8구체 향가 2형]의 변화>를 이루어 가는 중간의 과도적 과정에 해당하는 형태를 지닌 것으로 이해된다.

즉 「모죽지랑가」는 <구내분창적 3음방출>을 지닌 점에서 [8구체 향가 1형]의 단계를 넘치지만, <3음방출의 정격구화>를 아직 이루지 못한 점에서는 [8구체 향가 2형]에 아직 미치지 못했기 때문이다.

그러나 <3음방출>은 채 독립구에 이르지 못하고, 제7구에 소속된 <구내분창>이고 보면, 「모죽지랑가」는 편의상 문형 8구체와 곡형 10구체를 지닌 [8구체 향가 1형]에 가까운 것으로 이해된다.

3) 「모죽지랑가」 변화의 집약성

앞에서 「모죽지랑가」 및 [아유다진형] 시가들의 후소절 문형구인 제7구에서 <(차사적 돈호 + 3음방출적 장인)의 찬가 양식 조성>이 이루어진 것으로 고찰되었다.

그런데 여기서 정작 중요한 것은 <(차사적 돈호 + 3음방출적 장인)의 찬가 양식 조성>이 구현되는 양상에 있어서, 「모죽지랑가」와 [아유다진형] 사이에 차이가 있기 때문에, 이를 살피고자 한다.

먼저 「모죽지랑가」의 제7구라는 1개구에 함께 나타난 차사적 돈호와 <3음방출>의 조합은 다음과 같다.

「모죽지랑가」의 제7구

7) 郎也慕理尸心米　　　行乎尸道尸
　낭 그리는 마음의 모습이 가는 길

이는 <(차사적 돈호) 제7구초 이월의 (3음방출) 유발> 및 <단위행률을 벗어난 (구내분창적 3음방출) 형성>이 동반된 양상에 해당한다.

그리고 이를 종합적으로 <「모죽지랑가」에서 (차사적 돈호 + 3음방출)의 집약적 조합>이라 간추릴 수 있다.

그런데 전술한 바 <일본서기 8가> 제6구말의 <차사적 돈호> '吾子よ吾子よ(얘들아 얘들아)'가, 그 성향이나 위치에 있어서, 「모죽지랑가」 제7구초의 <차사적 돈호> '낭야(郎也)'와 더불어 다음과 같이 공통된다.

[아유다진 2형]인 〈일본서기 8가〉의 〈차사적 돈호〉

5) 細螺の	6) 細螺の	吾子よ吾子よ
고동과 같이	고동과 같이	얘들아 얘들아

「모죽지랑가」의 제7구초 감탄적 돈호 '낭야(郎也)' =
<일본서기 8가>의 제6구말 감탄적 돈호 '吾子よ吾子よ'

다음은 「모죽지랑가」 제7구말의 <구내분창적 3음방출>인 '行乎尸道尸(가는 길)'과 더불어 [아유다진 1형]의 표본적 시가 2수의 제7구말에 있는 <구내분창적 3음방출>이 공통되는 점을 들 수 있다.

[아유다진 1형]의 〈3음방출〉

<금가보 16가>의 제7구 :	奈尔可難阿我夜	去尔移移
	웬일로 네가	여기에
<금가보 18가>의 제7구 :	於和禮己曾於波也	己築尔伊伊
	우리네야	여기에

그렇다면 이는 <(차사적 돈호 이월)의 (구내분창적 3음방출) 유발>에 의한 제7구의 장구화가 한일간(韓日間)에 공통된 것을 의미한다.

다시 말하면 <(차사적 돈호 + 3음방출적 장인)의 찬가 양식 조성>이 일부의 향가 및 <기기장가>에서 공통되게 이루어진 것이다.

그런데 주목할 것은 같은 <(차사적 돈호 + 3음방출적 장인)의 찬가 양식 조성>이라도, 한일간의 차이 즉 향가 및 <기기장가>의 차이에 따라서 그 구현 주체가 각각 다르게 나타나는 점이다.

찬가적 표현 양식 즉 <차사적 돈호 + 구내분창적 3음방출>이라는 2개 요소가, 「모죽지랑가」는 그 자체 1수의 내부에서 동반되었으나, 일본측 시가에서는 각각 분리되어 2수의 시가에서 나타난 것이다.

다시 말하면 <차사적 돈호 + 구내분창적 3음방출>의 2개 요소가, 일본측 시가들에서는, <일본서기 8가>의 <차사적 돈호>와 그리고 <금가보 16가> 등의 <구내분창적 3음방출>로 분리되어 나타났다.

<일본서기 8가> → 차사적 돈호만 존재함

<금가보 16가> → <구내분창적 3음방출>만 존재함

이는 전술한 바 <「모죽지랑가」에서 (차사적 돈호 + 3음방출)의 집약적 조합>과는 상반된 양상이기 때문에, 이를 <[아유다진형] 시가에서 (차사적 돈호 + 3음방출)의 소재 분리>라 간추릴 수 있다.

그렇다면 이제 한일간 시가형 변화의 원형적 양상이 드러난다.

즉 <「모죽지랑가」에서 (차사적 돈호 + 3음방출)의 집약적 조합>이 <[아유다진형]에서 (차사적 돈호 + 3음방출)의 소재 분리>보다 원형적인 양상에 해당하는 것으로 파악되기 때문이다.

이를 <「모죽지랑가」의 찬가 양식 그 집약적 조합이 지닌 원형성>이라 간추릴 수 있다.

그리고 이 <「모죽지랑가」의 찬가 양식 그 집약적 조합이 지닌 원형성>은 [8구체 향가형]이 고대 일본에서, [아유다진형]으로 적응해 가면서 거치는 변화 과정을 적실(適實)하게 대변하는 것으로 이해된다.

따라서 이는 <([8구체 향가형] → [아유다진형])의 계승> 그 실상에 대한 중요한 근거를 이루는 것이다.

여기서 상기할 것은 [8구체 향가형]에 속한 향가는 「모죽지랑가」와 「처용가」만 존재하기 때문에, [8구체 향가형] 및 [아유다진형]의 친연성에 대한 근거로 구실한 「모죽지랑가」의 가치는 막중하다는 점이다.

4) [아유다진형]의 형태 분류

이제 <([8구체 향가형] → [아유다진형])의 계승>이라는 결과는, [8구체 향가형]과 [아유다진형]의 실상을 파악할 수 있는 근거를 확보하였다는 점에서 그 의의가 매우 크다.

따라서 [아유다진형]에 대한 고찰 결과를 정리하여, 그 형태의 종류를 문형 및 곡형으로, 그리고 1형 및 2형으로 구분하고, 비교적으로 종합하면 다음과 같다.

<u>[아유다진형]의 분류</u>

[아유다진 1형] → 문형 8구체. 곡형 10구체
[아유다진 2형] → 문형 9구체. 곡형 10구체

[아유다진형]의 후소절 분류

(문형 후소절의 모든 구는 실사구임)
[아유다진 1형] → 후소절 실사적 문형구 2개구
[아유다진 2형] → 후소절 실사적 문형구 3개구

[아유다진형]의 명칭 분류

[아유다진 1형]의 문형 → [아유다진 1문형(一文形)]
[아유다진 1형]의 곡형 → [아유다진 1곡형(一曲形)]

[아유다진 2형]의 문형 → [아유다진 2문형(二文形)]
[아유다진 2형]의 곡형 → [아유다진 2곡형(二曲形)]

그리고 위와 같은 [아유다진형]의 분류는 <([8구체 향가형] → [아유다진형])의 계승>에 근거하여 [8구체 향가형]에도 공통되게 적용될 수 있는 것으로 파악되었다.

3. 차사 변화 및 [신라가형] 형성

앞에서 <([8구체 향가형] → [아유다진형])의 계승>이 <향가 이래 한일간 시공을 넘은 공통의 시가형 발달 원리>에 따른 결과로 드러났다.
이제 이러한 계승 관계에 바탕하여, 특히 차사(嗟詞) 변화에 근거한 바 <([아유다진형] → [신라가형])의 진화적 변화>를 알아본다.

1) 차사의 음운 동질성

먼저 [아유다진 1곡형]의 제10구 종차사구(終嗟詞句)와 [신라가형]의 원형적 차사구, 이 양자가 지닌 음운의 동질성을 통하여, <[아유다진 1형] → [신라가 1형]의 진화적 변화>에 대한 근거의하나를 알아본다.

<u><금가보 16가> 후소절의 보면가사</u>

7음+4음　7) 奈尔可難阿我夜　去尔移移
　　　　　1 2 3 4 5 6 7　1 2 3 4
　　　　　웬일로 네가　여기에
8음+7음　8) 伊天乎留宇宇宇夜　須美豆宇宇宇宇
　　　　　1 2 3 4 5 6 7 8　1 2 3 4 5 6 7
　　　　　나와 있누나　청수에
8음　9) 移天天乎留須美豆 ——— 종반복구
　　　　　1 2 3 4 5 6 7 8
　　　　　나와 있누나 청수에
8음　10) 万之衣万阿阿衣衣師央夜 — 종차사구
　　　　　1 2 3 4　5　6 7 8
　　　　　마시에마에　시오야

즉 위에 나타난 [아유다진 1곡형]의 <금가보 16가>가 지닌 종차사구(제10구) '万之衣万阿阿衣衣師央夜[masiemaeesioya. 마시에마에에시오야]'는 [신라가 1형]의 「신라가」 및 [신라가 2형]의 「주좌가」가 지닌 차사와 매우 유사한 음역에 해당하는 점이 주목된다.

복합성 차사인 이 종차사구 '万之衣万阿阿衣衣師央夜[masiemaeesioya. 마시에마에에시오야]'는 다음처럼 낱개의 단위적 차사로 나눌 수 있다.

万之衣[masie] + 万阿阿衣[mae] + 衣師央夜[esioya]

그런데 [아유다진 1곡형]의 <금가보 16가>가 지닌 이 종차사구의 음운은 다음과 같이 [사뇌가형] 및 [신라가형] 시가들의 차사는 물론, 「이상곡」의 차사적 돈호가 지닌 음운과 유사한 음역을 지녔다.

여기서 차사 음운과 관련하여 유의할 것은 이종출이 사뇌가의 차사구에는 실상 '시옷' 및 '반시옷' 계통인 '阿邪'와 '阿邪也'가 혼재함으로써, '아사야'라는 차사의 음운이 존재하였음을 주장한 점이다.7)

따라서 [아유다진 1형]의 <금가보 16가>가 지닌 바 '시옷' 및 '반시옷' 계통까지 포함한 종차사구의 주된 음운들과 더불어 그것을 전후한 한일 고시가들의 차사 음운이 지닌 유사성이 다음과 같이 나타난다.

<금가보 16가> 万之衣[masie] → 「주좌가」 '무시야(无志夜)'
<금가보 16가> 衣師央夜[esioya] → [사뇌가형] '아야(阿也)'
[사뇌가형] '아사야(阿邪也)'
「신라가」 '시야(試夜)'
「이상곡」 '아소님하'의 '아소'

따라서 이 <[신라가형] 및 [아유다진형]의 차사 음운 유사성>을 통하여, [아유다진형]의 차사가 [신라가형] 차사의 원형적 모습인 것을 알 수 있다.

2) [아유다진형] 종차사구의 [신라가형] 차사구화

이제 시가형의 변화에서 중요한 관건으로 작용한 「신라가」의 차사

7) 이종출, 「한국고시가연구」, 태학사, 1989, 187면.

그 형성 과정에 대한 정리가 필요하다.

전술에서 현전하는 『금가보』의 「신라가」가 지닌 선반복이, 보다 이른 시기의 원형적 「신라가」에는 존재하지 않았다는 사실이, 『금가보』의 「신라가」 주기에 기록된 것으로 고찰된 바 있다.

『금가보』 「신라가」의 선반복

9) 試夜　己受宇宇己於曾
　 1 2　1 2 3 4 5 6 7
　 (시야) 오늘밤이야
10) 己受己於於於於於於曾伊毋尔移伊移伊
　 1 2 3 4 5 6 7 8 1 2 3 4 5 6　7 8 1
　 오늘밤이야　　　　　누이에게

즉 이 선반복은 원형적인 [신라가형]에서 존재하지 않았으나, 후대에 제10구의 전부(前部) 가사 '今夜こそ[己受己於於於於於於曾](오늘밤이야)'가 제9구의 후부로 침투하는 역행반복(逆行反復)이 이루어짐으로써, 형성된 것으로 파악된 바 있다.

이를 <[신라가형] 제10구 가사의 제9구로의 역행반복>에 의한 <[신라가 곡형] 선반복의 후대적 형성>으로 간추린 바 있다.[8)]

그리고 <[신라가 곡형] 선반복의 후대적 형성> 이전의 원형적 양상에서는 차사가 기실 제9구 가락 전체에 실렸던 차사구로 추론하였다.

이를 <구 전체가 차사구인 원형 [신라가 1곡형]의 제9구>라 간추린 바 있다.

8) 김종규, 앞의 『향가의 형식』, 278~279면.

그런데 이 <구 전체가 차사구인 원형 [신라가 1곡형]의 제9구>란, <([아유다진 1형] → [신라가 1형])의 진화적 변화>가 이루어지면서, [아유다진 1곡형] 제10구(종말구)인 종차사구가 [신라가 1형]의 차사구로 올라옴으로써 형성된 것으로 추론된다.

이를 <([아유다진 1형] 종차사구 → 원형 [신라가 1형]의 차사구화)의 변화>라 간추릴 수 있으며, 이제 이러한 변화가 이루어진 원인 및 경위를 알아본다.

1> [신라가 1형]은 [아유다진 1형]보다 장형 시가이기 때문에, 그 정서의 농축된 질량은 더욱 효율성 있는 구조적 처리가 요구되었다.

사실 [아유다진 1형]의 종말구인 종차사구(제10구)는 후소절의 최종 말미에 있기 때문에, 이는 발산력이 있는 극적인 구조의 구현과는 차이가 있는 평탄한 마무리에 해당한다.

그래서 [신라가 1형] 후소절의 결사에서는 보다 발산력이 있는 극적 구조의 설정으로써 강한 여운의 마무리를 위해서, 차사의 효과적 활용에 대한 인식이 있었던 것으로 이해된다.

따라서 [신라가형]에서는, 전술한 바 <([아유다진 1형] 종차사구 → 원형 [신라가 1형]의 차사구화)의 변화>에 의한 후소절 초두의 차사구 설정을 통하여, <조결식 장감급종의 후소절 운율>이라는 표현 기교를 구현할 필요가 있었던 것으로 추론된다.

<조결식 장인의 정서 고조>를 위해서는 후소절의 실사적 가사에 앞서, 감탄음 위주의 차사적 발성 그 선행이 보다 효과적이기 때문이다.

2> <([아유다진 1형] 종차사구 → 원형 [신라가 1형]의 차사구화)의 변화> 그 요인은 전후절 사이의 구수(句數) 배분 균형화에서도 찾을

수 있는 것으로 이해된다.

[신라가 1형]의 표본적 시가인 <「신라가」형>의 경우 그 전후절의 구수(句數) 배분 비율이 다음과 같다.

문형 ———	전대절 8개구 : 후소절 2개구	→ 8:2
곡형 ———	전대절 8개구 : 후소절 4개구	→ 8:4

그런데 원래 후소절(결사)은 요약(要約)이기 때문에, 시가 전체의 길이에서 차지하는 비중은, 전대절에 비하여 단쾌한 것이 일반적이다.

따라서 위 문형의 경우 그 결사(후소절)가 전대절에 비하여 4/1에 해당하기 때문에, 이는 무난한 구성 대비(構成 對比)를 지녔다.

그러나 곡형의 경우 후소절이 결사부로서 차지한 상대적 비중이 2/1이나 되는 큰 길이이기 때문에 그 구성 대비가 불균형하다.

따라서 전후절의 실사부(實辭部) 규모 그 대소관계의 균형을 위한 바 적정한 구수의 배분이 설정될 필요가 있었다.

그런데 이러한 구수의 균형 배분을 이루기 위해서는, <([아유다진 1형] → [신라가 1형])의 진화적 변화>에 있어서, <([아유다진 1형] 종차사구 → 원형 [신라가 1형] 차사구화)의 변화>가 필요하였던 것으로 이해된다.

다시 말하면 이는 [아유다진 1곡형]의 제10구(종말구)인 종차사구가 [신라가형] 후소절의 제9구로 올라가서 차사구가 되는 방법이다.

이렇게 되면 감탄성 예고라는 특수성을 지닌 차사구를 제외한 후소절 실사부는 3개구를 이루기 때문에, 전후절의 실사부 규모 그 구성 대비는 보다 적정한 수준의 균형적 배분이 이루어진다.

3> 만일 <([아유다진 1형] → [신라가 1형])의 진화적 변화>가 <([아유다진 1형] → [아유다진 2형])의 변화>와 동일한 양상으로 진전될 경우, 그 [신라가형]의 말미에는 종차사구가 잔존하게 되는데, 이는 또 다른 문제가 발생할 소지가 다분하다.

즉 [아유다진형]에서 올라온 종차사구와 [신라가 1형]이 원형적으로 지닌 <종반복 후구>는 감탄적 성향이 공통되는 곡형구에 해당한다.

그런데 [아유다진 1형]보다 장형 시가인 [신라가 1형]의 말미에, [아유다진 1형]에서 올라온 바 종차사구라는 감탄성의 곡형구가 자리하게 되면, 이는 지리함을 조장하는 결과를 빚어낼 뿐이다.

그래서 <([아유다진 1형] → [신라가 1형])의 진화적 변화>가 이루어지면, [신라가 1형]의 종차사구가 시가의 종말부를 회피하기 마련이다.

따라서 결국 <([아유다진 1형] 종차사구 → 원형 [신라가 1형] 차사구화)의 변화>가 이루어진 것으로 이해된다.

제4장 [사뇌가형]이 [향풍체가형(鄕風體歌形)]으로

1. [향풍체가형]의 계승

1) 사뇌가 계열의 계승

사뇌가 계열의 후대적 계승 단계 그 통사(通史)는 [사뇌가형] → [향풍체가형] → [후사뇌가형]으로 전개된 것으로 파악된다.

즉 향가의 전통은 신라시대를 거쳐서 고려시대로 이어져서, 한시(漢詩)와는 다른 고려의 고유적 시가로서 구실한 실상이 조동일의 거시적 조망을 통하여 논급된 바 있다.

> 한시와 향가가 아울러 존재했던 신라 문화의 이원성은 고려에 와서도 유지되어, 한시를 통해 중세의 보편주의를 구현하는 한편, 향가를 지어서 민족문화의 독자성을 보여 주었다. 한시는 귀족 상호간의 정감 전달방식이라면, 향가는 귀족과 민중 사이의 교류를 담당할 수 있는 것이라는 이유에서도 둘 가운데 어느 하나가 소홀히 될 수 없었다. 또한 한시로는 흡족하게 나타낼 수 없는 감격, 노래를 불러야만 풀릴 수 있는 고조된 느낌을 호소하자면 우리말 노래인 향가가 필요했다.[1)]

1) 조동일, 『한국문학통사 1』 제3판, ㈜지식산업사, 1997, 306면.

이는 고려시대의 향가로서 「보현십종원왕가(普賢十種願王歌)」 이외에도, 고려초의 향풍체가(鄕風體歌)와 같은 향가 이후의 변화적 계승체가 실존하였던 실상을 상기하게 한다.

그리고 이 중에서 특히 향풍체가가 주목되는 것은, 이것이 위로는 [사뇌가형]을 이어 받아서, 아래로 [후사뇌가형]에 이어 주는 계승 단계의 과도적 시가형으로 이해되기 때문이다.

또한 향풍체가라는 명칭 자체가, 향가풍의 시가를 의미하는 점에서, 사뇌가 및 후사뇌가와 더불어 동질적 요소 및 이질적 요소를 아울러 지녔음을 의미한다.

따라서 격세적 계승 단계인 사뇌가 및 후사뇌가와의 관계에서 드러나는 근본적 이동(異同) 양상에 대한 이해가 필요하다.

즉 향풍체가는 사뇌가 악곡형과 더불어 동일한 길이를 지녔지만, 사뇌가는 <8간 단위행률>을 지녔고, 향풍체가는 <16정간 단위행강률>을 지닌 점에서 차이가 있다.

그래서 양자간 <단위악구율 배형화>의 유무에 차이가 있다.

그리고 향풍체가는 단위악곡형을 지녔지만, 후사뇌가는 단위악곡형의 5배수~10배수가 복합된 장형 악곡이란 점에서 차이가 있다.

그러나 후사뇌가의 단위악곡형은 향풍체가의 악곡형을 수용했다는 점에서 필연적인 공통성을 지녔다.

그래서 양자간 <단위악곡의 복합화> 그 유무에 차이가 있다.

이상의 고찰 결과는 향풍체가 형성에서 소규모의 변화인 <단위악구율의 배형화>가 먼저 이루어지고, 대규모의 변화인 <단위악곡의 복합화>가 역시 후대의 후사뇌가에서 이루어졌음을 말한다.

이를 <(선행한 [향풍체가]의 {단위악구율 배형화}) 및 (후행한 후사뇌가의 {단위악곡 복합화})>라 간추릴 수 있다.

그런데 향풍체가는 독립적 시가로 존재하였지만 후대에 일실되고, 지금 현전하는 것은 「진작」의 복합성 형성에 주요 단위형으로 참여함으로써 잠복하여 잔존한 것으로 이해된다.

이를 <복합성 장형 악곡 「진작」에 단위형으로 잠복한 향풍체가>라 간추릴 수 있다.

2) 단위악구율 변화

(1) <16정간 단위행강률화>

원초적 고시가형의 단위악구율은 다양성이 혼재하였으나. 이는 후대로 오면서 점차 단위악구율의 획일화를 이룬 것으로 고찰되었기 때문에 그 실상을 정리한다.

우선 전술에서 <8간 위주 단위행률>을 지닌 [신라가 1형]은, 후대에 단위행률 획일화를 이룸으로써, <8간 단위행률>을 지닌 [신라가 2형]으로 변화한 것으로 고찰된 바 있었다.

또한 전술에서 혼합적 단위행률을 지닌 [아유다진 1형]은, 후대에 단위행률 획일화를 이룸으로써, <8간 단위행률>을 지닌 [아유다진 2형]으로 변화한 것으로 고찰된 바 있었다.

그런데 신라 시대의 단위행률 변화 즉 <전구의 8간 단위행률 획일화>로 이루어진 <8간 단위행률>은, 고려 시대에 들어서 또 한 번의 획기적 변화 즉 <16정간 단위행강률로의 배형화>라는 변화를 이루었다.

이를 <(8간 단위행률 → 16정간 단위행강률)의 단위악구율 배형화>라 간추릴 수 있다.

그리고 이 <(8간 단위행률 → 16정간 단위행강률)의 단위악구율 배형화>가 중요한 이유는, 전술한 바와 같이 <8간 단위행률>의 [사뇌가형]이 후대에 <16정간 단위행강률>의 [향풍체가형]으로 계승되는 근본적 요인을 이루었기 때문이다.

<8간 위주 단위행률>의 [사뇌가형] →
<16정간 단위행강률>의 [향풍체가형]

이를 <(16정간 단위행강률화)에 의한 ([신라가형] → [향풍체가형])의 변화>라 간추릴 수 있다.

그런데 이 <16정간 단위행강률로의 배형화>와 관련하여 또 하나 분명히 구분할 것은 이 배형화란 단위악구율의 배형화에만 한정되고, 시가형의 악곡 전체 길이가 배형화하는 것은 아니라는 점이다.

즉 단위악구율의 길이만 배형화하고, 악곡 전체의 길이는 <단위악구율 배형화>의 이전이나 이후나 변함없이 동일하게 유지되는 것이다.

이를 <가변적 (단위악구율 배형화) ↔ 불변적 (전체 악곡 길이)의 차이>라 간추릴 수 있다.

그런데 이렇게 전체 악곡 길이를 동일하게 견지한 채 단위악구율만 변화하는 것은 닮은꼴 변화이며, 따라서 [사뇌가형] 및 [향풍체가형]은 악곡형의 단위악구율에만 차이가 있을 뿐, 악곡형의 길이 자체는 동일한 것임을 의미한다.

이를 <([사뇌가형] → [향풍체가형])의 악곡형 닮은꼴 계승> 및 <[사뇌가형] 및 [향풍체가형]의 동일한 악곡형 길이>라 간추릴 수 있다.

(2) <16정간 단위행강률화>에 따른 구체형 변화

이제 <(8간 단위행률 → 16정간 단위행강률)의 단위악구율 배형화>에 따른 구체형 변화를 후술할 바 가장 기본적 변화인 [사뇌가 1곡형] 및 [향풍체가 원형(原形)]의 관계를 통하여 살필 필요가 있다.

물론 <16정간 단위행강률로의 배형화>에 따른 바 이 구체형 변화란 연속하는 홀짝수 '2행'의 단위악구율이 '1행강'의 단위악구율로 통합되는 <8간단위 2행의 16정간단위 1행강 통합화>에 의한 <행수(行數)의 행강수(行綱數)로의 통합 조정>을 의미한다.

그리고 <16정간 단위행강률로의 배형화>에 따른 <8간단위 2행의 16정간단위 1행강 통합화>란 궁극적으로는 가사형의 측면에서도 공통되게 이루어질 수밖에 없다.

즉 악곡형에서의 <8간단위 2행의 16정간단위 1행강 통합화>란, <악곡 및 가사의 상호적응적 조화 추세>에 의해서, 궁극적으로는 가사형에서도 <2개구의 1개구로의 통합 조정>이 이루어지기 마련이다.

그런데 이 통합된 1개구는 2개구가 반절화하여 나타난 1개구임이 분명하기 때문에, 이를 <[사뇌가 1곡형] 2행 2개구 → [향풍체가 원형] 1행강 1개구)의 가사 반절화>라 간추릴 수 있다.

2개행 + 2개구 가사 ——→ 1개 행강 + 1개구 가사

가사의 반절화

이상은 악곡형에서 <([사뇌가 1곡형] → [향풍체가 원형])의 악곡형

닮은꼴 계승>과 아울러 가사형에서 <([사뇌가 1곡형]의 반절화된 가사 → [향풍체가 원형]의 가사) 그 계승>을 이룬 것을 의미한다.

2. 〈[향풍체가형] 3종 유형〉의 형성

[사뇌가형]이 후대에 <16정간 단위행강률로의 배형화>를 이루어 나타난 새 시가형들, 즉 [향풍체가형] 3종의 형성을 고찰한다.

먼저 <(8간 단위행률 → 16정간 단위행강률)의 단위악구율 배형화>화>에 의해, <([사뇌가 1곡형] → [향풍체가 원형]의 계승)을 이룬다. 다음 역시 <(8간 단위행률 → 16정간 단위행강률)의 단위악구율 배형화>에 의해, <[사뇌가 2형] → [향풍체가 1형]의 계승>을 이룬다.

다시 <대엽체>에 <부엽체>가 새로 조성되어 접속됨으로써, 악곡 길이가 길어진 [향풍체가 2형]이 세 번째로 형성되었다.

이상을 <[향풍체가형] 3종 유형>이라 간추릴 수 있다.

1) [향풍체가 원형(原形)]

(1) <생략, 재생, 부가에 의한 (단위악구율 배형화) 완결>

이제 <8간 위주 단위행률>의 [사뇌가 1곡형]이 <16정간 단위행강률로의 배형화>를 이루어 [향풍체가 원형]이 형성되는 과정을 알아본다.

우선 [사뇌가 1곡형]에서 [향풍체가 원형]으로의 변화 그 경위를 이룬 <생략, 재생, 부가에 의한 (단위악구율 배형화) 완결>에 대하여 먼저 알아본다.

[사뇌가 1곡형]의 <8간 위주의 단위행률>

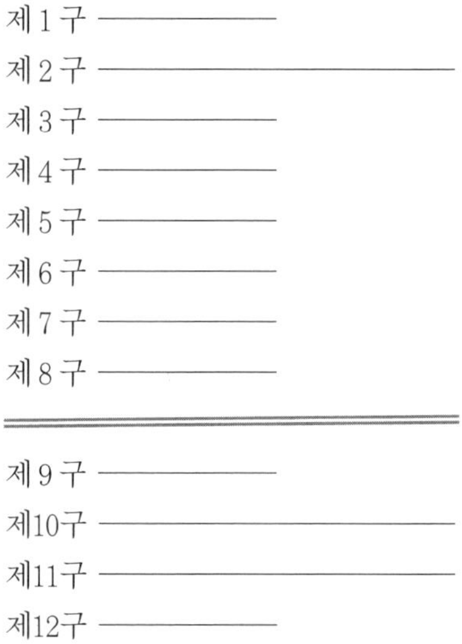

제 1 구 ————————
제 2 구 ————————————————
제 3 구 ————————
제 4 구 ————————
제 5 구 ————————
제 6 구 ————————
제 7 구 ————————
제 8 구 ————————

═══════════════════

제 9 구 ————————
제10구 ————————————————
제11구 ————————————————
제12구 ————————

이는 <[사뇌가 1곡형]의 9개 단행구 및 3개 배행구>의 구체형이다.

즉 [사뇌가 1곡형]의 12개구 중에서 제2구, 제10구, 제11구, 이 3개 악구는 <8간 단위행률>의 배형인 16간의 배행구로 존재하였다.

그런데 이 3개 배행구와 더불어 3개 단행구가 연속된 홀짝수구를 이루어 접속된 경우의 조합이 다음과 같다.

※ 제1구(1개행)와 제2구(2개행)의 조합
※ 제9구(1개행)와 제10구(2개행)의 조합
※ 제11구(2개행)와 제12구(1개행)의 조합

그런데 여기서 문제는 연속하는 홀짝수구의 2개행이 단행구(1행)와 배행구(2행)로 조합되어 3개행을 이룸으로써, <8간단위 2행의 16정간 단위 1행강 통합화>를 위한 <연속적 홀짝수구 단위행률 통합의 단위행강률 형성>이 불가능한 점이다.

다시 말하면 이러한 3행분의 조합 그대로가 <16정간 단위행강률로의 배형화>가 이루어지면 1.5행강화가 되기 때문에, <8간단위 2행의 16정간단위 1행강 통합화>가 이루질 수 없게 된다.

이를 <(단행구와 배행구) 조합의 (단위악구율 배형화) 불성(不成)>이라 간추릴 수 있다.

그래서 이 <(단행구와 배행구) 조합의 (단위악구율 배형화) 불성>이란 문제의 해결을 위한 방편으로, <생략, 재생, 부가에 의한 (단위악구율 배형화) 완결>이라는 조정을 가시적으로 보이면 다음과 같다.

[사뇌가 1곡형] → [향풍체가 원형]의 구수 조정

제1구 ――――――――
제2구 ―――――――― ***** 생략 *****
제3구 ――――――――
제4구 ――――――――
제5구 ――――――――
제6구 ――――――――
제7구 ――――――――
제8구 ――――――――

═══════════════════════

제9구 ―――――――― ***** 재생 *****
제10구 ――――――――――――――――
제11구 ――――――――――――――――
제12구 ―――――――― ***** 부가 *****

위에서 [사뇌가 1곡형]의 배행구인 제2구는 후반부 1행분이 생략됨으로써 단행구로 변화하고, 이 생략된 1행분은 원래 단행구인 제9구 후반부의 1행분으로 재생되어 대체됨으로써 배행구를 이루었다.

이를 <(제2구 2행분의 후반부 → 제5구 1행강의 후반부)의 대체>라 간추릴 수 있다.

그리고 제10구와 제11구는 [사뇌가 1곡형] 자체의 형태에서 본태적인 배행구(2행분)이기 때문에, 이는 <8간단위 2행의 16정간단위 1행강 통합화>가 자동적으로 이루어진 것이다.

따라서 마지막 남은 제11구(2개행분)와 제12구(1개행분)의 3행 조합도 역시 전술한 바 <(16정간 단위행강률화)를 위한 짝수구 배열 목적의 1행(8간) 부가>에 의해서 <단위악구율 배형화>가 완결되었다.

즉 이로써 <생략, 재생, 부가에 의한 (단위악구율 배형화) 완결>이 이루어진 것이다.

이로써 [향풍체가 원형]은 <16정간 단위행강률로의 배형화>에 따른 <8간단위 2행의 16정간단위 1행강 통합화>를 이루었다.

그리고 전술에서 악곡형 측면의 <8간단위 2행의 16정간단위 1행강 통합화>는 후대에 <악곡 및 가사의 상호적응적 조화 추세>에 따라 가사형 측면에서의 변화를 초래한 것으로 추론하였다.

즉 [사뇌가형]의 <2행 가락에 실린 2개구 가사>가 [향풍체가 원형]의 <1행강 가락에 실린 1개구의 가사>로 변화함으로써, <[사뇌가 1곡형] 2행 2개구 → [향풍체가 원형] 1행강 1개구)의 가사 반절화>가 이루어진 것으로 고찰된 바 있다.

(2) <(전후절 대소관계) 및 (3구6명체)>의 훼손 및 복구

이제 새로이 제기되는 문제는 <생략, 재생, 부가에 의한 (단위악구율 배형화) 완결>에 의해서 형성된 [향풍체가 원형]에서, 전후절 대소관계가 훼손됨으로써 <3구6명체>가 해체되기에 이른 점이다.

즉 <생략, 재생, 부가에 의한 (단위악구율 배형화) 완결>에 의해서 형성된 [향풍체가 원형]은 다음과 같이 전대절 4행강 4개구 및 후소절 4행강 4개구를 지닌 형태로 나타났다.

<u>[향풍체가 원형]의 구체형</u>

제 1 행강 ———— 1개구 가사 ————
제 2 행강 ———— 1개구 가사 ————
제 3 행강 ———— 1개구 가사 ————
제 4 행강 ———— 1개구 가사 ————

═══════════════

제 5 행강 ———— 1개구 가사 ————
제 6 행강 ———— 1개구 가사 ————
제 7 행강 ———— 1개구 가사 ————
제 8 행강 ———— 1개구 가사 ————

이는 [사뇌가 1곡형]이 <(8간 단위행률 → 16정간 단위행강률)의 단위악구율 배형화>를 이룸으로써, 결국 8구체형으로 변화하는 결과가 초래된 것을 의미한다.

이를 <[사뇌가 1곡형]의 (단위악구율 배형화)에 의한 8구체형화> 및 <[사뇌가 1곡형] 변화의 [향풍체가 원형] 8구체형>이라 간추릴 수 있다.

그런데 이 <[사뇌가 1곡형] 변화의 [향풍체가 원형] 8구체형>은 기존하였던 [8구체 향가형]의 형태와 다른 원천적 차이가 있다.

즉 기존한 [8구체 향가형]의 구체형은 「모죽랑가(慕竹旨郎歌)」처럼 (4.2.2) 8개구 3단이나, 아니면 (2.4.2) 8개구 3단을 이룸으로써, 결국 (6.2) 8개구 전후절로 구현되기 마련이다.

그러나 <[사뇌가 1곡형] 변화의 [향풍체가 원형] 8구체형>은 위와 같이 원천적으로 (4.4) 8개구 2단이라는 구체형으로서, 이는 통상적인 후소절의 결사가 존재할 수 없는 단락구조에 해당한다.

그리고 이 (4.4) 8개구 2단의 구체형을 지닌 시가형의 실례가 바로 「도이장가(悼二將歌)」이다.

즉 이 「도이장가」는 『장절공유사(壯節公遺事)』등 여러 기록에 '단가(短歌) 이결(二関)' 또는 '단가(端歌) 이장(二章)'으로 지었다는 기록이 있기 때문에, 그렇다면 이는 유일하게 현전하는 [향풍체가 원형]에 속하는 시가에 해당한다.

그렇다면 이 「도이장가」의 구체형은 구조적 측면에 문제가 있다.

즉 <구수율 (4 : 4) 전후반부 대등 비율>의 [향풍체가 원형]은, 전대절은 크고 후소절은 작다는 원론적 원칙에 어긋남으로써, 전후절 대소관계 및 <3구6명체>의 훼손이 초래된 것이다.

이는 전술한 바 <16정간 단위행강률로의 배형화>를 위한 단위악구율의 조정이 필요로 하는 바 <생략, 재생, 부가에 의한 (단위악구율 배형화) 완결>, 그로 인하여 유발된 필연적 문제점이었다.

이를 <[향풍체가 원형]의 (전후절 대소관계) 및 (3구6명체) 훼손>이라 간추릴 수 있다.

그렇다면 <[향풍체가 원형]의 (전후절 대소관계) 및 (3구6명체) 훼

손>이라는 문제점, 이는 전후절의 대소관계 비율을 다시 세워 <3구6명체>를 회복해야 할 필요성에 직면하였음을 의미한다.

여기서 <(전후절 대소관계) 및 (3구6명체)의 훼손>을 복구하는 방법은 다음과 같이 두 가지 방편이 있었던 것으로 이해된다.

즉 악곡의 전후반부 중에서 하나를 축소 또는 확대하는 방법이다.

1> <구수율 (4 : 4) 전후반부 대등 비율>이라는 어그러진 구체형 비율을, 후반부 4개구를 2개구로 줄여서, 구수율 4 : 2의 전후절 대소관계가 회복된 6구체형을 만들 수 있다.

이를 <구수율 (4 : 2)의 전후절 대소관계 복구>라 간추릴 수 있다.

이는 곧 [향풍체가 1형]의 형성에 의해서 구현된다.

2> <구수율 (4 : 4) 전후반부 대등 비율>이라는 어그러진 구체형 비율을, 전반부 4개구를 8개구로 늘려서, 구수율 (8 : 4)의 전후절 대소관계가 회복된 12구체형을 만들 수 있다.

이를 <구수율 (8 : 4)의 전후절 대소관계 복구>라 간추릴 수 있다.

이는 곧 [향풍체가 2형]의 형성에 의해서 구현된다.

위와 같이 1>과 2>에서 이루어진 바 <전후절 대소관계 회복>을 위한 시도가 후술할 바와 같이 [향풍체가 1형] 및 [향풍체가 2형]의 형성으로 연동되었기 때문에 이를 차례로 살핀다.

2) [향풍체가 1형]의 전후절 대소관계 복구

(1) [향풍체가 1형]의 형태

먼저 <구수율 (4 : 2) 전후절 대소관계 복구>가 이루어져서, <3구6명체>를 복원함으로써 [향풍체가 1형]을 이루는 경위를 살핀다.

이 <구수율 (4 : 2)의 전후절 대소관계 복구>는 비교적 쉽게 이루어질 수 있는 여건이 예비되어 있었으니, 그것은 [사뇌가 2형]의 (8.4) 12행 12개구의 전후절 구조가 이왕에 기존하였기 때문이다.

즉 이 [사뇌가 2형]이, [향풍체가형] 형성의 필수 요건인 <16정간 단위행강률로의 배형화>에 따라 <8간단위 2행의 16정간단위 1행강 통합화>를 이루면, (4.2) 6행강 6개구라는 전후절 대소 관계가 복구된 바 <닮은꼴 3구6명체>를 지닌 [향풍체가 1형]이 형성되는 것이다.

[사뇌가 2형]의 (4.4.4) 12행 3단 → [향풍체가 1형]의 (2.2.2) 6행강 3단

<16정간 단위행강률로의 배형화>

이를 <([사뇌가 2형] → [향풍체가 1형])의 악곡형 계승>이라 간추릴 수 있다.

이에 <(전후절 대소관계) 및 (3구6명체)의 훼손>이 복구된 [향풍체가 1형]>을 가시화하면 다음과 같다.

[향풍체가 1형]

제 1 행강 ———— 1개구 가사 ————
제 2 행강 ———— 1개구 가사 ————

제3 행강 ———————— 1개구 가사 ————————
제4 행강 ———————— 1개구 가사 ————————

제5 행강 ———————— 1개구 가사 ————————
제6 행강 ———————— 1개구 가사 ————————

위에서 제4행강까지가 [향풍체가 1형]의 전대절이고, 제5행강~제6행강이 후소절에 해당한다.

그런데 [향풍체가형]의 행강률은 [향풍체가 원형]에서 이미 8행강체로 확립되었기 때문에, 이는 [향풍체가형]의 후대적 계승인 [후사뇌가형]의 「정과정(진작)」에서도 정격의 행강률을 이루었다.

즉 양태순이 「진작」에서 새로 설정된 <부엽>은 <(부엽) 가사부 악곡의 (대엽) 일부 악곡 모방>에 의해 형성된 점을 근거로, <대엽>을 「진작」의 대표적인 단위 악곡으로 파악하였다.[2)]

따라서 [향풍체가 원형]의 이 8행강체 악곡형은 「진작 1」의 <대엽> 8행강체로 계승된 것으로 정리할 수 있다.

이를 <([향풍체가 원형] → {「정과정(진작)」형}의 단위형) 그 악곡형 계승>이라 간추릴 수 있다.

그런데 이 「정과정(진작)」의 <대엽> 8행강체 행강률에 비하여, [향풍체가 1형] 악곡형의 행강률 (4 : 2)의 6행강체는 2행강이 적다.

그렇다면 [향풍체가 1형]의 (4.2) 6행강 전후절구조는 후술할 바와 같이 후대에 「정과정(진작)」에서 구말에 있는 2행강의 감탄 '아으'를 제

2) 양태순, 『고려가요의 음악적 연구』, 이회문화사, 1997, 175면.

외한 6구체형의 <「진작 1」 대엽 본사부>로 이어진 것으로 파악된다.

이를 <([향풍체가 1형] 6행강체 → {「진작 1」 대엽 본사부} 6행강체)의 계승>이라 간추릴 수 있다.

따라서 <([사뇌가 2형] → [향풍체가 1형])의 악곡형 (닮은꼴 계승)> 및 <([향풍체가 1형] 6행강체 → {「진작 1」 대엽 본사부} 6행강체)의 악곡형 계승>이 연계되면, <([사뇌가 2형] 6행강체 → {「진작 1」 대엽 본사부} 6행강체)의 악곡형 (닮은꼴 계승)>이 도출된다.

이제 [향풍체가 원형]에서 문제가 된 <전후절 대소 관계의 훼손> 및 <3구6명체의 훼손>이라는 문제는, [향풍체가 1형]의 형성이 완결됨으로써 해소된 것으로 파악된다.

이는 [향풍체가 1형]이 [향풍체가 원형]의 구실을 대체한 것이다.

따라서 이는 [향풍체가 원형]의 실질적인 소멸을 의미한다.

이를 <(전후절 대소관계 및 3구6명체) 훼손의 [향풍체가 1형]에 의한 복구> 및 <[향풍체가 1형]의 구실 대체에 의한 [향풍체가 원형]의 후대적 소멸>이라 간추릴 수 있다.

(2) [향풍체가형] 이후 시가형의 전개

먼저 [향풍체가형] 이후 시가의 악곡형 그 후대적 전개를 알아본다.

이에 앞에서 <([사뇌가 2형] → [향풍체가 1형])의 악곡형 (닮은꼴 계승)> 및 <([향풍체가 1형] 6행강체 → {「진작 1」 대엽 본사부} 6행강체)의 악곡형 계승>이 연계되어, <([사뇌가 2형] 6행강체 → {「진작 1」대엽 본사부} 6행강체)의 악곡형 (닮은꼴 계승)>이라는 결과가 도출된 점을 상기할 필요가 있다.

이는 [사뇌가 2형] 및 [향풍체가 1형] 및 <「진작 1」 대엽 본사부> 이것들 3자 모두의 악곡형들이 공통되는 친연성을 지닌 것을 의미한다.

그런데 이와 관련하여 특히 주목할 것은 이 3자의 악곡형 공통성이 먼 후대의 [시조형]으로까지 연장되는 점이다.

즉 [사뇌가 2형] 그 악곡형의 (4.4.4) 및 (8.4)의 12행체 96간 전후절 <3구6명체>는, <16정간 단위행강률로의 배형화>에 의해서, [향풍체가 1형]이 지닌 (2.2.2) 및 (4.2)의 6행강체 96정간 전후절 <3구6명체>로 <닮은꼴 변화>를 이루었는데, 이 또한 [시조형]과 공통된다.

[시조형]도 (2.2.2) 및 (4.2)의 6행강체 96정간 전후절 <3장6구체>이기 때문이다

여기서 구분할 것은 [사뇌가 2형] 및 [시조형]의 악곡형 관계는 <닮은꼴 변화>에 해당하지만, [향풍체가 1형] 및 [시조형]의 악곡형 관계는 온전한 공통적 관계에 해당한다는 점이다.

[향풍체가 1형] → (2.2.2) 6개구 6행강 96정간 <3구6명체>
[시조형] → (2.2.2) 6개구 6행강 96정간 <3장6구체>

양자 공통의 <16정간 단위행강률>

[향풍체가 1형] → (4.2) 6개구 6행강 96정간 (전후절 구조)
[시조형] → (4.2) 6개구 6행강 96정간 (전후절 구조)

양자 공통의 <16정간 단위행강률>

이를 <([향풍체가 1형] 및 [시조형])의 악곡형 그 공통된 형태 및 규모>라 간추릴 수 있다.

그러나 가사형의 후대적 전개는 전술한 바 악곡형과는 달랐다.

원래 <악곡 및 가사의 상호적응적 조화 추세>라는 일반적 경향에도 불구하고, [향풍체가 원형] 및 [향풍체가 1형]의 악곡형을 계승한 <「진작 1」 대엽>에 실린 가사는 극심한 축소가 대폭적으로 이루어졌다.

즉 <「진작 1」 대엽>에 실린 가사 '넉시라도 님은 흔디 녀져라 아으'는 도저히 <3구6명체>나 <3장6구체>를 이룰 수 없을 정도로 짧다.

따라서 이는 [향풍체가 1형] → <「진작 1」 대엽> → [시조형]으로 이어지는 연계 관계는, 악곡형을 통해서 가능하고, 가사형에서는 <「진작 1」 대엽 본사부>에서 그 계승 관계가 중단(中斷)된 것을 의미한다.

이를 <(「진작 1」 대엽) 가사의 대폭 축소로 인한 계승 중단>이라 간추릴 수 있다.

그러나 <(「진작 1」 대엽) 가사의 대폭 축소로 인한 계승 중단>은 후대에 복원될 과도적 과정인 점에 유의할 필요가 있다.

즉 악곡형 측면에서의 <16정간 단위행강률로의 배형화>에 따른 <8간단위 2행의 16정간단위 1행강 통합화>란, <악곡 및 가사의 상호적응적 조화 추세>에 의해서, 궁극적으로는 가사형의 측면에서도 <2개구의 1개구로의 통합 조정>을 이룬 것으로 고찰되었다.

그리고 이 통합된 1개구는 2개구가 반절화한 1개구이기 때문에, 이를 <[사뇌가 곡형] 2행 2개구 → [향풍체가형] 1행강 1개구)의 가사 반절화> 및 <([사뇌가 곡형]의 반절화된 가사 → [향풍체가 1형]의 가사)의 계승>을 이룬 것을 의미한다.

그런데 후술할 바와 같이 가사형에서의 <2개구의 1개구로의 통합 조정>과 관련하여, 역시 <([사뇌가형]의 반절화된 가사 → [시조시형])의 계승>이라는 고찰 결과가 나타난다.

즉 <[사뇌가 1문형]의 평균적 음수 90음>에 비하여 [시조시형]의

45음 내외는 반절 규모의 가사 길이에 해당하는 것이 사실이다.

그렇다면 <([사뇌가 곡형]의 반절화된 가사 → [향풍체가 1형] 가사)의 계승>과 더불어 <([사뇌가형]의 반절화된 가사 → [시조시형])의 계승>이 연계되면, 이는 결국 [향풍체가 1형] 및 [시조형] 그 가사형의 형태와 규모가 공통되는 것을 의미한다.

따라서 계승 관계에 있는 전후 시가형들의 가사형 변화의 양상에 대한 전체적인 조망이 가능하다.

즉 [향풍체가 1형] 및 [시조형])의 가사형 변화를 정리하면, [향풍체가 1형]의 가사형이 일시 <「진작 1」 대엽>에서 중단되었다가, [시조형]에서 다시 복원된 것으로 이해할 수 있다.

이를 <[향풍체가 1형] 가사형의 (「진작 1」 대엽)에서의 중단> 및 <[향풍체가 1형] 가사형의 [시조시형]에서의 복원>이라 간추릴 수 있다.

따라서 앞으로 [사뇌가형]에서 [시조형]에 이르는 고찰은 이러한 가사형의 중단 및 복원의 측면과 아울러 <3구6명체> 및 <3장6구체>의 공통성이란 측면에 치중할 필요가 있는 것으로 사료된다.

3) [향풍체가 2형]의 전후절 대소관계 복구

(1) [향풍체가 2형]의 형성 경위

앞에서 [향풍체가 1형]을 통한 <(전후절 대소관계) 및 (3구6명체)의 복구>가 실현된 것으로 고찰되었다.

여기서 [향풍체가 1형]을 통한 <전후절 대소관계 복구>를 이루었음에도 불구하고, [향풍체가 2형]를 통한 <전후절 대소관계 복구>가 다시 추구된 이유가 의문이다.

그런데 이는 고려 당대 시가형의 일반적 성향이라 할 시가 장형화의 추세에서 그 배경을 찾을 수 있는 것으로 이해된다.

즉 복합성 장형 악곡의 「정과정(진작)」에서 드러나다시피, 당대는 <사뇌가 대비 고려시가 일반의 장형화 추세>가 진행된 시대였다.

그러나 [향풍체가 1형]의 악곡 길이는 그 선행 모태인 [사뇌가 1형]에 비하여 2행강이나 축소된 6행강체의 규모를 지녔다.

따라서 당대 일반의 시가 장형화 추세에 따라서, 이 [향풍체가 1형]의 악곡 길이보다 2배에 해당하는 [향풍체가 2형]의 전후절 대소관계 복구가 다시 추구된 것으로 이해된다.

이에 따라 시가 장형화를 통해서 <구수율 8 : 4 전후절 대소관계 복구>를 이룬 [향풍체가 2형]의 형성 경위를 알아본다.

그런데 이 형성 경위와 관련하여 우선 유의할 것은 [향풍체가 2형]의 전대절 8행강체와 후소절 4행강체는 각각 별도로 형성된 것으로 이해되는 점이다.

그래서 먼저 전대절 8행강체의 형성을 살피면, 이도 역시 [향풍체가 원형]처럼 비교적 손쉽게 이루어진 것으로 이해된다.

즉 이왕에 선착하여 형성된 [향풍체가 원형] 8행강체가 후에 [향풍체가 2형]의 전대절 8행강체로 전용(轉用)되기 십상이었다.

특히 [향풍체가 원형]은 [사뇌가 1곡형]이 <생략, 재생, 부가에 의한(단위악구율 배형화) 완결>을 통해서, 구수율 조정을 거친 결과 구현한 <구수율 (4 : 4)의 전후반부 대등 비율>을 지닌 형태였다.

따라서 이 전후반부 구수율 (4 : 4)의 2단구조는 그대로 [향풍체가 2형] 전대절의 전후반 2단구조로의 전용(轉用)이 가능하였다.

[향풍체가 원형] → [향풍체가 2형]의 전대절화

이를 <([향풍체가 원형] → [향풍체가 2형] 전대절)로의 대체>라 간추릴 수 있다.

그렇다면 이제 남은 문제는 [향풍체가 원형]의 수용에 의하여, 이왕에 이루어진 [향풍체가 2형]의 전대절에 대하여, 짝을 이루는 후소절이 다시 새로이 마련되어야 하는 점이다.

즉 [향풍체가 2형] 12행강체의 완결을 위해서, 후소절의 새로운 4행강체를 별도로 조성하여 부가할 필요가 있는 것이다.

그래서 이 새로운 후소절로 조성된 것이 바로 <부엽>이었다.

그런데 이 <부엽> 조성에 대하여 주목할 것은 이 <부엽>의 8행강체 중에서 가사가 실린 전부(前部) 즉 본사부 4행강의 악곡이 새로운 작곡이 아니라, <대엽> 일부 선율의 모방에 의해서 조성된 것으로 드러난 점이다.

즉 <(부엽) 가사부 악곡의 (대엽) 일부 악곡 모방>이 그것이다.

그렇다면 이로써 <([향풍체가 원형] → [향풍체가 2형] 전대절)로의 대체>에 의해서 이루어진 전대절과, <(부엽) 가사부 악곡의 (대엽) 일부 악곡 모방>에 의해서 이루어진 후소절이, 더불어 결합됨으로써 [향풍체가 2형]이 형성된 것이다.

따라서 새로이 형성된 [향풍체가 2형]의 구체형은 다음과 같다.

[향풍체가 2형]

제 1 행강 ———— 1개구 가사 ————
제 2 행강 ———— 1개구 가사 ————
제 3 행강 ———— 1개구 가사 ————
제 4 행강 ———— 1개구 가사 ————
제 5 행강 ———— 1개구 가사 ————
제 6 행강 ———— 1개구 가사 ————
제 7 행강 ———— 1개구 가사 ————
제 8 행강 ———— 1개구 가사 ————

═══════════════════════

제 9 행강 ———— 1개구 가사 ————
제10행강 ———— 1개구 가사 ————
제11행강 ———— 1개구 가사 ————
제12행강 ———— 1개구 가사 ————

위는 제8행강까지가 전대절이며, 제12행강까지가 후소절이다. 이는 악곡과 가사 양면에 걸쳐서 다음과 같이 매우 정연한 <구수율 8 : 4의 전후절 대소관계>를 지닌 새로운 시가형에 해당한다.

(2) 「정과정(진작)」에 내포된 [향풍체가형]

전술한 바 <[향풍체가형] 3종 유형>의 위상은, 「정과정(진작)」의 복합적 형성이라는 편제에 따라, 그 실체가 [향풍체가 2형]의 내부에 다음과 같이 입체적으로 내포되었다.

[향풍체가 2형]

제 1 행강 ———— 1개구 가사 ————
제 2 행강 ———— 1개구 가사 ————

제 3 행강 ―――――― 1개구 가사 ――――――
제 4 행강 ―――――― 1개구 가사 ――――――

제 5 행강 ―――――― 1개구 가사 ――――――
제 6 행강 ―――――― 1개구 가사 ――――――

제 7 행강 ―――――― 아 으 ――――――
제 8 행강 ―――――― 아 으 ――――――

제 9 행강 ―――――― 1개구 가사 ――――――
제10행강 ―――――― 1개구 가사 ――――――

제11행강 ―――――― 1개구 가사 ――――――
제12행강 ―――――― 1개구 가사 ――――――

즉 제1행강~제12행강까지의 (4.4.4) 12행강 3단, 이 전체(全體)가 바로 [향풍체가 2형]의 악곡 계승에 해당한다.

그리고 제1행강~제8행강 중에서 제7행강~제8행강의 감탄사 '아으'가 형성되기 이전 (4.4) 8행강체의 실사부를 지닌 원형이 [향풍체가 원형]의 악곡 계승에 해당한다.

또한 이 <[향풍체가 1형]>에서 제7행강~제8행강의 감탄사 '아으'를 제외한 제1행강~제6행강의 (2.2.2) 6개구 3단이 [향풍체가 1형]의 악곡 계승에 해당한다.

※ 제1행강 ~ 제8행강 → [향풍체가 원형]
※ 제1행강 ~ 제6행강 → [향풍체가 1형]
※ 제1행강 ~ 제12행강 → [향풍체가 2형]

그렇다면 이로써 「정과정(진작)」은 <[향풍체가형] 3종 유형>의 형성과 부침(浮沈)에 이르는 변화 과정을 한눈에 보여준다.

그러므로 이 <[향풍체가형] 3종 유형>의 <대부엽체> 및 <대엽체> 그 계승인 <대부엽> 및 <대엽>이 <진작체> 시가들의 복합적 악곡 형성을 위한 표본적 단위악구 및 표본적 단위악절로 구실한 실상도 이로써 여실히 드러난다.

이를 <복합성 장형 시가 「정과정(진작)」에 단위형으로 잠복한 [향풍체가형]>이라 간추린 바 있다.

또한 위는 <[향풍체가형] 3종 유형>에서 가장 큰 규모를 지닌 [향풍체가 2형]의 <대부엽체 본사부> 그 악곡이 「정과정(진작)」의 <「진작 1」 대부엽 본사부>로 계승된 양상도 보여 주었다.

그리고 이 (4.4.4) 12행강 3단의 <「진작 1」 대부엽 본사부> 악곡이 다시 후에 (4.3.5) 12행강 3단의 <「진작 3」 대부엽 본사부>의 악곡으로 변화하는 결과를 보여주는 것도 사실이다.

그런데 중요한 점은 이 (4.3.5) 12행강 3단의 <「진작 3」 대부엽 사부> 악곡이 후술할 바 [가곡곡형]의 선행 모태를 이룬 것이다.

또한 [향풍체가 원형]의 악곡형인 <대엽체>도 「정과정(진작)」의 장형 악곡 그 복합적 형성에 주요 단위형으로 참여하여 그 잔명이 잔존한 것으로 고찰되었다.

그러나 단위시가형으로서 「정과정(진작)」에 참여함에 있어서, 전술한 바 가사형의 계승은 가사의 잠복에 의한 중단이 있었으나, 악곡형의 잔존은 그 원형을 견지한 양상을 의미하는 점에서 차이가 있다.

이를 <복합성 장형 악곡 「진작」에 단위형으로 잔존한 (대엽체)>라 간추린 바 있다.

그렇다면 이제 [향풍체가 원형] 및 [향풍체가 1형]의 악곡형이 「진작」의 단위 악곡형으로 계승되면서 보인 차이를 알아본다.

앞에 간추린 <([향풍체가 1형] 6행강체 → {「진작 1」 대엽 본사부} 6행강체)의 악곡형 계승>에 의하면 [향풍체가 1형]의 6행강체는 <대엽>에서 감탄 '아으'를 제외한 <대엽 본사부>의 6행강체로 계승되었다.

그러나 [향풍체가 원형]은 8행강체이기 때문에 이는 감탄 '아으'가 없는 실사부만의 8행강체 <대엽>으로 계승된 점에 차이가 있다.

[향풍체가 원형]의 <대엽체> 8행강 → 모두 실사부

<「진작 1」 대엽> → 6행강 실사부 + 2행강 감탄 '아으'

따라서 이제 [향풍체가 원형]이 지닌 바 8행강체 모두가 실사부인 <대엽>과, 그 계승으로서 <「진작 1」 대엽>의 감탄 '아으'가 있는 <대엽>을 구분할 필요가 있다.

그래서 [향풍체가형]의 악곡형에는 <대엽체 및 대부엽체>와 같이 '체(體)'를 부가하여 지칭하고, [후사뇌가형]에서는 <대엽 및 대부엽>과 같이 '체(體)'를 부가하지 않는 방법으로 구별할 필요가 있었던 것이다.

이를 <(8행강 모두 실사인 {대엽체} ↔ 2행강의 '아으'가 있는 {대엽})의 차이>라 간추릴 수 있다.

그런데 여기서 다시 상기할 것은 이처럼 <(8행강 모두 실사인 {대엽체} ↔ 2행강의 '아으'가 있는 {대엽})의 차이>에도 불구하고, <대엽체> 및 <대엽>은 8행강 128정간의 동일한 악곡 규모를 지녔기 때문에 공통된다는 점이다.

(3) [향풍체가형] 실재의 근거

이제 [사뇌가형]과 [후사뇌가형] 사이에, [향풍체가형]이라는 독립된 시가형이 실재한 근거를 알아본다.

1> [향풍체가형]이 존재한 근거의 하나로 「정과정(진작)」의 <부엽>이 형성된 경위를 들 수 있다.

「정과정(진작)」의 3개 <부엽>들은 모두 동일한 선율을 지녔는데, 이 <부엽>들은 각각 전대절에 딸린 후소절을 이루었다.

즉 3개 <부엽>은 각각 <대엽>의 후소절을 이룬 것, <후강>의 후소절을 이룬 것, 그리고 <3엽+4엽>의 후소절을 이룬 것, 이렇게 3개 단위 악절의 구성에 구실한 것으로 나타나 있다.

그리고 이 3개 단위악절의 8행강체는 동일한 형태를 이루었다.

이와 관련하여 주목할 것은 양태순이 「진작」에서 새로이 설정된 <부엽>은, <(부엽) 가사부 악곡의 (대엽) 일부 악곡 모방>의 결과로 형성된 것이기 때문에, 이는 <대엽>을 악곡형으로 하는 시가가 기존하였음을 의미하는 것으로 논급한 점이다.[3)]

이를 <({부엽}의 {대엽} 일부 모방)에 근거한 [향풍체가형]의 실재>라 간추릴 수 있다.

2> 전술한 바 <(16정간 단위행강률화)에 의한 [신라가형] → [향풍체가형]의 악곡형 (닮은꼴 계승)> 및 <(8행강 모두 실사인 {대엽체} ↔ 2행강의 '아으'가 있는 {대엽})의 차이>에 의거하면, [신라가형]의 악곡형이 <대엽>으로 변화하는 과도적 단계에 해당하는 <대엽체>가 선

3) 양태순, 『고려가요의 음악적 연구』, 이회문화사, 1997, 175면.

행한 것으로 이해된다.

<대엽체>의 8행강체로써 행강률 체재가 확립된 이후에, 이 8행강체의 내부에서 비로소 <본사부 6행강 + 2행강의 '아으' 2행강>을 지닌 <대엽>이 구분되어 구실할 수 있는 분화가 가능하기 때문이다.

다시 말하면 [신라가 1곡형]이 <16정간 단위행강률화>를 이룬 [향풍체가 원형]의 악곡 즉 8행강체가 모두가 실사부인 <대엽체>가 선행한 이후에, <「진작 1」 대엽 본사부>의 6행강체가 성립되는 것이다.

이를 <(대엽체 → 대엽)의 시차별 계승에 근거한 [향풍체가형]의 실재>라 간추릴 수 있다.

3> [향풍체가형]이 존재한 또 하나의 근거는 악곡 체재와 관련된 변화의 실상에서도 찾을 수 있다.

전술에서 <([사뇌가 1곡형] → [향풍체가 원형])의 악곡형 (닮은꼴 계승)> 및 <([사뇌가 곡형] 및 [향풍체가 원형])의 공통된 악곡형 길이>가 간추려진 바 있다.

이는 [사뇌가 1곡형]이 <16정간 단위행강률화>를 이루어서, [향풍체가 원형]의 전후절 2단 8개구 8행강 128간으로 변화한 것을 말한다.

그런데 이와 관련하여 후술한 바를 미리 당겨 인용할 필요가 있다.

즉 [사뇌가 1곡형]을 이은 [향풍체가 원형]은 다시 후대의 [후사뇌가형]으로 이어지는 계승 관계를 지녔다.

그리고 [후사뇌가형]의 최초적 및 대표적 시가는 「정과정(진작)」이다

그런데 후술에서 악곡형 측면에 있어서 [향풍체가 원형]의 악곡 <대엽체>가 10배수 복합되어 「진작」이 조성된 것으로 나타난다.

즉 악곡 길이가 [향풍체가 원형]은 <16정간 단위행강률>의 8행강 128간인데, 「정과정(진작)」은 <16정간 단위행강률>의 80행강 1280정

간이기 때문이다.

이는 전술한 바 <'간(間)' 및 '정간(井間)의 등장성>에 의거하면, 「진작」은 악곡 <대엽체>의 10배에 달하는 장형 악곡임을 의미한다.

그래서 후술에서 이를 <(대엽체와 그 아류) 10배수 복합의 「진작」 조성>으로 간추렸다.

그리고 이처럼 「진작」이 단위 악곡형들의 복합 즉 <(대엽체와 그 아류) 10배수 복합의 「진작」 조성>에 의해서 이루어진 것을 <단위악곡 복합화>라 지칭할 수 있다.

그렇다면 이상은 [사뇌가형]에서 「정과정(진작)」으로 계승되는 변화상에는 <16정간 단위악구율로의 배형화> 및 <단위악곡 복합화>라는 2중의 변화가 이루어진 것을 의미한다.

그런데 시가형 변화의 자연스런 추세에 비추어 볼 때, 이러한 2중의 변화가 동시에 같이 이루어지면, 문화적 격절(隔絶)이 초래된다.

즉 <단위악곡 복합화>에 의한 악곡의 지나친 장형화와 더불어 <16정간 단위악구율로의 배형화>에 따른 바 어단성장의 심화라는 이 2중적 변화의 동시 진행은 시가의 전통적 정조(情調)에 획기적 변화를 유발하기 마련이다.

그래서 이 극심한 정조의 변화는 악곡 조성자는 물론 향유자들에게 상당한 부담을 줄 수밖에 없는 것으로 이해된다.

그렇다면 이러한 <<16정간 단위악구율로의 배형화> 및 <단위악곡 복합화>라는 2중의 변화는, 동시에 한꺼번에 이루어진 것이 아니라, 시차를 두고 별도로 이루어진 것으로 추론된다.

즉 1차적으로 <16정간 단위행강률화>를 이룬 [향풍체가 원형]의 악곡형 <대엽체>가 선행하여 기존한 것으로 파악된다.

시가 악곡형의 일반적 변화상에 있어서, <단위악곡 복합화>라는 대규모의 변화에 비하면, <16정간 단위행강률로의 배형화>는 비교적 선착되기 손쉬운 단순성 변화이기 때문이다.

따라서 <(대엽체와 그 아류) 10배 복합의「진작」조성>이라는 <단위악곡 복합화>는 시차가 있는 후대에 완결된 것으로 파악된다.

이를 <(단위악구율 배형화 및 단위악곡 복합화)의 시차별(時差別) 형성> 및 <({단위악구율 배형화} 선행) 및 ({단위악곡 복합화} 후행)이라 간추릴 수 있다.

그렇다면 이는 역시 이왕에 <16정간 단위악구율로의 배형화>를 이룬 [향풍체가 원형]이 먼저 선착하여 실재하였음을 의미한다.

이를 <({단위악구율 배형화} 선행) 및 ({단위악곡 복합화} 후행)에 근거한 [향풍체가형]의 실재>라 간추릴 수 있다.

제 5 장 [후사뇌가형(後詞腦歌形)]으로

1. [후사뇌가형] 형성의 배경

고려 중기에 들어서 향가는 [후사뇌가형]의 단계로 변화하였다.

즉 고려시대 이후 한문학의 홍륭에도 불구하고 우리 고유시가인 향가의 계승은 유구하게 지속되었다.

이러한 실상은 조동일의 거시적 조망을 통하여 나타난다.

> 그렇다면 한문학에 너무 기울어진 나머지 민족정신이 위축되어 우리말 노래가 타격을 입게 되었다고 해야 할 것 같으나, 그런 것만도 아니다. 고려말에 이르면 한문학이 한층 더 발전했어도 시조가 나타나서 한시와 우리말 노래 사이의 균형이 다시 이루어졌으며 그 추세는 조선 전기까지 그대로 이이졌다.[1]

이는 외래의 한문시가와 함께 우리 고유 시가의 실체도 엄연히 병

---

1) 조동일, 앞의 『한국문학통사 1』 제3판, 307면.

행하여 발전해온 우리 시가사의 전개를 밝힌 점에 의의가 있다.

따라서 향가가 시조로 이어지는 중세 시기의 과정에도 이 우리말 노래는 실재하였지만, 그 현전하는 실체가 부족한 것이 사실이다.

그러나 중세 시기 실재하던 향가 계열의 시가형들은 상당한 기간 동안 잠복된 상태에서 그래도 명맥을 견지한 것으로 이해된다.

즉 [향풍체가형] 3종이라는 향가 이후 과도적 시가형이 [후사뇌가형]이라는 복합성 장형 시가의 단위적 악구 및 악절과 그 가사로 잠복하여 존속한 것으로 파악된다.

이제 [후사뇌가형]의 시가 「정과정(진작)」과 「이상곡」을 살핀다.

일찌기 이종출,[2] 유창균,[3] 김선풍,[4]과 같은 선학들이 [사뇌가형]과 「정과정(진작)」 사이에 형태적 계승 관계가 있음을 주장한 바 있다.

이러한 견해는 대체로 수용되는 경향이 일반적이지만, 그러나 이는 구체적인 근거의 제시보다는 개연성의 비중이 보다 큰 것이었다.

따라서 이제 보다 구체적인 근거의 제시가 요구되는 것이다.

그런데 [향풍체가형]과 [후사뇌가형] 이 양자는 형태적 계승 관계임에도 불구하고, 한편으로 [후사뇌가형] 악곡 형성의 배경에는, [향풍체가형]에는 없던 외래 음악의 영향이 있었던 것으로 이해된다.

[후사뇌가형]을 비롯한 고려시가들의 장형화 성향과 관련하여, 김준영은 매우 긴 장형의 대륙음악 중에서도 특히 중국의 궁중음악에서 전래된 당악(唐樂) 및 아악(雅樂)의 영향이 있었던 것으로 주장하였다.[5]

이는 「정과정(진작)」의 용도가 당시 속악에 소속된 궁중음악의 의식

2) 이종출, 앞의 『한국고시가연구』, 202~203면.
3) 유창균, 「한국시가형식의 기조」,『대구대 논문집』 제6집, 19면.
4) 김선풍, 「고려시가의 분장 형태고」, 『국어국문학』 55~57호, 87~88면.
5) 김준영, 앞의 『한국고시가연구』, 272~273면.

가로 구실한 점에서도 그 근거의 일단이 드러난다.

그래서 「정과정(진작)」은 종묘제례, 조회, 연향, 그리고 성종조에 새로 만든 향악정재 등 공식적 의식은 물론, 궁중놀이나 문인들의 유흥과 같은 비공식적인 놀이에서 흥취를 돋우는 용도로까지 다양하게 활용되었던 것이다.

즉 「정과정(진작)」은 궁중 의식가로서의 공적 측면과 개인적 서정시가로서의 사적 측면이라는 두 측면을 아우른 2중적 구실을 대표하는 점에서 매우 특징적인 시가에 속하는 것이다.

물론 [후사뇌가형] 시가들의 매우 장형화된 악곡에, 극심한 어단성장까지 가중됨으로써 조성된 바 새로운 시가적 정조(情調)는 그 초창기에 있어 일반의 애호를 받기는 어려웠을 것으로 이해된다.

특히 문제가 되는 것은 「정과정(진작)」이 지닌 <(10단위 악곡 「진작」 + 1단위 가사 「정과정」)의 대척적 조합> 즉 너무 긴 악곡과 대조되는 너무 짧은 가사를 지닌 점이다.

이는 결국 어단성장(語短聲長)의 심화에 따른 문제를 노정하였다.

즉 「정과정(진작)」의 악곡형은 너무 긴 장형 악곡이기 때문에, 악곡 자체가 <3구6명체>를 견지하기에는 너무 방만한 것이었다.

이에 서정시가로 활용할 경우의 「정과정(진작)」은, 긴 악곡 문제를 해소하기 위해서 전체로부터 일부만 발췌하거나, 만평삭조(慢平數調) 3조 중에서 빠른 기락의 평조나 삭조를 활용한 것으로 파악된다.

이를 <「정과정」의 (발췌 및 평삭조) 활용에 의한 서정시가적 대체>라 간추릴 수 있다.

그러나 서정시가 지향의 본격적인 도정은 역시 「진작」의 해체적 반절화 및 해체적 독립화에 의한 단형적 시가형의 구현에서 비롯되었다.

2. 〈([사뇌가형] → [후사뇌가형])의 가사형 계승〉

1) 〈([사뇌가형] → {「정과정」형})의 가사형 계승〉

(1) 구체형의 공통성

이제 가사형의 측면에 있어서, [사뇌가형] 및 [향풍체가형]이라는 선행 모태와 「정과정(진작)」 이들 사이의 계승 관계를 알아본다.

특히 「정과정(진작)」은 악보가 없는 [사뇌가형]을 구명함에 있어서 소중한 근거 자료가 되기 때문에, 먼저 가사형의 공통성을 살핀다.

1)	前腔	내님믈 그리ᅀᆞ와 우니다니	(6行綱)	악주여음	(2행강)
2)	中腔	산졉동새 난 이ᄉᆞᆺᄒᆞ요이다	(6행강)	악주여음	(2행강)
3)	後腔	아니시며 거츠르신ᄃᆞᆯ	(6행강)	아으	(2행강)
4)	附葉	잔월효성이 아ᄅᆞ시리이다	(4행강)	악주여음	(4행강)
5)	大葉	넉시라도 님은 ᄒᆞᆫᄃᆡ 녀져라	(6행강)	아으	(2행강)
6)	附葉	벼기더시니 뉘러시니잇가	(4행강)	악주여음	(4행강)
7)	二葉	過도 허믈도 千萬 업소이다	(6행강)	악주여음	(2행강)
8)	三葉	ᄆᆞᆯ힛마러신뎌	(3행강)	악주여음	(1행강)
9)	四葉	ᄉᆞᆯ읏브뎌	(2행강)	아으	(2행강)
10)	附葉	니미 나ᄅᆞᆯ ᄒᆞ마 니ᄌᆞ시니잇가	(5행강)	아소님하	(2행강)
11)	五葉	도람 드르샤 괴오쇼셔	(4행강)	악주여음	(4행강)

위 가사 내용에 따른 단락의 구분은 다음과 같다.

제1단 : 제1구~제4구 : 임금을 향한 충정 (4개구)
제2단 : 제5구~제8구 : 자신의 억울한 처지 호소 (4개구)
제3단 : 제9구~제11구 : 임금의 총애를 희구함 (3개구)

위의 「정과정」이 지닌 (4.4.3) 11개구의 3단구조는 우선 [사뇌가 2문형]의 형태와 공통되기 때문에, 이를 <([사뇌가 2문형] → 「정과정」)의 가사형 계승>이라 간추릴 수 있다.

특히 「정과정」이 (4.4.3) 11개구 3단이라는 근거는 제8구와 제9구가 다른 구들에 비하여 반절형인 점에서 드러난다.

즉 「정과정」은 당대 [후사뇌가형]이 지닌 문형 일반의 11구체형을 충족시키기 위해서, 작사(作詞)된 가사 10구체형의 제8구를 2개구로(제8구와 제9구) 나누어 <반구적(半句的) 구분할(句分割)>을 이룬 것이었다.

이를 <[후사뇌가형] 문형 11구체형에 맞춘 「정과정」의 (반구적 구분할)>이라 간추릴 수 있다.

이는 「정과정」이 [사뇌가 1문형]인 10구체형으로 작사되었던 실상을 말해주며, 따라서 이 작사는 보수적인 성향을 지닌 것이었다.

그리고 이 보수적 작사는 필시 선대 [신라가형]의 문형 10구체가 후대에 문형 11구체로 변화하였던 양상의 반영으로 볼 수 있다.

아무려나 이 시점에서 중요한 것은 <([사뇌가 2문형] → 「정과정」)의 가사형 계승> 자체가 <([신라가 1형] → [신라가 2형])의 변화>에 근거하여 도출된 <([사뇌가 1형] → [사뇌가 2형])의 변화> 그 연장선상에 있는 후대적 계승이라는 점이다.

그런데 이러한 계승 관계는 「이상곡」에서도 공통되게 적용된다.

즉 전술에서, 극소한 차이는 있지만, 결국 「이상곡」은 [사뇌가 2형]과 공통된 문형 11구체 및 곡형 12구체로 파악된 바 있다.

따라서 이는 ([사뇌가 2형] → 「이상곡」)의 가사형 계승>이라 간추릴 수 있다.

그렇다면 전술한 <([사뇌가 2문형] → 「정과정」)의 가사형 계승>

및 <([사뇌가 2문형] → 「이상곡」)의 가사형 계승>을 종합하면, 이는 <([사뇌가 2문형] → [후사뇌가형])의 가사형 계승>이라 간추릴 수 있다.

그런데 이러한 <([사뇌가 2문형] → [후사뇌가형])의 가사형 계승>에서 확인되는 바 중요한 결과가 있다.

그것은 [사뇌가 1문형]의 <선반복 전구>가 <후대 곡형부의 실사부화(문형부화) 추세>에 따라 문형구화함으로써, [사뇌가 2문형]이 형성된 점을 [후사뇌가형] 시가들의 문형 11구체 자체가 증빙하는 점이다.

이를 <[후사뇌가형]의 문형 11구체가 증빙하는 [사뇌가 2문형]의 실재>라 간추릴 수 있다.

또한 [사뇌가형] 및 [후사뇌가형]의 차이는 <종반복 후구>에 있다.

그리고 이는 악곡이 매우 긴 「정과정」에 <종반복 후구>가 존속할 경우 지리하기 때문에, [사뇌가 곡형]에 존재하는 <종반복 후구>가 「정과정」과 「이상곡」에서 생략됨으로써 나타난 차이로 이해된다.

이를 <지리함 해소 위한 (종반복 후구) 생략>이라 간추린 바 있다.

그런데 「정과정」에서 <종반복 후구>의 생략이 이루어졌다는 것은 곧 유일한 곡형구가 사라진 것을 의미한다.

그리고 문형과 곡형을 두루 갖춘 「이상곡」과는 다르게 「정과정」은 오직 문형만 지닌 점에 차이가 있는 것이다.

(2) 한일 고시가에서 차사 후행화의 공통성

이제 <([사뇌가 2형] → {「정과정」형})의 가사형 계승> 그 일환에 해당하는 바, 양자간 차사에 나타난 공통성을 살핀다.

[아유다진형]의 진화적 변화에서 고찰된 바와 같이, <([8구체 향가형] → [사뇌가형])의 진화적 변화>가 이루어지면서 <[8구체 향가 1형]

종차사구 → 원형 [사뇌가 1형] 차사구화>를 추론한 바 있다.

그리고 이에 따라 형성된 <원형 사뇌가 제9구 전체의 차사구>는 후대 [사뇌가형]과 <「정과정」형>에서 점차 다음과 같은 변화 과정을 차례로 거친 것으로 파악하였다.

후대 [사뇌가형]에서의 제1차적 변화

차사구 전부(前部) → 음보단위 차사로 축소됨
차사구 후부(後部) → <선반복 전구>로 변화됨

<「정과정」형>에서의 제2차적 변화

<선반복 전구> → 후대에 실사구로 변화됨
차사 → 차사적 돈호로 변화하여 후행화함

즉 원형적 차사구는 위와 같이 점차 <후대 곡형부의 실사부화 추세>에 따라 실사구화하였다.

그리고 차사구 일부는 <「정과정」형>에서처럼 종말구 직전(直前)의 구(句) 즉 전종구(前終句)인 제10구 <부엽> 후미로 후행화하여, 결국 '아소님하'라는 차사적 돈호로 변화한 것으로 추론할 수 있다.

10) 附葉 니미 나를 ᄒᆞ마 니ᄌᆞ시니잇가　아소님하
11) 五葉 도람 드르샤 괴오쇼셔

이를 <(차사의 (차사적 돈호화) 및 (제10구말로의 후행화)>라 간추릴 수 있다.

그런데 「정과정」에서 이처럼 <(차사의 제10구말로의 후행화>가 이루어진 것으로 추론할 수 있는 근거는 [신라가형]에서 이루어진 <차사의 제10구말로의 후행화>에서 찾을 수 있다.

이 <차사의 제10구말로의 후행화>가, 「정과정」만이 아니라, [신라가 2형]인 『고사기』의 「사주가」에서도 확인되기 때문이다.

즉 「신라가」 제9구초의 차사 '시야(siya)'가 다음과 같이 「사주가」의 제10구말 'あやに[ayani]'로 후행화한 양상을 보인다.

<u>『고사기』의 「사주가」 후소절 가사</u>

9) この御酒の ———— <선반복 전구>
이 귀한 술은
10) 御酒の<u>あやに</u> ———— <선반복 후구>
귀한 술은 아야
11) 甚樂し ささ
참으로 좋네 자자
12) (종반복 후구는 문형기록에서 생략됨)

이를 통하여 한일 고시가에서 <차사의 제10구말로의 후행화>가 공통되게 이루어졌음을 알 수 있다

[사뇌가형] 제9구초 '아야' → 「정과정」 제10구말 '아소님하'
「신라가」 제9구초 '시야(siya)' → 「사주가」 제10구말 'あやに[ayani]'

양자간 <차사의 제10구말로의 후행화>가 공통됨

그렇다면 이는, [사뇌가형] 제9구초 '아야'가 「정과정」 제10구말 '아소님하'로 후행화한 사실과 더불어 「신라가」 제9구초 '시야(siya)'가

「사주가」 제10구말 'あやに[ayani]로 후행화한 사실, 이 양자간에 상호 유추를 가능하게 해주는 근거가 되는 것이다.

이를 <한일 고시가에서 상호 유추된 (차사의 제10구말로의 후행화)> 및 <한일 고시가에서 (차사의 제10구말로의 후행화) 공통성>라 간추릴 수 있다.

따라서 이 <한일 고시가에서 (차사의 제10구말로의 후행화) 공통성>에 바탕하여, 이를 종합적으로 정리하면 다음과 같은 일원적 체계의 맥락이 나타난다.

[사뇌가형]의 제9구초 'あや[aya]' →
<「신라가」형>의 제9구초 '시야(siya)' →
「사주가」의 제10구 후부 'あやに[ayani]' →
「정과정」의 제10구말 '아소님하' →
「이상곡」의 제11구초 '아소님하'

그렇다면 한일 고시가에서, 이처럼 매우 유사한 음운의 차사가 공통된 궤적을 거쳐서 후행화한 것은, 이들 한일 고시가 형태가 [사뇌가형]의 공통된 형태적 계승임을 의미하는 것이다.

이를 <차사의 (음운 및 후행화)에 나타난 한일 고시가의 계승 관계>라 간추릴 수 있다.

따라서 이는 또한 차사의 변화를 통하여 증빙되는 바 <[사뇌가 2형] → {「정과정」형})의 가사형 계승>에 대한 중요한 근거가 된다.

2) 〈([사뇌가형] → {「이상곡」형})의 가사형 계승〉

<([사뇌가형] → {「이상곡」형})의 가사형 계승>은 전술한 바 '「이상곡」 및 「신라가」의 형태적 공통성'에서 유사한 내용을 다룬 바 있다.

그 내용은 「신라가」와 「이상곡」, 이 양가의 공통성을 증빙하는 필연적 근거를 찾음으로써, 결국 이 양가의 형태가 [사뇌가형]의 형태적 계승이라는 점에서 공통된 입장임을 확인하는 작업이었다.

그 결과 [사뇌가형]에서 [후사뇌가형]인 「정과정(진작)」 및 「이상곡」으로 이어지는 형태적 계승의 어간에 잊혀진 과도적 변화 과정, 이른바 '잃어버린 고리'가 [신라가형]에 존재하는 것으로 확인되었다.

물론 이 '잃어버린 고리'는 <향가 이래 한일간 시공을 넘은 시가형 발달의 공통 원리>에 바탕하여 탐색된 것이었다.

(1) 구체형 및 단락의 공통성

이제 [사뇌가형] 및 「이상곡」의 형태적 계승 관계를 알아본다.

양태순은 특히 「진작 4」 및 「이상곡」의 악곡형 길이는 「진작」의 반절형이란 점에서 공통됨을 <진작양식>에 근거하여 밝힌 바 있다.[6]

나아가 「진작 4」의 40행강과 「이상곡」의 39행강, 이 양자의 선율이 20행강에 걸쳐 동일한 점에 근거하여, 「이상곡」의 악곡은 「진작 4」의 악곡을 모태로 하여 습용(襲用)한 것으로 밝히었다.[7]

사실 [사뇌가형] 및 [후사뇌가형]의 가사형 계승 관계를 보다 구체적으로 파악할수록, 「정과정」보다 오히려 「이상곡」이 더욱 정통한 계

6) 양태순, 앞의 『고려가요의 음악적 연구』, 310~312면
7) 양태순, 같은 책, 114~119면.

승관계인 것으로 드러나는 것은 부정할 수 없다.

이제 [사뇌가형]의 가사형이 「이상곡」의 가사형으로 계승된 실상을 치중하여 살피면 다음과 같다.

우선 「이상곡」은 [사뇌가형]과 유사한 규모의 가사를 지녔다.

<u>「이상곡」 문형의 분절 구분</u>

1) 비 오다가 개야 아 눈하 디신 나래
2) 서린 석석사리 조ᄇᆞᆫ 곱도신 길헤
   다롱디우셔 마득사리 마득너즈세 너우지
3) 잠 ᄯᆞ간 내니믈 너겨
4) 깃ᄃᆞᆫ 열명 길헤 자라오리잇가
5) 죵죵 霹靂 生 陷墮無間
6) 고대셔 싀여딜 내모미
7) 죵죵 霹靂 아 生 陷墮無間
8) 고대셔 싀여딜 내모미
9) 내님 두ᄋᆞᆸ고 년뫼ᄅᆞᆯ 거로리
10) 이러쳐 뎌러쳐
   이러쳐 뎌러쳐 기약이잇가
11) 아소님하 ᄒᆞᆫᄃᆡ 녀졋 기약이이다

허사인 감탄성음구(感歎聲音句) '다롱디우셔 마득사리 마득너즈세 너우지'를 「이상곡」의 제2구 후반에 포함시킨 문형 가사의 단락 구분은 다음과 같다.

제1단 : 제1구~제4구 : 임을 기다리는 마음 (4개구)
제2단 : 제5구~제8구 : 스스로 자탄하는 마음 (4개구)
제3단 : 제9구~제11구 : 임을 향한 단심 (3개구)

위에서 감탄성음구는「이상곡」의 정격 단위악구 길이인 4행강에 실렸고, 17음이라는 많은 음수의 유일한 독립적 곡형구에 해당한다.

따라서「이상곡」은 문형 11구체형 및 곡형 12구체형을 지녔는데, 이는 [사뇌가 2곡형]의 문형 11구체형 및 곡형 12구체형과 공통된다.

이를 <([사뇌가 2곡형] 및「이상곡」)의 문곡형 공통성>이라 간추릴 수 있다.

그러나 [사뇌가 2곡형]과「이상곡」의 곡형간에는 변통이 있다.

즉 [사뇌가 2곡형]의 유일한 곡형구는 제12구인 <종반복 후구>에 해당하지만,「이상곡」 형태의 유일한 곡형구는 감탄성음구라는 점이 다르기 때문에, 이를 후대적 변통으로 이해할 수 있다.

이를 <「이상곡」 곡형에서 ({종반복 후구} → 감탄성음구)의 대체>라 간추린 바 있다.

(2) <조두식(調頭式) 장인>의 공통성

이제 [사뇌가형]과 <「이상곡」형>이 공통되게 지닌 바 <조두식 장인>이라는 표현 양식에 대하여 알아본다.

[신라가 1형] 제2구의 후반부는 전술한 바 연장된 속모음(屬母音)이 실린 <조두식 장인>이 다음과 같이 존재하였다.

『금가보』의「신라가」 제2구 보면가사

2) 夜万多阿阿乎於於於於於都久利伊伊移夷移伊移伊移移
산전을　　　　　일구고

그런데 이 [신라가 1곡형] 제2구 후반의 감탄성 속모음과 <「이상곡」 문형> 제2구 후반의 감탄성음은 그 감탄적 성향이 또한 공통된다.

[신라가 1곡형] 제2구말 속모음 : 都久利伊伊移夷移伊移伊移移
「이상곡」 제3구 감탄성음 : 다롱디우셔 마득사리 마득너즈세 너우지

(감탄성 속모음 및 감탄성음)의 동질성

즉 「이상곡」에도 [신라가 1형]의 <조두식 장인>에 상응하는 감탄성음구 '다롱디우셔 마득사리 마득너즈세 너우지'가 실재하였다.

따라서 <([사뇌가형] → [신라가형])의 계승> 및 <([사뇌가형] → 「이상곡」)의 계승>이 연계되면, [사뇌가 1형]에도 이러한 <조두식 장인>이 존재한 사실을 소급하여 유추할 수 있다.

이를 <(「신라가」 곡형) 및 (「이상곡」 곡형)의 (조두식 장인) 공통성> 및 <(「신라가」형)과 (「이상곡」형)에서 유추된 [사뇌가형]의 (조두식 장인)>이라 간추린 바 있다.

그리고 이러한 <[사뇌가형]의 (조두식 장인) 그 유추된 실재>에 대한 근거의 일단으로서, 특히 향가 가사에 일반적으로 존재한 바, 음수가 가장 짧은 최단구의 제1구를 들 수 있다.

즉 이 [사뇌가형] 제1구의 최단구 가사는 <조두식 장인>을 위해서 필수적으로 요구되는 '조두식 호흡'을 가능하게 하는 기능이 있다.

시가 첫머리의 짧은 가사 전후에는 짧고 깊은 흡기(吸氣)가 있어야, 그 뒤에 오는 긴 호기(呼氣)의 <조두식 장인>이 가능하기 때문이다.

따라서 <「이상곡」 곡형>의 유일한 곡형구인 제3구의 감탄성음구는 [사뇌가형]의 <조두식 장인의 정서 고조>가 남긴 잔영으로 파악된다.

그렇다면 전술한 바 <([사뇌가형] {종반복 후구} → 「이상곡」 감탄성음구)의 대체>라는 변통이 이루어진 연유가 <조두식 장인의 정서 고조>를 위한 방편이었음을 이로써 이해할 수 있다.

또한 <([사뇌가형] {종반복 후구} → 「이상곡」 감탄성음구)의 대체>가 이루어진 또 다른 이유는 악곡의 장형화라는 새로운 성향에 적응하기 위한 변화에서도 찾을 수 있다.

후술할 바와 같이 「이상곡」의 악곡 길이 39행강은 [사뇌가형]의 악곡 길이 15행(7.5행강)의 5배를 초과하는 장형에 해당한다.

따라서 「이상곡」에서 감탄성음구란 <조두식 장인>을 이루는 점에서 효율적이지만, <종반복 후구>란 비상히 장형화한 악곡으로서는, 그저 지리함을 조장하는 흠결만 되기 때문에 생략되었다.

이를 <「이상곡」의 지리함 해소를 위한 (종반복 후구) 생략>이라 간추린 바 있다.

이렇게 지리함 해소를 위한 <종반복 후구>의 생략은, 악곡 길이가 39행강인 「이상곡」보다 배형에 해당하는 악곡 길이를 지닌 80행강의 「정과정(진작)」에도 동일하게 적용된다.

이를 <「정과정」의 지리함 해소를 위한 (종반복 후구) 생략> 및 <[후사뇌가형]의 지리함 해소를 위한 (종반복 후구)의 생략>이라 간추린 바 있다.

그렇다면 전술한 바 <조두식 장인>의 필요성이라는 요인과 더불어 <[후사뇌가형]의 지리함 해소를 위한 (종반복 후구)의 생략>이라는 요인이 맞아떨어진 결과, <「이상곡」에서 (종반복 후구 → 감탄성음구)의 대체>가 이루어진 것으로 파악된다.

(3) <조결식(調結式) 장인>의 공통성

이제 「이상곡」에서 '이러쳐 뎌러쳐'라는 <선반복 전구>의 잔영이 재현된 원인을 알아본다.

이 선반복은 이왕에 후대의 [사뇌가 2형] 단계에서, <후대적 곡형부

의 실사부화 추세>에 따라서, <후대 선반복의 비반복적 실사구화(문형구화)>가 이루어짐으로써 해체된 것으로 추론된 바 있다.

그리고 이러한 <후대 선반복의 비반복적 실사부화(문형구화)>는 [사뇌가형]의 후대적 계승인 「이상곡」으로 이어진 것으로 파악된다.

즉 [사뇌가 1곡형]의 <선반복 전구>가 위치한 제9구에 상응하는 「이상곡」 문형의 제9구가 '내님 두웁고 년뫼롤 거로리'로 실사구화(문형구화)한 것으로 나타났기 때문이다.

그런데 문제는 이처럼 「이상곡」에서 제9구가 <후대 선반복의 비반복적 실사부화(문형구화)>를 이루었음에도 불구하고, '이러쳐 더러쳐'라는 <선반복 전구>의 잔재가 다시 재현되어 나타난 점이다.

이를 <「이상곡」의 (선반복 전구) 잔재 재현>이라 간추린 바 있다.

그렇다면 이는 「이상곡」의 후대적 변화에서, 선행적 변화 단계인 <후대 선반복의 비반복적 실사구화(문형구화)와 더불어 후행적 변화 단계인 <「이상곡」의 (선반복 전구) 잔재 재현>이 동시에 병존하는 특수적 양상이 이루어진 것을 의미한다.

이를 <「이상곡」 변화의 선후 단계 병존>이라 간추린 바 있다.

<「이상곡」 변화의 선후 단계 병존>

「이상곡」 선반복 → '내님 두웁고 년뫼롤 거로리'로 실사구화함

「이상곡」 선반복 → '이러쳐 더러쳐'의 반복으로 재현됨

그런데 여기서 유의할 것은 <「이상곡」 변화의 선후 단계 병존>을 유발한 <「이상곡」의 (선반복 전구) 잔재 재현>에 이유가 있다는 점이다.

이에 [신라가 1곡형]의 선반복으로 소급해서 살필 필요가 있다.

원래 [신라가 1곡형]의 선반복은 같은 가사의 반복을 이루어야 하는데, 그러나 이에는 전술한 바와 같이 후대의 파격이 유발되었다.

전술한 바 『고사기』(712) 이후 『금가보』(981)에 이르는 269년 동안에, <선반복 전구> '今夜こそは(오늘밤이야)'에 '伊母尔移伊移伊[imoni](누이에게)'라는 3음이 새로이 부가되어 장구화된 것이다.

이는 이왕에 간추린 바 있는 <[신라가 곡형] 제10구 가사의 후대적 장구화>에 해당하며, 이 가사의 장구화가 이루어진 원인은 <조결식 장인의 정서 고조>를 위한 목적에서 비롯된 것으로 파악되었다.

즉 [신라가 1곡형]의 후소절에서 <조결식 장인을 위한 (「신라가」형) 제10구 가사의 장구화>가 이루어진 것이다.

그런데 「이상곡」 문형의 후소절 제10구에서도 이러한 <조결식 장인의 정서 고조>가 '선반복 잔재'의 재현을 통하여 이루어졌다.

제10구 이러쳐 뎌러쳐 이러쳐 뎌러쳐 기약이잇가 (17음 장구화)

그래서 위와 같이 제10구는 「이상곡」의 실사구 중에서 17음이라는 가장 긴 음수로 장구화됨으로써, <조결식 장인의 정서 고조>를 마련하는 결과로 나타났다.

이를 <장구화를 위한 「이상곡」의 (선반복 전구) 재현> 및 <조결식 장인을 위한 「이상곡」 제10구(곡형 제11구) 가사의 장구화>라 간추린 바 있다.

그렇다면 이러한 <선반복의 실사화 및 선반복의 재현>이라는 <「이상곡」 변화의 선후 단계 병존>은 <([사뇌가형] → {「이상곡」형})의 가사형 계승>을 확인하는 또 하나의 근거가 되는 것이다.

따라서 <([사뇌가형] → [신라가형])의 계승> 및 <([사뇌가형] → 「이상곡」)의 가사형 계승>이 연계되면, [사뇌가 1형]에도 이러한 <조두식 장인>이 존재한 사실을 소급하여 유추할 수 있다.

이를 <(「신라가」 곡형) 및 (「이상곡」 곡형)의 (조결식 장인) 공통성> 및 <(「신라가」형)과 (「이상곡」형)에서 유추된 [사뇌가형]의 (조결식 장인)>이라 간추린 바 있다.

그리고 이에 따라 상기되는 것은 [사뇌가형]에서 「이상곡」으로 이어진 바 <조결식 장인을 위한 제10구 가사의 장구화>는 [시조형] 제10음보 즉 종장 제2음보의 장음보화(長音步化)로 이어진다는 점이다.

> [사뇌가형] 및 「이상곡」 문형의 <제10구 가사 장구화> →
> [시조형] 제10음보(종장 제2음보)의 장음보화

요컨대 [시조형]의 제10음보(종장 제2음보)는 [사뇌가형] 및 「이상곡」의 문형에서 <제10구 가사의 장구화>를 이룬 위치와 상응하는 점에 근거하여, 이를 <[사뇌가형] → (「이상곡」형) → [시조형]의 제10구(제10음보) 가사 장구화>라 간추릴 수 있다.

앞에서의 고찰을 정리하면, 형태의 구조 및 표현 양식에 있어서, [사뇌가형]과 「이상곡」은 매우 긴밀한 공통성을 지닌 것으로 나타났다.

따라서 이왕에 밝혀진 바 <([사뇌가형] → [신라가형])의 계승> 및 <([신라가형] 및 {「이상곡」형})의 가사형 공통성>에 근거하면, <「이상곡」형>의 가사형은 [사뇌가형]의 가사형을 계승하였다는 결과가 도출되는 것이다.

이를 <([사뇌가형] → {「이상곡」형})의 가사형 계승>이라 간추린 바 있다.

(4) 차사 변화에 의한 [시조형] 예비

이제 전술한 바 [사뇌가형] 이래 [후사뇌가형]에 이르는 과정에 나타난 차사의 변화가 지니는 형태사적 의의를 알아본다.

[사뇌가형] 제9구초의 차사는 <(차사의 차사적 돈호화) 및 (제10구말로의 후행화)>를 거쳐서, 「이상곡」에서 마침내 <‘아소님하’의 종말구초 이월>을 보인 것으로 파악되었다.

만일 「이상곡」에서 이 <‘아소님하’의 종말구초 이월>이 이루어지지 않고, ‘아소님하’가 「정과정(진작)」에서처럼 제10구말에 딸려 있으면, 연속된 제10구 및 제11구의 음수율은 그 격차가 너무 심하다.

따라서 「이상곡」에서 <‘아소님하’의 종말구초 이월>을 이룬 것은 보다 균제된 음수 배분을 위해서도 필요하였던 것으로 이해된다.

그런데 이제 정작 주목할 것은 이 <‘아소님하’의 종말구초 이월>이 단순한 음수 배분의 균제 그 이상의 형태사적 의의를 지니는 점이다.

원래 [사뇌가형]에서 후소절의 초두인 제9구초에 자리한 차사의 선례에서도 드러난 바와 같이, 일반적으로 차사는 후소절의 결사를 예고하는 구실을 담당하였던 것이 그 본령의 구실이다.

그런데 이렇게 차사가 결사를 예고하는 구실을 지녔다는 관점에 의거하면, 「이상곡」에서 <‘아소님하’의 종말구초 이월>이란 결국 결사가 후소절에서 종말구로 축소되었음을 의미한다.

다시 말하면 <‘아소님하’의 종말구초 이월>로 인하여, 원형적 「이상곡」의 후소절 3개구로 이루어진 결사의 범위가 ‘아소님하’를 초두로 하는 1개구의 종말구로 축소되는 변화가 유발된 것이다.

이를 <「이상곡」의 (후소절 결사 → 종말구 결사)의 축소화>라 간추릴 수 있다.

그런데 이 <「이상곡」의 (후소절 결사 → 종말구 결사)의 축소화>는 형태사적 및 시가사적으로 중요한 의의를 지닌다.

왜냐하면 이는 「이상곡」 내부에서 종말구의 결사를 종장으로 하는 후소절의 3장구조 가사를 이룸으로써, 새로운 서정시가형으로 파생될 가능성을 내비치는 것이기 때문이다.

물론 여기서 3장구조의 새로운 서정시가형이 독립할 여지란 결국 [시조형] 파생의 전조적 양상을 의미하는 것이다.

그렇다면 이제 <「이상곡」의 (후소절 결사 → 종말구 결사)의 축소화>가 〔시조형〕 파생의 계기로 이어지는 경위를 알아본다.

전술한 바 <([사뇌가형] → {「이상곡」형})의 가사형 계승>에 근거하면, <「이상곡」형>의 가사형도 [사뇌가형]의 가사형과 더불어 공통된 <3구6명체>를 지닌 것으로 고찰되었다.

그런데 문제는 <「이상곡」의 (후소절 결사 → 종말구 결사)의 축소화>가 「이상곡」 가사형의 <3구6명체> 그 훼손을 유발하는 점이다.

즉 「이상곡」에서 결사가 종말구 1개구로 축소됨으로써, 후소절 3개구라는 결사의 원형적 구실이 상실될 위기, 즉 전후절 구조를 내포한 <3구6명체>가 훼손될 위기에 처한 것이다.

그렇다면 이제 필요한 것은 <3구6명체>를 다시 확립하는 일이다.

그런데 이 <3구6명체>의 복구는 구형의 보수(補修)보다는 신형의 파생으로 대체되는 양상으로 전개된 것으로 이해된다.

즉 이 <3구6명체>의 복구 지향은 「이상곡」이 자체의 형태적 훼손에 대한 돌파구를 모색하려는 내적(內的) 요구에서 비롯되었다.

이를 <「이상곡」에서 (3구6명체) 복구 지향의 내적 요구>라 간추릴 수 있다.

그러나 <3구6명체>의 복구는 이 내적 요구로만 그치지 않는다.

역시 [후사뇌가형]에 속하는 39행강체의 「이상곡」은, 「정과정(진작)」과 더불어, 그 악곡이 매우 길고 어단성장이 심화된 시가이다.

따라서 후대에 필연적으로 본격적인 서정시가 장르 형성에 대한 지향으로서 단형 시가에 대한 요구가 대두되었던 것이다.

이는 시가형 발전상 나타난 형태사적 요구 즉 외적 요구이다.

따라서 이를 <「이상곡」에서 서정시가 형태 지향의 외적 요구>라 간추릴 수 있다.

그렇다면 [후사뇌가형]로부터 단형의 서정시가형 파생은 그 내적 및 외적인 요구의 부합이 빚은 상호 작용의 필연적 결과로 파악된다.

다시 말하면 <「이상곡」에서 (3구6명체) 복구 지향의 내적 요구> 및 <「이상곡」에서 서정시가적 단형 지향의 외적 요구>를 충족시키기 위한 시가형 단형화 및 <3구6명체> 복구가 동시적으로 추구된 것이다.

그리고 그것은 「이상곡」 후소절 3개구의 파생으로 연동되었다.

따라서 「이상곡」 후소절 3개구는 3장(三章)으로, 그리고 종말구는 제3장(종장)으로 변화함으로써 [선시조 시형]의 모태를 이룬 것이다.

이를 <종말구 결사화에 따른 「이상곡」 후소절 가사의 [선시조 시형] 예비>라 간추릴 수 있다.

이상의 고찰 결과는 「정과정(진작)」 및 「이상곡」이 직전 직후의 형태적 계승 관계임을 의미한다.

이를 <(「정과정(진작)」 → 「이상곡」)의 계승>이라 간추릴 수 있다.

3. 일본의 복식장가

이제 「정과정」의 악곡 「진작」이라는 복합성 장형 악곡의 형성 문제가 중요한 고찰 대상으로 다루어진다.

그런데 이러한 복합성 장형 악곡 형성의 실상을 방증하는 구체적 자료가 일본의 고대시가에 존재하기 때문에 이를 알아본다.

1) 신어가(神語歌)의 [사뇌가형] 복합

장가기준형의 단위시가 여럿이 복합되어 연결됨으로써 길어진 <기기장가(記紀長歌)>를 <복식 기기장가(複式 記紀長歌)>라 지칭한 바 있다. 『기기』에서도 『고사기』에 많이 나오는 <복식 기기장가>의 가장 전형적인 형태를 보여주는 대표적 시가가 궁중수가(宮中壽歌)이다.

여기서 다루는 신어가(神語歌)도 궁중수가의 일종으로서, 궁중의 제신행사에 쓰인 음악을 바탕으로 하여 발전하였고, 궁중의 의식 및 주연에서의 신에 대한 찬가로 구실하였다.8)

<복식 기기장가>인 이 신어가들은 모두 단위 [신라가형]의 복합에 의해서 조성된 것으로 나타났다.

그런데 <([사뇌가형] → [신라가형])의 계승>에 따르면 이는 원천적으로 [사뇌가형]의 복식화에 해당한다.

8) 土橋寬, 『古代歌謠論』, 三一書房, 1979, 345面.

(1) <고사기 4가>

1) ぬばたまの　黒き御衣を　2) ま具に　取り装ひ
흑구슬 빛의　검은 색 어의를　잘 갖추어서　차려 입고서
3) 沖つ鳥　胸見る時　4) 羽叩きも　これは相應はず
바닷새처럼　가슴 내려보며　날개 파닥여도 어울리지 않아서
5) 邊つ波　背に脫き棄て
갯가의 파도　뒤로 벗어 던지고

---

1) 鴗鳥の　青き御衣を　2) ま具に　取り裝ひ
쇠새같이도　푸른 색 어의를　잘 갖추어서　차려 입고서
3) 沖つ鳥　胸見る時　4) 羽叩きも　此も相應はず
바닷새처럼　가슴 내려보며　날개 파닥여도 어울리지 않아서
5) 邊つ波　背に脫き棄て
갯가의 파도　뒤로 벗어 던지고

---

1) 山縣に 蒔きし 藍蓼舂き　2) 染木が 汁に　染衣を
산기슭 소회향 쪽빛 여뀌 찧은　염색 목즙으로　물들인 옷을
3) ま具に　取り裝ひ　4) 沖つ鳥　胸見る時
잘 갖추어　차려 입고서　바닷새처럼　가슴 내려보며
5) 羽叩きも　此し宜し　6) いとこやの　妹の命
날개 파닥이니 이게 어울려　사랑스러운　그대 아내여

---

1) 群鳥の　我が群れ往なば　2) 引け鳥の　我が引け往なば
뭇새들처럼　내 떼지어 가면　끌리는 새들　내가 끌고 가면
3) 泣かじとは　汝は云ふとも　4) 山處の　一本薄
울지 않으리　그대 말하지만　산중 속에　한떨기 풀 하나
5) 項傾し　汝が泣かさまく　6) 朝雨の　霧に立たむぞ
고개 숙이고　그대 우는 모습　아침 빗속의　안개에 서 있으리

若草の　妻の命　事の　語り言も　こをば
젊은 아내　그대여　사정을　말하자면　이렇네

<고사기 4가>는 4개 단락의 복합이라는 구성을 지녔다.

신화상의 작가자인 팔천모신(八千矛神)은 일본문화를 창시한 시조(始祖) 중 일위(一位)로 전승되어온 대국주신(大國主神)의 다른 이름이다.

신대(神代)의 인물인 팔천모신이 소하비매(沼河比賣)라는 미녀를 사랑하여 찾아가려고 하자, 본처인 수세리비매(須勢理毘賣)가 투기하였다.

이에 팔천모신이 아내에게 오히려 심술궂게 오기를 부리고 떠나면서 부른 시가가 <고사기 4가>인 것으로 기록되어 있다.[9)]

그러나 신대의 신화적 인물을 작가자로 볼 수는 없으니, 이는 후대의 민간시가가 궁중에 들어가서 신화에 부회된 것으로 알려져 있다.

길본륭명(吉本隆明)은 이 신어가가 장가기준형의 복합에 의해서 이루어진 4단 구성의 복식장가임을 다음과 같이 논급하였다.

> a.b.c.d의 연은 장시가의 원형으로 보아도 좋은 시가로 나눌 수 있기 때문이다.[10)]

여기서 'a.b.c.d의 여러 연'이란 이 수가가 위에서 구분선으로 나뉜 4개의 단락 즉 4단을 가리키는 것이며, 그 각개의 단락이란 기실 단위 장가형에 해당하는 것임을 말한 것이다.

따라서 위 예문은 <고사기 4가>가 단위 장가형들의 복합에 의해서 이루어진 <복식 기기장가>임을 의미하는 것이다.

말미에 부가된 '若草の 妻の命 事の 語り言も こをば(젊은 아내 그대여 사정을 말하면 이러하네)'는 가창되는 내용의 일부라기보다, 창자가 시

9) 『古事記』上卷 44段., 神代條.
10) 吉本隆明, 『初期歌謠論』, 河出書房新社, 1977, 116面.

가의 마무리에서 대상을 부르고 피력하는 대사의 일종에 해당한다.

원래 이는 창자가 노래 말미에 신민(臣民)을 대표하여 왕에의 충성을 다짐하는 헌사로서, 신어가의 말미마다 부가되는 종헌사(終獻辭)인데, 후에 점차 시가 자체의 경우에 맞게 변화하였다.

이 종헌사 '語り言も こをば(사정을 말하면 이렇네)'는 여러 신어가 말미에서 공통되게 반복됨으로써 공식화된 경향을 지녔다.

따라서 이 종헌사는 제대로 된 악곡의 선율에 실린 가사가 아니라, 약간의 가락이 곁들인 대사에 해당하기 때문에, 정격의 음수율에서 제외하는 것이 타당한 것으로 알려져 있다.

시가 말미의 이 종헌사를 제외한 단락구조의 분석은 다음과 같다.

제1단 제1연~제5연 : (10구체) 연인을 위한 옷치장 (불만족)
제2단 제1연~제5연 : (10구체) 〃 (불만족)
제3단 제1연~제6연 : (12구체) 〃 (만족)
제4단 제1연~제6연 : (12구체) 버림받은 여인의 가련한 모습

우선 위의 각단은 [신라가형]의 형태를 지닌 점이 눈에 뜨인다.

제1단과 제2단은 구수율 (4.4.2) 10구체의 <3구6명체(三句六名體)>이기 때문에 [신라가 1문형]에 해당한다.

그러나 제3단과 제4단은 구수율 (4.4.4) 12구체 3단락을 지녔기 때문에, 그 원형은 [신라가 2곡형]의 12구체형에 해당한다.

그런데 이는 [신라가 2곡형]에 원형적으로 존재한 곡형부 즉 <종반복 후구>(제12구)가, <후대 곡형부의 실사적 문형부화 추세>에 따라, <후대 (종반복 후구)의 실사구화>를 완결함으로써 이루어진 바 <전구(全句) 실사화의 [신라가 2형]> 그 실재를 증빙하는 실례가 된다.

따라서 이상의 단락구조 분석 결과는 <[신라가형] 4단식 복식화의(고사기 4가)>라 간추릴 수 있다.

내용에 있어 앞의 3개 단락은 순전히 옷치장에 관한 내용이 거의 반복에 가깝게 전개되었고, 끝의 1개 단락만 사랑에 버림받은 여인의 가련한 모습이 남편에 의해서 가학적으로 표현되어 있다.

주목되는 것은 이 찬가가, 임금의 신성성과 존엄성을 주조로 한 것이 아니라, 남녀간 애정 문제로써 왕의 위상을 부각시킨 점이다.

즉 이 신어가가 영웅성의 찬양보다는 남성의 성적(性的) 우위에 주조를 둔 점은 매우 인간적인 접근의 형상화에 속하는 것이다.

이를 <신어가의 인간적 접근에 의한 찬양>이라 간추릴 수 있다.

그리고 이러한 인간적 접근은, 의식가로 구실하기도 한 「정과정(진작)」에서, 이 연주지사가 왕에 대한 원망 섞인 호소를 통해서 형상화된 정황과 맥락을 같이한다.

그런데 신어가와 「정과정(진작)」은 형태상의 차이점도 있다.

신어가는 [신라가형] 4개 단위의 가사 길이 및 악곡의 길이가 복합된 시가이기 때문에 악곡은 물론 그 가사 또한 길다.

그러나 「정과정(진작)」은 그 악곡이 신어가에 비하여 더욱 긴데도 불구하고, 가사의 길이는 단위 [사뇌가형] 1수의 가사 길이에 준하기 때문에 상대적으로 매우 짧다는 차이가 있다

이러한 한일간 복합성 장가의 가사 길이에 나타난 격차는 양가의 시대적 배경에 따른 차이에서 연유한 것으로 이해된다.

즉 신어가가 고대 일반의 단쾌(短快)한 가락을 선호하는 성향을 지녔음에 비하여, [후사뇌가형]은 중세적 성향의 완만한 가락에 속하기

때문에, 이는 어단성장의 여부에 따라 발생한 차이라 할 수 있다.

그러나 역시 신어가와 「정과정(진작)」이 악곡의 측면에서, 단위 악곡형의 복식화라는 공통된 양식인 점은 분명하다.

(2) <고사기 3가>

1) 八千矛の	神の命	2) 萎え草の	女にしあれば
팔천모님	신명이시여	연약한 풀잎	여자몸이기에
3) 我が心	浦渚の鳥ぞ	4) 今こそは	我鳥にあらめ
제 마음이야	갯가의 새같아요	시방에는야	우리집 새네만은
5) 後は	汝鳥にあらむを	6) 命は	な死せたまひそ
나중에는	당신의 새 될 것을	목숨일랑	죽이지는 마오서

7) いしたふや	海人駒使	8) 事の	語り言も	こをば
(미상)	해인을 시켜서	사정을	말하자면	이래요
9) 青山に	日が隱らば	10) ぬばたまの	夜は出でなむ	
청산으로	해가 넘어가면	흑구슬빛	밤이 되지요만	
11) 朝日の	笑み榮え來て			
아침해처럼	웃으면서 오셔서			

12) 栲綱の	白き婉	13) 沫雪の	若やる胸を
닥가닥빛	흰 팔목으로	솜눈같이	젊은 가슴을
14) 素手抱き	手抱き拔がり	15) 眞玉手	玉手さし沈き
다독이고	다독여 엉클어져	옥같은 손	옥수를 베고
16) 股長に	寢は寢さむを	17) あやに	な戀ひ聞こし
다리 늘이고	잠잘 것을	아야니	사랑 너무 마오서

八千矛の	神の命	事の	語り言も	こをば
팔천모님	신명이시여	사정을	말하자면	이래요

<고사기 3가> 역시 신어가의 하나로서, 중간부인 제7연~제8연에 <종헌사 변형의 종말 대사>가 있기 때문에, 전후를 나누어 2수의 신어가로 보는 견해도 있다.

팔천모신이 <고사기 2가>로써 구애를 하자 이에 응수하여 미녀 소하비매가 부른 시가로 되어 있다.[11]

여성의 수동적 입장을 이해시키고 동시에 남자의 성급함을 달래면서, 앞으로 사랑의 성취에 대한 희망을 주는 내용이다.

여성다운 순종성과 아울러 관능적인 표현이 묘하게 어울렸다.

특히 노골적인 성적 표현은 고대인들의 성에 대한 꾸밈없는 의식이 나타나고 있어서, 당대의 시대적 분위기가 반영된 것으로 이해된다.

또한 신화적 인물이 작가일 리는 없기 때문에, 민간 전승시가가 궁중신화에 부회되면서, 궁중의 악인 및 사인(詞人)들에 의해서 복식화되고 다듬어진 수가라는 점에서 <고사기 4가>와 공통된다.[12]

이 신어가 역시 영웅성의 찬양보다는 남성의 성적 우위에 주조를 둔 점에서 <신어가의 인간적 접근에 의한 찬양>에 해당한다.

언어적 측면에서 볼 때 다음과 같이 한일 양국어간의 공통성 및 유사성을 보여준다.

제5연 2인칭 '나[na, 汝]' = 한국어 2인칭 '너'
제12연 '다꾸[taku, 栲]' = 한국어 '닥나무'의 '닥(栲)'
제17연 '아야니[ayani, 阿也尔]' = 사뇌가의 차사 '아야[aya, 阿也]'

11) 『古事記』上卷 神代 42段.
12) 吉本隆明, 앞의 책, 6面.

시가 중간과 말미의 <종헌사 변형의 종말 대사>는 동종의 다른 경우와 비교하면, 종헌사의 원형적 모습이 잘 보존된 양상이다.

그러나 이는 어디까지나 대사의 일종이기 때문에, 말미의 종헌사를 제외한 단락구조의 분석은 다음과 같다.

제1연은 팔천모신을 돈호하는 것으로서, 이는 원형의 민간 전승시가에는 없던 것이 궁중의 신화에 부회되면서 부가된 것으로 파악되기 때문에, 이 제1연은 원형적 시가의 가사에서 제외할 수 있다.

제 1 단 제 2 연~제 6 연 : (10구체) 여성의 수동적 사랑 표현
제 2 단 제 7 연~제11연 : (10구체) 중간 접속부
제 3 단 제12연~제17연 : (12구체) 남성을 끄는 성적 표현

제1단은 구수율 (4.4.2) 10구체의 <3구6명체>로서, 이는 <신라가 1문형>의 10구체형에 속한다.

제3단의 구수율 (4.4.4) 12구체형은 종전구(終前句)에 차사 'あやに[ayani, 阿也尒]'가 있는 [신라가 2형]에 속한다.

특히 이 제3단의 감탄사 'あやに[ayani, 阿也尒]'가 [사뇌가형]의 차사 '아야[aya, 阿也]'와 더불어, 그 음운이 공통되고 위치가 유사한 점에서, 형태적 친연성의 근거가 보다 확실하게 드러난다.

제2단은 제1단을 마무리하는 <종헌사 변형의 종말 대사>와 제3단 가사의 초두 일부가 복합된 중간 접속부로서, [신라가형]의 단락구조로 보기는 어려운 것이 사실이다.

그러나 이 제2단의 구체형 자체는 역시 10구체형으로서, [신라가 1문형]>의 구수와 더불어 공통된다는 점이 주목된다.

따라서 이는 원래 2개 단위의 [신라가형] 시가가 하나의 시가로

복합되면서, 3개 단위의 복합형으로 재조정된 것으로 파악된다.

다시 말하면 제2단위의 [신라가형]에서 가사 내용이 증대되자, 이 증대된 부분과 제1단위 [신라가형] 말미의 종헌사를 합하여, 또 따른 제3단위의 유사한 [신라가형]을 형성한 것이었다.

그런데 유의할 것은 이 새로이 형성된 제3단위가, 단락구조상으로 [신라가형]에 미비하지만, 전체적인 구수율은 [신라가 문형] 그 10구체형에 해당한다는 점이다.

이는 고대 일본에서 [사뇌가 문곡형]이 정착되어 이루어진 [신라가 문곡형]의 10구체형 및 12구체형, 그에 대한 전형성이 매우 강하게 의식되었던 양상의 반영으로 이해된다.

이상의 단락구조 분석 결과는 <[신라가형] 3단식 복식화의 (고사기 3가)>라 간추릴 수 있다.

(3) <고사기 5가>

1) 八千矛の　神の命や　吾が大國主　2) 汝こそは　男にいませば
팔천모님 신명이시여 내 주인이시여　당신님은 남자이시기에

3) うち廻る　島の埼埼　4) かき廻る　磯の埼落ちず
돌아가시는 섬기슭기슭마다　들려 가시는 기슭은 빠짐없이

5) 若草の　妻持たせらめ
어리고 젊은　처자들 차지하리

---

1) 吾はもよ　女しあれば　2) 汝を置て　男は無し
저란 것은　여자몸 되어서　당신 두고　남정네란 없고

3) 汝を置て　夫はなし　4) 文垣の　ふはやが下に
당신 두고　지아비 없소　채색 휘장이　가벼이 뜬 아래

5) 蠶衾　柔やが下に　6) 栲衾　さやぐが下に
비단 이불　보드라운 속에　닥나무 이불　사각이는 아래

1) 沫雪の　若やる胸を
솜눈같이도 젊디젊은 가슴을

2) 栲綱の　白き婉
닥가닥같은 하얀 팔목으로

3) 素手抱き　手抱き抜がり
다독이고 다독여 엉클어지고

4) 眞玉手　玉手さし沈き
옥같은 손 옥수를 베시고서

5) 股長に　寢をし寢セ
다리 늘이고 주무시지요

豊御酒　獻らセ
귀하신 술 바칩니다

<고사기 5가>도 신어가의 하나로서, 팔천모신이 투기하는 아내에게 <고사기 4가>를 노래하며 떠나려 하자, 그의 아내 수세리비매가 떠나는 남편을 말리며 응수한 노래이다.

이 역시 후대의 민간 전승시가가 궁중신화에 부회되면서, 궁중의 사인(詞人)들에 의해서 복식화되고 다듬어진 수가라는 점에서 <고사기 3가> 및 <고사기 4가>와 공통된다.

아내가 애오라지 남편을 유혹해서라도 붙잡고자 하는 점, 영웅성의 찬양보다는 남성의 성적 우위에 주조를 둔 바 <신어가의 인간적 접근에 의한 찬양>을 이룬 점 역시 <고사기 3가>와 공통된다.

언어적 측면에서 한일간 다음과 같은 유사점이 드러난다.

제10연의 '무시[musi.蠶]' = 한국어 '모시'(옷감)
제11연의 '다꾸[taku.栲]' = 한국어 '닥나무'의 '닥(栲)'

제1연의 3개구는 1연 2개구 원칙의 일본 고대장가에서 드문 일이다.

게다가 팔천모신에 대한 돈호는 원형의 민간 전승시가에는 없던 것이, 궁중의 신화에 부회되면서 부가된 것으로 볼 수 있기 때문에, 이를 원형의 가사에서 제외시킬 수 있는 점이 <고사기 3가>와 공통된다.

따라서 제1연의 원형은 2개구이기 때문에 제1단은 10구체형이 된다.

전체의 3개 단락 구조를 분석하면 다음과 같다.

제1단 제1연~제5연 : (10구체) 남자의 성적(性的)인 자유로움
제2단 제1연~제6연 : (12구체) 중간 접속부
제3단 제1연~제5연 : (10구체) 남자의 마음을 끄는 성적 표현

제1단은 구수율 (4.4.2) 10구체의 <3구6명체>로서, 이는 [신라가 1문형]과 공통된다.

제2단은 가사의 문맥상 제1단의 말미와 제3단의 초두가 복합적으로 연결된 중간 접속부로서, [신라가형]의 단락구조로 보기는 어렵지만, <전구 실사화의 [신라가 2형]>이 지닌 12구체형인 것은 사실이다.

따라서 이 제2단 중간 접속부의 12구체형 역시 고대 일본에서 정착한 [신라가 곡형]의 전형성에 대한 고대 일본인들의 강한 의식 상태가 반영된 점에서 <고사기 3가>의 경우와 공통된다.

제3단은 전술한 바 [신라가형]인 <고사기 3가> 제3단의 내용과 거의 동일한 시가에 해당하기 때문에, 양가의 제3단은 원형적으로 독립된 단위시가가 양가의 삽입시가로 공통되게 개입한 것으로 파악된다.

따라서 이상의 단락구조 분석 결과는 <[신라가형] 3단식 복식화의 (고사기 5가)>라 간추릴 수 있다.

그렇다면 여기서 이 일본의 복식장가를 통해서 형태사적 변화의 중

요한 근거를 도출할 수 있는 점에 주목할 필요가 있다.

즉 전술에서 「주좌가」 2수에서 [신라가형] 1개 곡형구의 실사구화에 따라 [신라가 2형]을 이룸으로써, <([신라가 1형] → [신라가 2형])의 변화>가 이루어진 것으로 파악되었다.

그런데 <([사뇌가형] → [신라가형])의 계승>에 근거하면, <([신라가 1형] → [신라가 2형])의 변화>는 곧 <([사뇌가 1형] → [사뇌가 2형])의 변화>로 소급하여 유추되는 것으로 전술한 바 있다.

따라서 「주좌가」 2수를 통해서 확인된 바 <선반복의 비반복적 실사구화(문형구화)에 따른 [사뇌가 2형] 형성>은 먼 후대 [시조형]의 실사적 12음보체로 이어지는 진일보를 이룬 것으로 고찰되었다.

이를 역시 <([사뇌가형] 곡형구 실사화) → ([시조형] 실사적 12음보체 접근)>이라 간추린 바 있다.

그러나 문제는 [사뇌가 2형]에 아직 <종반복 후구>라는 곡형구 1개 구가 잔존하는 점이다.

왜냐하면 가사의 측면에서, [사뇌가 2형]의 제12구(종말구)가 <종반복 후구>인데, 이에 상응하는 [시조형]의 제12음보(종말음보)는 실사음보이기 때문에, 이것이 양자간 유일한 차이이기 때문이다.

그런데 이처럼 미진한 곡형구의 실사구화 문제와 관련하여 주목할 것은 전술한 바 일본의 복식장가 형성에 수용된 단위적 [신라가 곡형] 거의 모두가 곡형구가 없이 실사구화된 12구체형을 이룬 점이다.

이를 <일본 고대 복식장가의 2개 곡형구 그 완벽한 실사구화>라 간추릴 수 있다.

그렇다면 이러한 <일본 고대 복식장가의 2개 곡형구 그 완벽한 실사구화>를 근거로 하여, <([사뇌가형] 2개 곡형구의 완벽한 실사구화(문형구화)>를 소급하여 유추할 수 있다.

그리고 이 <([사뇌가 곡형] 2개 곡형구의 완벽한 실사구화(문형구화)>는 곧 <([사뇌가형] 곡형구 실사화) → ([시조형] 실사적 12음보체 형성 완결)>로 이어질 수 있음을 의미하는 것이다.

따라서 이상의 고찰 결과는 고대 한일(韓日)의 시가사 변천에 있어서 <향가 이래 한일간 시공을 넘은 시가형 발달의 공통 원리>에서 도출된 결과로 이해할 수 있다.

2) 삽입시가의 문제

신어가의 복합적 형성과 관련하여 특히 주목되는 사실이 있다.

그것은 <고사기 3가> 및 <고사기 5가>의 가사 중에 전술한 바 공통된 삽입시가가 개입되어 있는 점이다.

<고사기 3가> 제3단

1) 栲綱の	白き婉
닥가닥빛의	하얀 팔목으로
2) 沫雪の	若やる胸を
솜눈같이	젊디 젊은 가슴을
3) 素手抱き	手抱き拔がり
다독이고	다독여 엉클어지고
4) 眞玉手	玉手さし沈き
옥같은 손	옥수를 베게하고
5) 股長に	寢は寢さむを
다리 늘이고	주무실 것을요
6) あやに	な戀ひ聞こし
아야	사랑을 너무 마소

<고사기 5가> 제3단

1) 沫雪の	若やる胸を
솜눈같이	젊디 젊은 가슴을
2) 栲綱の	白き婉
닥가닥빛의	하얀 팔목으로
3) 素手抱き	手抱き拔がり
다독이고	다독여 엉클어지고
4) 眞玉手	玉手さし沈き
옥같은 손	옥수를 베게하고
5) 股長に	寢をし寢セ
다리 늘이고	주무시지요

위는 양가의 제3단에 공통되게 개입한 애정 표현의 부분이다.

<고사기 3가> 제3단의 단락구조를 분석하면 다음과 같다.

제1단 : 제1연~제2연 청춘 남녀의 신체
제2단 : 제3연~제4연 관능적 표현
제3단 : 제5연~제6연 행복한 마무리

<고사기 3가>에 내포된 바 구수율 (4.4.4)의 12개구 3단구조와 그리고 <고사기 5가>에 내포된 바 구수율 (4.4.2)의 10개구 3단구조를 지닌 양자는 대국적으로 보면 [신라가 문곡형]에 속한다.

또한 이 양자에는 동일한 성적 표현의 내용이 실렸다.

따라서 이 양자가 지닌 공통성에 입각하면, 원래 기존한 성적 표현의 독립적 시가가 양가에 공통되게 삽입된 것으로 파악된다.

<고사기 3가>의 12구체형 삽입시가의 경우 그 구수율이 <전구 실

사구화의 [신라가 2곡형]>에 속한다는 유력한 근거는 사뇌가의 차사인 '아야[aya, 阿也]'와 더불어 그 음운 및 표기 그리고 위치가 거의 동일한 차사구 '아야니[ayani, 阿也尔]'에서 드러난다.

물론 차사의 위치가 「신라가」에서는 제9구초이고, <고사기 3가>에서 제11구이기 때문에 차이가 있다.

그러나 이러한 차사의 위치 변화는 전술한 바와 같이, <([신라가형] → {「사주가」형})의 변화>를 이루는 과정에서 거친 <차사의 후대적 후행화>와 동일한 궤적에 해당한다.

구체형의 측면에서, 12구체형인 <고사기 3가>의 삽입시가는 [신라가 곡형]에서 이루어진 <후대 곡형부의 실사적 문형부화 추세>에 따라, <후대 (종반복 후구)의 실사구화>가 이루어진 결과 <전구 실사화의 [신라가 2형]>이 형성되었던 실상을 보여주었다.

따라서 이를 통하여 [신라가형]에 있어서, 10구체 문형 계통 및 12구체 곡형계통, 이 양자는 상황에 적응하여 수시로 교체될 수 있는 융통성을 지닐 만큼, <1원적 2형>으로 인식되었음을 확인할 수 있다.

그런데 주목되는 것은 고대 일본의 신어가에 나타난 삽입 대목의 관행은 고려시가에서도 나타나는 점이다.

> 넉시라도 님은 ᄒᆞᆫᄃᆡ 녀져라 아으
> 벼기더시니 뉘러시니잇가

이 대목은 「정과정」 및 「만전춘 별사」에서 공통적으로 중출(重出)한다.

구스리 바회예 디신ᄃᆞᆯ
긴히ㅅᄃᆞᆫ 그츠리잇가 (나ᄂᆞᆫ)
즈믄 ᄒᆡ를 외오곰 녀신ᄃᆞᆯ
信잇ᄃᆞᆫ 그츠리잇가 (나ᄂᆞᆫ)

이는 「정석가(鄭石歌)」 및 「서경별곡」에서 공통적으로 중출한다.

위의 예들은 앞에서 논급된 바 고대 일본의 신어가에 나타난 삽입 대목의 중출과 공통된다.

이로써 한일간의 이들 고시가에는 전술한 바와 같이 복식화 경향과 더불어, 독립적 성향을 지닌 시가의 여러 복식장가에의 삽입이라는 관행도 공통적으로 실재한 것을 알 수 있다.

신어가는 본래 제신행사나 의식에서 국가의 영속을 상징하는 시가로 비롯되었기 때문에 악곡이 매우 길다.

그리고 이러한 장형의 궁중시가라는 특징은 특히 한국, 중국, 일본에서 일반적으로 나타나는 경향의 하나인 것으로 알려져 있다.

그리고 후대의 신어가는 주로 궁중의 의식이나 그 뒷풀이의 주연에서 왕에 대한 찬가로 불리우는 용도가 주류를 이루었다.

이상으로 드러난 신어가의 기능에 비추어 보면, 이와 매우 유사한 성향의 「정과정(진작)」도 역시 궁중의 의식가로 도입되어, 그 일부는 왕에 대한 찬가로도 구실한 것으로 파악된다.

따라서 이상의 고찰 결과는 역시 <향가 이래 한일간 시공을 넘은 시가형 발달 공통 원리>가 작용한 결과 나타난 공통성에 해당한다.

그러므로 앞으로 <신어가 및 「정과정(진작)」의 찬가적 동질성>에 의거하여, <「정과정(진작)」의 의식 및 주연에서의 찬가적 구실>에 대한 검토가 필요할 것으로 이해된다.

4. 〈(대엽체)와 그 아류〉의 「진작」 조성

「정과정」의 악곡인 「진작」은 [향풍체가 원형]의 악곡인 <대엽체>와 그 아류들의 10배 복합에 의해서 조성된 매우 긴 장형 악곡이다.

이러한 악곡의 복합적 장형화는 「정과정(진작)」이 서정시가 및 의식가로 겸용되는 시가로 구실하는 계기와 관련되는 것으로 이해된다.

「정과정(진작)」의 구체형

1)	前腔	내님믈 그리ᅀᅡ와 우니다니	(6行綱)	악주여음	(2행강)
2)	中腔	산졉동새 난 이슷ᄒᆞ요이다	(6행강)	악주여음	(2행강)
3)	後腔	아니시며 거츠르신ᄃᆞᆯ	(6행강)	아으	(2행강)
4)	附葉	잔월효성이 아ᄅᆞ시리이다	(4행강)	악주여음	(4행강)
5)	大葉	넉시라도 님은 ᄒᆞᆫᄃᆡ 녀져라	(6행강)	아으	(2행강)
6)	附葉	벼기더시니 뉘러시니잇가	(4행강)	악주여음	(4행강)
7)	二葉	過도 허물도 千萬 업소이다	(6행강)	악주여음	(2행강)
8)	三葉	ᄆᆞᆯ힛마러신뎌	(3행강)	악주여음	(1행강)
9)	四葉	ᄉᆞᆯ읏브뎌	(2행강)	아으	(2행강)
10)	附葉	니미 나ᄅᆞᆯ ᄒᆞ마 니ᄌᆞ시니잇가	(5행강)	아소님하	(2행강)
11)	五葉	도람 드르샤 괴오쇼셔	(5행강)	악주여음	(4행강)

「정과정(진작)」의 구체형은 전술에서, 원래 지은 가사는 [사뇌가 1형]의 문형과 동일한 10구체형인데, 제7구 및 제8구가 <반구적 구분할>을 이룬 결과 11구체형을 이룬 것으로 고찰되었다.

이를 전술에서 <[후사뇌가형] 문형 11구체형에 맞춘 「정과정」의 (반구적 구분할)>이라 간추린 바 있다.

따라서 「정과정(진작)」은 문형 11구체형인 것으로 파악되었다.

「정과정(진작)」에서 <부엽> 3개구를 제외한 여타의 8개구 중에서, 「정과정(진작)」의 대표적 단위악구인 <대엽>과 그에 준하는 7개구의 단위악구들을 <(대엽)과 그 아류>라 지칭할 수 있다.

이 <(대엽)과 그 아류>의 8개구는 '본사부(本辭部) 6행강' 및 '비본사부(非本辭部) 2행강'이라는 양분적(兩分的) 배분을 이루었다.

'비본사부 2행강'은 5개구가 악주여음으로, 그리고 3개구가 감탄사 '아으'로 이루어졌다.

3개구의 <부엽>들은 2개구(제4구와 제6구)가 본사부 4행강 + 비본사부(악주여음) 4행강을 이루고, 나머지 1개(제10구)는 본사부 4행강 + 비본사부(악주여음) 2행강을 이루었다.

이제 「정과정(진작)」에서 특히 유의할 것은 「진작」이 지닌 16정간단위 80행강이라는 길이는 대단히 긴 장형 악곡이라는 점이다.

즉 [사뇌가 1곡형]이 지닌 8간단위의 15행체나, [향풍체가 원형]의 16정간단위 8행강체에 비하면, [후사뇌가형]인 「정과정(진작)」의 16정간단위 80행강체는 너무도 긴 악곡이다.

따라서 <([향풍체가형] → [후사뇌가형])의 악곡형 계승>에 의거하면, 「진작」은 <(대엽체)와 그 아류>들의 복합에 의해 형성된 장형의 악곡형에 해당한다.

물론 이러한 단위악곡의 복합성 장형화는 전술한 바 고대 일본의 신어가를 들어 그 구체적인 실례를 방증한 바 있다.

그리고 특히 향가나 고려시가 중에는 그 일부가 복합성 장가로서의 기미를 보인 시가들이 존재하는 것도 사실이다.

『삼국유사(三國遺事)』에 장가(長歌)로 불리워진 「혜론가」를 비롯하여 여러 수가 복합성 장형의 <복식(複式) 향가>일 개연성이 높다.

또한 넓은 의미에서 단위 [사뇌가형]이 느슨한 복합의 형태를 이룬 것으로 균여(均如)의 「보현십원가(普賢十願歌)」 11수가 있다.

그리고 보다 긴밀한 악곡형 복합의 실례로 「동동」의 13유절이 있다.

이에 주목되는 것은 이러한 시가 복합의 성향이 대체적으로 단위적 시가들의 10단위 남짓이 복합을 이룬 경향을 보인 점이다.

이제 [향풍체가 원형]의 악곡형인 <(대엽체)와 그 아류>로 이루어진 단위악구들이 복합되어 「진작」을 조성한 구체적 경위를 알아본다.

우선 [사뇌가 곡형]의 악곡 길이는 15행분 120간으로 고찰되었다.

그러나 전술한 바와 같이 [사뇌가 곡형]의 15행분 120간으로는 「진작」의 형성을 위한 <16정간 단위행강률로의 배형화>가 불가능하였다.

따라서 전술에서 [사뇌가 곡형]의 악곡 길이 120간에 <(16정간 단위행강률화)를 위한 짝수구 배열 목적의 1행(8간) 부가>가 이루어짐으로써, [향풍체가 원형]의 128간이 이루어진 것으로 파악되었다.

그리고 이 [향풍체가 원형]의 128간은 <(대엽체) → (대엽)의 계승>에 따라서 「정과정(진작)」의 <대엽> 128정간으로 이어졌다.

[사뇌가 곡형] 120간 + <(16정간 단위행강률화)를 위한 짝수구 배열 목적의 1행(8간) 부가> = 「정과정(진작)」의 <대엽> 128정간

이를 <({대엽체} → {대엽})의 계승>이라 간추릴 수 있다.

그런데 이제 유의하여 주목할 것은 「정과정(진작)」의 악곡은 80행강체 1280정간의 장형이라는 점이다.

따라서 <({대엽체} → {대엽})의 계승>에 의하면, <대엽체>가 지닌

128정간은 「정과정(진작)」 악곡 1280정간의 1/10에 해당한다.

<대엽체> 128정간 × 10 = 「정과정(진작)」 1280정간

그렇다면 이로써 「정과정」의 「진작」은 <(대엽체)와 그 아류>들의 10배수 악곡 복합에 의해서 이루어진 장형 악곡인 것으로 산정된다.

[향풍체가 원형] 악곡 10배 복합 ———→ 「진작」

이를 <(대엽체와 그 아류) 10배 복합의 「진작」 조성>이라 간추린 바 있다.

이에 따라서 「진작 1」의 복합적 편제를 <대엽체와 그 아류〉로써 단위악구를 삼아서 가시적으로 제시하면 다음과 같다.

「진작 1」의 악곡

전강 (제1구 8행강)	:	(대엽체 아류) 1단위의 악곡 길이
중강 (제2구 8행강)	:	〃
후강 (제3구 8행강)	:	〃
부엽 (제4구 8행강)	:	〃
대엽 (제5구 8행강)	:	<대엽체> 1단위의 악곡 길이
부엽 (제6구 8행강)	:	(대엽체 아류) 1단위의 악곡 길이
2엽 (제7구 8행강)	:	〃
3엽 (제8구 4행강)	:	(대엽체 아류) 1단위 악곡의 반절 길이
4엽 (제9구 4행강)	:	〃
부엽 (제10구 8행강)	:	(대엽체 아류) 1단위의 악곡 길이
5엽 (제11구 8행강)	:	〃

이처럼 「진작」은 [향풍체가 원형]의 악곡형인 〈대엽체와 그 아류〉 들이 지닌 길이와 같거나 반절인 단위악구들의 인위적이고 도식적인 복합을 통해서 형성된 악곡이다.

5. 「정과정(진작)」의 특징

1) 〈구단위 가사의 음절단위화 축소〉

이제 <([사뇌가형] → {「정과정」형})의 가사형 계승>이 이루어지는 과정에 나타난 문절단위의 축소적 변화에 대하여 알아본다.

이 문절단위의 축소적 변화가 가사형 변화의 관건이기 때문이다.

여기서 이 가사형 변화와 관련하여 또 하나 상기되는 것은 고대 일본의 복식장가와의 비교에서 나타나는 차이이다.

즉 고대 일본의 <복식장가>인 신어가는 그 복합성 장형 악곡의 단위 악곡형마다 그 규모에 상응하는 단위 가사형들이 실려 있어서, 역시 복합성 장형의 가사형을 이루었다.

그러나 「정과정(진작)」은 <(대엽체와 그 아류) 10배 복합의 「진작」 조성>에 의해서 형성되었음에도 불구하고, 이 악곡 전체에 걸쳐서 실린 가사는 단위 [사뇌가형] 1수의 규모에 준하는 단형 가사만 실렸다.

<u>「정과정(진작)」에서 가사 및 악곡의 격차</u>

악곡 → <[향풍체가 원형] 악곡 10배수 복합의 장형 악곡
가사 → [사뇌가형] 1수의 가사 규모에 준하는 단형 가사

이를 「정과정(진작)」의 <(긴 악곡 「진작」 + 짧은 가사 「정과정」)의 대척적 배분> 및 <10단위 악곡형 규모 + 1단위 가사형 규모 = 「정과정(진작)」>으로 간추린 바 있다.

그렇다면 이 장형 악곡 및 단형 가사의 조합은 극심한 어단성장이 초래됨으로써, 필연적으로 시가의 정조(情調)에 변화가 유발된다.

이를 <(장형 악곡 + 단형 가사)의 어단성장 심화에 따른 「정과정」 정조 변화>라 간추릴 수 있다.

그런데 여기서 문제는 이 <(장형 악곡 + 단형 가사) 조합의 어단성장 심화>가 유발하는 <「정과정」형>에서의 문절단위 축소이다.

즉 <악곡 및 가사의 상호적응적 조화 추세>라는 일반적 통념에 따르면, 악곡이 장형화하면 가사도 장형화하기 십상이다.

그래서 일본의 신어가는 악곡 규모가 3~4배로 복합되어 확장됨에 따라서, 그에 비례하여 가사 규모도 3~4배로 확대된 것이다.

그러나 이와 다르게 「정과정(진작)」이 [사뇌가형]의 <10단위 악곡형 규모 + 1단위 가사형 규모>에 준하는 규모를 이루었다는 것은, 장형화된 악곡 길이를 기준으로 보면, 이는 가사의 길이가 반비례적인 단형화 축소를 이룬 것이 된다.

즉 10배로 확대된 악곡에 단위시가 1수의 가사가 실렸다는 것은 곧 가사 규모가 1/10로 반비례적 축소를 이룬 것을 의미한다.

이를 <악곡 10배화(十倍化) 확대에 반비례한 가사의 10분화(十分化) 축소>라 간추릴 수 있다.

이러한 악곡 확대 및 가사 축소의 반비례적 관계는 가사 「정과정」의 문절단위 규모 변화에서 실증적으로 나타난다.

즉 [사뇌가 2문형]의 11개구가 실제로 「정과정」에서 매구당 11음 위주의 음절수로 10분화(十分化) 축소를 이룬 것으로 나타나기 때문이다.

이를 <([사뇌가형] 구단위 가사 → 「정과정」 음절단위)의 축소> 및 <([사뇌가 2형] 11개구 → 「정과정」 1개구의 11음절) 그 축소>로 간추릴 수 있다.

이에 「정과정(진작)」에서 <구단위 가사의 음절단위화 축소>의 구체적인 실상을 확인한다.

물론 「정과정(진작)」의 구(句)들이 지닌 실제적 음절수의 가변역은 9음에서 13음까지 진폭의 차이가 있는 것은 사실이지만, 그러나 감탄사 '아으'를 감안한 실사 부분의 음수율이 지닌 실상은 다음과 같다.

「정과정」의 가사

1)	前腔	내님믈 그리ᅀᅡ와 우니다니		(11음)
2)	中腔	산졉동새 난 이슷ᄒᆞ요이다		(11음)
3)	後腔	아니시며 거츠르신ᄃᆞᆯ	아으	(9음.11음)
4)	附葉	잔월효성이 아ᄅᆞ시리이다		(11음)
5)	大葉	넉시라도 님은 ᄒᆞᆫᄃᆡ 녀져라	아으	(11음.13음)
6)	附葉	벼기더시니 뉘러시니잇가		(11음)
7)	二葉	過도 허물도 千萬 업소이다		(11음)
8)	三葉	몰힛마러신뎌		
9)	四葉	술읏브뎌	아으	(11음.13음)
10)	附葉	니미 나롤 ᄒᆞ마 니ᄌᆞ시니잇가	아소님하	(12음.16음)
11)	五葉	도람 드르샤 괴오쇼셔		(9음.13음)

1> <[후사뇌가형] 문형 11구체형에 맞춘 「정과정」의 (반구적 구분할)>이 이루어지기 이전의 원형적 가사 10개구 중에서 제1구, 제2구, 제4구, 제6구, 제7구, 이 5개구들의 음절수가 11음이다.

그리고 제3구는 감탄여음 '아으'를 포함하면 11음이고, 제5구는 '아으'를 제외하면 9음이다.

따라서 이상 7개구 모두의 음절수가 11음이거나 그에 근접하였다.

2> 전술한 바 <[후사뇌가형] 문형 11구체형에 맞춘 「정과정」의 (반구적 구분할)>이 이루어진 제8구와 제9구를 구분 이전의 1개구로 환원시킬 경우, 본사는 10음이 되고 '아으'를 포함하면 12음이 되기 때문에, 이 또한 11음의 가장 근접한 가변역(可變域)에 속한다.

3> 「정과정(진작)」의 기록상에 나타난 제10구말 '아소님하'의 위치대로 하면, 제10구와 제11구는 음수율 (16.9)의 분배를 이루었다.

그러나 이 양구간 음수 격차가 너무 크기 때문에, 장기적으로 보면 전술한 바 균제된 음수율을 위한 <'아소님하'의 종말구 이월>이 점차 이루어지기 마련이다.

이는 「정과정(진작)」 직후의 계승인 「이상곡」의 <'아소님하'의 종말구초(제11구초) 이월>과 그 후대적 계승인 [시조형]의 모태들 대다수에서 차사가 종장초에 자리매김된 점에서 드러난다.

이에 후대적 시기의 <'아소님하'의 종말구초(제11구초) 이월>을 인정하면, 제10구와 제11구의 음수 배분은 (12.13)의 음수율로 나타난다.

그렇다면 제10구의 음수도 11음에 거의 근접한 음수이다.

이상은 「정과정」의 매구당 11음 위주의 가사형이란, <([사뇌가형] → {「정과정」형})의 가사형 계승>이 이루어질 때, [사뇌가 2문형]의 11구체형에 기준하여 이를 11음 위주로 축소한 것임을 의미한다.

즉 <(대엽체와 그 아류) 10배 복합의 「진작」 조성>이라는 복합성 장형 악곡 형성과는 다르게, 가사는 당대 일반의 의식가적 성향인 어단성장 조성을 위해서 가급적 짧은 가사가 필요하였던 것이다.

따라서 이상을 종합하면, [사뇌가 2문형]의 가사 1개구는 「정과정」의 가사 1음절 규모로 축소되고, 이 비율에 따라서 [사뇌가 2문형]의 가사 11개구는 「정과정」 1개구 가사의 11음절 규모로 축소되는 10분화(十分化)가 이루어진 것으로 정리할 수 있다.

[사뇌가 2문형] 가사 1개구 → 「정과정」 가사 1음절

[사뇌가 2문형] 가사 11개구 → 「정과정」 가사 1개구의 11음절

따라서 「정과정」 가사가 완벽한 11음절의 정형적 음수율은 아니지만, 이러한 가사형의 축소는 곧 의도적 작용의 결과로 이해된다.

그러나 의도적 축소화를 의식하였음에도 불구하고, 11음절 정격화에 일부 예외가 있는 것은 후소절의 구들이 지닌 특수성에 적응하거나, 세월에 따라 11음절 정형이 다소 흔들린 결과로 이해된다.

이러한 <구단위 가사의 음절단위화 축소>는 역산(逆算)을 통해서도 확인된다.

[사뇌가 1곡형]은 [사뇌가 1문형]의 평균적 총음수인 90음에, 곡형구 2개구의 평균적 음수인 18음을 합하면 모두 108음이 된다.

그런데 <구단위 가사의 음절단위화 축소>를 이룬 10개구의 복합이 「정과정」이기 때문에, 이 10분화(十分化)된 음절을 다시 10배화(十倍化)하여 110음으로 환원시키면, 이는 결국 [사뇌가 1곡형] 108음과 거의 같은 규모를 이룬다.

2) 「정과정」의 악곡 및 가사 그 선행 모태의 차이

이제 「정과정(진작)」의 선행 모태가 악곡과 가사에 따라서 각기 다른 것으로 나타나는 특수적 현상에 대하여 알아본다.

이에 「정과정(진작)」의 선행 모태인 [향풍체가형], 그 중에서도 가장 최초로 형성된 [향풍체가 원형]으로 소급하여 살필 필요가 있다.

특히 [향풍체가 원형]에서 최초로 <대엽체>의 8행강 체재가 이루어졌고, 이는 후대 다수 시가형들의 행강률 체재 그 전범을 이루었다.

따라서 악곡형에서 [향풍체가 원형] 및 [후사뇌가형] 양자간의 관계는, <대엽체>와 <대엽>의 동질성에 근거하여, <([향풍체가 원형]의 {대엽체} → 「진작 1」 {대엽}) 그 악곡형 계승>으로 간추릴 수 있다.

그러나 전술에서 [향풍체가 원형]과 관련하여 <(전후절 대소관계 및 3구6명체) 훼손의 [향풍체가 1형]에 의한 복구> 및 <[향풍체가 1형]의 구실 대체에 의한 [향풍체가 원형]의 소멸>이 정리된 바 있다.

게다가 이왕에 <(긴 악곡 「진작」 + 짧은 가사 「정과정」)의 대척적 배분>을 이룬 「정과정(진작)」은 보다 균형이 있는 배분을 위해서 더욱 긴 가사를 수용할 필요가 있었다.

그런데 소멸되기 이전의 [향풍체가 원형]은 전술한 바 <16정간 단위행강률화>에 따른 <2행의 1행강으로의 통합 조정>을 겪었다.

즉 <악곡 및 가사의 상호적응적 조화 추세>에 따라 <[사뇌가 1곡형] 2행 2개구 → [향풍체가 원형] 1행강 1개구)의 가사 반절화>를 이룬 결과 그 가사는 단형화한 것으로 고찰되었다.

따라서 「정과정」 가사는, [향풍체가 원형]의 단형 가사형보다, 그 배형 규모인 [사뇌가 2형]의 가사형이라는 격세적(隔世的) 모태를 선택하는 것이 보다 적합하였을 것으로 파악된다.

그런데 「정과정」 가사가 11구체 문형인 점에 근거하면 그 선행 모태는 역시 11구체형을 지닌 <사뇌가 2문형>의 가사형으로 파악된다.

그렇다면 이는 「정과정(진작)」 악곡형의 선행 모태는 [향풍체가 원형]의 <대엽체>인데, 가사형의 선행 모태는 [사뇌가 2문형]의 가사형이라는 특수한 결과가 이루어진 것을 의미한다.

「정과정(진작)」 악곡형의 모태형	:	[향풍체가 원형]
「정과정(진작)」 가사형의 모태형	:	[사뇌가형]

이를 <[사뇌가형] 가사형 + [향풍체가 원형]의 악곡 (대엽체) = 「정과정(진작)」 형성> 및 <가사 및 악곡의 선행 모태가 다른 「정과정(진작)」>이라 간추릴 수 있다.

3) 의식가 및 서정시가로서 「정과정(진작)」의 2중 구실

궁중의 찬가로 구실한 고대 일본의 신어가는 단위 [신라가형]들이 복합되어 편제된 장형 시가였고, 「정과정(진작)」도 또한 악곡형의 측면에서 이 일본 신어가와 성향을 같이하였다.

즉 [신라가형] 악곡이거나 그 아류에 속하는 단위악곡들이 복합된 신어가처럼, 「정과정(진작)」도 <(대엽체와 그 아류) 10배 복합의 「진작」 조성>에 의해서 장형화된 악곡의 시가라는 점이 공통된다.

그리고 「정과정(진작)」의 가사 내용도, 신어가가 아내의 연군(戀君)

을 주제로 한 것처럼, 신하의 연군(戀君)을 주제로 하였다.

그러나 신어가나 「정과정(진작)」은 왕에 대한 의식적 찬가가 지닌 일반적 성향과는 차이를 지닌 점에 유의할 바가 있다.

즉 「정과정(진작)」은 가사 내용이 왕의 신성성이나 존엄성보다, 임금에 대한 원망을 인간적 한계의 결함 그에 대한 이해적(理解的) 태도로써 수용하는 정조가 주조를 이루었다.

특히 이 이해적 수용의 심사는 그 충심이, 임을 향한 여인의 단심(丹心)처럼, 간절한 심상으로 형상화되어 세련된 표현 기교를 이루었다.

이는 전술한 바 고대 일본의 신어가가 분명히 신에 대한 찬가임에도 불구하고, 그 내용은 주로 치정적인 사연 속에서도 임을 향한 단심(丹心)으로써 형상화를 구현한 점과 맥락을 같이한다.

따라서 이는 <인간적 결함의 이해적 배려에 바탕한 연군(戀君)의 형상화>란 점에서 공통되는 것으로 간추릴 수 있다.

그리고 이로 인하여 의식가로서 「정과정(진작)」이 서정시가로도 겸용될 수 있는 여지가 내재되었던 것이다.

따라서 이러한 「정과정(진작)」의 특징적 기능을 <의식가로서 「정과정(진작)」의 서정시가적 형상화>로 간추릴 수 있다.

그렇게 보면 「정과정(진작)」의 선행 모태인 [향풍체가 원형]도 원래 [사뇌가형] 규모와 유사한 단형의 서정시가였던 점이 상기된다.

또한 정서 자신의 창작 동기부터가 인간적 정서에서 비롯되었다.

그렇다면 「정과정(진작)」은 원래 그 본령이 서정시가로 비롯되었으나, 점차 의식가 및 찬가로 변모하였기 때문에, 다시 서정시가로서의 본원을 회복하고자 하는 회귀적 양상이 전개된 것으로 볼 수 있다.

즉 「정과정(진작)」은 의식가로서의 구실에 못지 않게, 서정시가로서의 비중도 중요하였기 때문에, 그 서정시가형 지향의 해체적 단형화가 이루어질 소지는 이왕에 내재하였던 것으로 파악된다.

이를 <「정과정」의 해체를 통한 서정시가 예비> 및 <사뇌가적 서정시가로의 회귀적 단형화>라 간추릴 수 있다.

그래서 극심하게 길어진 의식가로서의 장형 악곡 「진작」의 해체 및 축소는 우선 <「정과정」의 (발췌 및 평삭조) 활용에 의한 서정시가적 대체>로써 비롯된 것이었다.

그러나 일부의 빠르기 조정이나 발췌는 서정시가 지향이라는 도정의 큰 흐름에 있어서, 근본적 대책을 이루기에 한계가 있었다.

따라서 후대에는 「정과정(진작)」으로부터 독립된 서정시가가 본격적으로 형성되어야 할 당위적 필요에 따라 후술할 바 「정과정(진작)」의 해체적 반절화와 해체적 독립화가 유발된 것으로 파악한 바 있다.

요컨대 「정과정(진작)」은 의식가로서의 장형 시가적 성향을 견지하면서, 다른 한편으로는 「정과정(진작)」 자체의 해체 및 축소를 통한 선택이나 보충을 통해서 단형적 서정시가형을 지향한 것이다.

6. 「진작」의 계열 분화

이제 「정과정(진작)」의 해체적 반절화에 따른 축소 문제를 살핀다.

「진작」의 유형은 「진작 1」, 「진작 2」, 「진작 3」, 그리고 「진작 4」 이 4개 유형이 존재하는 것으로 나타나 있다.

그 중에서 「진작 1」 및 「진작 2」는 차이가 근소하며, 「진작 4」는 「진작 1」의 반절형이기 때문에 그 형태적 실상이 간명하게 드러난다.

따라서 「진작 1」 유형 4종 중에서 원천적 차이를 지닌 실체의 표본에 해당하는 「진작 1」과 「진작 3」이 앞으로 주된 고찰 대상이 된다.

왜냐하면 「진작 1」 및 「진작 3」 이 양자는 이후 전개되는 후대적 시가형 즉 <(대부엽) 계열 [가곡형]> 및 <(대엽) 계열 [시조곡형]>의 악곡인 <대부엽>과 <대엽>을 내포한 모태적 악곡형이기 때문이다.

1) 〈「진작 1」 대부엽 본사부〉의 〈사형(詞形) 3단〉

이제 「진작」의 유형 구분을 위해서 「진작 1」의 <사형(詞形) 3단> 및 「진작 3」의 <악형(樂形) 3단>이 지닌 체형(體形)의 차이를 살핀다.

특히 이 <사악형(詞樂形) 3단> 양자의 차이는 후대 [가곡형] 및 [시조형]의 형성과 긴밀하게 관련되어 있기 때문에 그 고찰이 긴요하다.

이에 따라서 「진작」의 대표적 단위악구인 <대엽>과 대표적 단위악절인 <대부엽>이 고찰의 주된 대상이 된다.

그리고 <(대부엽) 계열 [가곡형]> 및 <(대엽) 계열 [시조곡형]> 양자 중에서, 먼저 <(대부엽) 계열 [가곡형]>이 선행한 것으로 파악되기 때문에, 이 <대부엽>의 고찰에 선착한다.

그런데 후술할 바와 같이 [가곡형]의 선행 모태를 이룬 <「진작 3」 대부엽 본사부>의 3단구조는 원래 그 선행 형태인 <「진작 1」 대부엽 본사부> 그 3단구조의 변화형이기 때문에 이를 먼저 살핀다.

「진작 1」의 <사형 3단> 및 「진작 3」의 <악형 3단> 그 차이는 자체 내의 단락 구분에 따른 3단구조의 차이에서 비롯되는 것이다.

물론 이 3단구조의 단락 구분은 가사 및 악곡의 적절한 분단에 바탕하여, 양자간 균형있는 조화를 이루는 선에서 설정되어야 한다.

<「진작 1」 대부엽 본사부>의 사형 3단

제 1 행강	넉시
제 2 행강	<장인행강>
제 3 행강	라도
제 4 행강	님은
제 5 행강	흔딕
제 6 행강	녀져라
제 7 행강	아
제 8 행강	으
제 9 행강	벼기더
제10행강	시니
제11행강	뉘러시니
제12행강	잇가

원래 <사악형 3단>의 구분은, 「진작 1」처럼 성향이 문예적 규제성에 기운 <사형 3단>과 더불어 「진작 3」처럼 성향이 음악적 파격성에 기운 <악형 3단>으로 나뉜다.

그런데 <「진작 1」 대부엽 본사부>는 위와 같이 3단 각각이 4행강씩의 정연한 규제를 이루었고, 가사의 배분 역시 이 정연한 규제에 맞추어, 주술관계(主述關係)라는 통사적 싱분 위주의 구분이 선명하다.

즉 이 <「진작 1」 대부엽 본사부>는 다음과 같이 (4.4.4) 12행강체의 <사형 3단>을 이루었다.

<「진작 1」 대부엽 본사부> 사형 3단

대엽 = (4.4)행강의 2단
부엽 = (4)행강의 1단

합 = (4.4.4) 12행강의 <사형 3단>

이를 <(「진작 1」 대부엽 본사부)의 (사형 3단)>이라 간추릴 수 있다.

따라서 이 <「진작 1」 대부엽>은 역시 <대엽> 8행강 + <제2부엽> 8행강의 체재 구성을 이루었다.

「진작 1」의 구성에서 유의할 것은 <(「진작 1」 대부엽 본사부)의 사형 3단>과 공통된 단락구조를 지닌 악절 2개가 더 존재하는 점이다.

이는 <「진작 1」 (후강+부엽)의 본사부> 및 <「진작 1」 {(3엽4엽)+부엽}의 본사부>가 그것이다.

이를 아울러 <「진작 1」 (대부엽과 그 아류)의 동형 3개 악절>이라 지칭할 수 있다.

이 <「진작 1」 (대부엽과 그 아류)의 동형 3개 악절>들 각각의 후부에 공통된 가락의 <부엽>이 있고, 이 <부엽>은 특히 <(부엽) 가사부 가락의 (대엽) 일부 가락 모방>에 의해서 형성된 것으로 나타났다.

2) 〈「진작 3」 대부엽 본사부〉의 〈악형(樂形) 3단〉

이제 <「진작 1」 대부엽 본사부>가 <「진작 3」 대부엽 본사부>로 변화함으로서, 「진작」의 계열 분화가 이루어진 경위를 살핀다.

이 <「진작 3」 대부엽 본사부>의 계열 분립이 중요한 이유는 이것이 [가곡형]의 선행 모태를 이루기 때문이다.

<「진작 3」 대부엽 본사부> → [가곡형]의 선행 모태형

우선 이 <「진작 3」 대부엽 본사부>의 3단구조는 다음과 같다.

<u><「진작 3」 대부엽 본사부>의 형태</u>

제1행강	넉시
제2행강	라도
제3행강	님은
제4행강	ᄒᆞᆫᄃᆡ
제5행강	녀져라
제6행강	아
제7행강	으
제8행강	벼기더
제9행강	<장인행강>
제10행강	시니
제11행강	뉘러시니
제12행강	잇가

전술한 바 <「진작 1」 대부엽 본사부>의 제2행강에 존재한 <장인행강>이 위의 <「진작 3」 대부엽 본사부>에서 제9행강으로 후행화함으로써 양자간에 단락구조의 차이가 비롯된 것으로 이해된다.

즉 이 <장인행강의 후행화>로 인하여, <「진작 3」 대부엽 본사부>에서는 <(대엽)의 7행강으로의 감소화> 및 <제1부엽 본사부의 5행강으로의 확대화>가 이루어졌다.

그 결과 <「진작 1」 대부엽>의 <대엽> 8행강 + <제2부엽> 8행강이라는 체재 구성은 <「진작 3」 대부엽>의 <대엽> 7행강 + <제2부엽> 9행강이라는 체재 구성으로 변화하였다.

「진작 1」 : 대엽(8행강) + 제2부엽(8행강) = 16행강

「진작 3」 : 대엽(7행강) + 제2부엽(9행강) = 16행강

그런데 가사 및 악곡은 가급적 상호적응적인 것이 자연스럽다.

따라서 <「진작 3」 대엽>의 7행강체의 2개 단락은 앞의 가사 위주 단락과 뒤의 '녀져라'를 포함한 감탄사 '아으' 위주의 감탄부로 나눔이 온당하다.

다시 말하면 제4행강의 '훈디'를 제1단에 포함시키고, 술어절 '녀져라'와 그 뒤의 감탄을 하나로 묶는 것이 자연스럽다.

즉 이 <대엽>의 2단은 행강률 (4.3)의 2단이 보다 적절하고, 여기에 <제2부엽> 본사부의 5행강이 접속되면, 결국 <「진작 3」 대부엽 본사부>의 단락구조는 자연스럽게 행강률 (4.3.5)의 3단을 이룬다.

그런데 이 단락구조로 인하여 <대엽> 가사에서 '훈디 녀져라'라는 술어구의 수식관계가 분리되었고, <부엽>에서도 제9행강의 '벼기더시'라는 하나의 어휘가 <장인행강 후행화>에 의해서 분리되었다.

그래서 이 <「진작 3」 대부엽 본사부>의 행강률 (4.3.5)의 3단은, 규제된 문법 질서보다 음악적 파격을 따른 악형(樂形)에 해당하기 때문에, <(「진작 3」 대부엽 본사부)의 악형 3단>이라 간추릴 수 있다.

요컨대 이상의 변화는 <(「진작 1」 대부엽 본사부) 사형 3단>이 <(「진작 3」 대부엽 본사부) 악형 3단>으로 변화한 것을 의미한다.

<「진작 1」 대부엽 본사부>의 <사형 3단> →
<「진작 3」 대부엽 본사부>의 <악형 3단>

3단의 변화

그런데 이처럼 「진작 1」의 <사형 3단>이 <「진작 3」의 <악형 3단>으로 변화하게 된 요인의 관건을 이룬 직접적 표지는 전술한 바 <장인행강 후행화>인 것으로 나타난다.

따라서 이를 종합하여 <(장인행강 후행화) 유발의 (사악형 차이)로 인한 「진작」의 계열 분립>이라 간추릴 수 있다.

그리고 「진작 3」의 구성에 유의할 것은, <「진작 1」 대부엽 본사부>와 마찬가지로, 공통된 단락구조의 악절 2개가 더 존재하는 점이다.

이는 <「진작 3」 (후강+부엽)의 본사부> 및 <「진작 3」 {(3엽4엽)+부엽}의 본사부>가 그것이다.

이를 아울러 <「진작 3」 (대부엽과 그 아류)의 동형 3개 악절>이라 지칭할 수 있다.

3) 「진작 3」 대부엽의 〈조결식 장인〉 취택 그 의의

이제 <(장인행강 후행화) 유발의 (사악형 차이)로 인한 「진작」의 계열 분립>이 이루어진 요인을 알아본다.

이는 <(「진작 3」 대부엽 본사부)의 악형 3단>이 [가곡형]의 선행 모태를 이루는 계기와 관련되기 때문이다.

그런데 사악형의 차이를 유발한 <장인행강>이란 앞의 행강에 실린 실사의 속모음과 그 가락이 정서의 고조를 위해서, 다음 행강까지 길게 지속되는 감탄성 행강이다.

즉 <장인행강>은 선행한 행강의 고조된 정서가 강한 여운의 효과를 남기기 위한 어단성장 즉 <감탄적 장인의 정서 고조>를 위한 장치였다.

그러므로 이 <장인행강>에는 따로 유의미한 가사가 실리지 않는다.

그런데 이 <장인행강>에 대한 이해를 위해서, 그 선행 모태에 해당하는 [신라가형]의 <조두조결식 장인>과의 관련성을 알아본다.

먼저 [신라가형]의 <조두식 장인>은 다음과 같다.

『금가보』의 「신라가 1곡형」 초두 보면가사

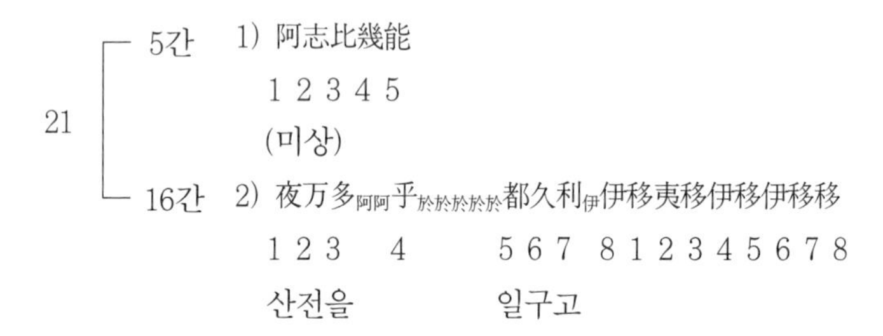

그리고 <「진작 1」 대부엽 본사부>의 <장인행강>을 다음과 같다.

<「진작 1」 대부엽 본사> 제1단 가사

제1행강 넉시
제2행강 <장인행강>
제3행강 라도
제4행강 님은

위에서 [신라가 1곡형] 제2구의 <조두식 장인>과 그리고 「진작 1」 대부엽 본사부> 제2행강의 <장인행강>은 그 위치 및 감탄적 성향의 공통성이 두드러진다.

이를 <([신라가 1곡형] {조두식 장인} → 「진작 1」 {장인행강})의 계승>이라 간추릴 수 있다.

다음 [신라가 1곡형]의 <조결식 장인>은 다음과 같다.

[신라가 1곡형] 후소절의 보면가사

9) 試夜 己受宇宇己於曾
1 2 3 4 5 6 7
(시야) 오늘밤이야

10) 己受己於於於於於於曾伊母尔移伊移伊
1 2 3 4 5 6 7 8 1 2 3 4 5 6 7 8 1
오늘밤이야 아내에게

11) 夜須宇久波太布宇禮亞亞亞亞亞
1 2 3 4 5 6 7 8 1 2 3 4 5 6
맘껏 살을 맞대자

12) 夜須宇久波太布禮
1 2 3 4 5 6 7
맘껏 살을 맞대자

위에서 [신라가 1곡형] 후소절의 문형구인 제10구 및 제11구, 이 2개구의 가락 길이는 각각 8간단위 2행분의 배행구를 이루었다.

그리고 배행구인 이 후소절 문형구 2개구 중에서 <제10구 (가사 및 가락)의 장구화>는 <조결식 장인>을 대표하는 것으로 고찰되었다.

그런데 <「진작 3」 대부엽 본사부>의 <장인행강> 그 실상은 다음과 같다.

<「진작 3」 대부엽 본사부> 제3단 가사

제8행강 벼기더
제9행강 <장인행강>
제10행강 시니

제11행강 뉘러시니
제12행강 잇가

위에서 [신라가 1곡형]의 후소절 문형구인 제10구가 이룬 <조결식 장인>과 그리고 <「진작 3」 대부엽 본사부> 제9행강의 <장인행강>은, 결사의 초두에 마련된 <장인의 정서 고조>라는 점에서, 그 위치 및 감탄적 성향의 공통성이 두드러진다.

이를 <([신라가형] {조결식 장인} → 「진작 3」 {장인행강})의 계승>이라 간추릴 수 있다.

따라서 이상의 고찰을 종합하면, 이는 <([신라가 1곡형] {조두식 장인} → 「진작 1」 {장인행강})의 계승>에 의해서 형성된 「진작 1」이 <([신라가형] {조결식 장인} → 「진작 3」 {장인행강})의 계승>에 의해서 형성된 「진작 3」으로 변화한 것을 의미한다.

이를 <(조두식 장인계 「진작 1」 → 조결식 장인계 「진작 3」)의 변화>라 간추릴 수 있다.

이에 따라서 <(장인행강 후행화)에 의한 「진작」의 계열 분립>에 따른 <「진작」 대부엽>의 변화상을 정리하면 다음과 같다.

즉 [사뇌가형]의 <조두식 장인>은 「진작 1」 대부엽의 <장인행강>에, 그리고 [사뇌가형]의 <조결식 장인>은 「진작 3」 대부엽의 <장인행강>으로 계승된 것이었다.

<조두식 장인의 정서 고조> → 「진작 1」 대부엽의 <장인행강>
<조결식 장인의 정서 고조> → 「진작 3」 대부엽의 <장인행강>

[사뇌가형] 「진작」의 대부엽

그렇다면 이는 [사뇌가형]의 <조두조결식 장인>이 「진작 1」과 「진작 3」에 있는 각각 하나씩의 <장인행강>으로 나뉘어 계승된 것이다.

다시 말하면 이는 [사뇌가형]에 수미쌍관으로 존재한 <조두조결식 장인>이 「진작 1」 및 「진작 3」에서는 각각 1개씩의 <장인행강>으로 나뉘어 계승된 것을 의미한다.

따라서 <장인행강 후행화>에 의해서 이루어진 이 변화는 <(조결식 장인)에 의한 (조두식 장인)의 대체> 및 <「진작 3」 대부엽의 (조결식 장인) 취택>이라 간추릴 수 있다.

<「진작 3」 대부엽의 (조결식 장인) 취택> 그 원인은 단적으로 말하면 [사뇌가형] 및 [후사뇌가형]의 성격 차이에서 찾을 수 있다.

즉 [사뇌가형] 악곡은 「정과정(진작)」에 비하여 매우 짧은 단형이기 때문에, 수미쌍관의 <조두조결식 장인의 정서 고조>라는 매우 긴밀한 짜임새, 즉 보다 효율성 있는 극적 구성을 필요로 하였다.

그러나 「정과정(진작)」은 <(대엽체와 그 아류) 10배 복합에 의한 「진작」 조성>에 의해서 이루어진 복합적 성향의 장형 악곡이다.

특히 이렇게 장형화된 「진작」에서 <[사뇌가형] 구단위 → (「정과정」형) 음절단위화의 축소>가 가중됨으로써, <(악곡 장형화) 및 (가사 단형화)의 어단성장 심화>가 필연적으로 나타나는 구조를 지녔다.

그 결과 <장인의 정서 고조>에 바탕한 이 어단성장은 시가의 선율 전반에 걸쳐서 보편화된 일반적 성향으로 확산되어 있었다.

그리고 이처럼 어단성장이 일반화되었다는 것은, 「진작」의 여러 단위 악절들 각각에서, 이제 하나만의 <장인행강>을 통한 <장인의 정서 고조>로도 충족될 수 있는 상황으로 변모하였음을 의미한다.

즉 완만한 톤으로 길게 진행되는 「진작」에서는, 긴밀한 짜임새의 극적인 구조보다는, 범박하고 국량(局量)있는 구조가 어울렸다.

그러므로 「진작」의 대부엽은, [사뇌가형]에 존재하였던 수미쌍관의 <조두조결식 장인의 정서 고조>, 이 양자 중에서 어느 하나만으로도 충족될 수 있는 양상에 이른 것이다.

그래서 <조두조결식 장인의 정서 고조> 양자 중에 <「진작 3」 대부엽의 조결식 장인 취택>이 선택되었고, 이것이 <(장인행강 후행화)에 의한 「진작」의 계열 분립>이 이루어진 요인의 하나였던 것이다.

그런데 여기서 유의해서 볼 것은 우리 고시가 후소절의 가장 대표적인 표현 양식인 <조결식 장감급종의 운율> 그 조성에 이바지하는 것은 <조두식 장인>이 아니라 바로 <조결식 장인>이라는 점이다.

이는 곧 [가곡형]의 <조결식 장감급종의 운율>이 그 선행 모태인 <「진작 3」 대부엽 본사부>에서 견지된 <조결식 장인>으로부터 연원된 것임을 의미하는 것이다.

이는 곧 [가곡형]의 <조결식 장감급종의 운율>이 그 선행 모태인 <「진작 3」 대부엽 본사부>에서 견지된 <조결식 장인>으로부터 연원된 것임을 의미하는 것이다.

이는 곧 [가곡형]의 <조결식 장감급종의 운율>이 그 선행 모태인 <「진작 3」 대부엽 본사부>에서 견지된 <조결식 장인>으로부터 연원된 것임을 의미하는 것이다.

4) 〈「진작 3」 (대부엽과 그 아류)의 동형 3개 악절〉

복합적 장형 악곡인 「진작 3」을 조성한 단위악절에는, <「진작 3」 (대부엽과 그 아류)의 3개 동형 악절>이 있는 것으로 파악되었다.

이는 후술할 바 [가곡형]의 선행 모태형을 형성하는 바탕이 되기 때문에 그 실상을 살핀다.

(1) <「진작 3」(후강+부엽)의 본사부>의 3단구조

<후강+부엽>의 형태 및 변화상은 <대부엽>과 완전히 일치한다.

「진작 1」 후강 8행강의 가사		「진작 3」 후강 7행강의 가사	
제1행강	아니	제1행강	아니
제2행강	<장인행강>	제2행강	시며
제3행강	시며	제3행강	거츠
제4행강	거츠	제4행강	르
제5행강	르	제5행강	신ᄃᆞᆯ
제6행강	신ᄃᆞᆯ	제6행강	아
제7행강	아	제7행강	으
제8행강	으	×	
×		제8행강	잔월
제9행강	잔월	제9행강	<장인행강>
제10행강	효성이	제10행강	효성이
제11행강	아ᄅᆞ시리	제11행강	아ᄅᆞ시리
제12행강	이다.	제12행강	이다
제13행강	대여음	제13행강	대여음
제14행강	대여음	제14행강	대여음
제15행강	대여음	제15행강	대여음
제16행강	대여음	제16행강	대여음

「진작 1」 제1부엽 8행강의 가사　　「진작 3」 제1부엽 9행강의 가사

위에서 ═의 표시 위는 <후강+부엽>의 <후강>에, 그리고 그 아래는 <후강+부엽>의 <부엽>에 해당한다.

<후강+부엽>의 단락구조가 <대부엽>의 그것과 일치하는 점을 구

체적으로 살핀다.

1> 「진작 1」이 「진작 3」으로 변화하면서 단락구조를 결정하는 악절간 행강수의 증감에 있어서, 다음과 같이 <(후강)의 7행강으로의 감소화> 및 <(제1부엽)의 9행강으로의 확대화>가 이루어졌다.

이는 <(「진작 3」 대부엽)의 (대엽 7행강 + 제2부엽 9행강) 구성>과 완벽하게 일치한다.

2> <「진작 3」 후강>의 악곡 7행강은 그 가사를 앞의 실사부 및 뒤의 감탄부를 위주로 나누고, 이에 <제1부엽>의 단락을 합하여 (4.3.5) 12행강의 <악형 3단>을 이룬 것이 <「진작 3」 대부엽>과 일치한다.

3> 「진작 1」 및 「진작 3」의 <후강+부엽> 사이에서 <장인 행강의 후행화>로 인한 단락구조의 변화에 따라 <(조결식 장인)에 의한 (조두식 장인)의 대체>가 유발된 것도 <「진작 3」 대부엽>과 일치한다.

(2) <「진작 3」 (3엽4엽+부엽)의 본사부>의 3단구조

전술한 바 <대부엽> 및 <후강+부엽>의 체재와 그리고 「진작 1」 및 「진작 3」의 차이에 따른 단락구조의 변화 역시, '<3엽4엽+부엽>'에서도 매우 유사한 모습으로 나타났다.

동일한 것이 아니라, 유사하다고 구분하는 것은 <3엽4엽+부엽>의 체재는 앞에서 고찰된 <대부엽> 및 <후강+부엽>과 비교하여, 체재상의 행강 배분에 다소의 지엽적인 차이가 있기 때문이다.

즉 「진작 3」의 <3엽4엽+부엽> 그 전체 행강수가 13행강으로서, 이는 다른 대다수 악절이 지닌 16행강에 비하여 3행강이 부족하다.

또한 이「진작 3」의 <3엽4엽+부엽>이 지닌 전체 행강수는 15행강으로서, 다른 대다수 악절의 16행강에 비하여 1행강이 부족하다.

그러나 이러한 지엽적 차이를 제외한 형태의 주요 골간은 동일하다.

<「진작 1」(3엽4엽+부엽)> 가사		<「진작 3」(3엽4엽+부엽)> 가사	
제1행강	ᄆᆞᆯ힛	제1행강	ᄆᆞᆯ힛
제2행강	마러신	제2행강	마러신
제3행강	더	제3행강	더
제4행강	악주여음	제4행강	악주여음
제5행강	술읏	제5행강	술읏
제6행강	브더	제6행강	브더
제7행강	아	제7행강	아으
제8행강	으	×	
×		제8행강	니미
제9행강	니미	제9행강	<장인행강>
제10행강	나롤 ᄒᆞ마	제10행강	나롤 ᄒᆞ마
제11행강	니ᄌᆞ시니	제11행강	니ᄌᆞ시니
제12행강	잇가	제12행강	잇가
제13행강	여음	제13행강	대여음
		제14행강	대여음
		제15행강	대여음

<「진작 1」 제3부엽> 가사 <「진작 3」 제3부엽> 가사>

위에서 ═의 표시 위는 <3엽4엽+부엽>의 (3엽4엽)에, 그리고 아래는 <3엽4엽+부엽>의 <부엽> 즉 <제3부엽>에 해당한다.

<3엽4엽+부엽>의 부족한 전체 행강수는 <대부엽> 및 <후강+부엽>이 지닌 4행강씩의 대여음에 비하여, <3엽4엽+부엽>의 대여음

일부가 생략되었기 때문에 나타난 변화이다.

따라서 후대에 [사뇌가형]을 수용한 이 악절의 본사부 가사가 지닌 12음보 3단구조는 대여음의 행강수 감소와는 아무런 관련이 없다.

또 하나 차이는 <「진작 1」 (3엽4엽+부엽)>에 정서 고조를 위한 <장인행강>이 존재하지 않는다는 점이다.

그러나 <「진작 3」 (3엽4엽+부엽)>의 <제3부엽> 제9행강에는 <장인행강>이 존재하기 때문에, 근본적인 문제점은 되지 않는다.

따라서 <「진작 3」 (3엽4엽+부엽) 본사부>가 (4.3.5) 행강의 <악형 3단>을 이룬 점 역시 <「진작 3」 대부엽>의 그것과 동일하다.

위에 드러난 바와 같이 「진작 3」의 복합적 형성에서 표본적 단위로서 중심적 악절로 구실한 것은 역시 <「진작 3」 대부엽>이었다.

그래서 <「진작 3」 (대부엽과 그 아류)의 동형 3개 악절>이라는 복합적 형성의 중심체에, 그에 준하는 유사형의 2개 악절단위가 부가되어, 모두 5개 악절로써 「진작 3」이 형성된 것이었다.

그렇다면 <「진작 3」 (대부엽과 그 아류)의 동형 3개 악절>이라는 의미는 자못 큰 의의를 지니게 된다.

즉 악곡형으로서 [가곡형]의 모태는, <「진작 3」 대부엽 본사부> 이외에도, 「진작 3」의 단위악절 다수에서 공통되게 형성됨으로써 이미 일반적인 전형화의 단계에 진입되어 있었다는 점이다.

이를 <(「진작 3」 대부엽)과 그 동형 악절들에서 전형화된 [가곡형]>이라 간추릴 수 있다.

제 6 장 「정과정(진작)」에서 [가곡형(歌曲形)]으로

1. 「정과정(진작)」의 과도적 성격

1) [가곡형] 형성의 시대적 배경

[사뇌가형] 이래의 계승은 [향풍체가형] → [후사뇌가형] → [가곡형] → [선시조형] → [준시조형] → [시조형]으로 전개되었다.

이를 크게 보면 단형 시가인 [사뇌가형] 및 [향풍체가형]이 장형 시가인 [후사뇌가형]으로 길어졌다가, 다시 단형 시가인 <(대부엽) 계열 [가곡형]> 및 <(대엽) 계열 [시조형]>으로 회귀하는 양상이다.

다시 말하면 이 계승은 단형 → 장형 → 단형의 변화를 거치면서, 다시 <[사뇌가형] 단위시가 규모로의 원형 회귀>가 이루어진 것이다.

이 시가형들의 원형 회귀적 계승 관계에 있어서 가장 큰 굴곡을 이루며 변곡점이 된 것은 역시 [후사뇌가형]인 「정과정(진작)」이다.

즉 이 원형 회귀성의 시가 규모 단형화는 「정과정(진작)」의 의식가적 성향으로부터 서정시가적 성향의 새로운 형성을 의미한다.

이를 <서정시가 지향의 원형 회귀적인 시가 단형화>라 간추릴 수 있다.

그런데 이 <서정시가 지향의 원형 회귀적 시가 단형화>는 고대 및 중세에 걸쳐서, 동아시아 여러 나라에서 일반적으로 이루어진 변화의 공통된 궤적으로서, 하나의 공통된 조류를 이루었다.

원래 고대 중국에서 민가(民歌)의 영향을 받은 '사(詞)' 및 악부시(樂府詩)는 물론, 고대 일본에서 최초로 유행한 <기기장가(記紀長歌)>까지, 시가적 성향보다는 가요적 성향 즉 음악성의 비중이 보다 큰 것이었다.

그리고 이러한 장가의 성향은 우리 [후사뇌가형]도 공통된 바 있다.

그런데 이러한 장가의 성향은, 일반적으로 점차적인 문학성의 고양에 추수됨으로써, 서정시가적 성향이 고조되는 양상으로 나아갔다.

그래서 고대 중국에서는 후한시대까지 지속된 장가 '사(詞)'가 민가(民歌)의 영향에 의해, 자유로운 형태의 악부시(樂府詩)로 발전하였다.

그리고 이후에 이 악부시의 문학성이 고조됨으로써, 위진 남북조시대의 단형시인 근체시(近體詩)로 발전한 것으로 알려져 있다.[1)]

고대 일본에서는 기기시대(記紀時代) 이후 고대의 서사적 성향을 지닌 장가로부터, 보다 서정성이 고양된 단형의 서정시가 즉 단가(短歌)가 파생된 것으로 알려졌다.[2)]

그리고 우리의 [후사뇌가형]이 가곡 및 시조로 단형화한 것도 역시 <서정시가 지향의 원형 회귀적인 시가 단형화>라는 일반적 변화의 범주에 드는 것이다.

---

1) 김학주, 『중국문학개론』, 신아사, 2003, 32~33면.
2) 折口信夫, 『折口信夫全集』第7卷, 中央公論社, 1990, 43面.

그러므로 이러한 시가 단형화의 일반적 경향과 흐름을 함께하는 우리 고시가형에서도, [후사뇌가형]의 해체적 축소지향이라는 단계적 변화는 필연적으로 도래할 수밖에 없는 것이었다.

따라서 이 서정시가 지향의 흐름은 [후사뇌가형]이라는 장형 시가를 단형화하기 위한 변화의 다양한 모색으로 표출되기 마련이었다.

우선 <「정과정(진작)」의 해체적 단형화를 통한 서정시가 지향>의 구현은 먼저 손쉬운 방법을 통하여 비롯된 것으로 고찰되었다.

즉 「정과정(진작)」의 방편적 단형화는 전술한 바 악곡의 빠르기를 활용하는 평삭조(平數調) 활용과 그리고 <「정과정(진작)」 일부 발췌의 서정시가 대체>로써 대응하였다.

그러나 서정시가 지향적인 악곡 단형화의 보다 본격적인 대책은 해체적 반절화 및 해체적 독립화를 통한 새 시가형의 추구에 있었다.

따라서 이 시가 규모 단형화는, [후사뇌가형]이 해체되어, <(대부엽) 계열 [가곡형]> 및 <(대엽) 계열 [시조형]>이라는 새로운 단형 시가로 회귀하는 것을 의미하였다.

2) 장형 악곡 및 단형 가사의 조합 문제

서정시가 지향의 시가 단형화는 우선 [가곡형]에서 선착되었고, 이 [가곡형]의 선행 모태는 「정과정(진작)」으로 알려져 있다.[3]

이에 [가곡형] 형성에 이르기까지의 추이를 먼저 살핀다.

고대의 서정시가로서 [사뇌가형] 및 [향풍체가형]의 악곡은 한국인

3) 時用大葉慢大葉 皆出於瓜亭三機曲中 <梁琴新譜>

의 정서에 맞는 단출한 성향의 단형을 지닌 것으로 나타났다.

그러나 초기 「정과정(진작)」은 궁중 의식가로서 구실한 비중이 컸고, 또한 중국과 대륙의 보다 긴 궁중음악으로부터 영향을 받음으로써, 그 악곡의 장형화는 매우 심화된 양상을 보였다.

즉 「정과정(진작)」은, 재래적 시가인 [사뇌가형]에 비하여, <(단위악곡 규모 10배 복합) 및 (단위시가 가사 규모 1수)의 조합>에 따른 <(장형 악곡 및 단형 가사) 조합의 어단성장 심화>가 극심하였다.

그래서 이 장형 악곡 및 단형 가사의 조합으로 인한 「정과정(진작)」의 극심한 편향성은 그 자체의 <3구6명체>가 악곡 및 가사 양면으로 분리되는 훼손으로 이어졌다.

즉 악곡 측면에서, 너무 긴 악곡 즉 「진작」은 <3구6명체>라는 밀도 높은 구조를 담보하기에 너무 방만하게 풀린 상태였다.

이는 악곡 전체로서 「진작」의 <3구6명체> 그 해체를 의미한다.

그래서 전체 악곡에서 해체된 <3구6명체>는 「진작」의 복합적 편제에 동원된 단위악곡들 각각이 지닌 소규모 <3구6명체>로 대체되었다.

즉 이 단위악곡들의 <3구6명체>는 <대엽 본사부> 및 <대부엽 본사부>와 그 아류의 악곡들 각각에서 소규모 단위로 견지되었다.

<u>악곡형의 <3구6명체> 실재 여부</u>

「진작」 전체의 <3구6명체> 해체 →
단위악곡의 <3구6명체>로의 대체

이를 <해체된 「진작」 (3구6명체)의 단위악곡 (3구6명체)로의 대체>라 간추릴 수 있다.

가사 측면에서도 <([사뇌가형] 구단위 → 「정과정」 음절단위)의 가사 축소화>에서 드러났다시피, 그 규모 축소 또한 극심하였다.

즉 「정과정」에서의 가사 규모 축소에 의해서, <대엽>의 축소된 가사 11음절이나 <대부엽>의 축소된 가사 23음절은, 최소한의 구조화된 표현이 어려운 단문(短文) 즉 <3구6명체>가 해체된 가사로 나타났다.

그러나 이 단위악곡에서의 가사 해체는 전술한 바 <([사뇌가형] → [후사뇌가형])의 가사형 계승>에 따라 형성된 바 「정과정」 전체 가사형의 <3구6명체>로 대체되어 견지되었다.

이왕에 간추린 바 <(단위악곡 규모 10배 복합) 및 (단위시가 가사 규모 1수)의 조합>에서 드러났다시피, 「정과정」 가사는 단위 [사뇌가형]의 가사형과 공통된 규모를 지녔기 때문이다.

가사형의 <3구6명체> 실재 여부

단위악구 가사의 <3구6명체> 해체 →
「정과정」 전체 가사의 <3구6명체> 견지

이를 「정과정」에서 <해체된 단위형 가사 (3구6명체)의 전체 가사 (3구6명체)로의 대체>라 간추릴 수 있다.

요컨대 「정과정(진작)」에서 이상의 변화는, 큰 악곡형에서 잃은 <3구6명체>는 작은 단위악곡형에서 복구되고, 작은 단위가사형에서 잃은 <3구6명체>는 큰 가사형에서 복구되는 상대적 성향을 지녔다.

따라서 「정과정」의 악곡 및 가사에서 이루어진 <3구6명체>의 해체 및 대체와 관련된 변화의 결과는 <(단위악곡 {3구6명체} + 전체 가사 {3구6명체})의 「정과정(진작)」 형성>이라는 불균형한 조합을 이룬 것이 사실이다.

이를 <「정과정(진작)」에서 가사 및 악곡의 (3구6명체) 분리>라 간추릴 수 있다.

그리고 이처럼 <「정과정(진작)」에서 가사 및 악곡의 (3구6명체) 분리>가 이루어진 양상으로는 의식가를 탈피하면서 밀도 있는 구조적 표현의 서정시가를 지향하는 도정으로 나아가기는 어려웠다.

따라서 서정시가를 지향하는 흐름은, 구조적 표현을 위한 가사의 확대 지향과 이에 어울리는 밀도 높은 악곡을 마련하기 위한 악곡의 축소 지향 추세, 즉 <단위 [사뇌가형] 규모로의 원형 회귀>로 나아갈 수밖에 없었다.

이는 결국 짧은 가사가 긴 악곡에 적응하기 위해서 길어지고, 긴 악곡은 짧은 가사에 적응하기 위해서 짧아지게 되는 <가사 및 악곡의 상호적응적 신축 조정>을 통한 돌파구 탐색을 의미하였다.

즉 가사와 악곡에서 분리된 <3구6명체>의 통합 지향을 의미하였다.

이를 <(악곡형 축소화 + 가사형 확대화)의 조화 지향> 및 <분리된 가사 및 악곡의 (3구6명체) 그 통합 지향>이라 간추릴 수 있다.

2. 「정과정(진작)」의 반절화

1) 「진작」 반절화(半切化)의 원리

이제 서정시가 지향의 적응 과정으로서, 장형 악곡 「진작」이 단형화를 이루게 되는 주된 방편 즉 반절화의 원리를 알아본다.

따라서 고찰은 [사뇌가형] 악곡형의 후기적 변화형과 그리고 [가곡형] 및 [시조곡형]의 초창기 모태형, 양자의 접점에서 비롯된다.

그런데 악곡형의 측면에서 이 접점의 구심체는 역시 「진작」이고, 그 중에서도 <(대부엽) 계열 [가곡형]> 및 <(대엽) 계열 [시조형]>의 악곡형에 해당하는 <대엽 및 대부엽>이 관건이다.

이제 「진작」에 대한 보다 분명한 이해를 위해서, 우선 비진작계의 시가들과 비교하여, <범진작계>에 속하는 시가들의 악곡만이 공통적으로 지니는 특징적 양식, 이른바 <진작양식>을 살핀다.

특히 양태순은 「진작」의 선율상 반복이 전후 교체로 전개되는 구조에 근거하여 「정과정(진작)」의 <진작양식>이란 특징을 제시하였다.

다시 말하면 「진작」의 11구체형 악곡 체재에 다음과 같이 주기적 성향의 선율 반복이 구조적으로 나타나기 때문에, 이를 「진작」만이 특징적으로 지닌 하나의 전형적 양식으로 파악한 것이다.[4)]

※ 제1구(전강) 및 제2구(중강)의 후반부 반복현상
※ 제2구(중강) 및 제3구(후강)의 전반부 반복현상
※ 제3구(후강) 및 제5구(대엽)의 후반부 반복현상
※ 3개 부엽의 반복현상

따라서 악곡 체재상에 있어서 이 양식의 주요 단위를 이룬 '후부의 반복 + 전부의 반복 + 후부의 반복 + <부엽>의 반복' 이 머리글자를 따서 <후전후부(後前後附) 반복의 진작양식>이라 간추릴 수 있다.

그런데 이러한 <후전후부 반복의 진작양식>에 의한 바 「진작」이라

4) 양태순, 앞의 『고려가요의 음악적 연구』, 229~232면.

는 복합성 장형 악곡의 형성은 「정과정(진작)」의 구실이 지닌 궁중 의식가를 형성하기 위한 방편이었던 것으로 추론된다.

그러나 이러한 의식가로서의 「정과정(진작)」 그 또 다른 갈래가 서정시가로 발전하게 됨으로써 단형화의 요구가 대두된 것이었다.

그리고 「진작」 단형화의 본격화는 해체적 반절화 및 독립화로써 이루어졌고, 우선 이 해체적 반절화에는 두 가지의 방법이 존재하였다.

즉 <「진작」의 1차적 반절화 축소>로 파생되는 <2분진작>은 <비례형(比例形) (2분진작)> 및 <반분형(半分形) (2분진작)>으로 나뉜다.

먼저 <비례형 (2분진작)>은 「진작」의 가락 전체에 걸쳐서 <비례식 반절화>에 의한 축소를 이룸으로써 나타난 반절형이다.

다음 <반분형 (2분진작)>은 「진작」이 양분된 전반부와 후반부 중에서, <진작양식>이 정연한 전반부만을 취하여 이룬 반절형이다.

〈「진작」의 1차적 반절화 축소〉

<비례형 (2분진작)>
- - - - - - - - - - - - - - - - - -
<반분형 (2분진작)>

그런데 [후사뇌가형] 시가에 속하는 「정과정(진작)」 및 「이상곡」의 사이에서는, 후술할 바와 같이 <반분형 (2분진작)> 및 <비례형 (2분진작)>이라는 2종 반절화, 이 양자 모두가 이루어진 것으로 나타났다.

여기서 또 하나 문제는 반절화가 제1차로 그치지 않은 점이다.

즉 후술에서 드러나는 바와 같이, 제1차 반절화만으로 형성된 <2분진작>은, 소기한 바 서정시가 가사를 담보하지 못하는 경우가 있기 때문에, 이를 보완하기 위한 제2차 반절화가 거듭된다.

따라서 반절화는 <4분진작>으로까지 진전된다.

2) 「이상곡」의 〈비례형 (2분진작)〉

이제 현전 「이상곡」의 악곡형인 <비례형 (2분진작)>을 살핀다.

<비례형 (2분진작)>은 「진작」의 가락 전체에 걸쳐서 <비례식 반절화>에 의한 축소를 이루어 나타난 반절형이다.

이는 80행강체의 「진작」이 40행강체의 <비례형 (2분진작)>으로 축소되는 것이기 때문에, 「진작」의 8행강체 단위악구율은 당연히 <비례형 (2분진작)>의 4행강체 단위악구율로 축소되기 마련이었다.

이 <비례형 (2분진작)>의 선율 조성은, 전술한 바 <(부엽) 가사부 악곡의 (대엽) 일부 악곡 모방>에서 드러난 바와 같이, 앞의 가락을 모방한 부분에 결과적으로 일부 변화된 가락이 섞이는 방식이었다.

<비례식 반절화>에 따라 조성된 <비례형 (2분진작)>의 악곡을 지닌 시가의 구체적 실례는 「진작 4」와 「이상곡」이 있다.

그런데 「진작 4」는 「진작」 직후의 후대적 계승이지만, 그 악곡에 가사가 실려 있지 않기 때문에 고찰 대상에서 제외한다.

그리고 원형적으로 <비례형 (2분진작)>의 악곡형을 지닌 「후전진작」도 있지만, 이 <비례형 (2분진작)>에 일부 변형이 있고 또한 후대에 형성되었기 때문에, 이도 일단 고찰 대상에서 제외한다.

이에 따라서 역시 「정과정(진작)」 직후의 후대적 계승인 「이상곡」 악곡형의 <비례형 (2분진작)> 그 실상을 알아본다.

<u><비례형 (2분진작)></u>

「진작」의 80행강체 → 「이상곡」의 39행강체 <비례형 (2분진작)>

<비례식 반절화>

양태순은 「진작 4」의 40행강과 「이상곡」의 39행강, 이 양자의 선율을 비교한 결과, 21행강에 걸쳐서 동일한 선율을 공유한 점에 근거하여, 「이상곡」의 악곡은 「진작 4」의 악곡을 모태로 하여 습용(襲用)한 것으로 밝힌 바 있다.[5)]

나아가 「이상곡」의 악곡형이 공통되게 지닌 <진작양식>에 근거하여, 양자의 악곡형은 <비례형 (2분진작)>임을 밝혔다.[6)]

또한 이 「이상곡」의 <비례형 (2분진작)>에는 「정과정(진작)」과 대동소이한 가사 규모 즉 단위 [사뇌가형] 1수에 준하는 가사가 실렸다.

그런데 문제는 「이상곡」의 <비례형 (2분진작)>과 그것에 실린 가사가 이룬 악절만이 다른 악절들과 달리 파격을 이룬 점이다.

<u><비례형 (2분진작)>의 현전 「이상곡」></u>

전강	비 오다가 개야아 눈하디신 나래
중강	서린석석 사리조ᄇᆞᆫ 곱도신길헤 다롱디리
후강	우셔마득 사리마득 넌즈세너우지 잠 ᄡᅡ간 내니믈 너겨깃ᄃᆞᆫ
부엽	열명길헤 자라 오리잇가
대엽	종종霹靂 生陷墮無間 고대셔싀여딜 내모미
대엽	종종霹靂 아 生陷墮無間 고대셔싀여딜 내모미
부엽	내님 두ᅀᆞᆸ고 년뫼ᄅᆞᆯ 거로리
4엽부엽	이러쳐뎌러쳐 이러쳐뎌러쳐 기약이잇가
5엽	아소님하 ᄒᆞᆫᄃᆡ녀졋 기약이이다

즉 이 <대부엽>의 <대엽>과 그 가사가 반복되는 파격을 이루었다.

5) 양태순, 같은 책, 114~119면.
6) 양태순, 같은 책, 310~312면

따라서 이 <대부엽 본사부>는, 결국 가사와 가락 양자 모두가 <3구6명체>나 그 <닮은꼴 변화형>이 아닌 것으로 나타났다.

그러나 반복에 의해서 파격된 <대부엽 본사부>에서, <제2대엽 + 제2부엽>으로 이루어진 <대부엽 본사부>만 따로 독립시키면, 이는 <(대엽) 계열 [시조형]>의 악곡인 <대엽 본사부>와 공통된 행강률(2.2.2) 3장구조의 <3장6구체>를 지닌 점이 주목된다.

그러나 그에 실린 가사는 형태면에서 역시 <3장6구체>가 아니다.

따라서 이 <제2대엽 + 제2부엽>이 이룬 <대부엽 본사부>는 [선시조 곡형]의 모태가 될 여지가 있기 때문에, 이를 <예비적 [선시조 곡형]>이라 지칭할 수 있다.

3) 「동동」의 〈반분형 (2분진작)〉

이제 「동동」의 악곡형인 <반분형 (2분진작)>을 살핀다.

<반분형 (2분진작)>은, 「진작」이 <반분식 반절화>에 의해서 양분된 전반부와 후반부 중에서, <진작양식>이 정연한 전반부만을 취하여 반절화를 이룸으로써 형성되었다.

물론 이 <반분형 반절화>의 원리에 따라서 「진작 1」의 8행강체 단위악구율은 그대로 <반분형 (2분진작)>의 8행강체 단위악구율로 동일하게 이어졌다.

<반분형 반절화>에 의해서 이루어진 <반분형 (2분진자)>은, 「진자」의 음악 체재에서 그 전반부의 <후전후부 반복의 진작양식>을 취택한 것이기 때문에, 전체의 악곡 길이는 반절로 줄지만, 복합된 단위 악곡 및 악절 각각의 길이는 그대로 변함없이 유지되기 때문이다.

이를 <(전체 악곡 길이 반절화 ↔ 단위악곡 길이 불변)의 상반성> 및 <(반분식 반절화) 불구의 단위악곡 8행강체 불변성>이라 간추릴 수 있다.

<반분형 (2분진작)>을 악곡형으로 지닌 시가는 40행강체의 「동동」을 들 수 있다.

양태순은 여러 고려시가의 악곡 형성에 많은 영향을 준 대표적 시가로서 16정간단위 40행강체의 악곡을 지닌 「동동」을 들었다.

나아가 그는 「동동」 악곡의 전개상에 나타난 구조는 「진작 1」 전체의 악곡 80행강 중에서, 그 전반부 40행강이 지닌 <후전후부 반복의 진작 양식> 구조와 공통된 것으로 분석하였다.[7)]

또한 <진작 양식>뿐만 아니라 종지형 및 여음과 같은 음악적 요소의 배치면에서도 거의 공통되는 것으로 파악하였다.

따라서 「진작 1」 전반부의 40행강과 대동소이한 양식구조를 지닌 「동동」의 전형화된 <2분진작>은 곧 <반분형 (2분진작)>이다.

그러나 악곡 체재의 측면에 있어서 「진작 1」의 전반부 및 「동동」 단위악절 사이에 작은 차이가 존재한다.

즉 「진작 1」의 <부엽 + 대엽>이라는 순서가 「동동」 단위절에서 <대엽 + 부엽>으로 바뀌어 치환(置換)된 것이다.[8)]

「진작 1」의 (부엽 + 대엽) → 「동동」의 (대엽 + 부엽)

7) 양태순, 같은 책, 97~108면.
8) 양태순, 같은 책, 105~106면.

이러한 치환은 악곡형 말미가, 2행강의 여음을 지닌 <대엽>보다, 4행강의 대여음을 지닌 <부엽>으로 맺는 것이 자연스럽기 때문이었다.

따라서 제1부엽은 생략되고 이를 제2부엽이 대체한 것이다.

이를 <자연스런 종결을 위한 제1부엽의 제2부엽에 의한 대체> 및 <자연스런 종결을 위한 (대엽+부엽) 치환>이라 간추릴 수 있다.

따라서 이러한 <대부엽의 치환>은 「진작 1」에서 파생된 「동동」이, 엄연한 독립 시가의 악곡형으로 발전하는 과정에 거친 매우 자연스러운 적응 과정으로서의 악곡 체재 변화로 이해된다

이 <대부엽 본사부>는 행강률 (4.4.4) 3장구조의 <3장6구체>에 해당하지만, 그 가사 '나ᄾᆞ라 오소이다 아으 동동다리'는 <3장6구체>나 <(3장6구체)의 닮은꼴 축소형>이 아니다.

3. [가곡형] 및 [가곡시형(歌曲詩形)]의 선행 모태

1) [가곡형]의 모태

[가곡형]에 실린 가사는 [시조시형]에 해당한다.

그러나 엄밀히 말해서 초창기 [가곡형]의 가사는, 제대로 된 [시조시형]과는 다르게, 정형의 형성이 아직 미완이었던 것으로 이해된다.

이에 초창기 [가곡형]에 실린 정형 미완(未完)의 가사형을 정격의 [시조시형]과 구분하여 잠정적으로 [가곡시형]이라 지칭한다.

<(대부엽) 계열 [가곡형]>의 선행 모태는 「정과정(진작)」이기 때문에, 고찰의 대상은 일단 「진작」의 <대부엽>에서 비롯된다.

그런데 여기서 <반분형 (2분진작)>은 그 단락구조의 차이에 따라서 「진작 1」 계열 및 「진작 3」 계열, 양자로 다시 나눌 수 있다

이러한 「진작 1」 계열 문제는 김대행이 고찰한 바 <(대부엽) 계열 [가곡형]> 및 <(대엽) 계열 [시조형]>의 동반적 양상과 관련된다.

그는 『대악후보』 및 『금합자보』 소재의 「만대엽」에 대한 비교를 통하여, 고려시대와 조선 전기에 걸친 악곡 자료 중에서 3분절형과 5분절형을 찾아냄으로써, 이를 [가곡형]의 5분절형 창법과 그리고 [시조형]의 3분절형 창법에 대응시킨 바 있다.[9]

그런데 이러한 3분절형 및 5분절형이 지닌 친연성이란 연원적으로 「진작 1」과 「진작 3」의 관계에서 비롯된 것으로 파악된다.

즉 이 「진작」의 분립은 [사뇌가형]에 존재하였던 수미쌍관의 <조두조결식 장인의 정서 고조> 이 양자 중에서, 「진작 1」과 「진작 3」이 각각 그 어느 하나만을 취택함으로써 결과된 것으로 파악된다.

즉 선행한 「진작 1」은 <조두식 장인>을 취택하였으나, 후행한 「진작 3」은 <조결식 장인>을 취택한 결과 「진작」의 계열이 분립되었다.

다시 말하면 선행형인 <「진작 1」 대부엽>의 <사형 3단> 즉 행강률 (4.4.4) 12행강이 후에 <「진작 3」 대부엽>의 <악형 3단> 즉 (4.3.5) 12행강으로 변화함으로써 「진작」의 계열이 분립하였다.

이를 <(조두식 장인계 「진작 1」 → 조결식 장인계 「진작 3」)의 변화> 및 <(「진작 1」 → 「진작 3」)의 변화로 유발된 (3분절형 및 5분절형)의 차이>로 간추릴 수 있다.

그렇다면 「진작 1」 및 「진작 3」에서 근원한 3분절형과 5분절형 역시 동질적 근원에서 유래된 형태로 파악되는 것이다.

---

9) 김대행, 『시조 유형론』, 이대출판부, 1986, 52~66면.

이제 이 3분절형 및 5분절형 중에서 주목되는 것은 바로 「진작 3」을 모태로 하여 파생된 5분절형이다.

즉 <「진작 3」 대부엽 본사부>의 <악형 3단>인 (4.3.5) 12행강이 세분화하여 [가곡형]의 (2.2.3.2.3) 12행강의 5분절형으로 계승되었다.

<u>단락구조의 세분화</u>

제1단 4행강 → 2행강 + 2행강 (제1장. 제2장)
제2단 3행강 → 3행강 (제3장)
제3단 5행강 → 2행강 + 3행강 (제4장. 제5장)

따라서 이를 <[가곡형]의 모태인 「진작 3」 대부엽 본사부>라 간추릴 수 있다.

2) [가곡시형]의 모태

(1) 종말반복부의 실사화

전술에서 악곡형 측면에서 계승 관계의 시종(始終)은 <([사뇌가 2형] → [시조형])의 악곡형 (닮은꼴 계승)>으로 고찰된 바 있다.

이제 가사형 측면에서, [사뇌가형]의 <종반복 후구>가 「정과정(진작)」의 단위악절에서 실사화함으로써 [가곡시형]의 실사화된 종말음보를 예비하게 되는 양상을 살핀다.

우선 [사뇌가 2곡형] 12구체형의 유일한 곡형구에 해당하는 <종반복 후구>(제12구)가 [가곡시형] 종말음보(제12음보)의 비반복적 실사로 이어졌다고 보기에는 양자간 상반되는 차이가 크다.

이를 <(종반복 후구의 반복) 및 (종말음보의 비반복) 그 차이>라 간추릴 수 있다.

그러나 [사뇌가형] 이래 곡형부인 <종반복 후구>가 후대로 올수록 비반복의 실사로 변화하는 <후대 곡형부의 실사부화(문형부화) 추세>는 시가사에서 일관되게 지속된 일반적 변화에 해당한다.

즉 이른 시기의 고시가일수록 생생한 원시성 발산의 표지(標識)로서 곡형부 즉 감탄부나 반복부가 풍부하게 마련이었다.

그러나 후대로 올수록 가요의 시가화 추세에 따라, 점차 음악적 성향을 탈피하고 문예적 성향이 고조됨으로써, 그 가사는 필연적으로 함축적 표현의 고양을 지향하였다.

이를 <(문예성 고조 및 음악성 탈피)의 함축적 표현 고양>이라 간추린 바 있다.

그리고 이 함축적 표현이란 항용 원초적 정서의 발산을 본령으로 하는 곡형부의 지양을 통하여 실사화를 지향하는 추세 즉 <후대 곡형부의 실사부화(문형부화) 추세>의 구현으로 이어지기 마련이었다.

따라서 이 곡형부의 실사부화 추세는 [사뇌가형]은 물론 「주좌가」를 포함한 [신라가형], [아유다진형], 그리고 [후사뇌가형]을 막론하고, 거의 모든 고시가에서 일관하여 공통되게 나타났다.

작게는 차사(감탄사) 및 <3음방출>의 실사화에서부터, 크게는 <후소절 (종반복 후구)의 실사구화>에 이르기까지, 모든 고시가형에서의 <후대 곡형부의 실사부화 추세>는 줄기차게 진행되었다.

그래서 이 곡형부의 실사부화 추세는 [가곡형] 및 [시조형]의 선행 모태를 내포한 [후사뇌가형] 시가 즉 「정과정(진작)」 및 「이상곡」에서도 이루어졌다.

이에 「정과정(진작)」의 <대부엽>에서 이루어진 <후대 곡형부의 실사부화(문형부화) 추세>의 실상을 살핀다.

원래 [사뇌가 2곡형]이 「진작」의 <대부엽>에 수용되면, 이 수용된 [사뇌가 2곡형]의 <종반복 후구> 뒤에는, 단위악절인 <대부엽>이 일반적으로 지니는 <부엽> 말미의 대여음 4행강이 이어진다.

그런데 이렇게 연속되는 <종반복 후구> 및 <대부엽>의 대여음 4행강, 이것들은 감탄성의 곡형부라는 점에서 공통된다.

그렇다면 이 감탄성 곡형부의 지나친 연속은 매우 지리하기 때문에, [사뇌가형]이 「진작」에 수용될 때, 그 <종반복 후구>가 <대부엽>의 감탄성 곡형부를 상피(相避)하여 비반복적 실사로 변화하기 십상이다.

이를 <대여음을 상피한 (종반복 후구)의 비반복적 실사구화>라 간추릴 수 있다.

그리고 이러한 비반복적 실사구화의 실상은, [사뇌가형]의 <종반복 후구>가 수용된 위치에 상응하는 <대부엽> 제12행강의 가사가 다음과 같이 실사의 의문어미 '-잇가'로 변화한 사실에서 나타난다.

「진작 1」 제2부엽의 가사

×	
제 9 행강	벼기더
제10행강	시니
제11행강	뉘러시니
제12행강	잇가
제13행강	대여음
제14행강	대여음

「진작 3」 제2부엽의 가사

제 8 행강	벼기더
제 9 행강	<장인행강>
제10행강	시니
제11행강	뉘러시니
제12행강	잇가
제13행강	대여음
제14행강	대여음

제15행강 대여음　　제15행강 대여음
제16행강 대여음　　제16행강 대여음

또한 「정과정(진작)」에서 전술한 바 <([사뇌가형] 구단위 → 「정과정」 음절단위)의 문절단위 축소화>가 이루어져서, 긴 악곡 및 짧은 가사의 조합으로 인한 어단성장의 심화가 조장된 것으로 고찰되었다.

그런데 이렇게 가사가 희소해진 상황에서, <종반복 후구>를 계승한 반복어는 그 존재 의의가 희박하기 때문에, <대부엽> 제12행강의 가사는 <후대 (종반복 후구)의 실사화>가 완결된 것으로 파악된다.

그래서 이 <대부엽> 제12행강의 제12음보 '--잇가'의 실사화는 오늘날 [시조형] 제12음보의 실사로 이어진 것이다.

이를 <({대부엽의 종반복 음보} 실사화 → [시조형] 제12음보 실사)의 계승>이라 간추릴 수 있다.

그렇다면 이 <({대부엽의 종반복 음보} 실사화 → [시조형] 제12음보 실사)의 계승>은 역시 <([사뇌가형] 곡형구 실사화) → ([시조형] 실사적 12음보체 접근)> 그 과도적 단계임을 의미한다.

즉 이처럼 잔존하는 <종반복 후부>가 실사화함으로써, <([사뇌가형] 곡형구 실사화) → ([시조형] 실사적 12음보체 형성 완결)>로 이어질 수 있었던 것이다.

(2) [가곡시형]의 모태인 「정과정」 후소절의 가사형

이제 「정과정」의 후소절 가사가 [가곡시형]의 선행 모태를 이루게 된 경위를 구체적으로 확인한다.

[가곡형]의 선행 모태로서 '과정 삼기곡(瓜亭 三機曲)'을 들었기 때문에, 얼핏 보면 악곡형의 계승에 국한된 논급으로 보기 쉽다.

그러나 이는 시가를 보는 관점에 있어, 문학성에 비하여 음악성에 더 큰 비중을 두던 당대 일반의 경향이 반영된 해석으로 이해된다.

이에 ‘과정 삼기곡’에서 ‘과정(瓜亭)’은 곧 가사로서 「정과정」을, ‘삼기곡’은 「진작」을 가리키는 것으로 이해되기 때문에, ‘과정 삼기곡’이란 곧 악곡형은 물론 그 가사형까지 포괄적으로 아우른 것이라 하겠다.

이에 따라서 「진작」의 일부인 <대부엽>이 [가곡형]의 모태를 이룬 것과 마찬가지로, 역시 [가곡시형]의 모태도 가사 「정과정」의 어느 일부에 해당하는 것으로 유추할 수 있다.

다시 말하면 악곡형으로서 [가곡형]이 <「진작 3」 (대부엽) 본사부>를 모태로 파생되었듯이, [가곡시형]도 「정과정」의 가사 일부를 모태로 하여 파생된 것이라는 유추가 가능한 것이다.

이를 <「정과정(진작)」 일부의 악곡 및 가사를 계승한 [가곡형]>이라 간추릴 수 있다.

그런데 이 <「정과정(진작)」 일부의 악곡 및 가사를 계승한 [가곡형]>에서 유의할 것은 [가곡형]의 모태는 <「진작 3」 (대부엽) 본사부>로 밝혀졌지만, [가곡시형]의 모태는 <「진작 3」 (대부엽) 본사부>에 실린 가사가 아니라는 점이다.

즉 「정과정(진작)」의 단위악절 <대부엽>의 가사 ‘녁시라도 님은 ᄒᆞᆫᄃᆡ 녀져라 아으 벼기더시니 뉘러시니잇가’는 2개구로서, 이는 <3구6명체>나 <(3구6명체)의 닮은꼴 축소형>에 해당하는 가사형이 아니다.

그렇다면 이제 [가곡시형]의 모태는 역시 「정과정」의 내부에서, <대부엽>이 아닌 다른 악절에 실린 가사를 탐색할 수밖에 없다.

여기서 이와 관련하여 유의할 것은 「진작」의 80행강체가 [가곡형] 모태인 <「진작 3」 (대부엽) 본사부>의 12행강체로 축소된 점이다.

그렇다면 악곡이 <(대부엽) 계열 [가곡형]>으로 응축된 변화에 부응하여, 가사형의 측면에서도 [가곡시형]의 모태가 「정과정」의 가사 중에서 가장 응축성을 지닌 부분에 해당하는 것으로 유추할 수 있다.

이를 <[가곡형]의 응축화에 상응하는 [가곡시형]의 응축성>이라 간추릴 수 있다.

그런데 이와 관련하여 상기되는 것은 「정과정」에서 가장 집약적으로 응축된 성향의 가사 부분은 역시 후소절(결사)이라는 점이다.

따라서 이제 문제는 이 후소절 결사가 <3구6명체>인지 여부이다.

「정과정(진작)」의 후소절 가사

9) ᄆᆞᆯ힛마리신뎌 ᄉᆞᆯ읏브뎌　아으
10) 니미 나ᄅᆞᆯ ᄒᆞ마 니ᄌᆞ시니잇가　아소님하
11) 도람 드르샤 괴오쇼셔

그런데 이 「정과정(진작)」 후소절 가사 3개구는 아직 균제되기 이전의 모습으로 나타나 있고, 제9구는 그 의미가 아직 불확실하다.

특히 무엇보다 <차사적 돈호>가 제10구말에 있는 점이 문제인데, 이는 [가곡시형] 지향의 <'아소님하' 종말구초 이월>에 의해서 해소될 여지가 있는 것은 사실이다.

즉 제10구말 '아소님하'의 위치대로 하면, 제10구와 제11구는 음수율 (16.9)의 분배를 이루었는데, 이는 음수 격차가 너무 크기 때문에, [가곡시형] 지향의 계제에서는 균제된 음수율을 위한 <'아소님하'의 종

말구 이월>이 이루어지기 마련인 것으로 전술한 바 있다.

그러나 이 <'아소님하' 종말구초 이월>에는 보다 필연적인 요인에 의한 구체적 근거가 있는 것으로 이해된다.

이 <차사적 돈호> '아소님하'의 연원은 [사뇌가형] 후소절 제9구초 차사 '아야(阿也. 阿耶)인데, 그 음운 변화인 [신라가형]의 '시야(試夜)'에서도 제9구초 위치를 고수한 것으로 파악된 바 있다.

그러나 이 <「신라가」형>의 '시야(試夜)'는 [신라가 2형]인 『고사기』의 「사주가」 후소절에서, 그 음운이 다시 'あやに(ayani, 아야니)로 환원되어서, 다음과 같이 <차사의 제10구말로의 후행화>를 보인 바 있다.

「고사기」의 「사주가」 후소절의 선반

9) この御酒の ———— <선반복 전구>
이 귀한 술은
10) 御酒のあやに ———— <선반복 후구>
귀한 술은 아야

그리고 이 'あやに(ayani, 아야니)처럼 <차사의 제10구말로의 후행화>를 이룬 위치에서 동일하게 자리한 것이 바로 「정과정(진작)」 후소절의 제10구말 <차사적 돈호> '아소님하'인 것이다.

그리고 이 「정과정(진작)」의 제10구말에 있는 <차사적 돈호> '아소님하'는 「성과성(진작)」의 직후 계승인 「이상곡」에서 <'아소님하' 종말구초 이월>을 완결한 양상으로 나타났다.

즉 사뇌가 이래 줄기찬 <차사의 후행화> 그 지속성은 결국 「이상곡」에서의 <'아소님하'의 종말구초 이월>에 이르러서 완결되었고, 이는 종국에 [시조형]의 종장초 감탄으로 이어진 것이었다.

이를 <({'아소님하'의 종말구조 이월} → [시조형] 종장초 감탄)의 계승>이라 간추릴 수 있다.

그렇다면 이러한 차사의 통사적(通史的) 변화 과정의 한 국면으로서, [가곡시형] 모태로 등장한 경우의 「정과정(진작)」 후소절 가사에서도 <'아소님하'의 종말구조 이월>이 이루어졌음을 유추할 수 있다.

따라서 전술한 바 <'아소님하'의 종말구조 이월>에 따라 정리된 「정과정(진작)」의 후소절 가사형은 다음과 같다.

<u>「정과정(진작)」의 규제된 후소절</u>

(초장) ᄆᆞᆯ힛마리신뎌 ᄉᆞᆯ읏브뎌 아으
(중장) 니미 나ᄅᆞᆯ ᄒᆞ마 니ᄌᆞ시니잇가
(종장) (아소님하) 도람 드르샤 괴오쇼셔

여기서 「정과정(진작)」 후소절 가사형이 [가곡시형]의 모태라는 또 하나의 근거는 <[후사뇌가형] 문형 11구체형에 맞춘 「정과정」의 (반구적 구분할)>의 양상이 [가곡형] 및 [가곡시형]에 반영된 점이다.

즉 초장 가사 'ᄆᆞᆯ힛마리신뎌 ᄉᆞᆯ읏브뎌 아으'의 양분이 [가곡형]의 창법에서 제1장과 제2장의 분리된 형태로 이어진 것이다.

그렇다면 이 규제된 「정과정(진작)」 후소절의 가사 초장에서 감탄사 '아으'까지 음수에 포함하면, 이는 <3장6구체>에 근접한다.

즉 「정과정(진작)」 후소절의 가사 3개구가 위와 같이 규제될 경우, 이는 [사뇌가형]의 후소절 차사까지 공유하는 <(3구6명체)의 닮은꼴

축소형> 즉 <3장6구체>를 이루는 것이다.

그래서 이 「정과정(진작)」 후소절 3개구는 <「정과정」 후소절 = (축소형 3구6명체) + 차사>의 구성을 이루고, 이 형태가 파생됨으로써, 비로소 [가곡시형]을 이룬 것으로 파악된다.

이를 <[가곡시형] 모태를 이룬 「정과정」 후소절 가사>라 간추릴 수 있다.

그리고 이 <「정과정」 후소절 = (축소형 3구6명체) + 차사>의 형태는 직후의 후대적 계승에 해당하는 <「이상곡」 후소절 = (축소형 3구6명체) + 차사>의 형태로 이어진 것으로 유추된다.

그런데 다시 문제는 [가곡형] 및 [가곡시형]의 모태가 「정과정(진작)」 내부에서 서로 다른 부분을 모태로 하고 있는 점이다.

즉 악곡형으로서 [가곡형]의 모태는 <「진작 3」 대부엽 본사부>이고, [가곡시형]의 모태인 「정과정」의 후소절 가사는 (3엽+4엽+부엽+오엽)에 실린 가사이기 때문에, 서로 자리한 위치가 다르다.

<「진작 3」 대부엽 본사부> + (「정과정」 후소절 가사)

서로 위치가 다른 가사 및 악곡의 모태

따라서 이를 <[가곡형]의 가사 및 악곡 그 모태의 「정과정(진작)」 내부 다른 위치 소재>라 간추릴 수 있다.

그리고 이처럼 각기 소재 위치가 다르기 때문에, 이 [가곡형]의 가사 및 악곡의 모태는 채 [가곡형]을 이루지 못하였다.

3) [가곡형] 및 [가곡시형]의 선행 모태 정합(整合)

이제 형태사적 과제는 이 <[가곡형]의 가사 및 악곡 그 모태의 「정과정(진작)」 내부 다른 위치 소재>라는 문제가 해소되어, 양자의 모태가 같은 위치로 정합하는 일이다.

그런데 이 결정적인 정합은 바로 「진작」의 <반분식 반절화>에 의한 <반분형 (2분진작)>의 형성에 의해서만 가능한 것으로 파악된다.

즉 「진작」의 <반분식 반절화>에 의해서 이루어진 <반분형 (2분진작)>에 실린 가사형은 다음과 같다.

「정과정」의 가사 반절화

前腔	내님믈 그리ᅀᅡ와 우니다니	내님믈 그리ᅀᅡ와 우니다니
		산졉동새 난 이슷ᄒᆞ요이다
中腔	산졉동새 난 이슷ᄒᆞ요이다	아니시며 거츠르신ᄃᆞᆯ
		잔월효성이 아ᄅᆞ시리이다
後腔	아니시며 거츠르신ᄃᆞᆯ	넉시라도 님은 ᄒᆞᆫᄃᆡ 녀져라
		벼기더시니 뉘러시니잇가
附葉	잔월효성이 아ᄅᆞ시리이다	過도 허물도 千萬 업소이다
		ᄆᆞᆯ힛마러신뎌 ᄉᆞᆯ읏브뎌 아으
大葉	넉시라도 님은 ᄒᆞᆫᄃᆡ 녀져라	니미 나ᄅᆞᆯ ᄒᆞ마 니ᄌᆞ시니잇가
		아소님하 도람 드르샤 괴오쇼셔

附葉 벼기더시니 뉘러시니잇가
二葉 過도 허물도 千萬 업소이다
三葉 ᄆᆞᆯ힛마러신뎌
四葉 ᄉᆞᆯ읏브뎌
附葉 니미 나ᄅᆞᆯ ᄒᆞ마 니ᄌᆞ시니잇가 아소님하
五葉 도람 드르샤 괴오쇼셔

위에서 「정과정(진작)」의 <대엽>까지가 <반분형 (2분진작)>인데, 이 악곡에 「정과정」의 가사를 재배분해 보았다.

그런데 여기서도 다시 대두되는 문제는 <[가곡형]의 가사 및 악곡 그 모태의 「정과정(진작)」 내부 다른 위치 소재>가 해소되기에는, 양자의 정합에 아직 치차(齒次)가 어긋나 있는 것이다.

즉 위 <반분형 (2분진작)>에서 [가곡시형]의 모태인 「정과정」의 후소절 가사는 <대부엽>이 아닌 <제1부엽 후부 + 대엽>에 실려 있어서, 아직 위치 정합에 이르지 못한 것이다.

그런데 이 위치 부정합에서 유의할 바는 이 「정과정(진작)」의 <반분형 (2분진작)>에서 <대부엽>의 치환(置換)이 요구된다는 당위성이다.

원래 80행강체의 「진작」이 <반분식 반절화>를 이룬 40행강체 <반분형 (2분진작)>의 해당 범위는 「정과정(진작)」의 <대엽>까지이다.

즉 원론적으로 <반분형 (2분진작)>의 <진작양식>에는 <제1부엽>은 내포되지만, <제2부엽>은 내포되지 않는다.

그런데 이 문제의 해소를 위하여 <반분형 (2분진작)>을 대표하는 「동동」의 악곡형 그 실상을 상기할 필요가 있다.

즉 「동동」의 <반분형 (2분진작)>에서는 전술한 바 <자연스런 종결을 위한 (부엽+대엽 → 대엽+부엽)의 치환>, 즉 <제1부엽>이 생략되면서 <제2부엽>으로 대체되는 <(대부엽)의 치환>이 이루어졌다.

시가의 말미는 2개 행강의 여음을 지닌 <대엽>보다 4개 행강의 대여음을 지닌 <부엽>으로 마무리하는 것이 보다 자연스럽기 때문이다.

이를 <(제1부엽 생략 → 제2부엽 대체)에 의한 (대엽+부엽)의 치환>이라 간추린 바 있다.

그리고 이 치환 현상에 따르면, 제1부엽의 생략은 물론 그에 실린 가사 '잔월효성이 아ᄅᆞ시리이다'까지 아울러 모두가 「진작」과 <반분형 (2분진작)>에서 생략되는 결과에 이른다.

그렇다면 「정과정(진작)」의 <반분식 반절화>가 이루어지면서, <(대부엽)의 치환>으로 생략된 <제1부엽>과 그 가사'를 제외함으로써, 새로이 재배분된 「정과정(진작)」의 <반분형 (2분진작)>과 그 가사형은 다음과 같이 나타난다.

前腔	내님믈 그리ᅀᅡ와 우니다니	1) 내님믈 그리ᅀᅡ와 우니다니
		2) 산졉동새 난 이슷ᄒᆞ요이다
中腔	산졉동새 난 이슷ᄒᆞ요이다	3) 아니시며 거츠르신ᄃᆞᆯ
		4) 넉시라도 님은 ᄒᆞᆫᄃᆡ 녀져라
後腔	아니시며 거츠르신ᄃᆞᆯ	5) 벼기더시니 뉘러시니잇가
		6) 過도 허믈도 千萬 업소이다
大葉	넉시라도 님은 ᄒᆞᆫᄃᆡ 녀져라	7) ᄆᆞᆯ힛마러신뎌 ᄉᆞᆯ읏브뎌 아으
		8) 니미 나ᄅᆞᆯ ᄒᆞ마 니ᄌᆞ시니잇가
附葉	벼기더시니 뉘러시니잇가	9) 아소님하 도람 드르샤 괴오쇼셔

- -

二葉 過도 허믈도 千萬 업소이다

三葉 ᄆᆞᆯ힛마러신뎌
四葉 ᄉᆞᆯ읏브뎌
附葉 니미 나ᄅᆞᆯ ᄒᆞ마 니ᄌᆞ시니잇가 아소님하
五葉 도람 드르샤 괴오쇼셔

이는 [가곡형]의 모태적 악곡형인 <반분형 (2분진작) 대부엽 본사부>에, [가곡시형]의 모태적 가사형인 「정과정(진작)」의 후소절 가사가 실림으로써, 양자의 소재 위치 정합이 완벽하게 이루어진 것이다.

大葉 초장 (4행강)	ᄆᆞᆯ힛마러신뎌 ᄉᆞᆯ읏브뎌 아으
중장 (4행강)	니미 나ᄅᆞᆯ ᄒᆞ마 니ᄌᆞ시니잇가
附葉 종장 (4행강)	아소님하 도람 드르샤 괴오쇼셔

즉 이로써 앞에서 문제가 된 <[가곡형]의 가사 및 악곡 그 모태의 「정과정(진작)」 내부 다른 위치 소재>가 「정과정(진작)」의 <반분형 (2분진작)> 형성과 그에 연동된 바 <자연스런 종결을 위한 (부엽+대엽 → 대엽+부엽)의 치환>에 의해서 해결된 것이다.

그래서 이 <대부엽>의 치환 효과가 [가곡형] 파생으로 이어졌다.

「정과정(진작)」의 <반분형 (2분진작) 대부엽 본사부>
+「정과정(진작)」의 후소절 가사형

[가곡형]의 가사 및 악곡 그 선행 모태의 정합

이를 <(대부엽 본사부의 악곡) + (후소절의 가사) = 위치 정합 구현> 및 <가사 및 악곡의 모태 그 위치 정합을 통한 [가곡형] 파생>이라 간추릴 수 있다.

4. [가곡형]의 특징

시가 형태상으로 특히 [가곡형]만이 지닌 특징들이 집약적으로 드러나는 부분이 제4장과 제5장이기 때문에 이를 살핀다.

표현 양식으로서의 특징을 들면, 제4장은 <감탄적 장인>과 <[가곡형] 제4장 3음 가사 고착>이 있으며, 제5장은 선대 시가형들로부터 계승된 <조결식 장감급종의 운율>이 있다.

1) [가곡형] 제4장의 특징

(1) <[가곡형] 제4장의 감탄적 장인>

원래 <「진작 3」 대부엽 본사부>에서는 <대엽> 말미에 2행강의 감탄부 '아으'에 이어 <부엽> 전부(前部)의 감탄부 2행강이 연속되었다.

<「진작 3」 대부엽>

행강	가사	비고
제1행강	넉시	
제2행강	라도	
제3행강	님은	
제4행강	훈디	
제5행강	녀져라	
제6행강	아	------- 감탄사
제7행강	으	
제8행강	벼기더	------- 감탄적 실사
제9행강	<장인행강>	------- 감탄적 속모음
제10행강	시니	
제11행강	뉘러시니	
제12행강	잇가	
제13행강	대여음	
제14행강	대여음	
제15행강	대여음	
제16행강	대여음	

그런데 <(「진작 3」 대부엽 본사부 → [가곡형])의 계승>이 이루어

지면서, [가곡형]이 「정과정(진작)」으로부터 독립함으로써, <대엽> 말미 감탄부 '아으' 2행강은 실사로 변화한 것으로 나타났다.

그렇다면 이러한 '아으'의 실사화가 이루어진 요인을 알아본다.

우선 이 '아으'의 소재가 [가곡형] 제3장의 실사부에 상응하는 위치이기 때문에, 그에 적응하여 실사화하였다는 요인을 들 수 있다.

그러나 이 '아으'의 실사화에는 보다 필연적 요인이 있다.

물론 [가곡형]은 악절 <대부엽>을 모태로 하여 파생되었다.

그런데 이 <대엽>과 <부엽>이 각각 독자적 원형을 견지하면서 접속되면, <대엽> 말미 2행강의 감탄부 '아으'에 이어서 <부엽> 초두의 <장인행강>이 딸린 2행강의 감탄부가 연속되는 결과로 나타난다.

그렇다면 단형시가인 [가곡형]으로서는 이 많은 감탄부의 무리한 연속은 지리하기 때문에, <대엽> 말미 감탄부 '아으'와 <부엽> 초두의 <장인행강>이 딸린 감탄부 이 양자는 서로 상피(相避)하게 된다.

따라서 이 상피 관계가, [가곡형]의 파생에 즈음하여, <[가곡형] 독립에 따른 '아으'의 실사화>를 이룬 원인으로 이해된다.

그리고 이는 <[가곡형 제4장의 감탄적 장인> 그 형성으로 이어진 것으로 파악된다.

(2) <[가곡시형] 제4장 3음 가사 고착 조짐>

[가곡시형]에서는 일찌기 제4장초에서 3음(단음보) 가사가 고착되는 조짐이 나타나는데, 이는 [가곡시형]의 두드러진 특징에 해당한다.

이를 <[가곡시형] 제4장초 3음(단음보) 가사 고착 조짐>이라 간추릴 수 있다.

그런데 이는 후대에 <[시조시형] 종장초 3음(단음보) 가사 고착>으로 이어지기 때문에, 그 형성의 배경 및 원인을 알아본다.

전술한 바 [사뇌가형] 차사구의 형성을 상기하면, 이는 <[8구체 향가형] 종차사구의 원형적 [사뇌가형] 차사구화>에서 비롯되었다.

그런데 이 원형적 [사뇌가형] 차사구 전부(前部)는, 차사로 축소된 후 유구하게 견지되어, 후대 [시조형]의 종장초 감탄부로 이어졌다.

그리고 원형적인 [사뇌가형] 차사구 후부(後部)도, <후대 곡형부의 실사부화 추세>에 따라 실사화하는 과정을 거쳐서, 결국 [시조시형] 종장초의 감탄사와 같은 위치로 합류하는 감탄성 실사로 이어졌다.

이를 <차사구의 [가곡시형] 제4장초 (감탄사화 및 감탄성 실사화)>라 간추릴 수 있다.

그런데 이 <차사구의 [가곡시형] 제4장초 (감탄사화 및 감탄성 실사화)>를 이룬 이 가사 자체가 <[가곡시형] 제4장초 3음 가사 고착 조짐>을 보이기 때문에 그 경위를 알아본다.

원래 매우 긴 「진작」에서는 어단성장이 전곡에 걸쳐 일반화되었다.

그러나 <단위 [사뇌가형] 규모로의 단형화 회귀 지향>에 따라, 독립한 [가곡형]은 「진작」의 1/5 이하의 단형 악곡으로 축소되었다.

그렇지만 [가곡형]에는 부분적으로 「진작」이 지닌 어단성장의 면목 그 일부가 유풍의 잔재로 잔존하였는데, 그것이 바로 <[가곡형] 제4장의 감탄적 장인>에 해당하는 것으로 이해된다.

그리고 이 <[가곡형] 제4장의 감탄적 장인>은, 후대에 <차사구의 [가곡시형] 제4장초의 (감탄사화 및 감탄성 실사화)>에 드러난 바와 같이, 조결식 표현 양식을 구성하는 주요 부분의 하나를 이루었다.

그런데 <[가곡형] 제4장의 감탄적 장인>에 의한 이 조결식 표현 양식의 구현은 필수적으로 <조결식 호흡>에 의해서만 가능하였다.

짧은 흡기를 '단흡기(短吸氣)'로, 긴 호기를 장호기(長呼氣)로 지칭하면, 이 <조결식 호흡>이란 <단흡기 + 장호기의 (조결식 호흡) 조성>으로 간추릴 수 있다.

이에 유의할 것은 이 '단흡기 + 장호기'를 연결하는 가사가, 모음(母音) 위주의 3음짜리 단음보(短音步) 가사를 이루어야, <조결식 호흡>의 조성과 그에 따른 발성이 효과적으로 이루어진다는 점이다.

즉 어단성장으로 구현되는 감탄성 발성이 필요한 계제에, 닿소리가 많은 다음절(多音節)의 장음보(長音步)는 단호기는 물론 장호기에 실린 감탄적 장인의 긴 발성을 어렵게 하는 문제점이 있기 때문이다.

따라서 이를 <[가곡시형] 제4장의 감탄적 장인을 위한 3음(단음보) 가사 고착 조짐>이라 간추릴 수 있다.

이러한 <[가곡시형] 제4장의 감탄적 장인을 위한 3음(단음보) 가사 고착 조짐>은 원형적 장음보 가사의 인위적 양분에서도 드러난다.

즉 김진희는 <「진작 3」 대부엽 본사부>에서 '벼기더시니'가 '벼기더'와 '시니'로 분리되었고, 바로 이 '벼기더'가 <[가곡시형] 제4장의 감탄적 장인을 위한 3음(단음보) 가사 고착 조짐>으로 파악한 바 있다.[10]

2) [가곡형] 제5장의 〈조결식 장감급종 운율〉 계승

우리 고시가형의 가장 두드러진 형태적 특징으로서, [사뇌가형] 이래 결사부(후소절)에서 유구하게 계승되어 내린 특징적 표현 양식은 바

10) 김진희, 「시조 시형의 정립 과정에 대하여」, 『한국시가연구』제19집, 도서출판 보고사, 2005, 143~144면.

로 <조결식 장감급종의 후소절 운율> 그것이다.

이제 이 <조결식 장감급종의 후소절 운율>이, 「정과정(진작)」을 거쳐서, [가곡형]으로 이어진 양상을 살핀다.

(1) <「진작 3」 대부엽>의 <부엽> 중심가사 장음보화

<「진작 3」 대부엽 본사부>의 <부엽 본사부>에 속한 제10행강 및 제11행강의 가사는 내용의 중심된 의미를 이루었다.

즉 이 <부엽 본사부>의 제8행강~제9행강은 감탄부이고, 제12행강은 거의가 서술어미이니까, 이를 제외한 제10행강~제11행강의 가사 내용이 결국은 의미의 중심을 이루기 때문이다.

이를 <(「진작 3」 대부엽)의 (부엽) 중심가사 2음보>라 간추릴 수 있으며, 이를 <중심가사>라 약칭할 수 있다.

그런데 이와 관련하여 상기할 것은 [사뇌가 1곡형]은 전술한 바 <제10구 조결식 장인의 (가락 및 가사) 동반적 장구화> 즉 <[사뇌가형] 후소절 문형구 2개구의 장구화>를 통하여 <조결식 장감급종의 후소절 운율>을 구현한 것으로 고찰된 점이다.

또한 이와 관련하여 유의할 것은 [사뇌가 1곡형]에서 <조결식 장감급종의 후소절 운율> 그 형성의 근간을 이룬 후소절 문형구 2개구 즉 제10구 및 제11구는 원래 <(「진작 3」 대부엽)의 (부엽) 중심가사 2개구>가 실린 제10행강 및 제11행강에 상응하는 위치라는 점이다.

[사뇌가 1곡형] 후소절 문형구 제10구 및 제11구 =
<「진작 3」 대부엽 본사부>의 제10행강 및 제11행강

그런데 동일한 위치로 상응하는 이 양자간에 특히 주목할 것은 공

통된 가사 규모를 공유한다는 점이다.

즉 <[사뇌가형] 후소절의 문형구 2개구> 및 <(「진작 3」 대부엽)의 (부엽) 중심가사 2음보>가 특히 음수(音數)에 있어 다른 부분보다 많은 다음(多音)의 장구 및 장음보라는 점이 공통되는 것이다.

이를 <[사뇌가형] 후소절 문형구 2개구의 장구화>에 상응하는 <(「진작 3」 대부엽)의 (부엽) 중심가사 장음보화)>라 간추릴 수 있다.

물론 <「진작 3」 대부엽의 부엽>에서 중심가사의 하나인 제10행강의 '시니'는 2음절의 소음수(少音數) 가사이기 때문에, 이는 <(「진작 3」 부엽) 중심가사의 장음보화>라는 전제에 부합되지 않는 것은 사실이다.

<「진작 3」 대부엽>의 <부엽> 제8행강~제12행강

제 8 행강	벼기더	------- 감탄적 성향
제 9 행강	<장인행강>	------- 〃
제10행강	시니	
제11행강	뉘러시니	
제12행강	잇가	

그러나 제10행강의 '시니'가 장음보화하지 못한 요인은, 전술한 바 [가곡형]에서 <'벼기더'의 [가곡시형] (종장초) 3음 가사 고착 조짐>에 의해서 유발된 것으로 고찰된 바 있다.

즉 '벼기더신-이'가 '벼기더-시니'로 파격적 분리를 이룬 것은, '벼기더'라는 <(「진작 3」 대부엽)의 (부엽초) 3음 가사 고착>을 위해서 '시니'라는 단음보가 분리되어 남겨진 것으로 파악된 바 있다.

따라서 이 제10행강의 '시니'라는 중심가사는 <「진작 3」 (대부엽과 그 아류)의 동형 3개 악절>에 딸린 3개 <부엽>의 제10행강 및 제11

행강 중에서 유일하게 2음의 단음보라는 점에서 예외에 해당한다.

그러나 이 단음보 '시니'의 부족함은 이어지는 4음의 장음보 '뉘러시니'에 의해서 벌충된 것으로 파악된다.

이제 살필 것은 이 <(「진작 3」 대부엽)의 (부엽) 중심가사의 장음보화>가 <「진작 3」 대부엽>과 동류의 동형 2개 악절에서 공통되게 나타난 점이다.

즉 <「진작 3」 대부엽> 이외의 2개 악절인 <「진작 3」 후강+부엽> 및 <「진작 3」 (3엽4엽)+부엽>들에서 중심가사인 제10행강 및 제11행강이 모두 다음과 같이 다음수(多音數)의 장음보로 나타났다.

<u><「진작 3」 후강+부엽>의 제8음보~제12음보</u>

제 8 행강　잔월　------- 감탄적 성향

제 9 행강　<장인행강> -------　〃

제10행강　효성이

제11행강　아르시리

제12행강　이다

위에서 <후강+부엽>의 제10행강은 3음이고, 제11행강도 4음이기 때문에, 이것들은 다음수(多音數)의 장음보에 속한다.

이는 다른 2개 행강들이 2음인 것에 비하면 비교적 길다.

<u><「진작 3」 (3엽4엽)+부엽>의 제8행강~제12행강</u>

제 8 행강　니미　------- 감탄적 성향

제 9 행강　<장인행강> -------　〃

제10행강　나롤 ᄒᆞ마
제11행강　니ᄌᆞ시니
제12행강　잇가

위에서 <(3엽4엽)+부엽>의 제10음보는 4음이고, 제11음보도 4음이기 때문에 이 또한 다음수의 장음보에 속한다.

그렇다면 <(「진작 3」 대부엽)의 (부엽) 중심가사의 장음보화>는 원형 <「진작 3」 (대부엽과 그 아류)의 동형 3개 악절>들에서 공통된다.

따라서 <[사뇌가형] 후소절 문형구 2개구의 장구화>와 그에 상응하는 위치의 <(「진작 3」 대부엽)의 (부엽) 중심가사 장음보화>, 이를 근거로 하여, <([사뇌가형] 후소절 문형구 장구화 → {부엽} 중심가사 장음보화)의 계승>이라 간추릴 수 있다.

또한 이 <([사뇌가형] 후소절 문형구 장구화 → {부엽} 중심가사 장음보화)의 계승>를 근거로 하여, <(조결식 장감급종 운율)의 ([사뇌가형] → [가곡형])의 계승>이라 간추릴 수 있다.

(2) <부엽> 중심가사 장음보화의 의의

이제 <「진작 3」 (대부엽과 그 아류)의 동형 3개 악절>에서 <(「진작 3」 대부엽)의 (부엽) 중심가사 장음보화>를 이룬 의의를 알아본다.

「진작」은 <전구(全句)의 16정간 단위행강률화>를 완결한 장형의 악곡에 해당한다.

따라서 「진작」은 전반에 걸쳐 구사할 가락이 매우 풍부한 어단성장의 시가임에도 불구하고, [사뇌가형] 후소절의 배행구들처럼 긴 가락으로써 장인의 효과를 살리는 배행강구(倍行綱句)가 존재하지 않는다.

그러나 이러한 배행강구의 부재에도 불구하고, <(「진작 3」 대부엽)의 (부엽) 중심가사의 장음보화>가 전형화된 것은, 악곡의 장음보화가 동반되지 않은 채 가사만의 장음보화를 이룬 것이다.

그렇다면 이는 가사 하나만의 장음보화란 점에서, 후대까지 남은 <조결식 장감급종의 후소절 운율>, 그 특징적 양식으로서의 뿌리 깊은 전형성이 반영된 결과로 이해된다.

요컨대 [가곡형] 제4장 및 제5장의 특징적 표현 양식 즉 <조결식 장감급종의 [가곡형] 종장 운율>의 연원은 멀리 [사뇌가형]의 <조결식 장감급종의 후소절 운율>로부터 비롯된 것으로 파악된다.

따라서 이를 앞에서 <(조결식 장감급종 운율)의 ([사뇌가형] → [가곡형])의 계승>으로 간추린 바 있다.

그리고 <([사뇌가형] 후소절 문형구 장구화 → {부엽} 중심가사 장음보화)의 계승>은 그 후대적 계승인 <[가곡형] 제5장의 중심가사 장음보화>를 거쳐서 결국 다음과 같이 <[시조형] 종장 제2음보의 장음보화>로 연면하게 계승된 것이다.

> [사뇌가형]의 <조결식 장감급종의 후소절 운율> →
> <「진작 3」 대부엽>의 <조결식 장감급종의 후소절 운율> →
> [가곡형]의 <조결식 장감급종의 종장 운율> →
> [시조형]의 <조결식 장감급종의 종장 운율>

따라서 이 시가형 계승의 시종(始終)을 들어서 정리하면, 이를 <[사뇌가형] 연원의 ([시조시형] 종장 제2음보의 장음보화)> 및 <([사뇌가형] → [시조형])의 (조결식 장감급종 운율) 계승>이라 간추릴 수 있다.

3) 〈「진작 3」 대부엽〉에서 「만대엽」으로

「만대엽」의 실상은 권두환에 의해서 구체적으로 고찰된 바 있다.

즉 그는 「만대엽」 및 「중대엽」의 악보와 가사가, 「심방곡」으로 지칭된 점에 주목하여 관련 자료를 검토한 바 있다.

그 결과 「만대엽」으로 지칭된 바 악곡으로서 [가곡형]은 세종·세조년간에 새로운 향악곡으로 성립되었으며, 그 가사는 민요에서 차용되었을 가능성을 입증하였다.11)

물론 지금으로서 [가곡형] 및 「만대엽」의 시기를 분명하게 논단할 수는 없지만, [가곡형]의 선행 모태는 이왕에 「정과정(진작)」으로 확인된 바 있다.

그렇다면 「만대엽」의 모태는 그 시기가 적어도 「정과정(진작)」 이후 고려조 어느 시기에 해당하는 것으로 볼 수 있다.

형태 구조의 측면에서 <「진작 3」 대부엽 본사부>와 더불어 「만대엽」 및 [가곡형]은 그 형태가 공통된 것으로 알려져 있다.

우선 [가곡형]의 선행 모태인 <「진작 3」 대부엽 본사부>에서 구현된 (4.3.5) 12행강 3단구조는 「만대엽」에서도 다음과 같이 분화하였다.

<「진작 3」 대부엽 본사부> (4.3.5) 행강 3단 →
「만대엽」 (2.2.3.2.3)행강 5장

양자는 단락구조의 측면을 중심으로 하여 형태상의 공통성을 지닌

11) 권두환, 「時調의 發生과 起源」, 『고시조 연구』 국문학연구총서3집, 국어국문학회, 1997, 25~32면.

것이 사실이다.

또한 악곡형의 측면에서 「진작」에서 이루어진 <(부엽) 가사부 악곡의 (대엽) 말미 모방>과 같은 양상이 「만대엽」에서도 공통되게 나타난다는 고찰 결과도 제시된 바 있다.[12]

그리고 가사형의 측면에서도 <「진작 3」 대부엽 본사부>의 가사와 「만대엽」의 가사는 차이가 있는 것은 사실이지만, 그러나 「만대엽」의 가사형은 보다 [시조시형]에 접근된 형태를 지닌 것도 사실이다.

즉 [가곡시형]의 선행 모태를 이룬 「정과정(진작)」의 후소절 37음 가사와 더불어 「만대엽」의 38음 가사는 다음과 같이 매우 유사한 가사 규모로 나타났다.

<u>「정과정(진작)」 후소절의 37음 가사</u>

ᄆᆞᆯ힛마리신뎌 ᄉᆞᆯ읏브뎌 아으
니미 나ᄅᆞᆯ ᄒᆞ마 니ᄌᆞ시니잇가
(아소님하) 도람 드르샤 괴오쇼셔

<u>「만대엽」의 38음 가사</u>

오ᄂᆞ리 오ᄂᆞ리나 ᄆᆡ일에 오ᄂᆞ리나
졈므디도 새디도 오ᄂᆞ리 새리나
ᄆᆡ일당샹의 오ᄂᆞ리 오쇼서

이는 [가곡형]의 선행 모태가 「만대엽」으로 발전하면서, 가사가 [시조시형]의 음수율에 근접하는 양상을 보인 것이다.

그러므로 「만대엽」은 비로소 [가곡형]의 모태로부터 파생되기 시작

12) 김진희, 앞의 논문, 140~143면.

하여, [가곡형]을 지향해 가는 과도적 시가형으로 파악된다.

이를 <[가곡형] 지향의 과도적 형태인 「만대엽」>이라 간추릴 수 있다.

이로 미루어 보면 오늘날 「만대엽」의 형성 시기를 정확히 알 수는 없지만, 이 「만대엽」이 이미 [시조형] 모태의 일종으로 등장한 것으로 이해된다.

제7장 「이상곡」에서 [선시조형(先時調形)]으로

1. [선시조 시형] 모태

[시조형] 윤곽의 형성이 본격화되는 계승 단계는 [선시조형] → [준시조형] → [시조형]으로 전개된 것으로 파악된다.

따라서 이제 [선시조 시형]의 선행 모태를 알아본다.

그런데 전술에서 <진작체> 시가 「정과정(진작)」 및 「동동」의 <대엽> 그 가사는 [선시조 시형]의 모태가 될 수 없는 것으로 드러났다.

물론 「진작 1」의 <대엽>도 8행강체로서, 이는 6행강체를 포함하기 때문에 [선시조 곡형]의 모태로서 성립이 가능할 수 있다.

그러나 「정과정(진작)」의 <대엽> 가사 '넉시라도 님은 혼딕 녀져라'는, <3장6구체>나 그 닮은꼴이 아니어서 [선시조 시형] 모태가 될 수 없기 때문에, 그것은 다만 <예비적 [선시조 곡형]>이 될 뿐이다.

또한 「진작 1」이 <반분식 반절화>를 이룬 「동동」의 <반분형 (2분진작)> 그 <대엽>도 8행강체로서, 이는 6행강체를 포함하기 때문에 [선시조 곡형]의 모태로서의 성립이 가능할 수 있다.

그러나 이 <반분형 (2분진작)>의 <대엽> 그 가사 '나ᅀᆞ라 오소이다'도 [선시조 시형]의 <3장6구체>나, 그 닮은꼴이 아니기 때문에, 「동동」의 <원대엽>과 그에 실린 가사는 [선시조형]이 성립될 수 없다.

이제 [선시조 시형]의 모태 탐색에 있어서, 선행 시가형인 [가곡형] 형성의 궤적이 매우 중요한 근거를 제공하는 것으로 이해된다.

여기서 <대부엽 계열 [가곡형]>의 모태가 「정과정(진작)」인 점을 상기하면, <대엽 계열 [시조형]>의 모태는 같은 [후사뇌가형]에 속하는 「정과정(진작)」 그 직후의 계승인 「이상곡」을 주목할 필요가 있다.

그리고 전술에서 [가곡시형]의 모태가 「정과정(진작)」의 후소절 가사형으로 파악된 원인은, 그것이 <[가곡형]의 악곡 단형화에 상응하는 [가곡시형]의 응축성>을 담보하는 결사이기 때문이었다.

그렇다면 [가곡형]과 더불어, 서정시가적 단형화 지향이라는 입장이 공통된 [선시조형]에 있어서도, <[선시조 곡형]의 악곡 단형화에 상응하는 [선시조 시형]의 응축성>을 충족시키는 모태는 「이상곡」의 후소절(결사) 가사형인 것으로 유추할 수 있다.

이를 <[선시조 시형]의 모태인 「이상곡」 후소절 가사형>이라 간추릴 수 있다.

따라서 이제 가사의 응축성이 높은 「정과정」의 후소절 가사형에 상응하는 형태 및 위치를 지닌 점에서 공통되는 「이상곡」 후소절의 가사형이 [선시조 시형]의 모태로서 가능한지 여부를 확인한다.

이와 관련하여 먼저 '이러쳐 뎌러쳐'의 반복이 문제로 대두된다.

이는 <조결식 장인의 정서 고조>를 위한 <「이상곡」 제10구 가사의 후대적 장구화> 그 목적을 충족시키기 위해서, [사뇌가형] 이후 소멸하였던 선반복의 잔재가 재현된 것으로 파악되었다.

물론 이 '이러쳐 뎌러쳐'의 반복은, 전술한 바 <곡형부의 후대적 실사부화(문형부화) 추세>에 따라 필경 소멸되기 마련이었다.

또한 「이상곡」 후소절 가사형이 [선시조 시형]의 모태를 이루게 되면, 중장의 정격 지향에 의해서, 이 '이러쳐 뎌러쳐'라는 반복부는 어차피 다시 소멸될 입장에 있었다.

이를 <[시조형] 중장 정격 지향의 '이러쳐 뎌러쳐' 소멸>이라 간추릴 수 있다.

그래서 이 '이러쳐 뎌러쳐'의 반복이 소멸하여 이루어진 바 '내님 두ᅀᆸ고'라는 후소절 가사형이 다음과 같이 정리된 바 있다.

정리된 「이상곡」의 후소절 가사

4엽 (초장) 내님 두ᅀᆸ고 년뫼ᄅᆞᆯ 거로리
부엽(중장) 이러쳐 뎌러쳐 기약이잇가
5엽 (종장) 아소님하 ᄒᆞᆫᄃᆡ 녀졋 기약이이다

그리고 이는 전술한 바 <「정과정」 후소절 = (축소형 3구6명체) + 차사>의 형태 그 직후의 후대적 계승에 해당하는 <「이상곡」 후소절 = (축소형 3구6명체) + 차사>의 형태에 해당한다.

따라서 「이상곡」의 이 정리된 후소절 가사형은 <닮은꼴 축소형의 (3구6명체)>에 상당히 접근한 것이 사실이다.

물론 <중장의 원형적 3음보 우세>가 [시조형]과의 차이를 보였지만, 그러나 이는 후술할 바와 같이 [시조시형]의 예스런 형태가 지닌 특징의 하나로 파악되기도 한다.

그래서 장음보 '기약이잇가'는 음보가 분화할 여지를 지녔고, 이를

<1개 장음보의 2개 단음보화 가능성>이라 간추릴 수 있다

종장의 '기약이이다' 또한 장음보이기 때문에, 이도 또한 [시조시형]의 모태가 지닌 예스런 특징의 하나 즉 <종장의 원형적 5음보 우세>로 이어질 소지를 내포하였다.

따라서 이 「이상곡」의 후소절 가사 '내님 두ᄋᆞᆸ고'를 [선시조 시형]의 모태라 지칭할 수 있다.

그렇다면 이로써 <(「정과정」 → 「이상곡」)의 계승 관계>에 의거하여, <[가곡시형]의 모태인 「정과정」 후소절 가사형>이라는 실상은 다시 <[선시조 시형]의 모태인 「이상곡」 후소절 가사형>으로 그 계승의 맥락이 이어진 것으로 유추할 수 있다.

2. [선시조 곡형] 모태

이제 <(대엽) 계열 [시조형]>이란 전제에서 드러난 바와 같이, <선시조 곡형>의 모태로서 <대엽>의 실상을 알아본다.

그런데 <(대엽) 계열 [시조형]>이 지녀야 할 필수적인 전제 조건은 이 <대엽>이 반드시 8행강체의 <대엽>이라야 한다는 점이다.

그리고 이와 관련하여 상기할 것은, 반절화에도 불구하고, 8행강체의 <대엽>이 동일하게 견지되는 양상은 <반분식 반절화>에 의해서 이루어진 <반분형 (2분진작)>에서만 가능하다는 점이다.

왜냐하면 <반분형 (2분진작)>과 <반분형 (4분진작)>에서 이루어진 반절화란 전체 악곡의 길이만 반절화되고, 그에 내포된 단위악구의 길이는 반절화되지 않고 그대로 유지되기 때문이다.

이를 <(가변적 {전체 악곡 길이} ↔ 불변적 {단위악구 길이})의 상반성> 및 <(반분식 반절화) 불구의 (대엽) 8행강체 불변성>이라 간추린 바 있다.

따라서 <대엽> 8행강체의 불변성은 <「진작 1」 대엽 본사부>의 (2.2.2) 3단 6행강 96정간과 그 반절화 계승인 <반분형 (2분진작) 대엽 본사부>의 (2.2.2) 3단 6행강 96정간은 형태 및 악곡 길이가 동일한 점에서 확인된다.

나아가 <반분형 (2분진작) 대엽 본사부>의 2차적 <반분식 반절화>로 이루어진 <반분형 (4분진작) 대엽 본사부>에 이르러서도 그 (2.2.2) 3단 6행강 96정간이 동일하게 견지되는 점에서도 확인된다.

<「진작 1」 대엽 본사부>의 (2.2.2) 3단 6행강 96정간 =
<(2분진작) 대엽 본사부>의 (2.2.2) 3단 6행강 96정간 =
<(4분진작) 대엽 본사부>의 (2.2.2) 3단 6행강 96정간

3종 <대엽> 모두의 형태 및 악곡 길이가 동일함

이에 따라서 이 <대엽>이 거듭된 <반분식 반절화>에도 불구하고, 그 원형 규모가 동일하게 유지되는 특징을 들어서, 이 <대엽>들을 싸잡아서 <원대엽(原大葉)>이라 통칭할 수 있다.

이를 <(반분식 반절화) 불구의 (원대엽) 8행강체 불변성> 및 <[선시조 곡형]의 후보인 (원대엽)>이라 간추릴 수 있다.

그렇다면 이제 현전하는 「이상곡」의 악곡형에 이 <원대엽>이 존재하는지 알아보아야 한다.

그런데 여기서 매우 중대한 난관에 부딪친다 .

즉 이 현전하는 「이상곡」의 악곡형인 <비례형 (2분진작) 대엽 본사부>는 이 문제와 관련하여 원천적으로 고찰 대상이 될 수 없다.

왜냐하면 「이상곡」의 악곡형인 <비례형 (2분진작)>은 단위악구율이 4행강체인데, <원대엽>은 단위악구율이 8행강체이기 때문이다.

즉 [선시조 곡형]의 모태인 <원대엽>은, <(반분식 반절화) 불구의 (원대엽) 8행강체 불변성>이 인정되는 <반분형 (2분진작)>에만 존재하고, 현전 「이상곡」의 <비례형 (2분진작)>에는 존재할 수 없다.

이를 <(반분형 {2분진작})에만 실재하는 [선시조 곡형]의 모태 (원대엽)>이라 간추릴 수 있다.

따라서 이 시점에서 사고의 전환이라는 계기가 필요하다.

그래서 재고할 것은 현전하는 <비례형 (2분진작)의 「이상곡」> 이외에도, <반절형 (2분진작)의 「이상곡」>이 병존할 수 있는 가능성이다.

즉 이제 「이상곡」의 악곡형은 현전하는 「이상곡」이 지닌 악구율 4행강체의 <비례형 (2분진작)> 이외에도, 악구율 8행강체의 <반분형 (2분진작)> 또한 실재하였음을 가설로서 상정한다.

우선 악구율 8행강체의 <반분형 (2분진작) 원대엽>은 [시조곡형] 모태의 (2.2.2) 6행강 3장체를 충족시킬 수 있기 때문이다.

3. [선시조형] 형성

1) 〈악곡 반절화 불구의 공통적 가사 규모 계승〉

악곡형으로서 <반분형 (2분진작)>의 성립은, 가사형의 신축적 변화와 필연적 상관 관계가 있기 때문에 그 실상의 파악이 중요하다.

그런데 여기서 유의할 것은 전술한 바 <(가변적 {전체 악곡 길이} ↔ 불변적 {단위악구 길이})의 상반성> 및 <(반분식 반절화) 불구의 (원대엽) 8행강체 불변성)>의 원리가 가사형에도 공통되게 적용되는 것으로 나타나는 점이다.

즉 [사뇌가형]의 악곡형을 비롯하여 그 계승인 「정과정(진작)」의 「진작」은 물론, 다시 그 계승인 「이상곡」의 <반분형 (2분진작)>에 이르기까지, 그것들에 실린 가사형의 규모가 모두 [사뇌가형]이 지닌 가사형 규모에 준하는 점이 공통되는 것이다.

평균적 전체 음수에 있어서, [사뇌가 문형]은 90음이니까 [사뇌가 곡형]은 통상 108음이 되기 때문에, 이를 <[사뇌가 문곡형]의 90음 및 108음에 준하는 가사 규모>라 간추린 바 있다.

그런데 「정과정(진작)」의 총음수는 126음이고 「이상곡」의 총음수는 오히려 더 증가한 140음이니까, 이는 [사뇌가형] 이래 [후사뇌가형]에 이르는 시가의 총음수 규모가 유사하게 이어진 것을 의미한다.

이를 <[사뇌가형] 및 [후사뇌가형]의 총음수 규모 유사성>이라 간추릴 수 있다.

여기서 특히 유의할 점은 「정과정」의 「진작」이 [사뇌가형]의 악곡형은 물론 「이상곡」의 반절화된 악곡형에도 불구하고, <[사뇌가형] 및

[후사뇌가형]의 총음수 규모 유사성>이 공통되게 나타난 점이다.

이는 <악곡 및 가사의 상호적응적 조화>라는 변화상의 일반적 추세와 분명히 상반되는 것이기 때문이다.

이는 앞에서 악곡 측면에서 간추린 <(반분식 반절화)에 불구한 (원대엽) 8행강체 불변성)>과 맥락을 같이하는 바, 가사 측면에서 <악곡 반절화 불구의 공통적 가사 규모 계승>이라 간추릴 수 있다.

그렇다면 이처럼 <악곡 반절화 불구의 공통적 가사 규모 계승>이 [사뇌가형]에서 [후사뇌가형]에 이르는 시가형들에서 일관된 점에 바탕하면, 이는 하나의 일반적 원리로 작용한 것으로 추론된다.

그리고 <악곡 반절화 불구의 공통적 가사 규모 계승>이라는 이 일반적 원리는, 결국 1차 반절화뿐만 아니라, 더 나아가 2차 반절화에까지 연장하여 전개된 실상을 후술할 바 「만전춘 별사」의 한토막에 실린 가사형의 규모에서 확인된다.

2) 〈[선시조 시형] 및 [선시조 곡형]〉의 모태 그 위치 차이

이제 [선시조 시형] 및 [선시조 곡형]의 선행 모태가 「이상곡」에서 각기 서로 다른 위치에 소재하게 된 실상을 알아본다.

[선시조 곡형]의 선행 모태로 상정된 <반분형 (2분진작)의 「이상곡」> 그 형태는 다음과 같다.

기준형 「진작」의 전반부	〈반분형 (2분진작)의 「이상곡」〉
1) 前腔 (8행강)	비 오다가 개야아 눈하 디신 나래
	서린 석석사리 조분 곱도신 길헤 다롱디리
2) 中腔 (8행강)	우셔마득 사리마득 넌즈세너우지

잠 ᄯᅡ간 내니믈 너겨 깃ᄃᆞᆫ
열명 길헤 자라 오리잇가

3) 後腔 (8행강) 죵죵 霹靂 生 陷墮無間 고대셔 싀여딜 내모미
죵죵 霹靂 아 生 陷墮無間 고대셔 싀여딜 내모미

4) 附葉 (8행강) 내님 두ᅀᆸ고 년뫼ᄅᆞᆯ 거로리

5) 大葉 (8행강) (이러쳐 뎌러쳐) 이러쳐 뎌러쳐 기약이잇가
아소님하 ᄒᆞᆫᄃᆡ 녀졋 기약이이다

그런데 위에서 유독 <부엽> 8행강에 '내님 두ᅀᆸ고 년뫼ᄅᆞᆯ 거로리'라는 1개구만 실린 점이 의문이다.

그러나 여기에는 「진작」의 전반부 악구 중에서 <부엽>만이 유일하게 전체 악곡 길이 8행강 중에서 후반부 4행강 모두가 긴 대여음을 이루었기 때문에, 실사가 실릴 공간이 그 만큼 작다는 이유가 있다.

그리고 「이상곡」에 원형적으로 존재한 '이러쳐 뎌러쳐'의 반복부는, <곡형부의 후대적 실사부화(문형부화) 추세> 및 <[시조형] 중장 지향의 '이러쳐 뎌러쳐' 소멸>에 의해서 정리되는 것으로 파악되었다

따라서 <반분형 (2분진작)의 「이상곡」>에 실리는 후소절 가사형 즉 정리된 {선시조 시형}은 다음과 같다.

4) 附葉 (8행강) 내님 두ᅀᆸ고 년뫼ᄅᆞᆯ 거로리

5) 大葉 (8행강) 이러쳐 뎌러쳐 기약이잇가
아소님하 ᄒᆞᆫᄃᆡ 녀졋 기약이이다

그런데 여기서 중요한 문제로 제기되는 것은 이 '내님 두ᅀᆸ고 년뫼ᄅᆞᆯ 거로리'가 <원대엽>의 범위를 벗어난 점이다.

즉 이 정리된 「이상곡」 후소절에서 드러나다시피, <선시조 시형>의 모태인 후소절 가사와 그리고 <선시조 곡형>의 모태인 <원대엽>, 이

양자의 위치에 치차(齒次)가 어긋나 있다.

다시 말하면 <대엽 계열 [시조형]>이라는 전제에 따르면, 가사 '내님 두ᄋᆞᆸ고 년뫼롤 거로리'가 <원대엽>에 실려야 하는데, 실상은 그 가사의 일부가 <원대엽>의 범위내를 벗어나서 <부엽>에 실린 것이다.

이를 <(원대엽) 밖의 '내님 두ᄋᆞᆸ고 년뫼롤 거로리'> 및 <[선시조형]의 가사 및 악곡 그 모태의 「이상곡」 내부 다른 위치 소재>라 간추릴 수 있다.

3) 제2차 〈반분식 반절화〉에 의한 [선시조형]의 형성

이제 전술한 바 <[선시조형]의 가사 및 악곡 그 모태의 「이상곡」 내부 다른 위치 소재>라는 문제가 해소되는 경위를 알아본다.

앞에서 <선시조 시형>의 모태인 후소절 가사와 그리고 <선시조 곡형>의 모태인 <원대엽>, 이 양자의 위치에 치차(齒次)가 어긋난 것으로 고찰되었다.

이는 [가곡형]의 형성에서 역시 <[가곡형]의 가사 및 악곡 그 모태의 「정과정(진작)」 내부 다른 위치 소재>로 밝혀진 점과 더불어 맥락과 궤적을 같이하는 양상이다.

그런데 이러한 [가곡형]의 문제점은 <반분형 (2분진작)의 「동동」>에서처럼 <자연스런 종결을 위한 (부엽+대엽 → 대엽+부엽)의 치환>이 이루어짐으로써 해소된 것으로 파악되었다.

즉 시가의 말미는 2행강의 여음을 지닌 <대엽>보다 4행강의 대여음을 지닌 <부연>으로 마무리하는 것이 보다 자연스럽기 때문이었다.

이를 <(제1부엽 생략 → 제2부엽 대체)에 의한 (대엽+부엽)의 치환>이라 간추린 바 있다.

그러나 <[선시조형]의 가사 및 악곡 그 모태의 「정과정(진작)」 내부 다른 위치 소재>라는 문제점의 해결은 [가곡형]의 경우와 다르다.

즉 [가곡형]의 모태는 <반분형 (2분진작) 대부엽 본사부>인 까닭으로, 그 [가곡시형]도 원론적으로 보아서 '대엽+부엽'에 걸쳐서 실린 가사를 이루었다.

그러나 [선시조형]은 <대엽 계열 [시조형]>인 까닭으로, <자연스런 종결을 위한 (부엽+대엽 → 대엽+부엽)의 치환>이 불가능하다.

[선시조 시형]은 오로지 <대엽>에만 국한하여 실리기 때문이다.

그렇다면 이 치차의 어긋남을 해소하기 위한 방편은 다시 거듭되는 반절화 이외는 다른 방법이 없는 것을 의미한다.

즉 후술에서 드러나는 바와 같이, 제1차 반절화에 의한 <2분진작> 만으로는 소기한 바 단형의 서정시가 가사를 제대로 담보하지 못하기 때문에, 이를 보완하기 위한 제2차 반절화가 요구되는 것이다.

따라서 반절화는 제2차 반절화 즉 <4분진작>으로까지 진전되었다.

그래서 이제 중요한 것은 2차 반절화된 <반분형 (4분진작)>에서 <(원대엽) 범위를 벗어난 '내님 두ᄋᆞᆸ고 년뫼롤 거로리'>라는 문제가 해소될 여지를 검토하는 것이다.

따라서 우선 [선시조형]의 모태가 내포된 <반분형 (2분진작)의 「이상곡」>이 2차 반절화되면 파생되는 전반부 및 후반부의 잠정적 <반분형 (4분진작)>과 그 각각에 실린 가사형을 살핀다.

물론 이 <반분형 (4분진작)> 각각에 실린 가사형 규모는 전술한 바 <악곡 반절화 불구의 공통적 가사 규모 계승>의 원리에 따른다.

그리고 이 <반분형 (4분진작)>의 가사는 <(현전 「이상곡」 가사형)에 의한 (반분형 {2분진작}의 「이상곡」) 가사형 대용>에 의거한다.

그리고 악곡형 반절화 이전의 원형적 형태임과 아울러 <(대엽) 계열 [시조형]>의 모태적 악곡인 <원대엽> 그것을 내포한 「진작」의 악곡 체재를 기준으로 삼는다.

<2분진작>의 전반부 20행강	<반분형 (4분진작)>의 「이상곡」 가사
1) 前腔 내님믈 그리ᅀᆞ와	비 오다가 개야아 눈하 디신 나래
우니다니	서린 석석사리 조ᄇᆞᆫ 곱도신 길헤 다롱디리
(8행강)	우셔마득 사리마득 넌즈세너우지
	잠 ᄡᅡ간 내니믈 너겨 깃ᄃᆞᆫ
	열명 길헤 자라 오리잇가
2) 中腔 산졉동새 난	종종 霹靂 生 陷墮無間
이슷ᄒᆞ요이다	고대셔 싀여딜 내모미
(8행강)	종종 霹靂 아 生 陷墮無間
	고대셔 싀여딜 내모미
	내님 두ᄋᆞᆸ고 년뫼ᄅᆞᆯ 거로리
3) 後腔 아니시며	이러쳐 뎌러쳐 기약이잇가
거츠르신ᄃᆞᆯ 아으	아소님하 ᄒᆞᆫᄃᆡ 녀졋 기약이이다
(전부 4행강)	

<2분진작>의 후반부 20행강	<반분형 (4분진작)>의 「이상곡」 가사
3) 後腔 아니시며	비 오다가 개야아 눈하 디신 나래
거츠르신ᄃᆞᆯ 아으	서린 석석사리 조ᄇᆞᆫ 곱도신 길헤 다롱디리
(후부 4행강)	
4) 附葉 잔월 효성이	우셔마득 사리마득 넌즈세너우지
아ᄅᆞ시리이다	잠ᄡᅡ간 내니믈 너겨 깃ᄃᆞᆫ
(8행강)	열명 길헤 자라 오리잇가
	종종 霹靂 生 陷墮無間
	고대셔 싀여딜 내모미
	종종 霹靂 아 生 陷墮無間

	고대셔 싀여딜 내모미
5) 大葉 넉시라도 님은	내님 두ᅀᆞᆸ고 년뫼ᄅᆞᆯ 거로리
ᄒᆞᆫᄃᆡ 녀져라 아으	이러쳐 뎌러쳐 기약이잇가
(8행강)	아소님하 ᄒᆞᆫᄃᆡ 녀졋 기약이이다

위 가사는 전술에서 <'이러쳐 뎌러쳐'의 반복 소멸에 의해 정리된 「이상곡」 가사>인 점을 감안할 필요가 있다.

그렇다면 위는 <반분형 (2분진작>의 「이상곡」> 40행강체가, 제2차적인 <반분식 반절화>에 의해서 2개의 잠정적 <반분형 (4분진작)>으로 나뉘어, 위와 같이 전반부의 행강률 (8.8.4) 20행강체 및 후반부의 행강률 (4.8.8) 20행강체로 반분된 양상을 보인 것이다.

전반부 악절 → (8.8.4) 20행강체의 악곡단위 체재 (전강 8행강 + 중강 8행강 + 후강 전부 4행강)
후반부 악절 → (4.8.8) 20행강체의 악곡단위 체재 (후강 후부 4행강 + 부엽 8행강 + 대엽 8행강)

그런데 이 전후반부의 잠정적 <반분형 (2분진작)> 중에서, <(4분진작) 원대엽>이 속한 것은 후반부 악절이기 때문에, 이 (4.8.8) 20행강체가 바로 <반분형 (4분진작)>인 것으로 확인된다.

따라서 이를 <(반분형 {2분진작})의 후반부 = (원대엽) 포함의 (반분형 {4분진작})>이라 간추린 바 있다.

그렇다면 이는 [선시조 곡형]>의 모태인 <반분형 (4분진작) 원대엽 본사부>에, [선시조 시형]의 모태인 「이상곡」 후소절 가사형이 정확하게 실림으로써, 양자의 위치가 정합을 완결한 양상에 해당한다.

즉 이로써 <(원대엽) 범위를 벗어난 '내님 두웁고 년뫼룰 거로리'>라는 문제가 해소된 것이다.

따라서 이를 <(4분진작) 원대엽 본사부 + 「이상곡」 후소절 가사형 = [선시조형] 형성>이라 간추릴 수 있다.

이는 획기적인 형태사적 발전으로서 매우 막중한 의의를 지닌다.

즉 전술에서 <[선시조형]의 악곡 및 가사 그 모태의 「이상곡」 내부 다른 위치 소재> 그 때문에, [선시조형] 파생이 미완으로 고찰되었다.

그런데 이제 <(4분진작) 원대엽 본사부 + 「이상곡」 후소절 가사형 = [선시조형] 형성>이 완료되어 [선시조형]의 파생이 가능해졌다.

이는 전술한 바 <악곡 및 가사 그 모태의 위치 정합을 통한 [가곡형] 파생> 그 결과와 더불어 변화적 맥락의 궤적이 완전히 일치한다.

따라서 이를 <({원대엽 본사부} 악곡) + (후소절 가사) = 위치 정합 구현> 및 <악곡 및 가사 그 모태의 위치 정합을 통한 [선시조형] 파생>이라 간추릴 수 있다.

그런데 이 [선시조형]의 형성이 촉진된 이유에는 <'아소님하'의 종말구초 이월>의 영향도 적지않게 작용한 것으로 이해된다.

즉 이 <'아소님하'의 종말구초로의 이월>로 인하여 '아소님하'의 기능 변화가 이루어졌으니, 그것은 이 차사적 돈호가 전대절의 마무리보다는, 종말구라는 결사의 예고적 구실로 전환된 점에 있다.

이를 <종말구초로 이월한 '아소님하'의 결사 예고적 구실>이라 간추릴 수 있다.

그런데 유의할 바는 이 <종말구초로 이월한 '아소님하'의 결사 예고적 구실>에 의해서, 후소절 3개구가 「이상곡」의 전대절로부터 독립하여, 그 자체만으로 [선시조형]이라는 독자적 시가형을 형성할 수 있는 또 하나의 계기를 이룬 것으로 이해되는 점이다.

4. [선시조형] 체형의 연원 및 상반성

1) [가곡형] 및 [가곡시형]의 〈악곡체〉 그 영향

[가곡형] 및 [가곡시형]이 [선시조형]에 미친 영향이란 전술한 바 형태상의 친연 관계는 물론, 체형(體形) 관계에서도 비중 있게 나타나기 때문에 이에 대하여 구체적으로 알아본다.

근원적으로 체형은 가사체와 악곡체, 두 종류로 나누어진다.

즉 가사가 문예적 성향의 규제성에 기울면 <사형(詞形) 가사체>로, 음악적 성향의 파격성에 기울면 <악형(樂形) 가사체>로 구분된다.

악곡체도 문예적 성향의 규제성에 기울면 <사형 악곡체>로, 그리고 음악적 성향의 파격성에 기울면 <악형 악곡체>로 구분된다.

이 체형과 관련하여 전술에서 <「진작 1」 대부엽 본사부>의 (4.4.4) 12행강의 <사형 3단>과 아울러 <「진작 3」 대부엽 본사부>의 (4.3.5) 12행강의 <악형 3단>이라는 악곡형의 체형 분류가 이루어진 바 있다.

그런데 이제 고찰 대상은 악곡형 및 가사형의 모태가 서로 상반되는 특이한 체형 관계가 실재하는 점이다.

<정리된 '내님 두ᄋᆞᆸ고'>

내님 두ᄋᆞᆸ고 년뫼ᄅᆞᆯ 거로리
이러쳐 뎌러쳐 기약이잇가
아소님하 ᄒᆞᆫᄃᆡ 녀졋 기약이이다

[선시조 시형]의 모태인 이 「이상곡」 후소절 가사형 '내님 두ᄋᆞᆸ고'에서 주목할 것은, 전술한 바 '기약이잇가'와 '기약이이다'에 나타난 원형적 성향의 <중장 3음보 우세> 및 <종장 5음보 우세>라는 특징이다.

따라서 (4.3.5) 3단 12음보율의 원형성이 반영된 이 「이상곡」 후소절 가사형은 음악적 파격성에 기운 <악형 가사체>에 해당한다.

그런데 유의할 것은 [선시조 곡형]의 모태인 <반분형 4분진작 (원대엽) 본사부>는 (2.2.2) 6행강의 <사형 악곡체>이기 때문에, 이는 앞에서 파악된 [선시조 시형]의 <악형 가사체>와 상반되는 점이다.

[선시조 곡형]의 <사형 악곡체> ↔ [선시조 시형]의 <악형 가사체>

양자의 상반적 체형

따라서 이를 <[선시조형]의 (악형 가사체 및 사형 악곡체) 그 상반성>이라 간추릴 수 있다.

2) [가곡형]에서 [선시조 시형]까지의 체형 변화

앞에서 논급된 <[선시조형]의 (악형 가사체 및 사형 악곡체) 그 상반성>의 형성에는 [가곡형]의 영향 및 <'아소님하'의 종말구초 이월>이라는 두 가지 요인이 작용한 것으로 이해된다.

따라서 먼저 [가곡형]의 영향이라는 요인을 알아본다.

우선 이 <[선시조형]의 (악형 가사체 및 사형 악곡체) 그 상반성> 자체는 [선시조 시형]의 <악형 가사체>가 [선시조 곡형]이 아닌 다른 모태적 체형의 영향에 의한 형성을 의미하는 것으로 이해된다.

그렇다면 다른 모태적 체형의 영향이란 [선시조 시형]의 선행 모태인 [가곡시형]의 <악형 가사체> 그 영향으로 파악되기 때문에, 이제 [가곡형]의 단계로 소급해서 살필 필요가 있다.

즉 <([가곡시형] → [선시조 시형])의 계승>이라는 일반론적 관계의 필연성이 있는 것도 사실이기 때문이다.

그런데 이러한 <([가곡시형] → [선시조 시형])의 계승>이란 전제는 자연스럽게 [가곡형] 모태인 <「진작 3」 대부엽 본사부>가 지닌 행강률 (4.3.5) 12행강의 <악형 악곡체>를 상기하게 한다.

즉 [가곡형]의 선행 모태인 이 <「진작 3」 대부엽 본사부>의 <악형 악곡체>는, 후에 [가곡형]의 행강률 (2.2.3.2.3) 12행강 5장구조의 <악형 악곡체>로 세분화하여 계승되었다.

이에 따르면 [가곡형] 제1장과 제2장의 합은 [가곡시형]의 초장에, [가곡형] 제3장은 [가곡시형]의 중장에, [가곡형] 제4장과 제5장의 합은 [가곡시형]의 종장에 해당한다.

[가곡형] 제1장 + 제2장 (4행강) → [가곡시형]의 초장
[가곡형] 제3장 (3행강) → [가곡시형]의 중장
[가곡형] 제4장 + 제5장 (5행강) → [가곡시형]의 종장

따라서 이는 [가곡형]에서 가장 짧은 3행강에 실린 [가곡시형] 중장에서는 <중장의 3음보 우세>가 형성되기 십상인 것을 의미한다.

또한 이는 [가곡형]에서 가장 긴 5행강에 실린 [가곡시형]의 종장에서는 <종장의 5음보 우세>가 형성되기 십상인 것을 의미한다.

그렇다면 이는 [가곡형]의 <악형 악곡체> 그 영향으로 인하여, [가곡시형]에 존재한 바 <중장의 3음보 우세> 및 <종장의 5음보 우세>라는 <악형 가사체>가 이루어졌음을 추론할 수 있게 한다.

[가곡형] <악형 악곡체>의 영향 → [가곡시형] <악형 가사체>의 형성

이를 <([가곡형] {악형 악곡체} → [가곡시형] {악형 가사체})의 영향>이라 간추릴 수 있다.

그리고 이는 다시 전술한 바 <([가곡시형] → [선시조 시형])의 계승>이라는 필연적 관계로 연계됨으로써, 결국 <([가곡형] {악형 악곡체} → [선시조 시형] {악형 가사체})의 영향>을 확인하게 된다.

<([가곡형] {악형 악곡체} → [가곡시형] {악형 가사체})의 영향> ⇒
<([가곡시형] {악형 가사체} → [선시조 시형] {악형 가사체})의 영향> ⇒
<([가곡형] {악형 악곡체} → [선시조 시형] {악형 가사체})의 영향>

이는 [가곡형]의 모태인 <「진작 3」 대부엽 본사부>의 <악형 악곡체>가 지닌 (4.3.5) 3단 12행강과 더불어 [선시조 시형] 모태인 「이상곡」 후소절 가사형이 지닌 (4.3.5) 3단 12음보의 <악형 가사체>, 이 양자가 악형으로서 공통되는 점에서 확인된다.

<「진작 3」 대부엽 본사부>의 (4.3.5) 12행강의 <악형 악곡체> =
「이상곡」 후소절 가사형의 (4.3.5) 12음보의 <악형 가사체>

양자가 악형인 점에 공통됨

다음 [선시조 시형]의 <악형 가사체>가 이루어진 또 하나의 요인은 <'아소님하'의 종말구초 이월>에 의한 영향을 들 수 있다.

전술에서 원래 [사뇌가형] 제9구초 차사 '아야'가 지속적인 후행화를 보인 끝에, 결국 <차사의 제10구말로의 후행화>를 거쳐서, 마침내 <(차사 후행화)의 결말로서 「이상곡」의 ('아소님하' 종말구초 이월)>이 이루어진 것으로 고찰된 바 있다.

그리고 이 <'아소님하' 종말구초 이월>은, '아소님하'라는 중장말의 1개 음보가 종장초로 이월함으로써, <중장의 3음보 우세> 및 <종장의 5음보 우세>라는 <악형 가사체>를 이룸에 일조하기 마련이다.

이를 <('아소님하'의 종말구초 이월)에 의한 [선시조 시형]의 (악형 가사체) 형성>이라 간추릴 수 있다.

이제까지 고찰된 체형 변화의 실상에 나타난 바 <([가곡형] {악형 악곡체} → [선시조 시형] {악형 가사체})의 영향>이란 결국 [시조시형]은 이미 가곡에서부터 연원한 것임을 말해준다.

이를 <가곡에서 비롯된 [시조시형]의 근원>이라 간추릴 수 있다.

더 나아가서 [선시조 시형]의 <악형 가사체>는, 후대에 그것이 실린 <사형 악곡체>에 적응하여, 후대적 계승인 [준시조형]에 오면 역시 <사형 가사체>로 변모할 가능성까지 예상할 수 있게 된다.

이를 <([선시조형] {악형 가사체} → [준시조형] {사형 가사체})의 변화 가능성>이라 간추릴 수 있다.

5. [선시조 시형]의 구조적 표현화

이제 [선시조 시형]이 격조 있는 함축적 표현의 구조화로써 서정시가의 면목을 갖추어 가는 양상을 살핀다.

「이상곡」

1) 비 오다가 개야아 눈 하 디신 나래
2) 서린 석석사리 조븐 곱도신 길헤
3) 다롱디리 우셔마득 사리마득 넌즈세너우지
4) 잠 짜간 내니믈 너겨
5) 깃둔 열명길헤 자라 오리잇가
6) 종종 霹靂 生 陷墮無間
7) 고대셔 싀여딜 내모미
8) 종종 霹靂 아 生 陷墮無間
9) 고대셔 싀여딜 내모미
10) 내님 두ᄋᆸ고 년뫼를 거로리
11) 이러쳐 뎌러쳐 이러쳐 뎌러쳐 기약이잇가
12) 아소님하 훈ᄃᆡ 녀졋 기약이이다

「이상곡」의 정리된 후소절 가사

(초장) 내님 두ᄋᆸ고 년뫼를 거로리
(중장) 이러쳐 뎌러쳐 기약이잇가
(종장) 아소님하 훈ᄃᆡ 녀졋 기약이이다

이제 [선시조 시형]의 모태를 이룬 「이상곡」 후소절 가사의 구조적 표현화에 대한 성찰이 필요하다.

이 3장을 전체적으로 조망하면, 매구가 사랑의 다짐인 점에서 공통되기 때문에, 이는 강한 주제 집중의 결사를 이루었다.

즉 초장은 전대절 후부의 결사로서 사랑의 다짐이며, 중장과 종장은 전대절 전체에 대한 결사로서 역시 사랑에의 다짐에 해당한다.

그런데 중장은 부정적 반응의 반어법에 의한 사랑의 다짐이고, 종장은 긍정적 반응의 반어법에 의한 사랑의 다짐인 점에서, 표현의 다양화 및 통일성 그 복합이 조화의 상승 효과로 이어졌다.

다시 말하면 부정과 긍정이라는 표현의 대조화가 반복된 반어법의 통일성으로 수렴됨으로써, 대구적 강조가 불러 일으킨 바 긴밀한 시적 긴장이 초장 이래 지속된 점층적 효과를 고조시켜간 것이다.

그리고 이 점층적 고조는 종장에서 차사의 발산으로써 사랑의 다짐 그 정점을 구현하였다.

또한 전술에서 <[사뇌가형] 악곡 규모로 환원된 [시조곡형]>의 형성에도 불구하고, 가사에서 <[사뇌가형] 가사 규모 반절화의 [시조형] 가사>가 형성된 것으로 파악된 바 있다.

이는 [사뇌가형]보다 [시조형]의 가사가 보다 응축된 것을 말한다.

즉 「이상곡」 후소절 가사형으로 이루어진 이 [선시조 시형]은, 원형적으로 「이상곡」 전체 가사의 결사부라는 생래(生來)의 기능에 따라서 지닐 수밖에 없는 성향의 고도로 진작된 함축성을 물려 받았다.

따라서 고조되는 시적 긴장 속에서 농축된 그 정서적 함의는 차사적 돈호에 의한 강력한 심적 환기를 통하여 굳은 다짐으로 이어졌다.

이는 연속된 3구체가 역시 하나의 구조 속에 수렴되는 서정시가적 표현을 이룬 점에서, 초창기 [선시조 시형]의 진면목을 상기시킨다.

이를 <[선시조형]의 구조적 표현화 구현>이라 간추릴 수 있다.

즉 이로써 이 3장체에는 표현의 구조화를 위한 얼개가 마련되었다.

그래서 이 「이상곡」 후소절 형태가 [선시조 시형]으로 파생된 것은 서정시가 발전상의 매우 자연스런 결과로 이해된다.

즉 거시적으로 본 시가사적 발전의 일반적 추이는 대체적으로, 고대의 서사적 성향을 지양하면서 점차 중세의 서정적 성향으로 나아감에 따라서, 구조화된 미학적 표현의 고양이 이루어졌다.

그런데 문학성의 고조에 따른 미학적 표현의 진작, 바로 그 경향이 「이상곡」 후소절 가사에 자연스럽게 담보되었던 것이다.

게다가 중세 이후 가사에 일반적으로 나타나는 한문투의 확산 추세도 표현의 물리적 단축을 가중시킨 것으로 파악된다.

물론 [사뇌가형] 및 [시조형] 양자는 일반적으로 서정시가의 정조를 지닌 점에서 공통성이 있는 것으로 운위되어 왔다.

그러나 [사뇌가형] 시가는 각각 서사성 기술물이 부대되었고, 그것이 향가 작품 자체에도 반영되어 나타났던 것이 사실이다.

그렇다면 이는 고대적 서사성의 유풍으로서, [시조형]에는 없는 또 다른 성향의 서사성이기 때문에, 이를 <고대시가로서 [사뇌가형]이 지닌 잠재적 서사성>이라 간추릴 수 있다.

그런데 이러한 [사뇌가형]의 잠재적 성향의 서사성이 후대의 서정시가인 [선시조 시형]에서 지양됨으로서, 보다 순수한 개인적 독창의 서정시가로 이어질 소지를 내포하였던 것이다.

이는 서정시가로 나아가는 획기적 진일보를 의미한다.

요컨대 「이상곡」 후소절 가사 '내님 두ᄋᆸ고'는 전대절 가사에서 분리되어 독립이 가능할 만큼, 그에 상당하는 [선시조 시형]의 시적 구조 및 표현의 수준을 이미 예비하였던 것이다.

즉 이 후소절 가사는 서사적 성향을 지닌 전대절로부터 탈피하여, 그 자체만으로 서정시가를 형성할 수 있는 변곡점에 이른 것이다.

이를 <[선시조 시형] 모태의 구조적 표현화에 따른 서정시가 형성>이라 간추릴 수 있다.

그렇다면 전술한 바 <([사뇌가형] 가사 반절화된 규모 → [시조형])의 계승>에 나타난 가사의 단형화는 서정시가로서의 [시조형]을 지향해 가는 구조적 표현화 도정의 필연적 적응으로 이해할 수 있다.

그리고 이러한 [시조시형]의 단형화는 필연적으로 단형화하는 만큼의 함의적 및 구조적 표현이 요구되는 형태임을 의미한다.

따라서 [선시조 시형]의 구조적 표현화 및 함의성의 비중을 말하자면, [시조형]은 시가 1수가 아니라 시가 3수의 비중에 해당한다.

즉 [시조형]의 초중종 3장은 각장마다 시가 1수의 결사와 같은 비중을 지니기 때문에, 시조 1수는 기실 시가 3수의 결사가 결합하여 보다 승화된 차원을 이루는 시가형으로 이해된다.

그 만큼 [시조형]은 밀도 높은 함축적 및 구조적 표현을 이상으로 한다.

이를 <[시조형]이 지닌 새로운 승화적 차원의 표현>이라 간추릴 수 있다.

제8장 [선시조형]이 [준시조형(準時調形)]으로

1. [준시조형]의 형성

1) 〈([선시조형] → [준시조형])의 계승〉

(1) [준시조 시형] '耿耿 孤枕上애'의 <차사적 돈호>

「만전춘 별사」 6개연 중에서 특히 제2연 '耿耿 孤枕上애'가 이왕에 예스런 시조의 표본적 형태로 논급되어 왔다.

耿耿 孤枕上애　어느 ᄌᆞ미 오리오
西窓을 여러ᄒᆞ니　桃花ㅣ 發ᄒᆞ두다
桃花ᄂᆞᆫ 시름업서 笑春風ᄒᆞᄂᆞ다 笑春風ᄒᆞᄂᆞ다

그러나 이 '耿耿 孤枕上애'는 역시 형태적 조건에 아직 미비한 점이 있기 때문에, [시조시형]에 채 부족한 [준시조 시형]으로 이해된다.

그 중에서도 두드러진 것은, 종장초에 감탄사가 결여되고, 대신 2개

음보에 상당하는 <종말반복부>가 부가된 점이다.

이러한 종장초 감탄사 결여 및 <종말반복부>의 부가는 제2연의 [준시조형]은 물론 <[준시조형] 지향의 기타 과도적 4개연> 모두에서 공통되게 나타난 현상이다.

따라서 먼저 [준시조 시형] '耿耿 孤枕上애'에 원형적으로 존재하였을 것으로 추론되는 차사적 돈호의 실상을 알아본다.

이 「만전춘 별사」의 구성은 [준시조 시형]과 그에 버금가는 <[준시조형] 지향의 기타 과도적 4개연>들의 병렬에 의한 5개연의 복합을 이룬 것은 유절 양식 지향의 과도적 양상으로 이해할 수 있다.

그리고 「만전춘 별사」의 매연 말미에 '笑春風ᄒᆞᄂᆞ다'와 같은 종말반복부가 어김없이 설정되었기 때문에, 이 또한 유절 양식을 지향하는 과도적 과정의 반영으로 파악된다.

유절 양식은 복수의 공통된 단위형들 그 병렬적 복합으로서, 그 단위형 말미마다 항용 감탄성의 성음 및 실사가 반복되기 때문이다.

이를 <(유절 양식) 지향의 「만전춘 별사」 과도성>이라 간추릴 수 있다.

그런데 이러한 「만전춘 별사」의 과도성 유절 양식 지향과 관련하여 주목할 것은 제6연 초두의 <차사적 돈호> '아소님하'이다.

이 <차사적 돈호> '아소님하'는 [가곡시형]의 선행 모태인 「정과정」의 후소절 가사는 물론, [선시조 시형]의 선행 모태인 「이상곡」의 정리된 후소절 가사에도 있는 원형적 형태소의 하나이다.

따라서 이 선행 모태들의 '아소님하' 그 실재로 미루어 보면, 이 차사적 돈호는 「만전춘 별사」의 [준시조형]과 그 아류인 <[준시조형] 지

향의 기타 과도적 4개연>들의 종장초에도 원형적으로 실재하였던 것으로 유추된다.

그러나 후에 <(유절 양식) 지향의 「만전춘 별사」 과도성>이 지닌 성향에 따라서, 각연들에 원형적으로 존재한 <차사적 돈호> '아소님하'가 모두 생략되고, 그를 대체하여 제6연초의 <차사적 돈호> '아소님하' 하나로 총결되어 잔존한 것으로 추론된다.

각연들에 원형적으로 존재한 '아소님하'가 모두 생략된 근거의 하나는 각연 종장초 '아소님하'의 생략으로 가사가 비워진 가락에 각연 말미의 <종말반복부>가 대체되어 실린 점에서 드러난다.

이를 <(각연의 원형적 '아소님하' → 제6연초 총결)의 대체> 및 <생략된 '아소님하'를 대체한 (종말반복부) 설정>이라 간추릴 수 있다.

따라서 '耿耿 孤枕上애'의 종장초에서 원형적으로 존재하였던 '아소님하'를 복구하고, 원형적으로 존재하지 않았던 <종말 반복부>를 제외하면 다음과 같이 나타난다.

耿耿 孤枕上애 어느 ᄌᆞ미 오리오
西窓을 여러ᄒᆞ니 桃花ㅣ 發ᄒᆞ두다
(아소님하) 桃花ᄂᆞᆫ 시름업서 笑春風ᄒᆞᄂᆞ다

그런데 이 원형적 형태는 보다 [시조형]에 접근한 것이 분명하다.

특히 실질적인 <종장의 5음보 우세>라는 실상은 후대 [시조형]에서의 종장 제2음보의 축약성 장음보화로 이어질 가능성을 내비친다.

이를 <'아소님하'가 있는 원형적 '耿耿 孤枕上애'의 [시조형] 접근> 및 <(종말 반복부)를 제외한 원형적 '耿耿 孤枕上애'의 [시조형] 접근>이라 간추릴 수 있다.

이 밖에도 「만전춘 별사」의 '耿耿 孤枕上애'가 보다 <3장6구체>의 기준에 맞는 점과 또한 [시조형]과 공통된 <사형 가사체>를 지닌 점까지 모두 아우르면, 이는 '耿耿 孤枕上애'가 [준시조형]임을 스스로 증빙하는 것으로 이해된다.

(2) [시조시형]의 계승

전술에서 <반분형 (4분진작) 원대엽 본사부)> 및 <「이상곡」의 후소절 가사형>의 정합 즉 <가사 및 악곡의 모태 위치 정합을 통한 [선시조형] 파생>을 이룬 것으로 고찰되었다.

그리고 이 [선시조형]은 [준시조형]으로 계승되었다.

이에 가사형 측면의 양자간 계승 관계의 구체적 경위를 살핀다.

전술에서 「정과정(진작)」 후소절 가사형이 이룬 [가곡시형]이 다음과 같이 파악되었다.

<u>정리된 [가곡시형]의 모태</u>

(초장) ᄆᆞᆯ힛마리신뎌 ᄉᆞᆯ읏브뎌 아으
(중장) 니미 나ᄅᆞᆯ ᄒᆞ마 니ᄌᆞ시니잇가
(종장) (아소님하) 도람 드르샤 괴오쇼셔

그리고 이 [가곡시형]의 모태는 「이상곡」 후소절 가사형이 이룬 [선시조 시형]으로 계승된 것으로 나타났다.

이를 <([가곡시형] → [선시조 시형])의 계승>이라 간추린 바 있다.

그리고 [선시조 시형]은 다음과 같이 「만전춘 별사」의 [준시조 시형]으로 계승된 것으로 파악되었다.

<「이상곡」의 후소절 가사형> ([선시조 시형])

내님 두ᄋᆞᆸ고 년뫼ᄅᆞᆯ 거로리
이러쳐 뎌러쳐 기약이잇가
아소님하 ᄒᆞᆫᄃᆡ 녀졋 기약이이다

「만전춘 별사」 제2연 가사형 ([준시조 시형])

耿耿 孤枕上애 어느 ᄌᆞ미 오리오
西窓을 여러ᄒᆞ니 桃花ㅣ 發ᄒᆞ두다
(아소님하) 桃花ᄂᆞᆫ 시름업서 笑春風ᄒᆞᄂᆞ다

이 양자는 2차적 반절화가 <악곡 반절화 불구의 공통적 가사 규모 계승>을 이룬 가사형 규모로서, 크게 보아서 1장4음보체의 3장구조가 [시조형]의 <3장6구체> 그 범주에 드는 점이 공통된다.

그래서 가사형의 측면에서도 <(4분진작) 원대엽 본사부>에 실린 「만전춘 별사」의 '耿耿 孤枕上애'는 역시 같은 <(4분진작) 원대엽 본사부>에 실린 [선시조 시형] 즉 「이상곡」의 '내님 두ᄋᆞᆸ고'의 계승임이 이로써 확인되는 것이다

이를 <(「이상곡」 '내님 두ᄋᆞᆸ고' → 「만전춘 별사」 '耿耿 孤枕上애')의 계승> 및 <([선시조 시형] → [준시조 시형])의 계승>이라 간추릴 수 있다.

(3) [시조 곡형]의 계승

이제 [준시조 곡형]에까지 이르는 고시가형의 악곡형 계승 체계를 전체적으로 조망하여 정리한다.

[준시조 곡형]의 구체형은 전술한 바 (2.2.2) 3단 6행강 96간이며, 그 시원(始原)은 [사뇌가 2곡형]에서 비롯된 것으로 고찰된 바 있다.

즉 원래 [사뇌가 2곡형]의 <3구6명체>인 <8간 단위행률>의 (4.4.4) 3단 12행 96간이 <16정간 단위행강률로의 배형화>에 의해서, [향풍체가 1형]의 (2.2.2) 3단 6행강 96간으로 계승된 것이었다.

그리고 이 [향풍체가 1형]의 (2.2.2) 3단 6행강 96간이, <반분형 (2분진작) 원대엽 본사부>를 거쳐서, [선시조 곡형] 및 [준시조 곡형]인 <반분형 (4분진작) 원대엽 본사부>의 구체형 즉 (2.2.2) 3단 6행강 96정간으로 계승된 것으로 나타났다.

이에 바탕하여 [사뇌가 2형]에서 [준시조형]까지의 모든 계승 관계를 종합하면 다음과 같은 요목으로 정리된다.

[사뇌가 2곡형]의 (4.4.4) 3단 12행 96간 <3구6명체>→

[향풍체가 1형]의 (2.2.2) 3단 6행강 96정간 <3구6명체>→
<반분형 (2분진작) 원대엽 본사부>의 (2.2.2) 3단 6행강 96정간 →
<반분형 (4분진작) 원대엽 본사부>의 (2.2.2) 3단 6행강 96정간 →
[선시조 곡형]의 (2.2.2) 6행강 96정간 <3장6구체> =
[준시조 곡형]의 (2.2.2) 6행강 96정간 <3장6구체>

[향풍체가 1형] 이래 오자(五者) 모두 공통된 악곡형임

그렇다면 [준시조 곡형]인 <반분형 (4분진작) 원대엽 본사부>는, [사뇌가 2곡형] 악곡으로부터 닮은꼴 계승을 이루었고, [향풍체가 1형]으로부터는 본태적(本態的) 계승을 이루었음이 이로써 드러난다.

따라서 이상의 악곡형 계승 관계를 집약하여 정리하면, <([사뇌가 2형] → [향풍체가 1형])의 악곡형 (닮은꼴 계승)> 및 <([향풍체가 1형] → [시조형])의 악곡형 계승>이라 간추릴 수 있다.

전술에서 악곡형의 계승과 관련하여, <반분형 (2분진작)의 「이상곡」> 그것의 실재가 가설적으로 상정된 바 있다.

그런데 이제 [시조형]의 윤곽이 형성되는 후대적 체계가 잡혀가는 계제에 이르러서, <반분형 (2분진작)의 「이상곡」>의 실재에 대한 확인이 가능한 것으로 이해된다.

즉 현전하는 <비례형 (2분진작)의 「이상곡」> 이외에도, <반분형 (2분진작)의 「이상곡」>이 병존한 근거가 이제까지 고찰된 선후 시가형의 계승 체계 자체를 통하여 증빙될 수 있는 것으로 이해된다.

다시 말하면 이제까지 진행된 [가곡형] → [선시조형] → [준시조형]의 계승 그 자체가 <반분형 (2분진작)의 「이상곡」> 그것의 실재에 대한 근거가 될 수 있는 것이다.

왜냐하면 <반분형 (2분진작)의 「이상곡」>이라는 <제1차적 반분식 반절화>의 과도적 단계가 없이는, <제2차적 반분식 반절화>로 결과되는 「이상곡」 및 「만전춘 별사」의 <반분형 (4분진작)>이 성립될 수 없기 때문이다.

그리고 「이상곡」 및 「만전춘 별사」의 <반분형 (4분진작)>이 성립되지 않는다는 것은, 곧 [선시조 곡형] 및 [준시조 곡형]이 존재할 수 없다는 것을 의미하기 때문이다.

4) 기본적 단위시간의 등장성 확인

이제 전술한 바 <'간(間)' 및 '정간(井間)'의 등장성(等長性)>이 실제로 합당한 것인지 확인할 필요가 있다.

악곡형의 측면에서 기본적 단위시간의 문제는 전술에서, <'간' 및 '정간'의 가설적 등장성> 및 <2행 및 1행강의 가설적 등장성(等長性)>

이라 간추린 바 있다

이와 관련하여 상기되는 것은, 전술한 바 선후 시가형들의 악곡형 계승 관계가 합당한 근거를 지니기 위해서는, 우선 선후 시가형들의 기본적 단위시간 그 통사적(通史的) 동일성이 전제되어야 하는 점이다.

그런데 앞에서 [사뇌가 2곡형]의 (4.4.4) 3단 12행 96간이 <(8간 단위행률 → 16정간 단위행강률)의 단위악구율 배형화>에 의해서, [향풍체가 1형]의 (2.2.2) 3단 6행강 96간으로 계승된 것으로 나타났다.

이를 <([사뇌가 2형] → [향풍체가 1형])의 악곡형 (닮은꼴 계승)>이라 간추린 바 있다.

그리고 이 [향풍체가 1형]의 (2.2.2) 3단 6행강 96간이, <반분형 (2분진작) 원대엽 본사부>를 거쳐서, [선시조 곡형] 및 [준시조 곡형]인 <반분형 (4분진작) 원대엽 본사부>의 구체형 즉 (2.2.2) 3단 6행강 96정간으로 계승된 것으로 파악하였다.

이를 <([향풍체가 1형] → [시조형])의 악곡형 계승>이라 간추린 바 있다.

이는 요컨대 <([사뇌가 2형] → [향풍체가 1형])의 악곡형 (닮은꼴 계승)>에서 비롯되어 <([향풍체가 2형] → [시조형])의 악곡형 계승>에 이르도록 공통된 악곡형 및 악곡 길이가 유구하게 계승된 양상을 말한다.

그런데 이처럼 공통된 악곡형 및 악곡 길이의 유구한 계승 그 지속은 <'간' 및 '정간'의 등장성>이 전제되지 않으면 불가능한 일이다.

이를 <([사뇌가형] → [시조곡형])의 공통된 악곡 계승 증빙의 ('간' 및 '정간'의 등장성)>이라 간추릴 수 있다.

그러나 이제 이러한 단선적 근거를 보강할 여지가 또 존재한다.

그것은 전술한 바 공통된 악곡형 및 악곡 길이가 「정과정(진작)」에서 겪은 매우 극심한 악곡형 규모의 변화에서 비롯된다.

즉 원래 사뇌가는 서사적 기술물이 부대되었지만, 그 자체는 어디까지나 서정시가이기 때문에, 그 시가 규모는 단형시가에 해당하였고, 이 단형 규모는 [향풍체가형]에도 그대로 이어졌다.

그런데 [후사뇌가형]의 「정과정(진작)」에 이르면, 그 기능 변화에 따른 바 악곡형 전체 길이의 획기적 변화가 이루어졌다.

즉 전술한 바 <[사뇌가형]에 비한 고려가요 일반의 장형화 경향> 그 영향과 아울러, 궁중 의식가로서 구실도 겸하게 된 「정과정(진작)」은 복합성의 장형 악곡을 지니게 된 것이다.

그러나 「정과정(진작)」은 원래 정서의 창작 동기부터가 서정시가로 비롯된 시가이고, 이미 궁중 및 귀족층의 주연에서 유흥적 성향의 서정시가로 구실한 측면도 다분하였던 것이 사실이다.

그리고 이러한 서정시가적 성향의 측면은, 의식가 구실의 복합성 장형 악곡 지향과는 궤적을 달리하여, <서정시가적 단형화를 위한 [사뇌가형] 규모로의 원형 회귀>를 지향한 것으로 고찰된 바 있다.

이에 종국에는 [사뇌가형] 규모로 다시 회귀한 것이 [시조형]이다.

즉 [시조곡형]>이 다시 [사뇌가형]의 악곡형 규모로 환원하였다.

다만 [사뇌가형]의 <8간 단위행률>이 [시조형]의 <16정간 단위행강률>로 배형화됨에 따라서, '행률'이 '행강률'로 바뀐 결과, 가사의 닮은꼴 반절화가 이루어짐으로써 12개구가 12음보로 바뀌었을 뿐, 두 악곡형의 형태 및 길이는 동일하다.

따라서 시조의 악곡 규모가 사뇌가의 악곡 규모를 다시 복원하였다는 것은 사뇌가 및 시조의 공통된 악곡형과 그 규모가 우리 한국인의 생래적(生來的) 정서에 가장 알맞은 것임을 의미하는 것이다.

이를 <(사뇌가 및 시조) 그 서정시가적 단형의 등장성> 및 <한국인 생래의 정서에 부합한 (사뇌가 및 시조)의 악곡형 규모>라 간추릴 수 있다.

그렇다면 이러한 <한국인의 생래적 정서에 부합한 (사뇌가 및 시조)의 악곡형 규모> 및 <(사뇌가 및 시조)의 악곡 그 서정시가적 단형의 등장성>에 근거하여, <'간' 및 '정간'의 등장성>이 재확인된다.

왜냐하면 <(사뇌가 및 시조)의 악곡 그 서정시가적 단형의 등장성>이 확실한 진상(眞相)이 되기 위해서는 <'간' 및 '정간'의 등장성>이 필수적으로 보장될 필요가 있기 때문이다.

다시 말하면 <'간' 및 '정간'의 등장성>이라는 확실한 전제가 없으면, <(사뇌가 및 시조) 그 서정시가적 단형의 등장성> 그 자체의 성립 근거도 상실되는 것이다.

이를 <([사뇌가형] → [시조곡형])의 악곡형 회귀가 증빙하는 ('간' 및 '정간'의 등장성)>이라 간추릴 수 있다.

5) [선시조 시형] → [준시조 시형]의 표현 변화

이제 [선시조 시형]인 「이상곡」 후소절 가사 '내님 두ᄋᆸ고'가 [준시조 시형]인 「만전춘 별사」의 '耿耿 孤枕上애'로 발전하면서 구조적 표현화의 수준이 획기적으로 향상된 실상을 알아본다.

<「이상곡」의 후소절 가사형> ([선시조 시형])

내님 두ᄋᆞᆸ고 년뫼롤 거로리
이러쳐 뎌러쳐 기약이잇가
아소님하 ᄒᆞᆫᄃᆡ 녀졋 기약이이다

「만전춘 별사」 제2연 가사형 ([준시조 시형])

耿耿 孤枕上애 어느 ᄌᆞ미 오리오
西窓을 여러ᄒᆞ니 桃花ㅣ 發ᄒᆞ두다
(아소님하) 桃花논 시름업서 笑春風ᄒᆞᄂᆞ다

'耿耿 孤枕上애'의 초장에 반어법이 설정된 것은 '내님 두ᄋᆞᆸ고'와 공통되지만, 양자의 초장은 그 표현에서 차이가 있다.

즉 임을 그리는 마음이야 같은 심정이겠지만, '내님 두ᄋᆞᆸ고'의 초장은 임에 대한 순정을 직정(直情)으로 서술한 느낌이다.

그러나 '耿耿 孤枕上애'의 초장은 임을 기다리는 안타까움이 잠 못드는 상황으로 형상화되었기 때문에 보다 서정적인 표현을 이루었다.

또한 '내님 두ᄋᆞᆸ고'의 중장은 반어법을 통한 수사적 효과에도 불구하고, 그 표현 역시 일상적 서술의 경향이 다분하다.

그러나 '耿耿 孤枕上애'의 중장은 야창(夜窓) 도화에 비낀 그윽한 정념의 형상화로써, 임과 함께 하지 못하는 외로움이 더욱 심화되었다.

즉 '耿耿 孤枕上애'의 종장은 고운 복사꽃의 미소여서 더욱 잔인한 격벽(隔壁) 앞에 서게 된 창변의 애련이 차사적 돈호의 한탄스런 심정으로써 더욱 고조되었다.

이는 역설적 강조 효과로써 이 구조적 표현의 사북을 이루었다.

요컨대 '내님 두웁고'의 구조적 표현은 다소의 평면적 서술성을 지울 수 없지만, '耿耿 孤枕上애'는 고답적 기교의 형상화가 구사되었다.

그래서 '耿耿 孤枕上애'는 각장이 지니는 표현 효과가, 대조적 효과로써 엮어진 초중장 3장간의 유기적인 표현 그 구조화에 의해서, 하나의 시작품으로서 완성도를 높인 것이다.

그러므로 양가 표현의 구조화는 공통되었으나, 그 표현의 경지에 있어서는 상당한 정도의 차이를 보인 것이 사실이다.

즉 구조적 표현화란 측면에서도 「만전춘 별사」의 '耿耿 孤枕上애'가 「이상곡」의 '내님 두웁고'에 비하여 [시조시형]에 접근하였다.

따라서 이처럼 드러난 바 표현의 완성도 차이는 [선시조형]과 [준시조형]을 구분하는 기준을 이룬 것이다.

2. 「만전춘 별사」의 [준시조형]

1) 「만전춘 별사」의 〈반분형 (4분진작)〉

이제 「만전춘 별사」에 나타난 [준시조형]의 형태적 실상을 알아본다.

[준시조 곡형]의 악곡형은 다음과 같이 「진작」의 3단계에 걸친 반절화 및 독립화를 거친 결과 파생된 것으로 고찰되었다.

1차 반절화 : <반분형 (2분진작)> →
2차 반절화 : <반분형 (4분진작)> →
3차 독립화 : <반분형 (4분진작)>의 <(4분진작) 원대엽> 독립

이를 <3단계의 반절화 및 독립화로 형성된 [준시조 곡형]>이라 간추릴 수 있다.

따라서 먼저 [준시조 곡형]인 <(4분진작) 원대엽>과 그것을 내포한 <반분형 (4분진작)>을 악곡형으로 지닌 「만전춘 별사」를 살핀다.

「만전춘 별사」

어름우희 댓닙 자리보와
님과 나와 어러주글만뎡 (4행강)
어름우희 댓닙 자리보와
님과 나와 어러주글만뎡
情둔 오ᄂᆞᆳ밤 더듸 새오시라 더듸 새오시라 (8행강) [A]

耿耿 孤枕上애 어느 ᄌᆞ미 오리오
西窓을 여러ᄒᆞ니 桃花ㅣ 發ᄒᆞ두다
桃花ᄂᆞᆫ 시름업서 笑春風ᄒᆞᄂᆞ다 笑春風ᄒᆞᄂᆞ다 (8행강) [B]

넉시라도 님을 ᄒᆞᆫᄃᆡ
녀닛景 너기다니 (4행강)
넉시라도 님을 ᄒᆞᆫᄃᆡ
녀닛景 너기다니
벼기더시니 뉘러시니잇가 뉘러시니잇가 (8행강) [A]

올하 올하 아련 비올하
여흘란 어ᄃᆡ 두고 소해 자라온다
소콧 얼넌 여흘도 됴ᄒᆞ니 여흘도 됴ᄒᆞ니 (8행강) [B]

南山에 자리보와 玉山을 버여누어
錦繡山 니블안해 麝香각시를 아나누어 (4행강)
南山에 자리보와 玉山을 버여누어
錦繡山 니블안해 麝香각시를 아나누어

藥든 가슴을 맛초ᄋᆞᆸ사이다 맛초ᄋᆞᆸ사이다 (8행강) [A]

아소 님하 遠大平生애 여힐술 모ᄅᆞᄋᆞᆸ새 (4행강) [B]

양태순에 의하면 「만전춘 별사」의 악곡은 다음과 같이 세토막 양식을 지닌 것으로 파악되었다.1)

(1)	[A]	(전강)	11 ! + 1
	[B]	(중엽.소엽)	7 ! + 1
(2)	[A]	(전강)	11 ! + 1
	[B]	(중엽.소엽)	7 ! + 1
(3)	[A]	(대엽)	11 ! + 1
	[B]	x . (소엽)	3 ! + 1

(숫자는 추정되는 악곡의 행수, !는 종지형 표시, +1은 여음수)

그런데 위에서 제(1)토막 및 제(2)토막은 표준적인 연(聯)에 해당하지만, 제(3)토막은 표준적인 연에 비하여 많은 부분의 생략으로써 시가를 마무리하는 변화를 이루었다.

그렇다면 「만전춘 별사」 악곡의 연형태(聯形態)는 표준적인 연(聯)에 해당하는 제(1)토막 및 제(2)토막의 형태가 정격을 이루는 것이다.

그리고 「만전춘 별사」 악곡의 표준적 연형태는 위와 같이 제(1)토막 및 제(2)토막이 지닌 행강률 (4.8.8) 3단 20행강에 해당하는데, 그 각각이 바로 <반분형 (4분진작)>에 해당하는 것이다.

1) 양태순, 앞의 『고려가요의 음악적 연구』, 80~82면.

「만전춘 별사」의 표준적 연형태 = 행강률 (4.8.8) 3단 20행강

<반분형 (4분진작)>

2) 「만전춘 별사」의 〈반분형 (4분진작) 원대엽〉

(1) <(4분진작) 원대엽>의 위상

이제 (4.8.8) 20행강 3단의 <반분형 (4분진작)>에 내포된 [준시조곡형] 즉 <반분형 (4분진작) 원대엽>, 그것의 위상을 원천적 모태형인 「진작 1」의 악곡 체재에 준하여 구분하면 다음과 같다.

<u>「진작 1」의 악곡 체재에 준한 <반분형 (4분진작)>의 3단</u>

「진작」 악곡 체재			「만전춘 별사」 한토막 <반분형 (4분진작)>	
중강 전부	4행강	→	(4.8.8) 20행강의 3단 중에서	제1단 4행강
후강	8행강	→	〃	제2단 8행강
대엽	8행강	→	〃	제3단 8행강

위와 같이 <반분형 (4분진작)> 3단 중에서 마지막 제3단 8행강이 <대엽> 즉 <반분형 (4분진작) 원대엽>이기 때문에, 이를 <(반분형 {4분진작})에 내포된 ({4분진작} 원대엽)>으로 간추린 바 있다.

여기서 악곡 체재상의 지칭에 있어서 문제는, 「진작」 및 <반분형 (4분진작)>의 악곡 체재, 이 양자간에 차이가 있는 점이다.

「만전춘 별사」의 제(1)토막 및 제(2)토막은 [A]가 전강으로 [B]가 중엽과 소엽으로 지칭되고, 제(3)토막은 [A]가 대엽으로 [B]가 소엽으로 지칭된 것으로 나타나 있다.

그러나 이것은 <반분형 (4분진작)>이 전형적 악곡으로 자리매김된 뒤, 그 나름의 악곡 체재에 적응하여 새로이 설정된 후대의 지칭이다.

그러므로 <반분형 (4분진작)>의 모태인 「진작」의 원형성에 기준하여 구명하면, 제(1)토막 및 제(2)토막의 [A](전강)의 12행강은 그 원형이 「진작 1」의 후강 전부 4행강 + <부엽> 8행강에 해당한다.

그리고 제(1)토막 및 제(2)토막의 [B](중엽·소엽)를 포함한 악절들이 바로 <「진작 1」 대엽>을 원형으로 하는 <반분형 (4분진작) 원대엽>인 것이다.

「진작 1」의 후강 전부 및 부엽 → (A)의 전강

<「진작 1」 대엽> → [B]의 중엽·소엽

따라서 이처럼 <반분형 (4분진작)>이 전형적 악곡을 형성하고, 나름대로 악곡 체재의 지칭을 새로이 설정한 것은 「만전춘 별사」의 [준시조형]이 독립을 완결하여 이왕에 일반에 유행한 형태임을 의미한다.

이를 <「만전춘 별사」에서 제2연의 [준시조형] 독립 완결>이라 간추릴 수 있다.

특히 이 <「만전춘 별사」에서 제2연의 [준시조형] 독립 완결>은 <[준시조형] 지향의 기타 과도적 4개연>들의 복합에 의한 <(유절 양식) 지향의 「만전춘 별사」 과도성>을 이룬 점에서 여실히 나타난다.

유절 양식은 공통된 형태를 지닌 단위형들의 병렬이고, 바로 [준시조형]이 「만전춘 별사」에서의 단위형 그 전형에 해당하기 때문이다.

(2) <반분형 (4분진작) 원대엽> 이외 부분의 가사 배분

이제 「만전춘 별사」 한토막에서 [준시조 곡형]으로 밝혀진 제3단의

<반분형 (4분진작) 원대엽> 8행강을 제외한 부분 즉 <[준시조형] 지향의 과도적 4개연>들 12행강의 가사 배분 처리가 궁금하다.

그런데 <반분형 (4분진작) 원대엽> 8행강 이외의 나머지 12행강 가락을 채운 가사의 양상이 「만전춘 별사」 한토막 구성에서 드러난다.

<u><4분 진작></u>	<u>「만전춘 별사」의 제1연 및 제2연</u>	
3) 後腔 아니시며	어름우희 댓닙 자리보와	
츠르신돌 아으	님과 나와 어러주글만뎡	(4행강) [A]
4) 附葉 잔월 효성이	어름우희 댓닙 자리보와	
아ᄅᆞ시리이다	님과 나와 어러주글만뎡	
	情둔 오ᄂᆞᆳ밤 더듸 새오시라	
	(더듸 새오시라)	(8행강) [A]
5) 大葉 넉시라도 님은	耿耿 孤枕上애 어느 ᄌᆞ미 오리오	
ᄒᆞᆫ디 녀져라	西窓을 여러ᄒᆞ니 桃花ㅣ 發ᄒᆞ두다	
아으	桃花ᄂᆞᆫ 시름업서 笑春風ᄒᆞᄂᆞ다	
	(笑春風ᄒᆞᄂᆞ다)	(8행강) [B]

<부엽>의 '어름우희'는 유사 준시조형 [A]
<대엽>의 '경경 고침상애'는 준시조형 [B])

위에 제시된 「만전춘 별사」 한토막의 가사를 [준시조형]에 준하여 분류하면 다음과 같이 짜여져 있다.

제1단 4행강 : [준시조형 아류][A] '어름우희'의 초장, 중장
제2단 8행강 : [준시조형 아류][A] '어름우희'의 초장, 중장, 종장
제3단 8행강 : [준시조형][B] '경경 고침상애'의 초장, 중장, 종장

위에서 <반분형 (4분진작)> 20행강이 '[A]연 가락 (4.8)행강 + [B]연 가락 8행강'을 이루면서, [A]연은 5개장(五個章)으로 그리고 [B]연은 3개장(三個章)으로 그 장수(章數)가 차이를 보였다.

이러한 차이는 8행강을 1단위로 하는 [준시조형]의 2개 단위를 채울 경우, 그 합(合)인 16행강은 당시에 이미 전형화되어 있던 <반분형 (4분진작)> 20행강의 한토막에 비하여 4행강이 부족하기 때문이었다.

따라서 [준시조형] 2단위의 16행강에서 드러난 4행강의 부족 부분을 「만전춘 별사」의 한토막 안에 기존하는 [A]연의 초장 및 중장의 역행반복(逆行反復) 그것으로써 채우게 된 것을 의미한다.

「만전춘 별사」 제1토막의 구성

※ 4행강 : 제1 준시조형의 초장. 중장을 역행반복함
※ 8행강 : 제1 준시조형의 초장. 중장. 종장
※ 8행강 : 제2 준시조형의 초장. 중장. 종장

이를 <「만전춘 별사」의 역행반복적 가사 채움>이라 간추릴 수 있다.

그런데 이 <역행반복적 가사 채움>을 통하여, <반분형 (4분진작)>의 내부에 [준시조 시형]을 채운 의도 속에 이왕에 내재된 바 전형화된 [준시조 시형]의 형태의식을 엿볼 수 있다.

이를 <(반분형 {4분진작})의 역행반복에 드러난 [준시조 시형]의 형태의식>이라 간추릴 수 있다.

3) [준시조 시형]의 〈사형 가사체〉로의 변화

전술에서 [선시조형] 및 [준시조형]의 체형 변화와 관련하여, <([선

시조형] {악형 가사체} → [준시조형] {사형 가사체})의 변화 가능성>을 예상한 바 있다.

이제 이 체형 변화가 실제로 구현되어 나타난 양상을 알아본다.

전술에서 「만전춘 별사」의 <반분형 (4분진작) 원대엽 본사부>에 실린 가사 '耿耿 孤枕上애'가 바로 [시조시형]의 직전 단계에 해당하는 [준시조 시형]의 표본적 실체로 고찰되었다.

그리고 이 제2연과 유사한 제5연 '南山에 자리보와'를 비롯한 나머지 <[준시조형] 지향의 기타 과도적 4개연>들도 존재하였다.

그런데 [준시조 시형]을 포함한 「만전춘 별사」의 5개연 모두의 음보율이 1구4음보의 짝수체형을 이루었기 때문에, 이는 <사형(詞形) 가사체>에 해당한다.

그렇다면 여기서 유의할 것이, <(「이상곡」의 [선시조 곡형] → 「만전춘 별사」의 [준시조 곡형]) 그 계승>에도 불구하고, [선시조 시형]의 <악형 가사체>와 [준시조 시형]의 <사형 가사체>가 상반되는 점이다.

[선시조 시형]의 <악형 가사체> ↔ [준시조 시형]의 <사형 가사체>

상반된 체형

물론 [선시조 시형]의 음악적 파격성에 기운 <악형 가사체> 형성은 전술한 바 있는 <(차사 후행화)의 종결로서 ('아소님하'의 종말구초 이월)> 및 <음수율 균제화를 위한 ('아소님하'의 종말구초 이월)>에 의해서 이루어진 것으로 고찰된 바 있다.

즉 [선시조 시형] 모태인 「이상곡」 후소절의 가사형은 <[선시조 시형] 중장의 원형적 3음보 우세> 및 <[선시조 시형] 종장의 원형적 5음

보 우세>가 반영된 바 음악적 파격성에 기운 (4.3.5) 12음보체 3단구조의 <악형 가사체>를 지녔다.

그러나 후행 형태인 [준시조 시형]은, 이러한 <악형 가사체>를 탈피하여, 보다 문예적 규제성 위주의 음보율 (4.4.4) 12음보체 3단이라는 <사형 가사체>로 대체되는 변화가 이루어진 것이다.

[선시조 시형] → <악형 가사체>

[준시조 시형] → <사형 가사체>

물론 이렇게 [준시조 시형]이 <사형 가사체>로 변화된 요인은 [준시조 곡형]인 <4분진작 (원대엽) 본사부>의 행강률 (2.2.2) 6행강체 3단이라는 <사형 악곡체>의 영향에 의한 결과로 파악된다.

이를 <악곡 및 가사의 상호적응에 따른 [준시조 시형]의 (사형 가사체)로의 변화>라 간추릴 수 있다.

물론 이 <[준시조 시형]의 (사형 가사체)로의 변화>는 [선시조 시형]의 <악형 가사체>에서 이루어진 <'아소님하'의 종말구초 이월> 그 영향에 의한 변화의 결과에 해당한다.

<중장의 원형적 3음보 우세> 및 <종장의 원형적 5음보 우세>의 <악형 가사체>에서 <'아소님하'의 종말구초 이월>이 이루어지면, 중장의 1개 음보 증가 및 종장의 1개 음보 축소를 이룸으로써, 짝수체 음보율로 변화함으로써 <사형 가사체>를 이루기 때문이다.

그런데 이 형태사적 변화의 고찰에서 <[선시조 시형] (악형 가사체) 종장의 원형적 5음보 우세화>는 비교적 인식도가 높은 것이다.

이에 비하면 <[선시조형] (악형 가사체) 중장의 원형적 3음보 우

세>에 대한 인식은 비교적 낮기 때문에 그 실상을 살핀다.

즉 <[선시조형] 중장의 원형적 3음보 우세>가 지양되고, 중장의 4음보 우세화 즉 <[준시조 시형]의 (사형 가사체) 우세화>가 유발된 근거를 김진희의 고찰에서 찾을 수 있다.

그는 초기 시조들의 중장이 「만대엽」 3장의 형태에 부합하는 3음보를 다수 지녔다는 견해를 다음과 같이 주장하였다.

> 다음 표에서 15, 16세기 시조는 심재완의 『역대시조전서』 중에 나와 있는 시조들 중 진본 『청구영언』과 여러 개인 문집 등을 통해 비교적 작가를 신빙할 수 있는 작가의 작품들을 송강 정철 이전까지 조사한 것이고, 전체로 표시한 것은 『역대시조전서』에서 대체로 30수 간격으로 평시조를 뽑아 통계낸 수치이다.

	중장이 초장보다 작음	중장이 초장보다 크거나 같음
15세기	63%	37%
16세기~정철 이전	58%	42%
전체	42%	58%

> 위의 표를 통해 초기에는 중장의 길이가 초장보다 작은 경우가 많았는데, 후기로 오면 중장이 초장과 같거나 큰 경우가 더 많아졌음을 알 수 있다.[2]

위의 고찰에 의하면 <[선시조형] 중장의 원형적 3음보 우세>의 양상이 후대의 15세기~16세기를 거쳐오면서 점차 4음보 우세의 경향으로 변화한 것으로 나타났다.

2) 김진희, 앞의 「시조 시형의 정립 과정에 대하여」, 『한국시가연구』 제19집, 149면.

(4.3.5) 12행강 3단 → (4.4.4) 12행강 3단

<악형 가사체> <사형 가사체>

아무려나 [선시조 시형]의 <악형 가사체>는 음악적 성향이 보다 강하고, [준시조 시형]의 <사형 가사체>는 보다 문예적 성향이 강한 경향을 드러내는 것이 사실이다.

그렇다면 <[준시조 시형]의 (사형 가사체)로의 변화>는 시가의 문예성 고조라는 일반적 발전 추세의 일환으로 나타난 결과라 할 수 있다.

따라서 이러한 후대 [준시조형]에서 이루어진 중장 및 종장의 4음보화는 오늘날의 <3장6구 12음보체>라는 짝수 체재의 [시조형]이 확립되는 계기를 이룬 것이다.

4) [준시조 곡형]의 후대적 변화

(1) <2종 [준시조 곡형]의 동류의식>

전술에서 현전「이상곡」의 악곡형 중에서 〈제2대엽 + 제2부엽〉으로 이루어진 바 <예비적 [선시조 곡형]인 (비례형 {2분진작}) 대부엽 본사부>가 확인된 바 있다.

이는 [선시조 곡형]인 <반분형 (4분진작) 원대엽 본사부>와 더불어 (2.2.2) 3장 6행강 96정간의 공통된 구체형으로 파악되었다.

[선시조 곡형]인 <반분형 (4분진작) 원대엽 본사부> =
<예비적 [선시조 곡형]인 (비례형 {2분진작} 대부엽 본사부>

(2.2.2) 3장 6행강 96정간이 공통됨

물론 양자는 <대부엽 본사부> 및 <원대엽 본사부>라는 차이가 있다.

<비례형 (2분진작) 대부엽 본사부>는, 전대절인 <대엽>의 4행강 2장에, 후소절인 <부엽> 본사의 2행강 1장을 이은 악절 체재이다.

<반분형 (4분진작) 원대엽 본사부>는 전대절인 <대엽> 전부의 4행강 2장에, 후소절인 <대엽> 후부의 2행강 1장을 이은 악구 체재이다.

이처럼 양자는 명목상의 악곡 체재가 다른 것이 사실이다.

그러나 양자는 역시 (2.2.2) 6행강의 3장 96정간이라는 공통된 구체형을 지닌 것도 사실이다.

따라서 이 양자는, [선시조 곡형]으로서 경쟁과 보완의 관계에 있으면서, 우세를 다투었던 것으로 파악된다.

그런데 이제까지의 고찰 과정에서 <반분형 (4분진작) 원대엽 본사부>의 형태에 대한 파악은 충분하게 이루어져 왔다.

따라서 이제 보다 구체적이고 상세한 이해를 필요로 하는 것은 <비례형 (2분진작) 대부엽 본사부>에 해당한다.

「이상곡」의 <비례형 (2분진작) 대부엽 본사부>가 [시조곡형]의 모태 중 하나인 <예비적 [선시조 곡형]>이라는 것은 황준연에 의해서 「후전진작」의 <비례형 (2분진작) 대부엽 본사부>가 후대 [시조형]과 더불어 같은 선율을 지닌 것으로 파악된 점에서도[3] 드러난다.

또한 「후전진작」의 <비례형 (2분진작) 대부엽>과 [시조형]의 관계에서 그 친연성은 악곡형만의 관계로 그치지 않는 점이 중요하다

즉 그 친연성은 가사형에서도 유사하게 나타나는 것이 주목된다.

그 실상은 선초 개찬된 「후전진작(후정화)」의 <비례형 (2분진작) 대

3) 황준연, 「조선전기의 음악」 『한국음악사』, 대한민국 예술원, 1985, 257~260면.

부엽>에 실린 가사형에서 드러난다.

「후정화」의 <대부엽>에 실린 가사형

(대엽 전부) 경운심처(慶雲深處)에 앙중동(仰重瞳)하니 '나는'
(대엽 후부) 일곡남훈(一曲南薰)에 해온풍(解慍風)이로다 '나'
(부엽 본사부) 봉황(鳳凰)이 내무(來舞)하니 구성중(九成中)이로다

이 가사를 [준시조 시형]에 비하면 형태의 윤곽은 유사한 것이 사실이나, 다수의 음보가 3음 위주를 이룬 중에 소수의 2음이 섞여 있어서, 구체적인 음수율 및 음보율에서 [준시조 시형]과 차이가 있다.

게다가 조선초(朝鮮初)에 한문투로 개찬되면서, 그 어휘는 조사와 어미를 제외한 거의 모두가, 한문투에 익숙한 표현을 구사하였다.

그러나 이 <비례형 (2분진작) 대부엽 본사부>와 그에 실린 가사는 3장6구 12음보체의 <유사(類似) [준시조형]>이라 지칭할 수 있다.

그런데 이 <유사 [준시조형]>은 '경운심처에'로 그치지 않는다.

즉 장형 악곡인 이 <비례형 (2분진작) 대부엽>의 복합적 형성에 공통된 단위악곡으로 편입된 바 <(비례형 {2분진작} 대부엽)과 공통된 단위악절 2종> 모두에서, 이 <유사 [준시조형]>이 나타나는 것이다.

즉 <대부엽>에 실린 <유사 [준시조형]>은 전술한 <대부엽> 이외에도 <후강+부엽> 및 <3엽4엽+부엽>의 가사형에서 나타난다.

「후정화」의 <후강+부엽>에 실린 가사형

(후강 전부) 적덕백년(積德百年)에 흥예악(興禮樂)하시니
(후강 후부) 수의일대(垂衣一代)에 환문장(煥文章)이로다

(부엽)　　　옹희지치(雍熙至治)여 매우당(邁虞唐)이로다

「후정화」의 <3엽4엽+부엽>에 실린 가사형

(3엽)　홍부지속(紅腐之粟)이오 관후전(貫朽錢)이로다
(4엽)　음양(陰陽)이 순궤(順軌)하여 우로균(雨露均)하니
(부엽)　만가연화(萬家煙火)ㅣ여 태평민(太平民)이로다

이 <유사 [준시조형]>들은 결국 그 구체적인 선율만 다를 뿐, 그 악곡형 및 가사형은 <유사 (3장6구체)>라는 점에서 공통된다.

그렇다면 이 공통된 3개 <유사 [준시조형]>이 존재한다는 사실 그 자체가 독립적 시가형으로 전형화되는 과정의 일단을 보여준 것이다.

즉 이 3개 <유사 [준시조형]>들은 「후전진작(후정화)」의 전체 가사 중 일부로 내포된 점에서, 명목상의 독립된 시가형은 아니지만, 실질적으로는 전형성에 접근한 형태의 반영에 해당한다.

따라서 이를 <비독립적 (유사 [준시조형])의 실질적 전형성>이라 간추릴 수 있다.

요컨대 이상의 고찰 결과는 [준시조 곡형]은 결국 행강률 (2.2.2) 3장 6행강 96정간을 공통되게 지닌 <반분형 (4분진작) 원대엽 본사부> 및 <비례형 {2분진작} 대부엽 본사부>, 이 2종이 병존하였음을 의미한다.

그러나 이 [준시조 곡형] 2종간에는 원형적으로 각개가 지닌 악곡 체재에 따라서, <대엽>과 <반절형의 대부엽>이라는 차이가 있다.

이 차이는 필연적으로 시원적 선행 모태인 [사뇌가형]과의 형태적 친소(親疎) 관계에 있어서 다소의 차이를 보이는 것도 사실이다.

즉 <반분식 반절화>로써 [사뇌가형]의 원형적 선율을 이은 <원대엽>이 보다 [사뇌가형] 선율의 정통한 계승체에 해당한다.

그러나 <대부엽>의 <부엽>은 <(부엽) 본사부 악곡의 (대엽) 일부악곡 모방>에 의해서 형성되었기 때문에, 그 선율은 원형의 [사뇌가형] 선율에 비하여, 다소의 차이가 있었던 것으로 추론된다.

그러나 <대부엽>은 [사뇌가형] 선율의 변화형이라는 범주에 드는 것이 그 실상이었던 것으로 이해된다.

즉 양자는 체재상의 차이에도 불구하고, 사뇌가 악곡형이라는 같은 원류를 이어받은 공통된 형태라는 점에서 태생적 동질성을 지녔기 때문에, 양자에 대한 인식에는 동류의식이 존재한 것으로 파악된다.

이를 <[준시조 곡형] 2종에 대한 동류의식>이라 간추릴 수 있다.

그리고 [준시조 곡형] 2종이 동류의식의 대상이었다는 것은 양자가 상호간 경합 및 보완의 관계에 있었던 것을 의미한다.

(2) <[준시조 곡형]의 (비례형 {2분진작} 대부엽 본사부) 우세화>

이제 전술한 <[준시조 곡형] 2종에 대한 동류의식>에 따라 이루어진 경합에 있어서, 양자간 시대별 우열 관계의 실상을 살핀다.

즉 이제까지의 고찰에서 드러났다시피 [선시조 곡형]까지는 <예비적 [선시조 곡형]인 (비례형 {2분진작} 대부엽 본사부)>보다는 <반분형 (4분진작) 원대엽 본사부>가 우세를 보인 것으로 나타났다.

그러나 후대 [준시조 곡형]의 단계에 오면 <반분형 (4분진작) 원대엽 본사부>보다는 <비례형 (2분진작) 대부엽 본사부>가 우세를 보이는 역전이 이루어진 것으로 파악된다.

이에 따라서 「후전진작」 악곡형에 내포된 <비례형 (2분진작) 대부엽 본사부>의 실상을 살핀다.

현전 「이상곡」의 악곡형인 <비례형 (2분진작)>은 후대에 「후전진작」의 악곡형인 <비례형 (2분진작)>으로 이어진 것으로 나타난다.

여기서 「후전진작」이란 이른바 긴 「북전(北殿)」의 다른 이름이다.

그런데 양태순은 「후전진작」의 악곡 33행강이 「진작 4」와 더불어 대동소이한 악곡 체재임과 아울러, 「진작 4」보다 간략화된 <진작양식>을 지닌 것으로 파악하였다.[4]

즉 <비례형 (2분진작)>의 표본인 「진작 4」의 40행강에 비하여, 「후전진작」의 악곡은 33행강이기 때문에, 7행강이 부족하다.

그러나 이 차이는 있을 수 있는 변통(變通)인 것으로 고찰되었다.

「진작 4」의 <부엽> 3개구 각각은 4행강인데 비하여, 「후전진작」의 <부엽> 3개구 각각은 모두 2행강으로 축소되어 나타났기 때문이다.

따라서 「후전진작」의 3개 <부엽>이 「진작 4」의 3개 <부엽>처럼 각각 4행강으로 환원하면, 이는 「진작 4」의 40행강과 거의 같은 길이의 39행강을 지닌 <비례형 (2분진작)>으로 드러난다.

요컨대 지엽적인 후대적 변화를 제외하면, 「후전진작」의 <비례형 (2분진작)>은 「이상곡」의 <비례형 (2분진작)> 그 계승에 해당한다.

이를 <(「이상곡」의 비례형 {2분진작} → 「후전진작」의 비례형 {2분진작})의 계승>이라 간추릴 수 있다.

그런데 여기서 특히 중요한 점은 황준연이 [시조곡형]의 원형적 선율인 『금합자보』의 「우조 북전」 7행강은 『대악후보』의 「후전진작」

4) 양태순, 앞의 『고려가요의 음악적 연구』, 172~174면.

선율 일부인 제15행~제21행의 선율과 동일한 것으로 밝힌 점이다.[5]

양태순은 또한 [시조곡형]과 동일한 「후전진작」의 제15행~제21행 선율이 「후전진작」의 악곡 체재에 있어서 <비례형 (2분진작) 대부엽>에 해당하는 것임을 밝힌 바 있다.[6]

따라서 이상을 정리하면 <(「후전진작」 제15행~제21행) 및 [시조곡형]의 동일 선율 확인> 및 <(「후전진작」의 비례형 {2분진작} 대부엽 → [시조곡형])의 계승 관계>라 간추릴 수 있다.

「후전진작」의 (비례형 {2분진작} 대부엽) → [시조곡형]

계승 관계

그런데 이처럼 <(「후전진작」의 제15행~제21행 및 [시조곡형])의 동일 선율 확인>이 이루어진 것은, 이 <비례형 (2분진작) 대부엽 본사부)>가 <예비적 [선시조 곡형]>이라는 과도적 과정을 거쳐, 우세한 [준시조 곡형]에 이르는 변화 과정을 거친 것을 의미한다.

이를 <(비례적 {2분진작} 대부엽 본사부)의 [준시조 곡형] 우세화>라 간추릴 수 있다.

이에 따르면 <[준시조 곡형]인 (비례형 {2분진작}) 대부엽 본사부>는 다음과 같은 단계적 계승이 이루어진 것으로 드러난다.

〈비례형 (2분진작) 대부엽〉의 변화 단계

「진작 4」 : 대엽 4행강 + 부엽 2행강 + 여음 2행강

「이상곡」 : 대엽 4행강 + 부엽 2행강 + 여음 2행강

5) 황준연, 앞의 책, 257~260면.

6) 양태순, 앞의 책, 172~175면.

「후전진작」 : 대엽 4행강 + 부엽 2행강 + 여음 1행강
「북전」 : 대엽 4행강 + 부엽 2행강 + 여음 1행강

그렇다면 「북전」의 '실사부 6행강 + 1행강(여음)'이란 구조는 바로 [준시조 곡형]이 [시조곡형]으로 넘어가는 과도적 과정이 반영된 악곡형인 것을 의미한다.

즉 이 과도적 [준시조 곡형]은 후대로 올수록 실제의 가창에서 종말음보가 생략되면서, 말미의 여음 1행강도 아울러서 생략됨으로써, 자연스럽게 [시조곡형]에 접근한 양상을 보인 것으로 파악된다.

이제 정리하면 <반분형 (4분진작)의 「이상곡」> 단계까지는 <반분형 (4분진작) 원대엽 본사부>가 우세한 [선시조 곡형]이었다.

이를 <[선시조 곡형]의 (반분형 {4분진작} 원대엽 본사부) 우세화>라 간추릴 수 있다.

그런데 앞에서 간추린 바 <(「후전진작」의 제15행~제21행 및 [시조형])의 동일 선율 확인>은 획기적 의미를 지닌다.

즉 이는 [준시조 곡형] 형성 이후 후대 어느 시기에 <비례형 (2분진작) 대부엽 본사부)> 우세로의 반전이 이루어진 것을 의미한다.

이를 <(비례적 {2분진작} 대부엽 본사부)의 [준시조 곡형] 우세화>라 간추린 바 있다.

[선시조 곡형]의 <반분형 (4분진작) 원대엽 본사부> 우세

[준시조 곡형]의 <비례형 (4분진작) 원대엽 본사부> 우세

이제 <[선시조 곡형]의 (반분형 {4분진작} 원대엽 본사부) 우세화>

가 <2종 [준시조 곡형]의 동류의식>에 바탕하여, <[준시조 곡형]의 (비례형 {2분진작} 대부엽 본사부) 우세화>로 바뀐 원인을 살핀다.

물론 그 원인은 <비례형 (2분진작) 대부엽 본사부> 및 <반분형 (4분진작) 원대엽 본사부>의 악곡 체재가 지닌 차이에서 비롯된 것이다.

이는 [선시조 시형] 형성 초기에 그 선행 모태를 이룬 「정과정(진작)」 및 「이상곡」의 후소절 가사 3개구의 원형적 성향과 관련된다.

즉 이 [후사뇌가형] 시가들 내부에서 파생되기 이전의 후소절 가사 3개구, 즉 [가곡시형] 및 [선시조 시형]의 모태는 [후사뇌가형] 시가의 전체 가사의 일부로서, 전대절과 더불어 짝을 이룬 결사에 해당한다.

따라서 이는 파생 이전의 후소절 가사 3개구가 독립된 시가형으로서의 <3장6구체> 형성에 아직 미진한 상태였음을 의미한다.

그러나 이 후소절 가사 3개구가 파생된 이후에는 점차 [시조형] 전후절 양식 즉 초장·중장의 전절과 그리고 종장의 후절이라는 그 구분을 확고히 하는 전형화를 지향하기 마련이었다.

그렇다면 효과적인 전후절 양식의 분명한 확립을 위해서는, <대엽>이라는 단일 악구로만 형성된 <반분형 (4분진작) 원대엽 본사부>보다는, <대엽>과 <부엽>이라는 2개 악구가 복합된 악절 즉 <비례형 (2분진작) 대부엽 본사부>가 보다 효율적인 형태에 해당하는 것이다.

<비례형 (2분진작) 대부엽 본사부>의 <대부엽>은 악곡 체재 자체가 <(대엽)의 전대절 + (부엽 본사부)의 후소절>이라는 전후절 관계 그 체재 구분의 여지를 생래적(生來的)으로 지녔기 때문이다.

따라서 이를 <(비례형 {2분진작} 대부엽 본사부)의 효과적인 전후절 구분 가능성>이라 간추릴 수 있다.

이상과 같은 요인에 의해서, <[준시조 곡형]의 (비례형 {2분진작} 대부엽 본사부) 우세화>가 이루어진 것으로 파악된다.

3. 시가형 계승의 실상

1) 장형 악곡 및 단형 가사의 절충적 조화

이제 우리 [사뇌가형]으로부터 거의 종착에 가까운 [준시조형]에 이르기까지의 계승 관계를 총체적으로 정리할 필요가 있다.

우선 이 정리의 관건은 [사뇌가형]에서 [준시조형]까지의 기나긴 어간에 존재한 가장 큰 변화 즉 「정과정(진작)」의 변화에 있다.

특히 「정과정(진작)」의 제1차적 변화로서 악곡의 대폭적인 확대가 이루어진 점을 역시 가장 큰 변수로 들 수 있다.

「진작」에서 의식가 지향의 악곡 장형화는 [향풍체가 원형]의 악곡형인 <대엽체>의 구실과 깊은 관련이 있다.

즉 <(대엽체와 그 아류) 10배 복합의 「진작」 조성>으로 「정과정(진작)」이 이루어졌는데, 그러나 그 가사 규모는 기실 단위 [사뇌가형] 1수의 가사 규모에 지나지 않았다.

이를 <10단위 악곡형 규모 + 1단위 가사형 규모 = 「정과정(진작)」>이라 간추린 바 있다.

그런데 이러한 악곡 및 가사의 규모 그 상반적 관계는 결국 악곡 10배화(十倍化) 확대에 반비례한 가사의 상대적인 10분화(十分化) 축소를 의미하는데, 이 가사 규모의 반비례적 축소는 <([사뇌가형] 구단위 → 「정과정」 음절단위)의 가사 축소화>에서 실증적으로 나타났다.

이를 <악곡 10배화 확대에 반비례한 가사의 10분화 축소>라 간추린 바 있다.

그런데 후대 「정과정(진작)」의 제2차적 변화는 원래의 의식가적 성향과는 다른 서정시가 지향의 악곡형 단형화로부터 본격화되었다.

사실 「정과정(진작)」의 80행강체라는 전체 악곡의 길이는, 같은 길이를 지닌 [사뇌가형] 및 [향풍체가 원형]의 10배에 해당하는 길이로서, 이는 서정시가 일반에 비하여 너무나 긴 길이이기 때문에 그 축소는 필연적인 결과라 할 수 있다.

그리고 이 악곡 축소의 궁극적 도달은 다시 서정시가형의 원초적 선행 모태인 [사뇌가형] 악곡 규모로의 환원이었다.

이를 <서정시가적 단형화를 위한 [사뇌가형] 악곡 규모로의 원형 회귀>라 간추릴 수 있다.

그런데 이러한 서정시가적 단형화 지향은 악곡의 심대한 장형화와 더불어 가사의 심대한 단형화라는 대조적 구성으로 인하여 조성된 「정과정(진작)」의 극심한 편향성을 해소하기 위한 악곡 및 가사의 반비례적 절충이 요구되는 양상을 의미한다.

요컨대 <복합성 장형 악곡의 단위악곡화 축소>에 반비례하는 바 <구조적 표현화를 위한 가사 증대>를 필요로 하였다.

이를 <(악곡 단형화 및 가사 장형화)의 반비례적 절충>이라 간추릴 수 있다

그렇다면 「정과정(진작)」이 [사뇌가형]에 준하는 규모로 원형 회귀하기 위한 <(악곡 단형화 및 가사 장형화)의 반비례적 절충>은 <악곡 10배화 확대에 반비례한 가사의 10분화 십분화(十分化) 축소> 그 자체를 다시 원형으로 환원시키면 가능하다는 것을 의미한다.

즉 10배화된 악곡은 10분화하고, <([사뇌가형] 구단위 → 「정과정」 음절단위)의 가사 축소화>에 의해서 10분화된 가사는 다시 10배화하

면, 이로써 시가 단형화는 완결될 수 있는 것이었다.

이에 먼저 악곡형 단형화의 측면을 살핀다.

우선 서정시가적 단형 악곡을 위한 지향은 거듭된 해체적 반절화 및 부분적 독립화를 통한 단계적 축소 과정이 본격화되었다.

그 첫 시도의 결과가 전술한 바와 같이 「진작」의 <반분식 반절화>를 통하여 구현된 바 <[가곡형]의 모태인 (반분형 {2분진작} 대부엽 본사부)의 조성>으로 나타났다.

더 나아가 「진작」의 거듭된 제2차적 <반분식 반절화>를 통하여 <[시조곡형]의 모태인 (반분형 {4분진작} 원대엽 본사부)의 조성>으로 나타났다.

그 결과 악곡형 측면의 계승에 있어서, [사뇌가형] 악곡과 동일한 형태 및 규모의 [시조형]으로 다시 환원적 계승을 이룬 것이다.

이를 <10단위 장형 악곡의 1단위 단형 악곡 규모로의 환원> 및 <복합성 장형 악곡 「진작」의 [사뇌가형] 악곡 규모로의 환원>이라 간추릴 수 있다.

2) 가사 규모의 반절화 계승

앞에서 [시조형]의 악곡 규모가 다시 [사뇌가형] 악곡 규모로 환원함으로써, 서정시가의 악곡형을 구현한 것으로 고찰되었다.

그러나 전술에서 가사 규모 측면은 <([사뇌가형]의 반절화된 가사형 → [준시조 시형])의 계승>이 이루어진 것으로 간추린 바 있다.

이제 가사 변화의 측면에서 [사뇌가형]의 가사 규모가 [시조형]에서 이처럼 반절 규모로 축소된 변화의 구체적 실상을 알아본다.

우선 유의할 것은, 악곡형 측면의 단형화와는 다르게, 가사형 측면의 반절화 계승은 보다 다단(多端)한 과정을 거친 점이다.

즉 전술한 바 <악곡 10배화 확대에 반비례한 가사의 10분화 축소>에 따라 유발된 <([사뇌가형] 구단위 → 「정과정」 음절단위)의 가사 축소화>를 이룬 결과, 너무도 짧아진 <대엽>의 가사 ‘넉시라도 님은 ᄒᆞᆫᄃᆡ 녀져라 아으’로는 최소한의 구조적 표현이 사실상 어려웠다.

이러한 실정은 필연적으로 가사 규모의 증대를 필요로 하였다.

이를 <구조적 표현을 위한 가사 증대 필요>라 간추릴 수 있다.

그런데 문제는 구조적 표현을 위한 가사 증대의 규모는, <([사뇌가형]의 가사형 반절 규모 → [준시조 시형])의 계승>에서 드러났다시피, [사뇌가형]의 가사 규모 그 반절에 한정되는 것이었다.

따라서 이제 <구조적 표현을 위한 가사 증대 필요>에도 불구하고, 그 가사 규모의 실제적 증대가 <([사뇌가형]의 가사형 반절 규모 → [준시조 시형])의 계승>에 한정되어 이루어진 경위를 알아본다.

물론 이 가사 규모 변화는 전술한 바 <(악곡 단형화 및 가사 장형화)의 반비례적 절충> 그 원리에 따라서 이루어지기 마련이었다.

다시 말하면 「진작」 규모의 단형화를 위한 반절화에 대조되는 바 서정시가의 구조적 표현화를 위한 가사 규모의 확충, 이 양자의 상반적 관계는 역시 반비례적 절충으로 해소될 수밖에 없었다.

여기서 반비례적 절충의 규모 산정을 위한 기준 설정이 필요하다.

물론 악곡형 측면의 경우 <([사뇌가 2형] → [준시조 곡형])의 악곡형 계승>에 따라, [사뇌가 2형]의 악곡형과 그 규모가 공통된 [시조곡형]으로, 비교적 단순한 계승을 이룬 것으로 고찰되었다.

그러나 가사형 측면의 경우는 <([사뇌가형] 구단위 → 「정과정」 음절단위)의 축소화>에서 드러났다시피, 그 문절단위 변화 양상이 보다 다단하게 전개되었기 때문에, 가사 규모 변화의 객관적 기준을 설정할 필요가 있게 되는 것이다.

그렇다면 가사 규모 비교의 객관적 기준으로 가사의 문절단위 중에서 가장 최소한의 기본 단위인 음절단위가 적합한 것으로 이해된다.

시가형 계승에서 구단위의 다양한 변화에 비하여, 음절단위는 최소 기본 단위로서 가장 객관성을 지닌 것으로 파악되기 때문이다.

따라서 음절단위 기준을 [사뇌가형]에서 [준시조형]에 이르는 가사 규모 변화의 정도를 가늠하는 기준으로 삼고, <구조적 표현을 위한 가사 증대화>의 실상을 정리한다.

전술에서 [사뇌가형]에서 [후사뇌가형]에 이르는 시가형들의 평균적 총음수(總音數)는 <[사뇌가 문곡형] 가사 평균 총음수의 90음 및 108음>에 준하는 가사 규모를 지닌 것으로 간추린 바 있다.

특히 「정과정」의 「진작」에 비하여 「이상곡」의 악곡은 반절화된 <2분진작>이기 때문에, <악곡 및 가사의 상호적응적 조화 추세>에 따라서, 그 가사도 반절화 축소를 이루는 것이 일반적 통념에 맞는다.

그러나 유의할 바는 가사의 총음수에 있어, 「정과정(진작)」은 126음이고 「이상곡」은 140음으로서, 이는 역시 [사뇌가 곡형] 가사의 평균 총음수보다 조금 많거나 유사한 가사 규모에 해당한다.

그러므로 「이상곡」이 「정과정」과 더불어 <단위 [사뇌가 곡형]에 준하는 가사 규모>를 공통되게 지닌 것을 전술에서 <「진작」 반절화 불구의 공통된 가사 규모 계승>으로 간추린 바 있다.

따라서 이러한 <「진작」 반절화 불구의 공통된 가사 규모 계승>이라는 한정 속에서, <(악곡 단형화 및 가사 장형화)의 절충>이 구현되기 위해서는, 악곡 및 가사의 신축이 역시 상호간의 반비례적 절충에 의해서 결정되기 마련이었다.

이를 <(악곡 장형화 ↔ 동일 규모 가사)의 대조성>에 따른 <(악곡 축소 ↔ 가사 확대)의 반비례 절충>이라 간추릴 수 있다.

그래서 「진작」이 1차적 <반분식 반절화>를 이루면 2개의 <반분형 (2분진작)>으로 나뉘고, 그 각각에 <「진작」 반절화 불구의 공통적 가사 규모 계승>을 이룬 가사형 2개 단위가 실린다.

그러면 이 <반분형 (2분진작) 원대엽>에 실린 가사는 선행 모태인 <「진작」 원대엽>에 실린 11음절의 가사 '넉시라도 님은 ᄒᆞᆫᄃᆡ 녀져라' 그것의 2배인 22음절 가량의 음수를 지닌 가사로 증대된다.

더 나아가 「진작」이 2차적 <반분식 반절화>를 이루면, 4개의 <반분형 (4분진작)>으로 나뉘고, 그 각각에 <「진작」 반절화 불구의 공통적 가사 규모 계승>을 이룬 가사형 4개 단위가 실린다.

그래서 「진작」에 모두 4개 단위의 「이상곡」 가사 규모가 실리면, <「진작」 원대엽 본사부> 및 <반분형 (4분진작) 원대엽 본사부〉 양자의 악곡 길이는 동일하기 때문에, <반분형 (4분진작) 원대엽 본사부>에 실린 가사 규모는 4배로 증대된 음수가 실리기 마련이다.

즉 이 <반분형 (4분진작) 원대엽>에 실린 가사는 선행 모태인 <「진작」 원대엽>에 실린 11음절의 가사 '넉시라도 님은 ᄒᆞᆫᄃᆡ 녀져라' 그것의 4배인 44음절 가량의 음수를 지닌 가사로 증대된다.

이러한 가사 증대는 「만전춘 별사」의 [준시조 곡형]인 <반분형 (4분진작) 원대엽 본사부>에 실린 [준시조 시형] 즉 '耿耿 孤枕上애'가 균제적 정리를 이룬 양상에서 지니는 총음수 44음과 합치한다.

요컨대 이는 「진작」에 실린 전체의 가사 규모가, 반절화된 <2분진작> 및 4반절화된 <4분진작>의 각각에 다시 실리면, 그 <원대엽>의 가사 규모는 반비례적으로 2배화 및 4배화하는 것을 의미한다.

이를 <반절화된 악곡형 + 동일 규모 가사 = 가사의 반비례적 배화(倍化)> 및 <악곡 반절화에 반비례한 음수의 2배 및 4배 증대>라 간추릴 수 있다.

요컨대 이는 악곡이 10배화의 문제를 10분화에 의해 해소한 것과 다르게, 가사는 10분화의 문제를 4배화로만 그친 점에 차이가 있다.

이를 <({악곡의 10배화 : 10분화} + {가사의 10분화 : 4배화})의 차이>라 간추릴 수 있다.

그렇다면 이는 가사 증대의 규모가 악곡 축소의 규모에 비하여 4/10 즉 약 반절 규모에 해당하는 것으로 드러난다.

이상의 고찰로써 [시조형]의 윤곽은 이미 [준시조형] 단계에서 이루어진 것으로 이해되기 때문에, 이제 시가형 변화 단계의 최종 주체를 [시조형]으로 대체하기로 한다.

이 음수 증대의 비율은 [시조형]의 음수율에 그대로 반영되었다.

즉 <[사뇌가 곡형] 가사 평균 총음수 108음>에 비하여, [시조형]의 평균 총음수 45음 내외는 2/5인 43음에 거의 접근한다.

또한 <[사뇌가 문형] 가사 평균 총음수 90음>에 비하여 [시조형]의 평균 총음수는 45음 내외는 반절 규모에 해당한다.

즉 이러한 가사의 평균 총음수 변화도 전술한 고찰 결과 <([사뇌가형]의 반절화된 가사형 → [준시조 시형])의 계승>을 실증하는 것이다.

그런데 이와 관련하여 주목할 것은 전술에서 간추린 바 <([사뇌가형]의 반절화된 가사형 → [향풍체가 원형])의 계승>이다.

전술에서 단위악구율의 변화에 있어서 일찌기 [사뇌가형]의 <(8간위주 단위행률 → 16정간 단위행강률)로의 배형화>에 의해서 [향풍체가 원형]의 <16정간 단위행강률>로 변화한 사실을 파악한 바 있다.

그리고 이러한 악곡형의 <16정간 단위행강률로의 배형화>에 따른 <행수의 행강수로의 조정>의 조정 즉 <8간단위 2행의 16정간단위 1행강 통합화>란, <악곡 및 가사의 상호적응적 조화 추세>에 의해서, 궁극적으로는 가사형 변화에서도 추수되어 나타난 것으로 파악하였다.

이를 <[사뇌가형] 2행 2개구 → [향풍체가 원형] 1행강 1개구)의 가사 반절화> 및 <([사뇌가형]의 반절화된 가사형 → [향풍체가 원형])의 계승>이라 간추린 바 있다.

따라서 이상을 정리하면, <([사뇌가형]의 반절화된 가사형 → [시조시형])의 계승>이란 이미 <([사뇌가형]의 반절화된 가사형 → [향풍체가 원형])의 계승>으로부터 그 시초가 비롯된 것임을 의미한다.

그리고 이는 [향풍체가 원형]의 가사형 및 [시조시형]의 규모가 공통됨을 의미한다.

<([사뇌가형]의 반절화된 가사형 → [향풍체가 원형])의 계승> =
<([사뇌가형]의 반절화된 가사형 → [시조시형])의 계승>

이를 <([향풍체가 원형] → [시조시형])의 사뇌가 반절형 가사 환원>이라 간추릴 수 있다.

그리고 이러한 [시조시형]의 사뇌가 반절형 가사로의 축소는 결국 문절단위 축소로 이어진 것으로 파악된다.

즉 이 [준시조 시형]의 형성과 직접적으로 관련된 바 <악곡 4반절화에 따른 음수의 반비례적 4배 증대>는 결국 「정과정」의 1개음이 「만전춘 별사」에서 4개음으로 증대된 것을 의미한다.

그리고 이는 동시에 「정과정」의 1개음 음절단위 규모가 「만전춘 별사」에서 4개음의 음보단위 규모로 확장된 것을 의미한다.

이를 <(「정과정」 1개음 음절단위 → 「만전춘 별사」 4개음 음보단위)의 확대>라 간추릴 수 있다.

「정과정(진작)」의 음절단위 → 「만전춘 별사」의 음보단위

문절단위 확대

그런데 <({악곡의 10배화 : 10분화} + {가사의 10분화 : 4배화})의 차이>로 인하여, <([사뇌가형]의 반절화된 가사형 → [시조시형])의 계승>이 이루어진 데는 두 가지 원인이 있는 것으로 파악된 바 있다.

즉 문예적 측면에서, 시가는 점차 가요적 음악성을 탈피하고 문학성이 고조됨에 따라, 그 시적 가사는 서정적 표현의 고양에 따른 함축성의 진작을 이루면서 점차 짧아지는 것이 일반적 추세였다.

이를 <(문예성 고조 및 음악성 탈피)의 함축적 표현 고양>이라 간추린 바 있다.

또한 음악적 측면에서 보면, 중세 이후 고조된 어단성장의 일반화가 악곡에 비하여 짧은 함축적 가사를 필요로 한 것으로 이해된다.

이를 <(함축적 표현화 및 어단성장)에 의한 가사 축소 유발>이라 종합적으로 간추릴 수 있다.

그렇다면 이를 통하여 이 <(함축적 표현화 및 어단성장)에 의한 가

사 축소 유발>의 단초는 전술한 바 <([사뇌가형]의 반절화된 가사형 → [향풍체가 원형])의 계승>에서부터 이미 비롯된 것으로 이해된다.

그런데 이러한 <(함축적 표현화 및 어단성장)에 의한 가사 축소 유발>에 의해서 필연적으로 대두된 [시조시형]의 모태를 <객관적 당위성에 따른 [시조시형] 모태 형성>이라 간추릴 수 있다.

그리고 이와 대비되는 바 [가곡시형]의 모태로서 「정과정」 후소절 가사의 취택, 그리고 [선시조 시형]의 모태로서 「이상곡」 후소절 가사형의 취택, 이는 <주관적 취택에 따른 [시조시형] 모태 설정>이라 간추릴 수 있다.

그 이유는 [시조시형]의 모태인 후소절 가사는 말미부에 존재하고, [시조곡형]의 모태인 <원대엽>은 중간부에 존재함으로써, 전술한 바 <가사 및 악곡 그 모태의 다른 위치 소재>를 이룬 점에 있다.

따라서 <반분식 반절화>를 통하여, 시가 말미부에 있는 후소절 가사 즉 [시조시형]의 모태가 취택되어, 중간부에 있는 <대엽> 가락에 옮겨 실었기 때문에. <악곡 및 가사 그 모태의 위치 정합>이 이루어졌다.

그리고 이 위치 정합에 의해 [시조형]의 파생이 가능하였다.

따라서 이를 <주관적 취택에 따른 [시조시형] 모태 설정>이라 지칭할 수 있는 것이다.

그렇다면 이로써 <주관적 취택에 따른 [시조시형] 모태 설정>을 이룬 바탕에는 전술한 바 <객관적 당위성에 따른 [시조시형] 모태 설정>이라는 필연적 근거가 내재하여 작용하였음을 이해할 수 있다.

이를 <[시조시형] 모태의 주관적 취택에 내재된 객관적 당위성>이라 간추릴 수 있다.

3) [사뇌가형 짝수체 구수율 → [준시조형] 짝수체 음보율화

이제 [사뇌가형]의 짝수체 구수율이 결국 [준시조형]의 짝수체 음보율로 문절단위 축소를 이룬 경위를 알아본다.

전술에서 <구조적 표현을 위한 가사 증대 필요>에 따라 <(「정과정」 1개음 음절단위 → 「만전춘 별사」 4개음 음보단위)의 확대>가 이루어진 것으로 고찰되었다.

그리고 이러한 문절단위 확대는 제2연의 [준시조형] 이외의 <[준시조형] 지향의 기타 과도적 4개연> 모두에서 공통된 경향을 보였다.

따라서 이는 <(「정과정」 1개음 → 「만전춘 별사」 4개음)의 확대>가 「만전춘 별사」의 가사 전반에 걸친 일반적 현상임을 의미한다.

그렇다면 이는 <(「정과정」 음절단위 → [준시조 시형] 음보단위) 그 확대의 일반화>로 간추릴 수 있다.

따라서 이제 원초적 선행 형태인 [사뇌가형]에서 [준시조형]에 이르는 가사의 문절단위 변화를 통시적(通時的)으로 정리할 수 있게 된다.

전술한 바 있는 <([사뇌가형] 구단위 → 「정과정」 음절단위)의 가사 축소화>에 이어, <(「정과정」 음절단위 → [준시조형] 음보단위) 그 확대의 일반화>가 자연스럽게 연계 관계를 이루기 때문이다.

이에 이 연계 관계를 시종의 관계로써 정리하면 이는 결국 <([사뇌가형] 구단위 → [준시조형] 음보단위)의 가사 축소화>로 귀결된다.

그렇다면 이 <([사뇌가형] 구단위 → [준시조형] 음보단위)의 가사 축소화>는 <([사뇌가 2곡형] 3단12개구 → [시조시형] 3장12음보)의 축소화 계승>을 의미하는 것이다.

물론 이는 [사뇌가 곡형] 3장12개구 중에서 후소절의 곡형구 2개구가, <곡형부의 후대적 실사부화(문형부화) 추세>에 따라서 실사화함으로써, 이것이 [시조시형] 3장의 실사적 12음보로 계승된 결과임을 상기할 필요가 있다.

그렇다면 문절단위 변화와 관련하여 새로운 발상 전환이 요구된다.

즉 [사뇌가형] 및 [후사뇌가형]과 같은 선행 시가형들이 지닌 3음보 위주의 다양한 음보율(音步律)과 [준시조형]이 지닌 2음보 및 4음보의 <짝수체 음보율>이 필연적인 관련성을 지니지 못한 것은, 시조의 음보율이 다른 모반에서 근원하였음을 의미하는 것이다.

따라서 이제 <([사뇌가형] 3단12구 → [시조형] 3장12음보)의 축소화 계승>에서 드러났다시피, [사뇌가형]의 짝수체 구수율은 [시조형]의 짝수체 음보율로 <닮은꼴 축소>라는 계승 관계를 이룬 것으로 귀결지을 수 있다.

이를 <([사뇌가형] 짝수체 구수율 → [준시조형] 짝수체 음보율)의 축소화 계승>이라 간추릴 수 있다.

<([사뇌가형] 구단위 → [시조형] 음보단위)의 가사 축소화> =
<([사뇌가형] 짝수체 구수율 → [시조형] 짝수체 음보율)의 축소화>

4) 〈([사뇌가형] {3구6명체} → [시조형] {3장6구체})의 계승〉

[사뇌가형]의 장구조는 주로 수직적 주체 관계가 피아합(彼我合)의 구조를 이룬 3장구조인 것으로 고찰된 바 있다.

즉 이 수직적 주체 관계란 신인합(神人合), 또는 상하합(上下合) 및 하상합(下上合)이라는 상대적 주체 관계를 모두 포괄한 피아합(彼我合)의

수직적 관계가 결사의 합일로 수렴되는 구조로 파악되었다.[7]

그런데 김대행은 [시조형]의 장구조에 대하여 초장 및 중장은 종장의 종결을 향한 병렬의 관계이며, 종장은 시상(詩想)을 접속 및 종결하는 하는 것이 [시조형] 3장의 구성을 이룬다는 견해를 제시하였다.[8]

이에 따르면 향가가 지닌 수직성 위주의 장구조가 시조가 지닌 수평성 위주의 다양한 장구조로 변모하였을 뿐, 결국 그 3장구조의 골간은 원형적 맥락이 공통된 것으로 이해된다.

즉 <([사뇌가형] → [시조형])의 계승>은, 형태상의 문절단위 규모 축소에도 불구하고, <(3구6명체 → 3장6구체)의 닮은꼴 계승>이 온전한 통사적(通史的) 일관성을 견지하여 온 것이다.

따라서 이제 <([사뇌가형] 구단위 → [시조형] 음보단위)의 가사 축소화> 및 <([사뇌가형] 짝수체 구수율 → [준시조형] 짝수체 음보율)의 축소화>에 기준하여, [사뇌가형]에서 [준시조형]에 이르는 선후 시가형의 문절단위 변화를 종합적으로 정리할 수 있다.

특히 그 구수율의 증감에 있어서, [시조곡형]의 가사가 초중종 3장(3개구)이니까, 이는 [사뇌가 곡형]의 가사 12개구의 1/4, 또는 「정과정(진작)」 11개구의 1/4에 가깝게 축소된 것이다.

즉 이 구수율의 1/4 축소화는 <([사뇌가형] 구단위 → [준시조형] 음보단위)의 가사 축소화>와 더불어 정비례하는 것이다.

그러므로 이를 기준으로 하여 여타의 모든 단계적 문절단위 그 축소에도 1/4 축소화 비율의 총체적인 적용이 가능한 것으로 이해된다.

7) 김종규, 앞의 『향가문학연구』, 45~49면.
8) 김대행, 앞의 『시조유형론』, 184면.

그렇다면 이 문절단위의 변화적 계승이란 결국 다음과 같이 <닮은꼴의 비례적 축소>를 이룬 것이 된다.

[사뇌가형] <3구6명>의 구(句) → [시조형] <3장6구>의 장(章)

[사뇌가형] <3구6명>의 명(名) → [시조형] <3장6구>의 구(句)

[사뇌가형] <3구6명>의 단구 → [시조형] <3장6구>의 음보

총체적인 <닮은꼴의 비례적 축소>를 이룬 문절단위

이를 <(닮은꼴 변화형)의 ([사뇌가형] {3구6명체} 및 [시조형] {3장6구체}>, 그리고 <(3구6명체 → 3장6구체)의 종합적 문절단위 축소>라 간추릴 수 있다.

따라서 이상에 드러난 바 <(3구6명체 → 3장6구체)의 종합적 문절단위 축소>에 의한 [시조형]의 형성을 통하여, <3구6명체>의 가사 규모를 닮은꼴로 축소시키면, <3장6구체>의 가사형을 이룬다는 의식(意識)이 존재하였던 저간의 실상이 추론된다.

다시 말하면 거시적으로 본 <3구6명체> 및 <3장6구체>의 차이는, 가사형의 문절단위 축소 여부만 다를 뿐, 악곡형에 있어서는 궁극적으로 동일한 형태라는 의식이 존재한 것으로 이해된다.

이를 <(3구6명체 = 3장6구체)의 닮은꼴 동형 의식> 및 <가사 규모만 반절화된 (3구6명체 = 3장6구체)의 동형 의식>이라 간추릴 수 있다.

그렇다면 이로써 가사 규모 반절화 및 [후사뇌가형]의 예외를 인정한 형태 계승은 <[사뇌가형] → [향풍체가형] → [가곡형] → [준시조형] → [시조형]>이라는 긴 도정에서 그 형태의 골간이 유구하게 견지된 것을 의미한다.

따라서 이상의 모든 고찰을 총체적으로 종합하면, 이는 <([사뇌가형]

의 {3구6명체} → [시조형]의 {3장6구체})의 계승>으로 총결할 수 있다.

5) [시조형] 말미의 생략 성향

이제 현대의 평시조 말미에서 이루어진 가사 및 가락의 생략에 대하여 정리할 필요가 있다.

특히 <시조창의 종말음보 생략>이라는 관행은 그 단초가 <(대엽체와 그 아류) 10배 복합의 「진작」 조성>에 의해, 후사뇌가인 「정과정(진작)」이 이루어질 때부터 그 연원이 비롯된 것으로 파악되었다.

즉 「정과정(진작)」은 악곡이 너무 길어서 지리한 경향이 있기 때문에, <지리함 해소를 위한 (종반복 후구)의 생략>이 이루어졌다.

그런데 여기에 <조결식 장감급종의 후소절 운율>이 필요로 하는 여운 있는 마무리를 위한 급종(急終)의 설정을 위해서 <종반복 후구>와 같은 곡형부의 생략이 절실하였던 원인도 가중된 것으로 추론된다.

장감(長感)으로 고조된 정서는 운율 효과를 위해서 급종이 따라야만 강한 여운의 효과를 남길 수 있기 때문이다.

따라서 [현대시조]의 악곡에서 종장 말미의 일부 가사 및 가락이 상당 부분 생략된 것도 역시 급종(急終)의 여운을 위한 생략적 변화의 연장선상에서 이루어진 것으로 추론된다.

게다가 「만전춘 별사」의 [준시조형]들에서 드러난 바와 같이 그 가사의 언표가 '고유어 위주' 및 '한자어 위주'로 양분된다.

그런데 그 중에서 한자어에 비하여 고유어의 서술어 어미 생략은 의미 전달에 큰 장애가 되지 않기 때문에, 오히려 <시조창의 종말음보 생략>은 급종(急終)의 여운을 살리기에 적합하였을 것으로 이해된다.

결 론

제1장 [향가형]이 [기기장가형(記紀長歌形)]으로

향가에 비하여 자료가 풍부한 <기기장가(記紀長歌)> 및 <금가보장가(琴歌譜長歌)>의 다수는 향가의 형태 계승에 해당하기 때문에, 한국 고시가의 실상을 밝히기 위해서 활용할 가치가 매우 크다.

특히 고대 일본 <금가보장가>의 하나인 「신라가(新羅歌)」는 [사뇌가형]의 실상을 밝히는 근거를 다수 지녔고, [사뇌가형]이 고대 일본의 <장가형(長歌形)>에 미친 바 다대한 영향을 대표적으로 증거한다.

「신라가」는 신라에서 일본에 보낸 조문(弔問) 사절단 중의 궁중 악단이 일본의 궁중에 전해준 역사적 친연성이 있는 것으로 나타났다.

시가명(詩歌名)과 관련된 가명자 '의(宜)'의 표기에 대한 음운사적 고찰 및 발성 변통의 고찰을 통하여, 「신라가(新羅歌)」를 표기한 일본어 가명(假名) '자량의(玆良宜)'의 '의(宜=冝)'는 고대 일본어에서 'ぎ[gi]'로 음독된 것으로 드러났다.

이는 가명 표기 '자량의(玆良宜)'가 나라이름 しらぎ[시라기, siragi] 즉 신라(新羅)를 지칭하는 고대 일본어임을 의미한다.

이에 따라서 「지량의가(志良宜歌)」 및 「자량의가(玆良宜歌)」는 고대 일본에 전파된 [사뇌가형]의 시가 「신라가(新羅歌)」를 지칭한 시가명(歌謠名)에 해당하는 것으로 파악되었다.

그러므로 고대 일본에서 이 「신라가(新羅歌)」는 향가가 일본 고대 장가에 미친 형태적 영향을 가장 표본적으로 대표한다.

즉 <단식 기기장가> 중에서 10구체형 및 11구체형의 [신라가형]에 속하는 시가 15수 중에서 14수가 [사뇌가 1형] 및 [사뇌가 2형]과 공통되거나 매우 유사한 것으로 밝혀진 점을 근거로 하여, [신라가형] 시가는 사뇌가의 형태적 계승인 것으로 파악되었다.

이를 <([사뇌가형] → [신라가형])의 계승>이라 간추린 바 있다.

따라서 [사뇌가형]에 대한 이하의 보다 새로운 고찰 결과는 그 다수가 [신라가형]의 실상을 근거로 하여 도출된 것임을 명기한다.

<([사뇌가형] → [신라가형])의 계승>에 근거하면, [사뇌가형]의 <3구6명체>는 문형(文形) 및 곡형(曲形)의 2원적 형태를 포괄하였다.

즉 『금가보(琴歌譜)』의 [신라가형] 악보를 통하여, [사뇌가형] 후소절의 곡형부인 선반복(先反復) 및 종반복(終反復)의 실재가 드러났다.

따라서 [사뇌가 1형]의 지어진 가사형에 해당하는 구수율 (4.4.2)의 전후절 3단 10구체는 문형(文形)의 <3구6명체>를 이루었다.

또한 [사뇌가 1형]의 가창연주된 형태에 해당하는 구수율 (4.4.4)의 전후절 3단 12구체는 곡형(曲形)의 <3구6명체>를 이루었다.

그리고 이 곡형(曲形)의 <3구6명체> 즉 (4.4.4)의 12구체 전후절 3단은 먼 후대 [시조형]의 (4.4.4)의 12음보체 3장으로 이어졌다.

즉 [사뇌가형]의 문형구 10개구에 부가된 후소절의 곡형구 2개구는 후대에 점차 <후대 곡형부의 실사부화(문형부화) 추세>에 따라 실사화함으로써, [시조형]의 12음보체를 예비하였던 것이다.

[사뇌가형] 악곡의 기초적 단위시간인 '간(間)'과 [후사뇌가형] 악곡의 기초적 단위시간인 '정간(井間)'은 동일한 길이에 해당한다.

또한 <(8간 단위행률 → 16정간 단위행강률)의 단위악구율 배형화>에 의해서, <8간 단위행률>의 단위인 '행(行)' 길이가 2배화하여, 향풍체가 이래 고려시가들이 지닌 바 <16정간 단위행강률>의 단위인 '행강(行綱)'을 이룬 것으로 파악되었다.

그래서 2단위의 '행'과 1단위의 '행강'이 동일한 길이에 해당한다.

이 기초적 단위시간 '정간(井間)'과 <16정간 단위행강률>의 단위 '행강(行綱)'은 먼 후대의 [시조형]으로까지 이어졌다.

또한 <([사뇌가형] → [신라가형])의 계승>에 근거하면, [사뇌가형]은 그 초두와 후소절에서, 감탄부 및 차사(嗟詞)가 배행구화(倍行句化)된 3개구와 맺어져서 구현한 바 <조두조결식(調頭調結式) 장인(長引)의 정서 고조>라는 표현 양식을 지녔다.

특히 [사뇌가형] 후소절에서 차사와 <조결식 장인의 정서 고조>가 맺어져서 이룬 <조결식 장감급종의 후소절 운율>은 먼 후대 [시조형]이 지닌 <조결식 장감급종(長感急終)의 종장 운율>로 이어졌다.

「이상곡」은 특히 가사형에 있어서, [사뇌가형]의 가장 정통한 형태 계승인 점이 [신라가형]과의 형태적 친연성을 통하여 드러난다.

문형 11구체형 및 곡형 12구체형, <조두식 장인(調頭式 長引)>, 선반복(先反復) 등 중요한 형태적 골간 및 특징이 공통되기 때문이다.

이는 [신라가형] 및 「이상곡」의 형태가 선행 모태형인 [사뇌가형]의 공통된 형태 계승임을 의미하며, 이는 또한 <향가 이래 시공(時空)을 넘은 한일(韓日) 고대 시가형 발달의 공통 원리> 그 작용의 결과에 해당한다.

따라서 [사뇌가형] 및 「이상곡」의 형태적 계승 관계에 대한 근거도 [신라가형]이 지닌 바 '잃어버린 고리'에 의해서 보강된 것이다.

제2장 [신라가 1형]이 [신라가 2형]으로

증답가인 「주좌가(酒坐歌)」는 증가인 「권주가(勸酒歌)」와 답가인 「사주가(謝酒歌)」로 이루어졌다.

증가인 「권주가」를 노래한 신공왕후(神功王后)는 무녀적(巫女的) 면모를 지닌 전승적 인물로 알려져 있다.

답가인 「사주가」를 노래한 응신왕(應神王)은, <기마민족 정복왕조설>에 의하면, 도일한 가야계(伽倻系) 기마민족의 군사집단 지도자였던 것으로 파악되었다.

어린 응신왕을 대신하여 「사주가」를 노래한 전승적 인물 무내숙녜(武內宿禰)는 고대 일본의 막강한 집권 세력이었던 소아씨(蘇我氏)의 전승적 조상으로 알려져 있다.

그런데 무내숙녜라는 전승적 인물상의 형성에 있어서, 가장 유력한 모델이었던 소아씨의 조상 '소아만지(蘇我滿智)'는 곧 백제계(百濟系) 도일인(渡日人) '목만치(木滿致)'로 파악되었다.

따라서 한국계 도일인 계열인 소아씨들의 전승시가에서 유래한 「주좌가」의 형성에는 한국계 시가의 영향이 있었던 것으로 추론된다.

[신라가 1형]은 후소절에 문형구(文形句) 2개구를 지녔다.

그런데 「주좌가」 2수에서는 곡형구인 <선반복 전구>의 변화 즉 <(선반복 전구)의 후대적 실사화(문형구화)>에 의해서, 후소절의 원형적 문형구(文形句) 2개구가 3개구로 증구(增句)되었다.

이에 따라서 「주좌가」 2수는 후소절 문형구가 3개구를 이룬 [신라가 2형]의 표본적 시가를 이루었다.

그러므로 [신라가 1형]은 문형 10구체형 및 곡형 12구체형이며, [신라가 2형]은 문형 11구체형 및 곡형 12구체형인 점에 차이가 있다.

또한 단위악구율의 변화에 있어서, [신라가 1형]의 <8간 위주 단위행률>이 [신라가 2형]에서 <전구(全句)의 8간 단위행률 획일화>를 이룬 점이 양자간 획기적인 차이를 이루었다.

<([사뇌가형] → [신라가형])의 계승>에 근거하여 [신라가형]을 통한 [사뇌가형]의 실상을 탐색할 수 있다.

그 결과에 의하면 [사뇌가 1곡형]의 (4.4.4) 12구체 15행 120간 그 <3구6명체>는, <전구의 8간 단위행률 획일화>에 의해서, [사뇌가 2곡형]의 구수율 (4.4.4) 12구체 12행 96간의 <3구6명체>로 계승되었다.

또한 [사뇌가 2곡형]의 구수율 (4.4.4)의 12개구에서 마지막 남은 곡형구 즉 <종반복 후구>도 후대에 점차 <종반복의 비반복적 실사화>를 이루었다.

그리고 <종반복 후구>도 후대에 점차 실사화하여 이룬 [사뇌가 2형]의 구수율 (4.4.4) 12구체 12행 96간은 먼 후대 [시조형]의 음보율

(4.4.4) 12음보 6행강 96정간으로 계승되었다.

[신라가형]의 종류를 문형과 곡형으로, 그리고 1형 및 2형으로 구분하여, 종합하면 다음과 같이 분류된다.

[신라가형]의 분류

[신라가 1형] → 문형 10구체 : 곡형 12구체(15행분)
[신라가 2형] → 문형 11구체 : 곡형 12구체(12행분)

[신라가형]의 종합적 분류

[신라가 1형] :
[신라가 1형]의 문형 → [신라가 1문형(一文形)]
[신라가 1형]의 곡형 → [신라가 1곡형(一曲形)]

[신라가 2형] :
[신라가 2형]의 문형 → [신라가 2문형(二文形)]
[신라가 2형]의 곡형 → [신라가 2곡형(二曲形)]

[신라가 문형]의 후소절 분류

(후소절 문형의 모든 구는 실사구임)
[신라가 1형] → 후소절 문형구 2개구
[신라가 2형] → 후소절 문형구 3개구

[신라가 곡형]의 후소절 분류

[신라가 1형]의 후소절 곡형 4개구 :
곡형부(선반복 전구) + 문형부(<선반복 후구>) +
문형구(종반복 전구) + 곡형구(종반복 후구)
[신라가 2형]의 후소절 곡형 4개구 :
문형구 + 문형구 + 문형구(종반복 전구) +
곡형구(종반복 후구)

<([사뇌가형] → [신라가형])의 계승>에 의하면, 위의 형태 규정 및 분류는 그대로 [사뇌가형]에도 적용될 수 있는 것이다.

제3장 [아유다진 2형] 및 [신라가형]으로

[아유다진형]의 표본적 시가는 [아유다진 1형]에 속하는 <금가보 16가> 및 <금가보 18가>와 그리고 [아유다진 2형]에 속하는 <금가보 17가>가 있다.

[아유다진 1형]은 문형 8구체형과 곡형 10구체형을 지녔고, [아유다진 2형]은 문형 9구체형 및 곡형 10구체형을 지녔다.

즉 [아유다진 1형] 후소절의 제7구에서 <구내분창적 3음방출>이 발생하고, 이것이 다시 <8간 단위행률 획일화>에 의해서 <3음방출의 정격구화>로 이어졌다.

이는 후소절 문형구 2개구를 지닌 원형의 [아유다진 1형]이 후소절 문형구 3개구를 지닌 [아유다진 2형]으로 변화한 것을 의미한다.

<([아유다진 1형] → [아유다진 2형])의 변화>가 이루어진 주요 근거들은 정작 「모죽지랑가」의 형태에서 집약적으로 나타났다.

즉 <한일 공통의 찬가 양식인 (차사적 돈호 + 3음방출)>이 「모죽지랑가」 1수의 자체 안에서 한꺼번에 집약적으로 이루어졌다.

그러나 일본측 시가에서는 찬가 양식인 양자가 <일본서기 8가>의 <차사적 돈호>와 그리고 <금가보 16가> 등의 <구내분창적 3음방출>로 분리되어 나타났다.

따라서 <「모죽지랑가」 찬가 양식의 집약성이 지닌 원형성>은 <([8구체 향가형] → [아유다진형])의 계승> 그 실상의 중요한 근거를 이루었다.

이에 [아유다진형]의 종류를 문형 및 곡형으로, 그리고 1형 및 2형으로 구분하여, 분류하고 종합하면 다음과 같다.

[아유다진형]의 분류

[아유다진 1형] → 문형 8구체. 곡형 10구체
[아유다진 2형] → 문형 9구체. 곡형 10구체

[아유다진형]의 명칭 분류

[아유다진 1형]의 문형 → [아유다진 1문형(一文形)]
[아유다진 1형]의 곡형 → [아유다진 1곡형(一曲形)]

[아유다진 2형]의 문형 → [아유다진 2문형(二文形)]
[아유다진 2형]의 곡형 → [아유다진 2곡형(二曲形)]

[아유다진형]의 후소절 분류

(문형 후소절의 모든 구는 실사구임)
[아유다진 1형] → 후소절 실사적 문형구 2개구
[아유다진 2형] → 후소절 실사적 문형구 3개구

<[8구체 향가형] → [아유다진형]의 계승>에 의하면, 위의 형태 규정 및 분류는 그대로 [8구체 향가형]에도 적용될 수 있는 것이다.

<([아유다진형] → [신라가형])의 진화적 변화>는, <구내분창적 3음 방출의 정격구화>에 의해서, [아유다진 1형] 후소절의 문형구 2개구가 동시에 분구(分句)됨으로써 이루어진 결과이다.

또한 이 시가형의 변화 과정에, [아유다진 1곡형]의 종말구(제10구)인 종차사구(終嗟辭句)가 [신라가 1곡형] 후소절 초두(제9구)의 차사구(嗟辭句)로 올라가는 위치 변화가 이루어진 것으로 나타났다.

이에 <([사뇌가형] → [신라가형])의 계승> 및 <([8구체 향가형 → 아유다진형])의 계승>에 근거하면, 이로써 향가에서도 <([8구체 향가형] → [사뇌가형])의 진화적 변화>가 이루어진 것으로 추론된다.

제4장 [사뇌가형]이 [향풍체가형]으로

[사뇌가형] 계열 시가형 계승의 주요 통사(通史)는 [사뇌가형] → [향풍체가형] → [후사뇌가형]으로 전개된 것으로 파악되었다.

[사뇌가 곡형]의 <8간 단위행률>짜리 (4.4.4) 12행 12개구 3단의

<3구6명체>가, <(8간 단위행률 → 16정간 단위행강률)의 단위악구율 배형화>에 의해서, [향풍체가형]의 <16정간 단위행강률>짜리 (2.2.2) 6행강 6개구 3단의 <3구6명체>로 변화하였다.

따라서 이 단위악구율의 변화가 바로 이들 선후 시가형 양자간의 근본적 차이이기 때문에, 이는 <([사뇌가 곡형] → [향풍체가 1형])의 닮은꼴 계승>을 의미한다.

[향풍체가형]이 실재한 근거는 다음과 같다.

1> <(부엽)의 (대엽) 일부 가락 모방에 근거한 [향풍체가형] 실재>
2> <(대엽체 → 대엽)의 계승에 근거한 [향풍체가형]의 실재>
3> <({단위악구율 배형화} 선행) 및 ({단위악곡 복합화} 후행)>에 근거한 [향풍체가형]의 실재>

<[향풍체가형] 3종 유형>은 [향풍체가 원형(原形)], [향풍체가 1형], 그리고 [향풍체가 2형]의 3종으로 분류된다.

[향풍체가 원형]에 속하는 시가는 「도이장가(悼二將歌)」가 있다.

가장 먼저 형성된 이 [향풍체가 원형]은, <(8간 단위행률 → 16정간 단위행강률)의 단위악구율 배형화>에 추수된 구수율 조정을 통하여, <생략, 재생, 부가에 의한 (단위악구율 배형화) 완결>을 이루었다.

그 결과 [향풍체가 원형]은 (4.4) 8개구의 전후절을 이룸으로써, 전후절 대소관계(大小關係)를 포함한 <3구6명체>의 훼손이 유발되었다.

따라서 <3구6명체>의 복구를 위해서, [사뇌가 2형]을 활용한 바 <구수율 4 : 2 전후절 대소관계 복구>를 이룬 [향풍체가 1형]이 형성되었고, 이는 후대의 <(대엽) 계열 [시조형]>으로 이어지는 격세적(隔

世的) 선행 모태를 이루었다.

즉 이 [향풍체가 1형]의 (2.2.2) 6행강 6개구 3단이 이룬 <3구6명체>는 먼 후대 [시조형]의 행강률 (2.2.2) 6행강 6개구가 이룬 <3장6구체>와 더불어 공통형에 해당하기 때문이다.

이는 결국 <(전후절 대소관계 및 3구6명체) 훼손의 [향풍체가 1형]에 의한 복구>가 이루어져서, <[향풍체가 1형]의 구실 대체에 의한 [향풍체가 원형]의 소멸>로 이어진 것을 의미한다.

또한 <3구6명체>의 복구를 위해서, 기존한 [향풍체가 원형]에 새로이 조성된 <부엽>을 부가하여 <구수율 8 : 4 전후절 대소관계 복구>를 이룬 [향풍체가 2형]이 형성되었고, 이는 후대의 <(대부엽) 계열 [가곡형]>으로 이어지는 격세적(隔世的) 모태를 이루었다.

즉 이 [향풍체가 2형]의 (4.4.4) 12행강 3단을 계승한 <「진작 1」 대부엽 본사부>는, 후에 행강률 (4.3.5) 12행강의 <「진작 3」 대부엽 본사부>로 변화하였고, 이것이 세분화하여 [가곡형]의 (2.2.3.2.3) 12행강 5장을 이루었기 때문이다.

[사뇌가 곡형]의 <8간 위주 단위행률>이 [향풍체가형]의 <16정간 단위행강률로의 배형화>를 이룬 결과 가사형 반절화가 비롯되었다.

즉 이 <(8간 단위행률 → 16정간 단위행강률)의 단위악구율 배형화>는 악곡형에서 필연적으로 <2행의 1행강화 통합>을 이루는 것이고, 이는 다시 <악곡 및 가사의 상호적응적 조화 추세>에 따라서, 가사형에서도 궁극적으로 <2개구 가사의 1개구화 축소>를 유발하기 때문이다.

그 결과 악곡형에서 <([사뇌가 곡형] → [향풍체가 1형])의 악곡형

닮은꼴 계승>과 아울러 가사형에서 <([사뇌가형]의 반절화된 가사형 규모 → [향풍체가 1형] 가사)의 계승>을 이루었다.

제5장 [후사뇌가형(後詞腦歌形)]으로

[후사뇌가형] 시가는 「정과정(진작)」과 「이상곡」이다.

「정과정(진작)」은 그 악곡형 및 가사형의 선행 모태형이 다르다.

악곡형의 측면에서 <(대엽체와 그 아류) 10배 복합의 「진작」 조성>이 이루어졌지만, 가사형의 측면에서 「정과정(진작)」의 가사형은 단위 [사뇌가형] 1수의 가사형 규모를 계승하였다.

즉 「정과정(진작)」 악곡형의 선행 모태는 [향풍체가 원형]이며, 「정과정(진작)」 가사형의 선행 모태는 [사뇌가형]이라는 차이가 있다.

<([사뇌가형] 가사형 → 「이상곡」 가사형)의 변화적 계승>은 구체형과 단락 구조, <조두식 장인의 정서 고조>, 선반복, <차사 후행화> 등 여러 측면을 포함한 <3구6명체>의 변화적 계승에 해당한다.

[사뇌가 2문형]의 11개구는 「정과정」 및 「이상곡」의 문형(文形) 즉 '전대절 8개구 + 후소절 3개구 = 11구체'의 <3구6명체>로 계승되었다.

장형 악곡의 「정과정(진작)」은 궁중의 의식 및 주연에서 의식가로 구실하였으나, 기실 「정과정(진작)」의 일부를 발췌하거나 빠른 장단을 활용하여 단형의 서정시가로 가창연주되기도 하였다.

또한 [사뇌가형] 규모에 준하는 단형의 서정시가 [향풍체가 원형]의 악곡형인 <대엽체>를 장형의 의식가로 전환하기 위한 방편으로, <(대

엽체)와 그 아류 10배 복합의 「진작」 조성>이 이루어진 것이다.

그러나 「정과정」의 가사는 단위 [사뇌가형] 1수의 가사에 준하는 규모이기 때문에, 이는 긴 악곡에 비하여 상대적으로 매우 짧았다.

그 결과 이루어진 <(대엽체) 10배 규모 + [사뇌가형] 1수 가사 규모>를 지닌 「정과정(진작」>의 대조적 구성은 심화된 어단성장과 <구단위(句單位) 가사의 음절단위화 축소>를 유발하였다.

제6장 「정과정(진작)」에서 [가곡형(歌曲形)]으로

<(문예성 고조 및 음악성 탈피)의 함축적 표현 고양>에 따라, 서정시가적 기능 지향의 변화가 「정과정(진작)」 이후에 전개되었다.

그래서 서정시가적 시가를 이루기 위한 방편으로, 긴 악곡 및 짧은 가사의 대조적 편향성을 해소하기 위한 <(악곡 단형화 및 가사 장형화)의 반비례적 절충>이 필요하였다.

이에 따라서 [후사뇌가형] 악곡들의 반절화를 통한 해체적 축소화 및 해체적 독립화에 의해서 단형의 서정시가 형성으로 나아갔다.

즉 <(대부엽) 계열 [가곡형]> 및 (대엽) 계열 [시조형]>이라는 단형적 서정시가형이 구현되었고, 특히 [가곡형] 형성이 선착되었다.

<사형(詞形) 3단>의 <「진작 1」 대부엽 본사부>가, 음악적 파격을 따른 결과, <장인행강 후행화>에 의한 <조결식 장인>이 선택됨으로써 <악형(樂形) 3단>의 <「진작 3」 대부엽 본사부>로 변화하였다.

이 <「진작 3」 대부엽 본사부>가 [가곡형]의 모태를 이루었다.

즉 이 <「진작 3」 대부엽 본사부>의 <악형 가사체>가 지닌 (4.3.5) 12행강 3단구조가 세분화함으로써, [가곡형]의 (2.2.3.2.3) 12행강의 5장구조가 형성된 것이다.

그러나 [가곡시형]의 모태는 결사적 성향을 지녔던 「정과정」 후소절 3개구의 가사형이 취택되었다.

이로써 [가곡형]의 모태 <「진작 3」 대부엽 본사부>와 [가곡시형]의 모태인 「정과정」 후소절의 가사형은 <가사 및 악곡 그 모태의 「정과정(진작)」 내부 다른 위치 소재>라는 문제점이 유발되었다.

그런데 이 문제는 「정과정(진작)」의 해체적 축소화를 위한 「진작 3」의 <반분식 반절화>와 <대부엽의 치환>에 의해서 해소되었다.

그래서 「정과정(진작)」의 <반분형 (2분진작) 대부엽>에서, 비로소 [가곡형]의 가사 및 악곡 그 선행 모태가 동일한 위치에서 만나는 위치 정합을 이룸으로써, 비로소 [가곡형]의 파생이 실현되었다.

[가곡형] 제4장의 특징은, <「진작 3」 부엽> 본사의 전부(前部)를 계승한 <감탄적 장인 조성>과 <제4장초 3음 가사 고착>에서 나타났다.

[가곡형] 제5장의 특징은, <「진작 3」 부엽> 본사의 후부(後部)를 계승한 <후소절 중심가사의 장음보화>에 따라 조성된 <조결식 장감급종의 후소절 운율>에서 나타났다.

第7장 「이상곡」에서 [선시조형(先時調形)]으로

서정시가적 단형화 추세에 따른 [후사뇌가형] 악곡의 해체적 축소화는 먼저 「진작」이 제1차적 반절화를 이룬 <2분진작>으로 나타났다.

<2분진작>은 <비례형 (2분진작)>과 <반분형 (2분진작)>이 있다.

<비례형 (2분진작)>에 속한 대표적 시가는 「이상곡」, 「후전진작(後殿進勺)」이고, <반분형 (2분진작)>에 속한 대표적 시가는 「동동」이다.

그런데 [시조곡형]과 공통된 현전 「이상곡」의 (2.2.2) 6행강 3단 형태 즉 <비례형 (2분진작) 대부엽 본사부>에는 [선시조 시형]이 실리지 않았기 때문에, 이는 <예비적 [선시조 곡형]>인 것으로 파악하였다.

「이상곡」의 악곡형은 현전하는 <비례형 (2분진작)>의 악곡형과 더불어 당위적 실재가 요구되는 <반분형 (2분진작)>의 악곡형까지 아울러서 2개의 악곡형을 지닌 것으로 추론되었다.

이 중에서 <반분형 (2분진작)의 「이상곡」>이 2차적 <반분식 반절화>를 이루어 형성된 <반분형 (4분진작)의 「이상곡」>에 내포된 <반분형 (4분진작) 원대엽 본사부>의 (2.2.2) 6행강 3단이 [선시조 곡형]의 모태를 이루었다.

또한 가사의 측면에서 결사적 응축성을 지닌 「이상곡」 후소절 가사 3개구 즉 '내님 두ᅀᆞᆸ고'가 [선시조 시형]의 모태를 이루었다.

그러나 이 모태들은, [가곡형]의 경우와 마찬가지로, <[선시조형]의 가사 및 악곡 그 모태의 「이상곡」 다른 위치 소재>로 나타났다.

그래서 「이상곡」 역시 2차적인 <반분식 반절화>를 이룸으로써 형성된 <반분형 (4분진작) 원대엽 본사부>에서, 가사 및 악곡의 모태가 만나서, 위치 정합을 이룬 결과 [선시조형]의 파생이 가능하였다.

[선시조 곡형]인 <반분형 (4분진작) 원대엽 본사부>의 형태인 행강률 (2.2.2) 6행강 3장은 <사형(詞形) 악곡체>에 해당하였다.

그러나 [선시조 시형]인 '내님 두ᄋᆞᆸ고'는 <중장의 3음보 우세> 및 <종장의 5음보 우세>가 있는 <악형(樂形) 가사체>를 이루었다.

즉 이를 <[선시조형]의 (악형 가사체 및 사형 악곡체) 그 상반성>이라 간추린 바 있다.

[선시조형]의 <악형 가사체>는 [가곡형]의 <악형 악곡체> 및 <차사적 돈호의 종장초 이월> 그 영향으로 인하여 이루어졌다.

따라서 [선시조형]은 이 <악형 가사체>로 인하여, <중장의 원형적 3음보 우세> 및 <종장의 원형적 5음보 우세>라는 특징적 음보율을 지니게 된 것이다.

제8장 [선시조형]이 [준시조형(準時調形)]으로

[선시조 곡형]의 모태인 「이상곡」의 <반분형 (4분진작) 원대엽 본사부>를 계승한 「만전춘 별사」 한토막의 <반분형 (4분진작) 원대엽 본사부>와 그에 실린 가사 '耿耿 孤枕上애'가 [준시조형]을 이루었다.

표현의 측면에서, [준시조형]은 [선시조형]에 비하여, 구조적 표현화의 수준이 보다 높은 서정시가적 격조를 지녔다.

[사뇌가 1형]의 문형 10구체 및 곡형 12구체는 <선반복의 비반복적 실사구화(문형구화)에 따른 [사뇌가 2형] 형성>에 의해서 문형 11구체 및 곡형 12구체의 [사뇌가 2곡형]으로 변화하였다.

그리고 [사뇌가 2곡형]에 남았던 <종반복 후구>는 <일본 고대 복식장가의 2개 곡형구 그 완벽한 실사구화> 및 <({대부엽의 종반복 음

보} 실사화 → [시조형] 제12음보 실사)의 계승>에 드러난 바와 같은 실사화를 완결하였다

그 결과 [사뇌가 1곡형]의 2개 곡형구는 종국에 실사부화함으로써, <([사뇌가 곡형] 12구체 실사화) → ([시조형] 실사적 12음보체 계승)>이 완결되었다.

<예비적 선시조 곡형>인 <비례형 (2분진작) 대부엽 본사부>와 [선시조 곡형]인 <반분형 (4분진작) 원대엽 본사부>는 (2.2.2) 6행강 3단구조라는 공통된 구체형을 지녔기 때문에, 이 양자에 대한 동류의식이 존재하는 양상에서 양자 모두 [준시조 곡형]으로 발전하였다.

그런데 선대의 [선시조 곡형]에서는 <반분형 (4분진작) 원대엽 본사부>가 우세하였던 것이, 후대의 [준시조 곡형]에서는 <비례형 (2분진작) 대부엽 본사부>의 우세로 변화하였다.

즉 전형화되어가는 [시조형]의 <3장6구체> 및 전후절 구실을 보다 효과적으로 구현할 수 있는 악곡 체재를 <비례형 (2분진작) 대부엽 본사부>의 <대엽> + <부엽>이라는 복합 체재가 지녔기 때문이다.

또한 [선시조형]의 음악적 파격성을 따른 <악형(樂形) 가사체>는 [준시조 시형]에서 문학적 규제성을 따른 <사형(詞形) 가사체>로 변화하였다.

[준시조형] 종장(終章)의 두드러진 특징을 이룬 <조결식 장감급종(長感急終)의 종장 운율>은 이미 [8구체 향가형] 및 [사뇌가형]의 <조결식 장감급종의 후소절 운율>에서 비롯되어 다음과 같은 과정을 거쳐서 [준시조형]에까지 유구하게 이어진 것이었다.

[8구체 향가형] → [사뇌가형] → [후사뇌가형] →
[가곡형] → [선시조형] → [준시조형]

전술한 바 <(대엽체) 악곡 10배 규모 + [사뇌가형] 1수 가사 규모 = 「정과정(진작)」>이라는 '장형 악곡 + 단형 가사'의 심화된 편향적 구성은 필연적으로 <[사뇌가형] 구단위 → 「정과정」 음절단위의 가사 축소화>를 초래하였다.

따라서 새로이 대두된 서정시가 지향의 경향은 「정과정(진작)」에서 <복합적 장형 악곡의 단위악곡화 축소> 및 <구조적 표현화를 위한 가사 증대>를 필요로 하였다.

이에 서정시가 지향의 「정과정(진작)」에서는 <[사뇌가형] 악곡 규모로의 회귀적 단형화> 및 <악곡 축소에 반비례한 가사 확대>를 통하여 <(악곡 단형화 및 가사 장형화)의 반비례적 절충>이 이루어졌다.

그래서 악곡형의 축소는 거듭된 해체적 반절화 및 해체적 독립화를 거친 결과, [사뇌가형]의 단위악곡 규모인 [시조곡형]에 이르렀다.

그리고 가사형의 증대는 <「진작」 반절화 불구의 공통된 가사 규모 계승> 및 <악곡 반절화 + 동일 규모 가사 = 가사의 반비례적 배화(倍化)>의 원리에 따라서 이루어졌다.

그 결과 <악곡 4반절화에 따른 음수의 반비례적 4배 증대>가 이루어졌다.

이는 결국 <(「정과정」 1개음 음절단위 → 「만전춘 별사」 4개음 음보단위)의 가사 증대> 및 <[사뇌가형] 짝수체 구수율 → [준시조형] 짝수체 음보율화>로 구현되어 나타났다.

그래서 <([사뇌가형] 짝수체 구수율 → [준시조형] 짝수체 음보율화)>라는 기준을 문절단위 변화의 전반에 일반화시키면, 이는 <([사

뇌가형] 3장12구 → [준시조형] 3장12음보)의 축소 계승>으로 귀결된다.

이에 따라서 <(3구6명체 → 3장6구체)의 종합적 문절단위 축소>는 다음과 같이 이루어진 것으로 정리된다.

[사뇌가형] <3구6명체>의 구(句) → [시조형] <3장6구체>의 장(章)
[사뇌가형] <3구6명체>의 명(名) → [시조형] <3장6구체>의 구(句)
[사뇌가형] <3구6명체>의 단구 → [시조형] <3장6구체>의 음보

총체적인 <닮은꼴의 비례적 축소>를 이룬 문절단위

요컨대 [사뇌가형] 및 [시조형]의 가사형이 지닌 유일한 차이는 <([사뇌가형]의 반절화된 가사형 → [시조형])의 계승>이 있을 뿐이다.

그러나 양자의 악곡형 및 그 규모는, [사뇌가형]은 <8간 단위행률>이고, [시조형]은 <16정간 단위행강률>이라는 차이가 있을 뿐, 결국은 공통된 형태에 해당한다.

따라서 이 가사 규모 반절화라는 차이만 제외하면, 이제까지 고찰 결과의 총체적 정리는 <([사뇌가형]의 {3구6명체} → [시조형]의 {3장6구체})의 계승)>으로 총결된다.

<([준시조형] → [시조형])의 변화>가 이루어지는 과정 중에, <조결식 장감급종의 종장 운율>이 심화되는 연장선상에서, 오늘날 [시조형] 말미에 나타나는 바와 같은 일부의 가사 및 악곡의 생략을 이루었다.

저자 소개

김종규(金鍾圭)

전주대학교 국어교육학과
전북대학교 대학원 석사과정 국어국문학과
중앙대학교 대학원 박사과정 국어국문학과
문학박사

중등교사 역임
전주대, 전북대, 목원대, 광운대, 서울여대 강사 역임
세한대학교(구 대불대학교) 교수 역임

저서 : 『향가의 형식』, 『향가문학연구』
시집 : 『시골길에서』, 『고향집』

향가가 시조로

초 판 1쇄 인쇄 2018년 3월 10일
초 판 1쇄 발행 2018년 3월 20일
저 자 김종규
펴낸이 이대현
편 집 박윤정
디자인 홍성권
펴낸곳 도서출판 역락 | **등록** 제303 – 2002 – 000014호(등록일 1999년 4월 19일)
주 소 서울시 서초구 반포4동 577 – 25 문창빌딩 2층
전 화 02 – 3409 – 2058(영업부), 2060(편집부) | **팩시밀리** 02 – 3409 – 2059
전자우편 youkrack@hanmail.net
ISBN 979-11-6244-006-3 93810

■ 정가는 표지에 있습니다.
■ 잘못된 책은 교환해 드립니다.

■ 이 도서의 국립중앙도서관 출판예정도서목록(CIP)은 서지정보유통지원시스템 홈페이지(http://seoji.nl.go.kr)와 국가자료공동목록시스템(http://www.nl.go.kr/kolisnet)에서 이용하실 수 있습니다.(CIP제어번호: CIP2017029546)